PIERRE LOUTY
Ancien élève du Collège de la rue de Châteauroux
et de l'Ecole Normale Ernest Pérochon
Chevalier des Palmes Académiques et de l'Ordre National du Mérite

l'Ombre rouge

Roman

Illustration de couverture : Jeannine et Jacques THIOLLET

Les Editions de la Veytizou Asso.

AVERTISSEMENT AU LECTEUR

Ce roman est une histoire de pure imagination. Tout rapprochement avec la réalité ne serait qu'interprétation ou simple coïncidence.

P.L.

A celles et à ceux qui ont choisi
les chemins de la Liberté et de l'Honneur.

L'histoire de Camille n'est pas finie :
une suite paraîtra bientôt...

Chapitre I

Quand refleurit la bruyère…

Cette année-là, la saint Jean d'été avait été dignement fêtée par tous les habitants de Saint-Pierre-la-Montagne. En soirée, les feux avaient été allumés... C'étaient les vieilles femmes qui les avaient préparés tout au long de cette journée mémorable du solstice. On ne parlait pas encore dans les campagnes du jour le plus long. On en était encore au lendemain de la Grande Guerre. Elle avait causé tant de peines... On se reprenait à vivre simplement, naturellement sur ces hautes terres des monts d'Ambazac. Le jour le plus long était l'occasion de réjouissances simples et ancestrales. Les « vieilles » rassemblaient les herbes de la saint Jean. Avant que l'astre solaire ne paraisse du côté de Saint-Goussaud, elles iraient cueillir les plantes choisies dans les prés fleuris. Elles réaliseraient ces bouquets qu'elles fixeraient au-dessus des portes des étables. Elles chasseraient le mauvais sort. Puis elles iraient par les chemins jusqu'à la lande pour y couper un peu de bruyère, d'ajonc, de thym et de fougère. Elles en feraient une brassée qu'elles porteraient tant bien que mal jusqu'au centre de la basse-cour. Là, elles délieraient le fagot de bois sec et poseraient par-dessus les herbes sauvages. Ce ne serait qu'à la nuit tombante qu'elles craqueraient l'allumette pour enflammer le papier journal et le petit bois… Ce serait le début de la cérémonie.

Des centaines de feux fumeraient ainsi dans les monts d'Ambazac. Des combes de Lavaugelade au hameau des Cailloux Blancs, ce serait le festival des feux de saint Jean. Il en était ainsi depuis des siècles et des siècles. En cette terre limousine, les hommes et les femmes avaient bien voulu croire au Ciel et au Bon Dieu du Curé mais ils étaient restés, par-dessus tout, attachés aux croyances d'antan : celles des Celtes qui avaient occupé ces terres et parcouru les chemins de crête deux mille ans auparavant. La vaporeuse fumée blanchâtre s'élevait lentement au centre des cours de fermes. A l'heure où le soleil basculait vers l'Occident, le souffle du vent s'était arrêté. En panaches voluptueux, montaient vers le ciel les dévotions des Vieux. Et voilà que les jeunes se mêlaient à la fête, s'approchant au plus près du brasier comme pour le provoquer. Les sabots de bois claquaient sec sur la terre sèche et hop ! Les jeunes franchissaient le feu en un geste élégant tout en poussant des cris de joie. C'était la fête, la fête de la saint Jean. Au village des Cailloux Blancs comme partout ailleurs on n'avait pas failli à la tradition, deux années à peine après l'Armistice de novembre 1918.

Nous étions au cœur de l'année 1920. Le pays pansait ses plaies et ses blessures profondes. Ici, la Grande Guerre avait pris André. Puis elle avait emporté le père… Heureusement l'autre frère, Louis, était rentré sain et sauf. Il avait épousé Thérèse la bergère de Lavaugelade qui l'aimait tant... Le bonheur était revenu aux Cailloux Blancs et « la mère », la Félicie Baillot, s'était occupée du feu... Il y avait longtemps qu'elle savait faire car elle n'était pas née d'hier : elle avait bien près de soixante dix ans. C'était une vieille femme cassée, courbée, fatiguée. Son homme le Léonard était mort de chagrin. Pensez donc : perdre un fils à la guerre après avoir tant travaillé, tant espéré et attendu ! Elles avaient été longues et froides ces veillées de 14 à 18 où les vieux tremblaient dans les chaumières en pensant aux leurs, plus jeunes, grelottants dans les tranchées sous le déluge de l'enfer de Verdun ! Elles avaient été longues et particulièrement dures ces nuits d'insomnies quand il fallait, au petit matin, se sortir de la paillasse pour enfiler les habits rapiécés et les sabots de bois et se diriger vers l'étable où les bêtes attendaient... Il avait fallu du courage à Léonard pour tenir bon, labourer, ensemencer, couper le bois et « lever » l'été... A son âge, bien des hommes auraient lâché prise mais il n'était pas de l'étoffe à trembler. Seulement voilà lorsque le maire de la commune de Saint-Pierre-la-Montagne lui porta la dépêche, la fameuse dépêche bleue, il comprit tout à coup que le ciel s'effondrait sur les monts d'Ambazac. Jamais Léonard ne put reprendre le dessus. Ce fut le long déclin, la chute vertigineuse vers l'au-delà. Un an après Verdun, un an après que l'éclat d'obus ait fauché dans la tranchée des baïonnettes l'aîné de ses fils, le métayer des Cailloux Blancs mettait genou à terre, s'affaissait inerte pour toujours. Voilà l'horrible tableau que la Grande Guerre avait tracé ici au hameau des Cailloux Blancs et il avait fallu remonter la pente avec celles et ceux qui étaient restés ici.

Seule pendant des mois, Félicie avait tenu bon et serré les poings pour entretenir le feu dans la maison et soigner les quatre vaches. Il faut le dire : elle n'avait pas eu le courage de les mener au taureau quand elles avaient été en chaleur. A quoi bon eut-il servi d'avoir « des suites » ? Le service du ravitaillement général les guettait, les saisissait… La guerre avait pris deux hommes aux Cailloux Blancs : le fils et le père ! Félicie avait tenu et attendu le retour de l'autre enfant. Louis était rentré. Malgré la peine, il s'était marié. La saint Jean d'été était revenue. Ce soir-là, Louis avait bondi au-dessus du feu comme s'il partait à l'assaut du ciel. Ce geste lui était facile. Le jeune paysan était agile et robuste et, tant de fois, il avait sauté de même par-dessus les barbelés des tranchées de Champagne pour monter au front… A l'assaut des ennemis ! Les Boches… C'étaient eux qui avaient massacré son frère à la fleur de l'âge. Louis était fou de rage. Il aurait pu cent fois être la proie des balles des mitrailleuses allemandes qui crépitaient tout autour… Il n'avait jamais frémi. Il avait toujours pensé à André et il voulait le venger mais la guerre s'était achevée sans qu'il put vraiment le faire. Alors il était revenu aux Cailloux Blancs la rage au ventre et c'est en enragé qu'il avait « attaqué » sa terre. Oui, il travaillerait pour deux. Jamais le nom des Baillot ne s'éteindrait. Il aurait un fils… C'est pour ce fils qu'il sautait ce soir le feu de la saint Jean car il savait que Thérèse attendait un heureux événement. Le sort ne pouvait lui être défavorable.

A vrai dire, chez les Baillot, on n'était pas très croyant. Le père Léonard appartenait à cette catégorie d'hommes, paysans chevronnés et endurcis, qui avaient toujours voté pour les Radicaux. Oui, ici on faisait confiance à Clemenceau ! N'était-ce pas lui que l'on avait surnommé « le Père la Victoire » ? Le « Tigre » de Vendée avait galvanisé les soldats pour asséner les derniers coups à l'ennemi. Auparavant, tout au long de sa longue carrière politique, Georges Clemenceau avait défendu les idées radicales. Il avait montré du doigt les curés dans leurs églises, fait voter les lois de 1905 assurant l'indépendance républicaine et ruinant les ecclésiastiques. Georges Clemenceau était populaire : il mangeait la soupe avec les soldats dans les tranchées. Pourtant si Léonard Baillot avait réfléchi un peu, il aurait compris… Il aurait compris que ce n'était pas Clemenceau mais Jaurès qui voulait éviter la guerre. La guerre qui avait volé un fils… Il ne faudrait pas en vouloir à Léonard Baillot : il n'avait pas eu la chance comme André et Louis de fréquenter l'école des Bordes qui allait s'occuper de l'Instruction Publique. En 1850, sous Napoléon III, l'école n'existait pas encore et les petits paysans ne savaient ni lire ni écrire. Ils savaient seulement compter car la nécessité enseignait très vite aux enfants pauvres. A Sedan, Léonard avait été fait prisonnier et emmené en Allemagne avec l'empereur déchu. C'était le temps où l'armée française était équipée de fusils Chassepot : arme redoutable mais bien moins tout de même que ne le serait le Lebel de la Grande Guerre. Emmené en Allemagne, Léonard Baillot souffrirait des mois, prisonnier. A son retour il aurait deux fils. André et Louis iraient à l'école, à l'école de Jules Ferry... Le grand Lorrain avait eu l'immense mérite de vouloir instruire le peuple de France fondant ainsi les écoles de la République au fronton desquelles on graverait les beaux mots de Liberté, Egalité et Fraternité. Il en était ainsi à l'école des Bordes, construite en 1890 par les maçons de la Creuse. Les murs en pierre, le toit d'ardoises bleues abriteraient les petits écoliers des monts d'Ambazac qui viendraient vers elle les uns après les autres comme le soir les abeilles rentrent à la ruche. L'école des Bordes s'élevait au milieu des champs, des prés et des bois. Il n'y avait ni cour de récréation, ni muraille, ni portail pour l'entourer. Il y avait seulement cette nature merveilleuse et des chants d'oiseaux qui berçaient les apprentissages enfantins. Il y avait une volonté farouche de s'élever au-dessus de la condition misérable qui avait été celle des ancêtres de ces hautes terres granitiques et rudes. Il y avait un maître d'école, un tableau noir et une poussière de craie blanche qui se répandait lorsque les enfants agitaient les chiffons effaceurs aux fenêtres largement ouvertes. L'école des Bordes respirait à pleins poumons le grand air vivifiant de la montagne et les enfants qu'elle formait seraient plus forts, plus intelligents... Eux, ils comprendraient les leçons de Jaurès mais Jaurès était mort... Clemenceau avait pris la suite pour jeter dans la fournaise de la

Grande Guerre les corps jeunes et robustes. Par centaines, par milliers ! Pour rien ou seulement pour quelques arpents de terre…

Après la mort tragique d'André, Louis avait bien failli imiter ces insoumis du plateau de Millevaches qui avaient refusé de se battre, refusé de monter à l'assaut… Fusillés pour l'exemple ! Morts sous des balles françaises qui prétendaient leur tracer le chemin… Honteuse réplique de politiciens véreux et compromis ! Ce sont eux, les insoumis qui avaient raison. Seulement voilà, André, ses camarades et tant d'autres encore ont continué à se battre. Enfin, les survivants de l'infernale confrontation étaient rassurés : ce serait la der des der ! Juré. On ne nous y reprendrait pas. Et maintenant il fallait oublier… Oublier de raconter les souffrances, les tragiques erreurs, les complicités… Oublier. Reprendre goût à la vie. Et Louis avait réussi. Il avait pris pour épouse Thérèse. Elle allait lui donner un bel enfant. Il espérait un fils… Voilà pourquoi, en ce soir de la Saint Jean d'été 1920, il bondissait comme un fou par-dessus le feu que sa mère avait allumé … et Thérèse le regardait, assise sur une chaise, à l'ombre de la haie de sureau. Elle aurait bien aimé l'imiter mais son état l'en empêchait ; pourtant son cœur bondissait en même temps que son Louis… Voilà qu'elle applaudissait de ses mains fébriles. La mère avait oublié le malheur qui avait frappé deux fois dans les années passées. Elle ne parlait pas mais elle souriait doucement. Elle se prenait à rêver… Avait-elle oublié ? Non ! De noir vêtue de la tête aux pieds, les cheveux blancs tressés en un chignon minutieux, elle avait gardé sa posture cassée, ratatinée mais, tout de même, en cette fin de journée d'un été naissant, elle se sentait emplie d'une douce quiétude. La vie continuait…

* * *

On avait fait les choses comme il se devait : lorsque le feu avait baissé pour ne laisser échapper que des relents de fumée, que les flammes avaient cessé de crépiter et que les braises rougeoyantes prenaient la couleur du charbon, Louis était allé quérir le troupeau. Le troupeau des Cailloux Blancs n'était pas bien conséquent : quatre vaches, quelques brebis, la truie et deux ou trois cochons. Le reste était composé d'une demi-douzaine de volailles et voilà tout ! La « cérémonie » consistait à faire passer les bêtes à travers un nuage de fumée afin de les protéger des maladies et des accidents toujours possibles en ce temps-là. Il n'avait pas été bien difficile de mener les vaches ni les moutons. Cela avait été plus compliqué pour les cochons… Quant aux poules, Félicie s'était contentée de prélever quelques charbons qu'elle avait placés dans une boîte métallique dont elle ferait bon usage dans les semaines et les mois à venir. Il était de coutume de placer ces bouts de bois noircis sous la paille des nids lorsqu'on mettait une poule à couver. Ainsi on empêchait la foudre d'assommer les petits dans les œufs et on facilitait aussi la ponte… Félicie avait retiré quelques charbons du feu pour les cacher dans les anfractuosités du mur des étables. Elle cherchait à éloigner les sorciers et les esprits malfaisants qui pourraient nuire au bétail. Lorsque le feu serait complètement éteint et qu'on aurait vidé par-dessus les cendres deux ou trois seaux d'eau de la source, on ferait marcher les bêtes pour les guérir « du mal des pieds ». La « boiterie » des moutons et des vaches était une maladie fort répandue au début du XXe siècle et l'on ne savait pas comment l'éradiquer. Il fallait bien se rendre à l'évidence : les vétérinaires étaient inconnus ; il valait mieux éviter le pire. Enfin, les bêtes rentraient dans les étables. La famille était restée là comme pour veiller le feu sous le ciel étoilé dans le silence de la nuit. Ce fut alors qu'un merle se mit à siffler des airs mélodieux à la plus haute cime du grand chêne. C'était un signe de bon augure. L'été serait splendide et un heureux événement se produirait bientôt aux Cailloux Blancs. La famille Baillot était tellement prise par le cérémonial de la Saint Jean qu'elle en avait oublié maintenant la fraîcheur qui s'abattait sur ses épaules. Heureusement Thérèse avait tout prévu : elle serra contre elle son grand châle de laine blanche. Elle avait bien senti un frisson mais si léger... Ce ne serait rien de grave. Juste un petit avertissement... Ils entrèrent tous les trois dans la pièce commune. En terre battue, elle comportait au centre une table en chêne et deux bancs. Dans un coin, on avait installé un berceau en bois qui se balancerait bientôt... Le feu de la cheminée était presque éteint mais la douceur de la soirée avait tenu mitonnée la soupe dans le « marmitou ». Louis et Thérèse prirent place autour de la table. Félicie décrocha le

« marmitou », souleva le couvercle et servit à chacun deux grosses louches de pain trempé dans les bols de terre. En silence, ils mangèrent… D'un revers de manche Louis s'essuya la moustache. Une dernière fois, il se dirigea vers les étables pour jeter un œil sur les bêtes qui somnolaient déjà. Bientôt il revint, les femmes écoutaient le bruit de ses pas traversant la basse-cour. Elles sortirent à leur tour pour « tomber un peu d'eau avant de gagner leur couche ». Plus que quelques jours à attendre… Une naissance allait égayer la ferme des Cailloux Blancs. Cette année 1920 serait belle. Là-haut, dans le ciel, le premier quartier de lune faisait un clin d'œil aux femmes dans le firmament étoilé. Elles rentrèrent doucement. Discrètes, elles tirèrent le verrou derrière la lourde porte. La nuit de la saint Jean serait courte.

* * *

La commune de Saint-Pierre-la-Montagne était l'une des plus étendues de ces monts d'Ambazac qui s'élèvent régulièrement au fur et à mesure où vous quittez la Haute-Vienne pour entrer en Creuse. La forêt de hêtres et de chênes en constitue la plus large partie laissant aux prairies et aux champs une part infime. Ici, depuis longtemps, les hommes ont fui ces terres hostiles pour aller gagner leur vie sur les chantiers de Paris ou dans les plaines de la Beauce. Ils étaient paysans, ils sont devenus maçons ou journaliers mais tous ont gardé une petite parcelle de ce terroir granitique auquel ils sont tant attachés. Au village des Cailloux Blancs, trois ou quatre familles se sont accrochées à ces pans de terre étroits et escarpés. Entre deux bosquets, en arrière des rochers qui affleurent ou surplombant le cours d'un ruisseau étincelant, quelques arpents ont résisté. C'est là que les paysans des Cailloux Blancs vivent modestement, parcimonieusement… A force d'économiser et de gratter le sol tout au long de l'année, ils en tirent un maigre profit. Les chaumières abritent des familles laborieuses et modestes mais tellement fières d'être encore là. La mécanisation qui a partout révolutionné le monde rural n'a pu avoir de prise en ces lieux trop pentus, trop dangereux… C'est à la force des jambes et des bras que les paysans de Saint-Pierre cultivent leurs champs et fauchent leurs prés. C'est encore à l'ancienne qu'ils exploitent le bois des taillis ou des châtaigneraies transportant de lourdes charges sur les traîneaux ou sur leurs échines… Il faut subsister…

Après la Grande Guerre, beaucoup de jeunes ne sont pas revenus : certains sont restés dans les tranchées, d'autres sont partis à la grande ville. Cela a donné une certaine aisance… Chez les Baillot, il en a été ainsi : André est mort et Louis a pu agrandir son domaine en prenant celui de ses deux voisins disparus aussi dans les combats de Verdun. De trois hectares, la ferme en compte maintenant une douzaine de surface utile. Enfin, il faut compter très vite ! Les prairies sont minuscules et les bandes de terre soutenues par des murs en terrasses ne font guère plus de cinq mètres de large. C'est là qu'il faut monter le fumier pour enrichir une terre trop pauvre. C'est là qu'il faut répandre la chaux qui arrive maintenant en gare d'Ambazac et que Louis va quérir avec sa paire de vaches et le tombereau… La chaux a permis la culture de la pomme de terre : on ne connaîtra plus la famine comme au début du siècle quand les grands châtaigniers décapités par les pièces d'or avaient été abattus pour l'usine de Châteauponsac… Désormais, on mangera son aise. Il est vrai que la famille Baillot comme toutes celles du voisinage s'est amoindrie : de six à huit personnes, on n'en dénombre plus que trois par foyer. Heureusement, la guerre est finie : l'espoir renaît et les mariages ont été nombreux dans ces années 20…

Autrefois, à la saint Jean d'été, on allait à la foire de Saint-Sylvestre pour louer les faucheurs… La tradition s'est perdue. Louis fera seul la saison des foins. Oui, seul, il coupera l'herbe à la faux, fanera, râtellera… Seul, il rassemblera le foin sec et brûlant, il le chargera dans la charrette, il le conduira dans la grange et il l'entassera sous les ardoises bleutées. Seul… Louis sait qu'il ne pourra se reposer sur sa jeune épouse qui va lui donner une suite.

Après la saint Jean, Louis n'avait pas perdu un seul instant. Le beau temps semblait avoir pris son essor : pas un seul petit nuage dans le ciel bleu d'azur ! L'air vif du matin se réchauffait vite vers les dix heures pour laisser place aux journées torrides de l'été. Le soir, peu après six heures, la fraîcheur descendait à nouveau de la montagne pour laisser tomber le serein et la rosée emperlée qui brillerait demain sous les premiers rayons du soleil apparus à l'horizon de Saint-Goussaud. L'été s'installait vraiment et pour longtemps : Louis en profiterait. Il battrait sa faux à l'ancienne comme le père lui avait appris. Il taperait à petits coups réguliers sur la lame bleue d'acier pour l'attendrir et il passerait longuement la pierre à affûter sur le fil d'argent qui ferait de l'antique outil des Celtes une arme redoutable pour « tomber » la prairie… Il se lèverait bien avant le jour, à deux ou trois heures du matin… Il avalerait un grand bol de soupe que la mère lui aurait préparé la veille et qui serait encore tiède tout près de l'âtre… Il sortirait le fumier et répandrait la litière fraîche. Il donnerait un dernier coup d'œil à la basse-cour et la faux sur l'épaule, la pierre à la ceinture, il partirait…

A l'entrée de la prairie, il s'arrêterait un instant près de la barrière, s'appuyant sur la rambarde vermoulue et couverte de mousse et de lichen pour scruter une dernière fois le ciel. Déjà, l'aube blanchissait l'Orient… Les loriots et les merles commençaient à peine à s'éveiller et à siffler… Un pic vert effrayé traversait le bois… Une légère vapeur blanchâtre s'élevait des herbes fleuries pour rester à la hauteur de la haie de noisetiers. Louis ôterait son veston de drap bleu, retrousserait les manches de sa chemise à carreaux et commencerait le « travail » en cadence… à un rythme très régulier… il avancerait le long de la haie, tranchant l'herbe au ras du pré pour revenir bientôt et terminer sa première rangée. Il s'arrêterait alors appuyant le manche de la faux contre terre, il passerait sa main sur la lame pour la nettoyer de tous les brins, il saisirait la pierre qui trempait dans l'eau claire de la corne et il l'affûterait à nouveau. Puis, tranquillement, il recommencerait ses allées et venues et les sillons d'herbe s'aligneraient les uns contre les autres. Durant trois heures, Louis ne baisserait pas le rythme. Sur le coup des dix heures du matin, la mère lui porterait la soupe… Il n'avait pas de temps à perdre : il ne reviendrait pas manger à la maison. Ce serait Félicie qui viendrait à lui avec le bol de soupe traditionnel et un morceau d'omelette ou de « caillade »… Durant l'été, il fallait bien régaler les hommes de quelque supplément de nourriture. Le travail était si dur… Les gouttes de sueur avaient à peine perlé sur le front hâlé de Louis mais la ceinture de flanelle et la chemise étaient trempées. Si on avait bien voulu observer le faucheur, on aurait vu ses reins trempés… En ce temps-là, la fauchaison était l'un des travaux les plus difficiles qu'il fut donné aux hommes d'accomplir. Voilà pourquoi, les paysans l'exerçaient au petit matin, à l'heure où ils étaient encore en pleine possession de leurs forces. Tout à l'heure, Louis reprendrait jusqu'à midi mais, en lui portant la soupe, Félicie lui avait annoncé que les premières douleurs avaient saisi sa bien-aimée…

Louis était un mari aimant et bientôt il serait un excellent père mais, pour l'heure, la prairie l'appelait. Il avait dit à sa mère :

- Si quelque chose de nouveau se produit, tu viendras me le dire. Promis ?…

Félicie avait répondu :

- Je reviendrai… mais… je crois bien ne pas me tromper. Il va falloir que je coure prévenir la sage-femme…

* * *

La sage-femme était en réalité une dame experte en matière d'accouchements. Jusqu'à la Grande Guerre et, même un peu après, les médecins étaient rares dans les campagnes. Les femmes enfantaient sans aide si ce n'était celle de leur entourage ou de ces femmes d'expérience qui étaient heureusement proches et bien connues. Aux Cailloux Blancs, il n'y avait point de sage-femme mais à la Bessade, vivait Sidonie Flacassier qui savait aider les petits bébés à voir le jour. Ce serait donc elle que Félicie irait quérir à une heure de marche de là. Lorsqu'elle revint du pré, il n'y avait pas à se tromper : l'enfant s'annonçait… Thérèse resterait seule à attendre… Deux heures plus tard, Sidonie Flacassier serait à ses côtés et donnerait ses consignes à la grand-mère qui ne perdrait pas un instant. Malgré la chaleur qui s'annonçait en cette journée du 25 juin, Félicie mettrait le feu sous un fagot de bois sec pour faire bouillir l'eau dans la grande « pérole » qu'il faudrait ensuite poser sur le trépied et laisser refroidir. Tout à l'heure, l'eau bouillie servirait à laver le bébé et à donner les premiers soins à la maman. Les sages-femmes savaient qu'il faut de grandes précautions pour ne pas contaminer les corps fragiles du nouveau-né et de leur mère. Pour l'avoir négligé dans les siècles précédents, des centaines de femmes avaient perdu la vie victimes de la septicémie. Désormais, il n'en serait rien.

Un peu avant midi et, après un dernier effort, une petite fille avait poussé son premier cri dans la maison des Baillot. Une jolie petite fille, bien dodue, bien rose ! Camille venait de naître. Un peu avant midi, en ce 25 juin 1920. Tout à l'heure, Louis rentrerait du pré et découvrirait le joli poupon dans le berceau ancestral. Il embrasserait sa femme. Un large sourire illuminerait son visage de paysan rude et tendre. Il s'excuserait un peu d'avoir une barbe piquante et, la sueur coulerait sur ses joues rougeaudes emplies de santé. Louis serait heureux. Il n'aurait même pas grogné : il attendait un fils... Camille était arrivée. N'était-ce pas le combler après tant de souffrances, tant de peines et de labeur ? Oui vraiment, il avait une femme très bonne, très douce... Il mangerait vite son dîner et il partirait en courant vers la mairie de Saint-Pierre pour déclarer, à Monsieur le Maire, la naissance de sa fille. Il était si fier d'avoir cette récompense. Camille était née au village des Cailloux Blancs dans une famille de paysans. Elle était un tout petit bébé et, pourtant, elle dégageait déjà une telle force que sa présence ne pouvait être cachée ici. Déjà, les voisins étaient venus : les vieilles et les vieux d'abord puis les plus jeunes et tous avaient voulu apporter à cette enfant, qui était la première de l'après-guerre, un joli présent. La mère Léonie avait posé près du berceau une jolie bague avec, peut-être, un diamant... Le père François avait offert une pièce en argent... Le grand Léon n'avait rien à donner mais il avait découvert dans l'entrelacs d'une haie d'aubépine un joli nid de pinson décoré de lichens et de mousses... Le grand Léon l'avait saisi délicatement de ses longs doigts gourds et, sans le défaire, il l'avait tendrement installé sur le « bourrassou » de laine qui recouvrait la petite fille. Un joli nid de pinson ! Une splendide enfant ! Et des chansons douces avaient été reprises en chœur par les femmes du village : « *Dors, dors, Camille, petite fille...* »

Louis Baillot était revenu de Saint-Pierre et rapportait à la maisonnée les paroles de Monsieur le Maire.

« *Bravo ! La commune renaît... Camille est la première de cette année 1920 ! Longue vie à cette enfant des Cailloux Blancs... Je ne sais quelle sera sa destinée mais j'ai confiance : Louis, tu es un homme courageux et tu sauras l'élever dans le sens de l'honneur et nous serons tous fiers d'avoir dans notre commune une petite Camille...* »

Comme il savait bien parler Monsieur le Maire et pourtant il n'était qu'un artisan : un maître-maçon... Un de ceux qui avaient bâti à chaux et à sable les écoles du pays et fondé la République... Comme il savait bien parler Monsieur le Maire mais il ne pouvait tout de même pas savoir que l'enfant qui venait de naître au village des Cailloux Blancs serait un jour bien plus célèbre que les maçons de la Creuse !

En attendant sous le « bourrassou » de laine, Camille dormait à poings fermés bercée par la grand-mère. Tout à l'heure, elle se réveillerait… elle crierait un peu… Elle serait vite consolée par sa maman qui lui collerait au visage son sein brûlant et goulûment Camille téterait en fermant les yeux, se rendormant aussitôt.

Au village des Cailloux Blancs, à l'heure où l'on entamait la saison d'été, une petite fille venait de voir le jour. Les merles, les loriots et les tourterelles berceraient son sommeil. Dans le bois de la Croix de Jacques chanterait le coucou et les hirondelles virevolteraient sur la mare aux grenouilles rasant de leurs pattes humides la poussière de la basse-cour. Insatiables, les demoiselles du Bon Dieu nourriraient leurs nichées dans les étables des vaches pendant que l'enfant s'assoupirait. Le bonheur était dans le pré mais il était aussi dans la maisonnée où Félicie et Thérèse veilleraient…

***

Louis Baillot était comblé : sa chère épouse lui avait donné une petite fille. Il l'avait prénommée Camille. Ils avaient choisi ce doux prénom d'un commun accord après en avoir parlé à Félicie la grand-mère. Camille : c'était comme une fleur, une jolie fleur du printemps, des couleurs vives et gaies ! C'était un prénom qui vibrait dans l'air du matin et qui ne pouvait vous laisser insensible. C'était déjà une intelligence : celle de demain…

Demain ? Nous étions à peine sortis du passé, des profondeurs impénétrables et voilà qu'il aurait fallu se soucier de l'Avenir… Après tant de peine, tant de malheur, les hommes et les femmes avaient une joie de vivre qu'ils conjuguaient au présent. Ici, aux Cailloux Blancs, chez Louis et Thérèse, cela avait créé Camille. N'était-ce pas suffisant ?

Les femmes se seraient bien contentées de ce cadeau du Ciel mais Louis ne croyait pas au Ciel. Louis avait tout juste un peu plus de trente ans : voilà quinze ans qu'il travaillait dur… Ce n'était pas pour rien ! Louis Baillot avait un idéal : celui de Jaurès. Il était socialiste. Ce n'était pas un vague mot pour désigner une catégorie d'hommes comme les autres. Les Socialistes adhéraient au Progrès et Louis ne travaillait pas la terre des Cailloux Blancs pour y vivre plus mal que son père ou son grand-père. Louis voulait se faire honneur. En travaillant. Le travail devait libérer l'homme de l'asservissement et lui donner une espérance nouvelle : celle d'une vie meilleure où, plus tard, on pourrait goûter aux plaisirs de la retraite. La retraite ? Cela avait été le grand débat du début du XXe siècle. Les hommes politiques traditionnels, les Républicains, les Radicaux socialistes avaient tout parié sur la retraite. Ils savaient que jusque là les paysans avaient travaillé sans connaître ce moment de repos et de délassement qui est celui des « vieux jours ». Aux vieux travailleurs de la terre, ils avaient promis la retraite. Les Anciens de Saint-Pierre et de toute la contrée ne les avaient pas crus. Comment aurait-on pu accorder quelques années de répit à la fin d'une vie sans gagner son pain ? C'était impossible… Seulement voilà, la rhétorique radicale avait trouvé la solution : la retraite des vieux serait prise aux dépens du clergé ! Et oui, selon eux, l'Eglise était la cause de tous les maux et les curés étaient des fainéants qu'il fallait contraindre à travailler. Avec l'argent que l'Etat distribuait aux prêtres, on ferait les retraites ! Les Radicaux avaient fait voter la célèbre loi de séparation de l'Eglise et de l'Etat, la loi qui octroierait aux vieux paysans quelques sous… Ah ! Les retraites agricoles d'avant 14 ne permettaient pas de manger la soupe grasse tous les jours ! Elles étaient seulement un petit présent qui avait été fait à ceux de la Terre. Un tout petit cadeau… Enfin, il faut être clair : les retraites agricoles vous autorisaient à faire carnaval une fois par an !

Cela n'avait pas beaucoup rassuré les paysans des Cailloux Blancs. Les Radicaux ne faisaient pas fortune sur ces terres où l'instruction avait pris son essor depuis une quinzaine d'années. Les idées socialistes avaient par contre bonne presse. Ici, on lisait « *Le Populaire du Centre* » fondé par Jean Jaurès en 1905… On lisait les articles enflammés de Léon Betoulle qui avait réussi à s'emparer de Limoges et qui, désormais, s'attelait à implanter sur toute la Haute-Vienne les sections socialistes… Ici, on appréciait les articles et l'éloquence d'Adrien Pressemane, le Député-Maire de Saint-Léonard… Adrien Pressemane était un ouvrier porcelainier. Il avait réussi, après maints essais, à battre les Radicaux sur leur fief : le Professeur Tourniol avait dû réviser son arithmétique et replier son parapluie. L'art oratoire de Pressemane avait enflammé des auditoires de plus en plus vastes mais c'est surtout contre la guerre, celle qui allait dévorer des millions d'hommes, que Pressemane avait engagé le combat et il l'avait perdu. Cela avait été le drame de sa vie : à l'école du malheur, il avait appris ; à la guerre, il avait souffert physiquement et moralement et il ne s'était jamais résolu à ce que des frères s'affrontent et se tuent…

Louis Baillot connaissait Léon Betoulle et il était un adepte d'Adrien Pressemane car lui aussi avait traversé cette guerre si meurtrière, si gourmande de vies jeunes et pleines d'espérance ! Louis avait applaudi à la signature de l'Armistice… il allait retrouver sa petite ferme et épouser celle qui l'avait attendu durant les longues soirées d'hiver…

A son retour du front, Louis avait naturellement participé aux réunions des Socialistes. Dans les sections de ces Monts d'Ambazac, ils étaient bien peu nombreux ceux qui approuvaient la position du Parti. Ils étaient majoritaires ceux qui dénonçaient la honteuse politique du bloc national qui avait associé les Socialistes à la Droite extrême dans un combat fratricide avec le peuple allemand. Si l'on avait écouté Jaurès… si Adrien Pressemane avait été entendu… Seulement voilà, Jaurès assassiné, son Parti avait rejoint le gouvernement d'Union nationale et, après la victoire de la Marne où les Limousins avaient pris une part importante grâce aux canonniers du 52e R.A. de la Braconne, les tranchées s'étaient enlisées dans les collines champenoises… Et les morts, les blessés s'étaient comptés par milliers… Le feu… le sang… les croix de bois… Jaurès avait raison ! Voilà ce que disaient les Socialistes réunis dans leur section et Léon Betoulle baissait la tête… Mais le débat ne s'arrêtait pas là. On était encore en un temps où les hommes intelligents réfléchissaient. A l'Est, un espoir s'était levé !

Avant 14, les paysans les plus riches avaient prêté au Tsar de Russie et même il en était qui n'avaient guère gardé pour eux ou leurs enfants croyant ainsi faire un placement d'argent à bon intérêt. Songez donc ! Prêter au tsar… Quel honneur ! Le Tsar passait alors pour l'homme le plus puissant du monde et bien des modestes gens s'étaient serrés la ceinture pour donner quelques pièces au Maître de toutes les Russies. Seulement voilà, en novembre 1917, le Tsar Nicolas II s'était enfui de son palais d'hiver lorsque le canon du cuirassé Potemkine avait tiré… La Neva charriait déjà des glaçons, il neigeait sur Moscou et Saint-Pétersbourg mais, sur les barricades, Lénine était monté s'écriant : « *Le Pouvoir aux Soviets !* »… Le pouvoir avait glissé des mains de Kerenski : Lénine l'avait saisi. Nicolas II, le Tsar sanguinaire et sa tsarine et tous leurs descendants avaient été fusillés… Saint-Pétersbourg était devenue Leningrad. Le rouleau compresseur russe qui devait écraser l'Allemagne patinait déjà depuis longtemps. L'Empereur Guillaume ne craignait pas son cousin Nicolas. Les Moujiks crevaient eux aussi dans le froid et la neige. Les peuples étaient assassinés ! La bourgeoisie triomphait, se régalait de ces gigantesques carnages. Seulement Lénine avait surgi sur les barricades. « *Le pouvoir aux Soviets ! Et la Paix ici et tout de suite !* » Les soldats russes et allemands avaient sympathisé. On s'embrassait dans les tranchées, on poussait des hourras de joie. Les officiers s'associaient à cet enthousiasme populaire. Lénine avait signé la paix de Brest-Litovsk épargnant aux peuples allemands et russes des millions de morts supplémentaires. Les puissances occidentales comme la France et l'Angleterre avaient crié à la trahison russe. La bourgeoisie hurlait et crachait mais Lénine avait signé la paix. Quelques mois plus tard, l'Allemagne demandait l'Armistice mettant ainsi fin aux hostilités. Les soldats français, revenus chez eux, survivants de l'enfer de Verdun, du Chemin des Dames, des Ardennes ou de l'Artois avaient soufflé… Maintenant dans les sections socialistes, on réfléchissait. Lénine avait signé la paix… Avait-il raison ?

Ce fut ainsi que Louis Baillot débattit dans sa section de Saint-Pierre des événements extérieurs de ces dernières années. Il savait que les gouvernements français et britannique n'avaient pas pardonné cette paix séparée et avaient voulu étrangler dans l'œuf la jeune République soviétique. Il savait que notre pays avait envoyé des troupes pour débarquer dans le Caucase et écraser l'Armée Rouge… Il savait que les marins de la mer Noire s'étaient mutinés à l'appel d'André Marty. Il savait… Il approuvait. Les armées blanches avaient eu beau s'acharner contre les révolutionnaires de Moscou, c'est l'Armée Rouge qui avait triomphé. Lénine était installé au Kremlin et il dirigeait l'Internationale… A vrai dire, ce n'était pas la même Internationale que celle des Socialistes français. Un grand débat avait secoué les instances de cette grande organisation des luttes ouvrières et paysannes. Lénine avait clairement posé devant les peuples assemblés la nécessité de créer une IIIe Internationale, celle qui remettrait aux peuples les rênes du pouvoir. Les Socialistes avaient refusé de saborder leur vieille maison croyant encore à l'esprit de Jaurès… Jaurès était mort ! Qu'aurait fait Jaurès ? Bien malin qui eut pu le dire. Jaurès avait refusé la guerre, Lénine avait signé la Paix ! Lénine continuait le combat de Jaurès ! Telle était la grande question qui était posée aux Socialistes français : adhérer à la IIIe Internationale ou rester prisonniers de la seconde qui collaborait avec la bourgeoisie.

Des discussions passionnées allaient se prolonger tout au long de cet été 1920 jusqu'à l'automne. Le temps était à l'orage, le tonnerre grondait et les averses s'abattaient sur la campagne limousine… C'était le soir après les longues journées de labeur que les paysans en sabots de bois venaient à la mairie de Saint-Pierre pour parler de ces « choses » qui touchaient à l'intellectuel. Après tout, les paysans n'étaient pas des sots : ils avaient appris à l'école des Bordes et en bien d'autres écoles à lire, à écrire et à compter. Quand ils comptaient les quelques sous que leur portait le facteur pour avoir combattu quatre ans dans les tranchées, ils faisaient la grimace… Quant à celles qui avaient perdu leurs tendres maris dans la tourmente de 14-18, ce serait bien une maigre consolation que de toucher leur pension de veuves de guerre ! Le compte n'y était pas ! Une fois encore on avait joué avec le miroir aux alouettes. Après l'emprunt du Tsar, les pensions de la misère... A l'école des Bordes, le maître avait appris à lire. Lire, ce n'était pas seulement annoncer les syllabes les unes après les autres, c'était comprendre et, surtout, regarder entre les lignes et tout ce qui n'était pas écrit. Toutes ces promesses fallacieuses qui n'étaient jamais tenues... Cela suffisait ! Le sang avait versé... Compter, lire et écrire... Avec leur stylographe, les hommes savaient tracer sur les feuilles de papier blanc quelques mots, quelques phrases... Des espérances et des doléances ! On avait voulu voler les curés pour donner aux anciens un peu d'argent... Les curés avaient été spoliés et les vieux n'avaient rien : ils allaient encore le long des chemins s'appuyant sur leur bâton noueux ou s'arc-boutant sur leur croissant pour couper quelques ronces ou ratisser les bordures de prés. On avait voulu leur faire croire qu'ils pourraient enfin se reposer et vivre de rien faire, respirer l'air pur de la montagne, profiter du soleil ou de l'ombre des sous-bois... Ils devaient travailler jusqu'à l'extrême limite de leurs forces ! Non ! Ils ne croyaient plus aux promesses. Il fallait maintenant des actes et c'était Marcel Cachin qui, de sa voix d'airain, martelait :

- Lénine a montré le chemin : celui de la Paix, celui de la IIIe Internationale ! Il faut adhérer à cette organisation révolutionnaire qui sans compromission mènera la lutte sociale vers le Progrès...

A Saint-Pierre comme dans tout le département et, comme d'ailleurs, dans toute la France, une large majorité de socialistes était pour l'adhésion à la IIIe Internationale. Adrien Pressemane était désolé, déchiré… L'ouvrier porcelainier ressentait profondément l'affreuse douleur de la division qui rongeait le mouvement des ouvriers et paysans. Il savait avant d'autres qu'il y avait ici un très grave danger et qu'il convenait d'éviter le pire : cette scission brutale qui laisserait des traces durant des décennies. Ce soir-là de septembre 1920, il était venu à Saint-Pierre pour haranguer une dernière fois ses camarades et les supplier de ne point tomber dans le piège. Adrien Pressemane voulait préserver l'unité des socialistes, gage de victoires futures et de conquêtes sociales nouvelles. Seulement voilà quand les vers sont dans les cerises, il n'est point possible de les sortir. Les Socialistes étaient désormais divisés : il y aurait ceux de Blum et ceux de Cachin. Au congrès de Tours en décembre 1920, un nouveau Parti voyait le jour : le Parti Communiste Français. Louis Baillot n'était pas allé jusqu'à Tours : il avait donné mandat à son ami Gabriel Texier, le marchand de vin d'Ambazac, pour le représenter. Désormais, Louis serait communiste. Décidément cette année 1920 avait été fructueuse pour la famille Baillot au village des Cailloux Blancs : elle avait offert à Louis deux naissances… Camille et le Parti Communiste mais Louis ne savait pas encore que sa toute petite fille était promise à un grand avenir dans l'idéal de ce parti qu'il venait de fonder avec ses camarades.

Camille était encore si petite. Dans son berceau, la petite fille dormait la plus grande partie de son temps et commençait déjà à s'éveiller au monde. C'était une belle enfant aux joues roses et aux petites mains potelées. Elle ne pleurait que rarement. Bientôt elle mettrait ses premières dents. Ce serait l'An ! De gui, on décorerait la maison… Elle n'aurait pas eu de cadeau pour son premier Noël. Dans les maisons pauvres, on ne connaissait pas encore ces pratiques ; pas même une orange, pas même un sapin ! Comment aurait-on pu couper un jeune arbre pour fêter Noël ? Non ! Il n'en était pas question. Noël se passerait à l'étable dans la douce chaleur des vaches. On poserait Camille sur une botte de paille comme pour l'imprégner de ces senteurs inoubliables ! Celles de la terre, du monde animal… Tout un programme : des paysans… Des touts petits… mais un grand idéal. Ici, on ne croyait pas à l'étoile de Bethléem mais déjà Louis rêvait de l'étoile rouge… Il formait des vœux pour que Camille connaisse ce grand pays que Lénine avait sorti de l'ombre de la nuit tsariste. Serait-il entendu ? Repues la Reine et la Blonde avaient tourné leur bonne tête vers Camille et leurs doux yeux avaient souri à l'enfant qui agitait sa menotte en pouffant… C'était le Noël des Cailloux Blancs, au lendemain de la Grande Guerre, à l'heure où une petite fille ne marchait pas encore dans la cour de la ferme. Ce serait pour bientôt…

* * *

Fin août 1922 : cet été-là avait été splendide. Louis et sa famille avaient rentré les foins et la moisson s'achevait. On ne semait guère de blé sur les terres des Cailloux Blancs mais le seigle y poussait admirablement bien. A la faucille ou à la faux armée d'un râteau, Louis avait couché le champ en javelles régulières. Thérèse et Félicie les avaient retournées, les unes après les autres, pour qu'elles sèchent parfaitement. Sur la couverture de laine, à l'ombre du pommier, Camille jouait avec quelques glands, des noisettes et trois ou quatre feuilles sèches. La petite fille était très sage. Elle écoutait sa maman qui lui avait bien recommandé de rester à l'ombre bienfaisante du vieil arbre qui la protégeait. En barboteuse et en manches courtes, Camille marchait pieds nus. Elle avait le teint hâlé des enfants de la campagne en bonne santé. Les femmes s'activaient maintenant à rassembler les javelles pour les porter au devant de Louis qui liait les gerbes. Du geste machinal des paysans de la montagne, il battait le cul de la paille pour l'égaliser avec sa bille en bois et retourner la gerbe serrée le nœud contre terre. Tout à l'heure, il attellerait les vaches à la charrette et chargerait les lourdes gerbes pour les entreposer dans la grange. Durant les longues soirées d'automne, il jouerait du fléau pour battre son blé. On ne connaissait pas encore, dans ces contrées reculées de la montagne limousine, les batteuses actionnées par les machines à vapeur. Seules quelques égreneuses activées par des moteurs à pétrole tournaient parfois dans les métairies les plus importantes. Louis n'avait pas voulu de ces machines dangereuses qui pouvaient vous arracher un bras à chaque instant. Il leur avait préféré l'antique fléau en bois que son père, son grand-père et peut-être l'arrière avaient agité autrefois. Louis n'était pas pressé de battre le blé, il voulait seulement le rentrer à l'abri car il craignait le changement de temps. Depuis le matin, les taons redoublaient de méchanceté : ils piquaient les hommes et les bêtes, ils se gorgeaient de sang... Les hirondelles rasaient encore davantage la terre de la basse-cour et semblaient inquiètes. Il n'y avait pas un seul souffle dans l'air brûlant de ce mois d'août exténuant. Les travailleurs des champs étaient en sueur et les gouttes perlaient sur les fronts ridés puis elles glissaient le long des joues pour s'accrocher un instant aux mentons recourbés vers la terre. Enfin la sueur tombait sur le sol mouillant ainsi la mère nourricière. La sueur avait ce goût salé et âpre du long effort des hommes pour arracher la récolte aux soles escarpées. C'était le prix pour manger son pain. Du pain de seigle… Dans les temps reculés et anciens, ce même pain avait été la cause de maladies très graves qui avaient entraîné la mort de centaines d'habitants du village. C'était l'an Mil… Le Mal des Ardents ! C'était une bien curieuse maladie qui débutait par des fourmillements dans les jambes. La peau et les chairs bleuissaient puis commençaient à se putréfier. Bientôt les malheureux ne pouvaient plus marcher : ils se traînaient de leur mieux jusqu'aux bords des ruisseaux glacés pour y tremper leurs membres brûlants. Un instant, ils se sentaient mieux mais cette sensation bienfaisante était de courte durée. Le Mal reprenait de plus belle et la mort ne tardait guère... Heureusement, dans ces années 20 de ce XXe siècle qui devait tenir tant de promesses, les boulangers des villages avaient su éliminer de leurs farines les ergots de cette « poudre noire », de ce champignon vénéneux qui donnait la mort. Maintenant, les paysans pouvaient manger à leur aise le bon pain, produit de leur labeur ! Il fallait faire vite pour mettre la récolte au sec avant l'arrivée du mauvais temps.

Le mauvais temps ? Malgré les progrès de l'Instruction Publique, la lecture des journaux et la connaissance pratique acquise par les voyages sur le front, Louis Baillot le craignait par-dessus tout. Le mauvais temps, c'était l'ennemi du paysan. A vrai dire, ici, on ne parlait pas de « mauvais temps ». Louis disait : « *Le méchant temps* » ! Oui, le temps était devenu chez les paysans méchant comme le pire ennemi, comme s'il avait fallu se battre contre lui. Ainsi les hommes donnaient aux choses des sentiments et des passions. Il leur semblait encore que des forces surnaturelles s'acharnaient contre eux bousculant la Raison et la Connaissance. Il leur semblait être si faibles dans l'Univers immense et infini. Le petit roseau... le grand chêne... Jean de La Fontaine ! Louis savait que parce qu'il maîtrisait sa pensée il ne devait pas avoir peur mais tout de même... La grêle, la pluie, le soleil, le vent... autant d'éléments naturels ennemis des hommes ! Il avait raison Louis Baillot de se dépêcher et de bousculer ses femmes pour aller encore plus vite. Tout à l'heure, il chargerait sur la charrette la dernière gerbe, la plus grosse : la reine du champ ! Et voilà… la Reine et la Blonde iraient de leur pas lent sur les cailloux du chemin jusqu'à la grange à blé. Là-bas, dans la basse-cour, elles s'arrêteraient. Louis alignerait le chargement face au grand portail et commanderait ses vaches. Elles obéiraient, elles reculeraient… Admirable attelage fidèle et discipliné. Il n'y aurait plus qu'à dételer, à délier les bêtes et, du même pas lent, elles iraient vers le bac en pierre pour s'abreuver secouant leur grosse tête pour chasser les mouches qui recouvraient leur mufle piqué de toutes parts. Elles plongeraient leur naseau dans l'eau fraîche et boiraient longtemps puis relevant la tête, les vaches resteraient là à rêver un peu. Des gouttes d'argent perleraient à l'extrémité des poils de leurs lèvres crème. Elles gagneraient ensuite l'étable pour profiter d'une bonne ration de trèfle. Le maître des lieux serait satisfait. Il s'attarderait encore un peu dans la basse-cour et dans les étables avant de rentrer manger la soupe du soir.

La chaleur étouffante ne baisserait point. Du côté de l'Ouest, une rase noire barrait le ciel d'or et, en tendant un peu l'oreille, on pouvait entendre de sourds grondements. La nuit serait orageuse. La famille aurait du mal à trouver son sommeil mais harassés par le dur travail de la moisson, Louis et les siens finiraient bien par s'endormir.

Ce serait au petit matin qu'ils se réveilleraient… L'orage avait éclaté. Un vacarme épouvantable montait des vallées, s'amplifiait et entourait la montagne. Des éclairs gigantesques zébraient le ciel et illuminaient comme en plein jour la chambre de Louis et de Thérèse. Dans son petit lit, Camille dormait encore mais elle ne tarderait point à s'éveiller. Contrairement à son habitude, la petite fille pousserait des cris et pleurerait. Alors sa mère irait la prendre dans ses bras chaleureux et la porterait dans le grand lit. Là, entre Louis et Thérèse, Camille serait plus calme. La présence du père rassurait l'enfant mais l'orage ne voulait pas s'éloigner. Il semblait s'attarder, s'acharner à déverser son déluge de feu et d'eau sur la campagne agonisante. Le vent furieux avait soulevé des nuages de poussière et de feuilles avant que la pluie ne les plaque sur le sol détrempé. La tempête avait soufflé des heures et des heures et maintenant l'orage était à son apogée. Des craquements secs suivaient les éclairs de feu. Tout tremblait ! Tout gémissait ! Heureusement, la récolte était à l'abri. Soudain Louis pensa aux trois vaches qu'il avait laissées dans le petit pré de la Combe aux Loups. Fatigué, il n'était pas allé les quérir hier soir. Seules la Reine et la Blonde dormaient dans l'étable. Elles étaient là-bas, les trois bêtes, s'abritant sans doute sous la haie de noisetiers. Elles ne pouvaient pas prendre de mal… L'eau de l'orage n'est jamais glacée et l'épaisseur du feuillage protégeait les bêtes de la grêle mais la foudre… Louis ne pensa pas un instant à la catastrophe. Il n'avait pas besoin de cela. Il avait assez donné et souffert… Si l'orage s'en mêlait et prenait ses bêtes… Une envie folle lui traversa l'esprit : enfiler son pantalon, chausser les deux sabots et filer vers la Combe aux Loups.

- Tu n'y es pas mon homme ! murmura Thérèse. Tu ne vas tout de même pas nous laisser, Camille et moi, toutes seules ici… Non ! Les bêtes se seront mises à l'abri. Elles dorment peut-être… Tu verras demain.

Louis était assis sur le rebord du lit. Il passa sa main dans ses cheveux broussailleux, respira profondément. Un coup de tonnerre fulgurant traversa la maison. La foudre venait de tomber. Quelques secondes s'écoulèrent. Les cœurs battirent très fort. Enfin, la famille respira. Il n'y avait point de flammes, point d'incendie… C'était à côté… Des trombes d'eau se déversaient du ciel. L'eau bienfaisante… L'été avait été si sec qu'elle était la bienvenue cette pluie providentielle. Demain, Louis attellerait la charrue et retournerait le champ. Il sèmerait des raves… Pour la Toussaint et bien après… Oui, la pluie faisait du bien. L'orage s'apaisait. Les grondements filaient du côté de Saint-Goussaud : les Creusois allaient profiter de cette eau. Le jour ne pointait pas encore. Louis se recoucha et s'assoupit. Thérèse et Camille l'imitèrent. Une fraîcheur délicate et parfumée envahissait la chambre, pénétrant derrière les volets en bois. Lorsque la famille se réveilla, le soleil était déjà haut et le ciel était bleu comme si de rien n'avait été. Louis faillit oublier les vaches : il était si pressé d'aller labourer. Seulement un paysan a toujours un peu au fond de lui-même une pensée pour ses bêtes. Louis courut vers la Combe aux Loups. De l'extrémité du chemin caillouteux, il aperçut les trois vaches sous la haie. Elles lui paraissaient calmes, couchées… Elles devaient avoir pris leur repas d'herbe humide au petit matin. Maintenant, elles ruminaient… A la barrière, il arriva bientôt. Il posa ses mains noueuses sur le rebord de bois. Il cligna des paupières. Il n'en crut pas ses yeux. Les trois belles bêtes étaient foudroyées. Ses vaches… la foudre les avait tuées. Le tonnerre de Dieu les avait brûlées ! Merde ! Quelle fatalité ! Louis faillit tomber à la renverse mais il se ressaisit. Il ouvrit la barrière. Il appela ses bêtes, elles ne bougèrent point. Elles étaient anéanties, noires de cendres. Trois vaches sur cinq ! Une catastrophe venait de s'abattre à la ferme des Cailloux Blancs. Comment allait-il annoncer la nouvelle aux femmes ? Il fallait du courage. Il fallait courber l'échine et baisser le front. Louis voulait pleurer mais les larmes ne venaient pas. Il voulait crier mais aucun mot ne sortait de sa bouche ouverte. L'orage lui avait pris ses trois belles vaches. Une fortune… Une vie ! Heureusement, Louis avait un peu plus de trente ans… Il serra les poings très fort comme pour briser quelque chose d'invisible qui le meurtrissait au plus profond de lui-même. La rage au cœur, il courut vers Thérèse et Félicie… Trois vaches sur un cheptel de cinq… C'était énorme…

Heureusement, il y eut les voisins. C'était le seul recours car Louis comme ses amis ne connaissaient pas encore les assurances. Firmin lui donna une génisse. Auguste en fit autant et ainsi il pourrait repartir. C'était la solidarité de ceux de la Terre face à l'adversité et au malheur. Les paysans s'aimaient les uns les autres, ils se prêtaient la main, ils offraient le meilleur… L'espoir renaissait…

* * *

L'espoir, c'était Thérèse qui le portait. Elle était à nouveau enceinte et attendait pour la fin de l'année un heureux événement. Thérèse avait commencé à en parler à Camille :

- Tu auras une petite sœur ou un petit frère… Ce sera ton cadeau de Noël…

- Une petite sœur ? Un petit frère… Dis Maman, tu ne peux pas savoir ?

- Non ! Mon enfant… Ce sera la surprise. C'est bien mieux ainsi !

Camille aurait voulu savoir. A deux ans passés, elle parlait parfaitement et s'exprimait joliment. Enfin… n'allez pas croire qu'elle parlait la langue de Molière. Non ! Camille parlait la langue limousine. Celle de sa grand-mère, de ses ancêtres. Elle maîtrisait parfaitement la syntaxe, la conjugaison et possédait déjà un vocabulaire très riche de ce que certains appelleraient peut-être un patois. C'était sa langue maternelle, ses premiers mots, ses premières pensées… C'est dans cette langue que

Camille mémoriserait, réfléchirait, agirait… Elle ne savait pas encore la petite fille que ce serait pour elle un avantage formidable que de connaître l'Occitan. Plus tard, bien plus tard, elle en userait et ce serait sa chance. Pour l'heure, Camille attendait aussi une petite sœur ou un petit frère et Maman lui avait dit que ce serait pour Noël. Son premier cadeau ! Alors vous pensez bien qu'elle n'allait pas gâcher ce bonheur et qu'elle prendrait le temps de le savourer. Après l'orage d'août et la tragédie qui en avait découlé, la grand-mère s'était occupée encore davantage de Camille. Félicie l'avait entraînée le long des haies de noisetiers pour ramasser ces fruits secs qui feraient la joie des veillées de l'hiver. Cette année-là il y en avait des noisettes. A pleins sacs on les ramassait et peut-être il faudrait remettre en branle le vieux moulin à huile… L'huile de noisettes ? Une richesse… Mais la grand-mère avait dévoilé à Camille un secret :

« Tu vois », avait murmuré Félicie, « je crois bien que ce sera une petite sœur que tu auras ! Les années de noisettes sont les années à filles… »

Camille avait tapé dans ses mains. Elle était heureuse. Oui, très heureuse. Si on lui avait demandé son avis, elle aurait préféré une petite sœur et voilà que Félicie la lui promettait… Avec toutes ces noisettes. On pourrait peut-être l'appeler Noisette… Pourquoi pas ? Seulement voilà, Noisette n'était pas un prénom de petite fille et déjà Camille savait que son papa et sa maman en avaient choisi un autre : un prénom qu'elle ne connaissait pas encore... Yvonne ! Camille se demandait bien d'où pouvait venir ce joli nom. Peine perdue ! Les prénoms n'ont pas tous une raison d'être ; il suffit qu'ils plaisent aux parents ! Yvonne, c'était original, c'était un beau prénom !

Et le jour de Noël 1922, un peu avant Midi, Yvonne vint au monde. Camille aurait voulu prendre ce petit bout de chou dans ses bras mais elle était encore vraiment trop menue pour soutenir sa sœur. Elle dut se contenter de lui faire des bisous sur les jambes, sur les bras, sur les joues... Elle était belle Yvonne ! Un cadeau de Noël... Décidément dans la famille Baillot, il n'y aurait que des filles. Yvonne était arrivée juste à temps pour faire oublier la tragédie d'août et redonner du courage à Louis. Oui, du courage... Il en faudrait beaucoup pour remonter la pente une fois encore. Ici, on ne craignait pas sa peine. On ne comptait pas. On travaillait à l'heure du soleil, de l'aube à la tombée de la nuit et parfois même bien après... Une nouvelle année s'annonçait : elle serait celle du blé nouveau ! La maison Vilmorin venait de mettre au point une nouvelle variété de froment qui devait connaître un essor fulgurant dans les campagnes et apporter aux paysans une récolte abondante en grains et en paille. Le Vilmorin 23 était né ! Sur les terres acides du Limousin, il serait semé à grands coups de mains généreuses, nourri d'engrais azotés et de scories. Peu à peu, le célèbre « 23 » remplacerait le seigle et le blé noir. Il ferait ronronner les batteuses et donnerait le bon pain... C'était une avancée sans précédent en agriculture. Désormais, les graines sélectionnées avaient fait leur apparition. La maison Vilmorin établissait sa suprématie prestigieuse sur toutes les contrées rurales mais elle était parfois battue en brèche par une autre maison : les graines d'Elite Clause. Le père Clause, comme on disait, devait lui aussi entrer dans toutes les chaumières et donner aux jardins un essor considérable. La culture de la pomme de terre se développait partout et l'arrivée du tramway permettait son exportation vers les grandes villes et même l'étranger. La terre limousine allait donner toute son ampleur : nourrir les siens et leur faire entrevoir la richesse ! Des tombereaux et des tombereaux de ces truffes noires étaient déversés en gare d'Ambazac et les paysans touchaient les produits de la vente au cul du wagon… C'était de l'or ! Après la châtaigne qui avait nourri tant de gens, la pomme de terre s'avérait une source inépuisable de bienfaits d'autant plus qu'elle favorisait une bonne santé. Peu de légumes ont cette capacité à nourrir les gens dans la diversité de goût et de saveurs sans en avoir d'inconvénients ! La pomme de terre sera au menu quotidien des hommes et sa fécule sauvera bien des vies…

La lutte pour la vie était un combat permanent des populations d'alors. En effet, de très nombreuses maladies infectieuses sévissaient encore et causaient de graves préjudices. Heureusement, ici, sur les hauteurs des monts d'Ambazac l'air était pur et vivifiant et le froid rigoureux des hivers chassait les microbes ! Seulement voilà la Tuberculose causait des ravages… C'était souvent à la ville que les jeunes filles, parties travailler comme Bonnes à tout faire, attrapaient cette fatale maladie. Le changement d'air, l'enfermement et une mauvaise nourriture conditionnaient ces pandémies. Les pauvres filles revenaient en toussant, en crachant et s'essoufflaient peu à peu. La pâleur de leurs visages faisait mal au cœur mais les médecins étaient impuissants. La Tuberculose anéantissait toute une jeunesse, elle était la hantise des chaumières qui avaient réussi à éviter d'autres maladies toutes aussi graves et invalidantes comme la Poliomyélite, la Diphtérie et la Variole. La vaccination était le seul remède connu mais elle n'était pas obligatoire. Bien des gens craignaient ces piqûres miracles et il faudra attendre une génération pour vaincre le terrible fléau.

Chez les Baillot, la foudre avait frappé mais la Tuberculose fut évitée. Ce fut une chance pour Thérèse et Louis de voir grandir Camille et Yvonne. Elles étaient bien rares les familles où un enfant ou deux ne disparaissaient. Camille avait bientôt trois ans, elle n'allait pas encore à l'école mais elle s'occupait… Dans les jupes de Grand-mère Félicie, elle allait et venait, soignait les poules, ramassait les œufs, ouvrait et fermait la porte des étables… Au jardin aussi, elle commençait à « travailler » : sa grand-mère lui montrait les plantes, lui indiquait leurs noms… Camille était curieuse : elle voulait tout savoir et sa mémoire était extraordinaire. La petite fille se souvenait de tout et particulièrement des dictons qui font les bons jardiniers. « *A la Sainte Catherine, tout arbre prend racine !… Si tu sèmes en lune jeune, tu récolteras des feuilles !… Quand la lune pend, la terre fend !… S'il pleut à la Saint Médard, il pleut quarante jours plus tard !…* » Grand-mère lui apprenait aussi les dates des semis et les façons culturales de chaque variété. Félicie avait sa méthode à elle : curieusement elle mélangeait les fleurs et les légumes. Elle prétendait qu'elle chassait ainsi les insectes nuisibles et les maladies… Avait-elle raison ? Camille approuvait sa grand-mère car elle faisait confiance au bon sens populaire. Vraiment elle était curieuse cette petite fille brune aux yeux noisette ! Elle n'était pas encore allée à l'école, elle savait plein de choses et elle montrait une grande sagesse d'esprit. Camille était raisonnable : Thérèse lui confiait sa petite sœur. C'était elle qui la gardait à l'ombre du tilleul ou dans la grande cuisine des Cailloux Blancs. Elle savait si bien l'amuser qu'Yvonne riait aux éclats lorsque Camille la regardait. Elle avait une extraordinaire puissance du regard. Sans dire mot, elle parlait aux autres. Rares sont les personnes ainsi faites.

Camille et sa sœur s'entendaient à merveille et les années de leur petite enfance passèrent. Des années de bonheur… Seulement voilà, un jour d'octobre 1926, Camille partit tôt le matin emmenée par son père qui lui montrait le chemin de l'école des Bordes. On avait caché la vérité à Yvonne. Quand elle s'éveilla, elle chercha partout sa grande sœur et il fallut bien lui dire… Camille avait six ans : elle entrait au Cours Préparatoire. Imaginez donc ce que signifient ces deux mots « Cours Préparatoire » dans la tête d'une petite fille de quatre ans !

Yvonne ne comprenait rien : Camille était au Cours Préparatoire ?… Camille n'était pas là… Sa gardienne de tous les jours, sa compagne de jeux, celle qu'elle embrassait trente six fois dans la journée était partie… partie sur le chemin des écoliers ! Pour la première fois de sa vie, Yvonne se mit en colère. Elle avait du caractère la cadette : elle tapa des pieds, elle se roula sur le sol poussiéreux, se frotta aux orties et aux ronces, se déchira la chair et on crut bien qu'elle allait s'arracher ses longs cheveux blonds. Il fallut toute la patience d'une mère pour consoler Yvonne. Enfin, un peu avant midi, elle consentit à suivre sa maman qui allait cueillir des pommes sur les versants pentus de Saint-Pierre. Au verger, la joie était. Cela consola Yvonne. Les jolies pommes rouges, jaunes, vertes et dorées s'entassaient dans les paniers et les caisses. La petite fille s'amusait à les aligner, à les empiler, à les retourner et, parfois, elle en croquait une juteuse et sucrée. Alors, elle riait… Le soleil était revenu dans la maisonnée.

Le soir, Yvonne alla sur le chemin avec Thérèse pour attendre Camille. Quand elles s'aperçurent aux extrémités d'une longue ligne droite, elles se mirent à courir de toute la vitesse de leurs petites jambes. Bientôt elles se serrèrent dans leurs bras frissonnants. Des larmes coulaient sur les joues de Camille. Elle les essuya furtivement : elle ne voulait pas ajouter à la peine de sa sœur. Elle se reprit, se mit à raconter… En réalité, elle imaginait plus qu'elle ne disait la vérité. A l'école des Bordes, Camille était allée pour apprendre à lire, à écrire et à compter. Il ne faudrait pas croire que la maîtresse d'alors était aussi souriante que celle que l'on pourrait trouver aujourd'hui. La maîtresse des Bordes était une vieille femme au chignon abondant et gris. Elle avait dépassé l'âge normal de la retraite mais elle continuait encore à professer ici avec sur son nez long et fin des lorgnons d'argent. Elle savait énormément de choses, Madame Defaye, car elle avait non seulement en charge les petits du Cours Préparatoire mais toutes les autres sections de l'école primaire jusqu'aux grandes du Certificat d'Etudes. Madame Defaye était en même temps maîtresse et directrice d'école. Enfin, elle dirigeait une école de filles car les garçons étaient à part avec Monsieur Defaye, un vieil homme qui approchait les soixante dix ans, voûté et presque cassé. Avec sa baguette de noisetier, il faisait lire les élèves sur le tableau noir, il les corrigeait d'un coup sec sur l'oreille ou sur les doigts et il s'appuyait pour avancer. Monsieur Defaye avait échappé à la Grande Guerre. Trop âgé pour être enrôlé dans les tranchées ! Il enseignait l'Histoire à sa façon et disons qu'il n'était guère en phase avec les idées de son temps. Il croyait encore en un nationalisme républicain qui avait fait ses preuves par des millions de morts en 14-18. Monsieur Defaye connaissait les idées de Louis Baillot et il ne les partageait point. Il n'aurait pas à sévir contre les filles de la métairie des Cailloux Blancs mais il en parlerait à son épouse… Oui, il en parlerait… Camille et, plus tard, Yvonne ne seraient pas les bienvenues à l'école des Bordes. Elles n'y trouveraient pas le plaisir d'apprendre que l'on pourrait attendre d'une école de hameau. Seulement voilà, à force de caractère et de volonté, elles surmonteraient cette difficulté majeure qui vous marque pour toujours alors que vous n'êtes pas encore mûrs pour affronter la vie. Camille serait une élève brillante, elle tirerait le meilleur parti de l'enseignement de Madame Defaye et la vieille institutrice serait bien obligée de constater que la « petite » des Cailloux Blancs serait sa meilleure élève. Camille écoutait la maîtresse parler : elle savait... Une mémoire à toute épreuve. Il lui suffisait d'entendre pour se souvenir à jamais. Point d'effort pour retenir les tables de multiplication, les fables de La Fontaine, les poésies de Ronsard ou les grandes batailles de l'Histoire de France ! Camille savait... On eut dit qu'elle précédait même la maîtresse. C'était en Mathématiques qu'elle excellait. A peine l'énoncé du problème était-il posé sur le tableau noir qu'elle pouvait donner la réponse. Il lui arrivait de connaître le résultat avant même de poser l'opération. Camille avait tout de même un défaut : elle posait trop de questions... Des questions qui embarrassaient Madame Defaye qui s'agaçait un peu et lui rétorquait :

- Ce n'est pas le problème d'aujourd'hui !...

Cette pensée enfantine qui, sans cesse, se promenait du passé à l'avenir sans oublier le présent aurait dû interpeller l'institutrice. Madame Defaye était trop âgée et commençait à s'essouffler. Camille commençait à peine à s'éveiller au monde. Elle nourrissait sa réflexion d'une immense curiosité et, naturellement, elle se tournait vers son père qu'elle accompagnait souvent aux champs ou aux prés. C'était Louis qui lui expliquerait, qui lui formerait l'esprit… L'école avait déjà perdu cette capacité à élever les êtres à l'état adulte. Enfin, celle des Bordes !… Camille n'était qu'une enfant mais elle pensait déjà comme une adulte. C'était une chance et Louis en était très fier. Cela inquiétait parfois Thérèse qui sentait bien que Camille irait loin, qu'elle ne resterait pas à traîner ses sabots dans les charrières des Cailloux Blancs… Thérèse aurait tant aimé garder sa fille près d'elle mais, dans ces années 30, de grands bouleversements se profilaient à l'horizon…

* * *

Camille avait dix ans à peine et ne pouvait donc comprendre les embarras de la Bourse mondiale et du crack financier de 1929. Le capitalisme était malade… Le système monétaire s'effondrait… Les usines par centaines fermaient leurs portes… Des millions d'ouvriers se retrouvaient chômeurs du jour au lendemain ! Dans les campagnes, la crise frappait. Avec retard ! Il fallut bien attendre une ou deux années au Centre de la France pour ressentir les premiers symptômes de cette maladie nouvelle qui voulait conduire le peuple à la misère. Louis Baillot, comme tant d'autres métayers, conduisait encore ses veaux à la foire pour les vendre au meilleur prix après en avoir débattu avec les bouchers. Maintenant il n'était plus possible de faire « affaire » comme autrefois : les cours de la viande s'effondraient. De foire en foire, les prix baissaient et les veaux et les vêles restaient dans les étables. Point de ventes, point de ressources pour le paysan. Comment faire face à la vie quotidienne ? La longue pratique du monde rural voulait que l'on économise pour subvenir aux besoins dans les cas de malheurs. Le malheur avait frappé à la porte des Baillot : trois vaches sur cinq avaient péri... Il avait fallu les remplacer et attendre la suite. Maintenant c'était la mévente... Louis s'interrogeait et aux réunions de son Parti qu'animait le secrétaire de la Fédération limougeaude Gabriel Citerne, un enfant de Saint-Léonard, les débats étaient animés, approfondis. Les militants paysans n'écartaient aucun problème. C'était une question de vie ou de mort. Quand la subsistance même des populations est en cause, il ne faut rien écarter pour découvrir l'envers des choses. Et elles n'étaient guère belles ces magouilles politiciennes des financiers et des banquiers qui ne cherchaient que le profit maximum. Périssent ceux de la Terre pourvu que les intérêts égoïstes d'une bourgeoisie soient préservés !

Gabriel Citerne expliquait les contradictions de l'intérêt national avec la cupidité bancaire. Impossible de satisfaire les uns et les autres ! Les gouvernements de la bourgeoisie voulaient affamer le peuple faisant croire à la surproduction de la denrée alimentaire alors que les besoins des populations en consommation allaient croissants. Il y avait trop de viande, trop de lait, trop de beurre, trop de blé… Les soupes populaires regorgeaient de demandes. Les travailleurs affamés finiraient bien par se révolter mais, en attendant, la souffrance était à son paroxysme. Sur les champs de foire, les paysans enrageaient, serraient les poings, brandissaient les bâtons et les fourches… Comment de si belles bêtes ne trouvaient pas preneurs alors que l'étal des bouchers restait vide ?

Tant de misère s'accompagnait d'une grave incompréhension : les populations ressentaient profondément les effets de la crise mais ne parvenaient pas à désigner correctement les coupables. La bourgeoisie triomphait et le fascisme naissait. En Europe, la montée du nazisme se faisait tous les jours plus pressante. Hitler en Allemagne et Mussolini en Italie triomphaient aux élections législatives. Les dictateurs arrivaient au pouvoir par la voie légale et, maintenant, ils allaient tordre le cou à la démocratie. En France même, les ligues factieuses se déchaînaient, s'en prenaient au Parlement, aux Syndicats, aux Associations de Secours Populaire… Les agitateurs de l'extrême droite s'en donnaient à cœur joie accusant les Juifs de piller nos richesses… Bientôt ils montreraient du doigt les Communistes : les pires ennemis avec leur couteau entre les dents et du sang sur les mains. A Ambazac, à Eymoutiers ou à Saint-Laurent, on avait vu fleurir, sur les murs et les panneaux, les célèbres affiches contre le Bolchevisme. Une propagande disproportionnée commençait. Bientôt, on ouvrirait des camps d'internement pour les indésirables… Bientôt on déporterait…

Face à cette violence et à ce rouleau compresseur d'infamies et de mensonges, il fallait dire la vérité au peuple et lui expliquer les causes véritables du marasme économique. Il fallait surtout s'UNIR ! En Limousin, l'union populaire n'était pas un vain mot. Depuis longtemps les travailleurs des villes et des champs avaient compris tout l'intérêt qu'il y avait à mettre en commun leurs efforts pour aller vers le progrès social et une meilleure exploitation des richesses. C'est à Limoges que les Ponticauds avaient créé les premières coopératives d'alimentation générale : les succursales de l'Union… C'est à Limoges que le syndicalisme ouvrier et paysan avait vu le jour avant même la fin du XIXe siècle et, dans l'unité, avaient été menées les grandes grèves de 1905 ou celles de 1910 pour la journée de huit heures… C'est à Limoges, tout juste après la Grande Guerre, que l'on avait créé les syndicats agricoles d'utilisation de matériel : des épandeurs d'engrais, les semoirs à blé, les déchaumeuses, les premiers tracteurs et les batteuses… Maintenant au village des Cailloux Blancs, c'était la batteuse du syndicat des monts d'Ambazac qui battait le blé et tournait tout au long du mois d'août et de septembre. Sans cela le progrès eut été impossible. Il fallait donc s'unir pour gagner les élections législatives de 1936. A ce prix était la victoire et la victoire fut au rendez-vous. Le Front Populaire du Pain, du Travail et de la Liberté l'emportait largement. Pour la première fois, un socialiste devenait Président du Conseil : Léon Blum !

Blum n'avait guère l'assentiment de Louis Baillot et de ses camarades. Il avait fallu tout le talent d'orateur de Jacques Duclos pour les convaincre de voter pour la liste du Front populaire. Louis se rappelait, qu'au lendemain du congrès de Tours, Blum et ses amis avaient engagé la bataille des « longs couteaux » avec les Communistes. Le Parti avait souffert, traversé une longue période difficile et connu l'hémorragie de ses adhérents. Grâce à des hommes comme Gabriel Texier, Jules Fraisseix et André Marcillaud, le Parti Communiste avait tenu bon. Gabriel Citerne dirigeait cette Fédération de la Haute-Vienne avec l'enthousiasme de sa jeunesse et la perfection de ses talents d'orateur. Infatigable propagandiste des idées de Marcel Cachin, Citerne allait de réunion en réunion pour répéter le mot d'ordre de l'Union populaire. Finalement, cela avait payé. Un grand espoir naissait en ce printemps 36. A Saint-Léonard, Léon Blum avait promis bien des choses aux ouvriers et aux paysans et l'enthousiasme de Léon Betoulle avait déclenché des tonnerres d'applaudissements. Les monts d'Ambazac en avaient frissonné jusqu'aux cimes de Saint-Pierre et au village des Cailloux Blancs. On croyait, dur comme fer, que du passé Blum allait faire table rase. N'avait-il pas offert un poste de Ministre à Maurice Thorez ?

A trente six ans, Maurice Thorez avait déjà une longue expérience des luttes populaires. Fils et petit-fils de mineurs il était né avec le siècle à Noyelles-Godault dans le Pas-de-Calais. Il avait connu la grande catastrophe de la mine de Courrières : le coup de grisou… les pleurs des femmes et des enfants orphelins… la faim et la révolte ! Il avait connu la Grande Guerre et avait dû abandonner sa maison natale pour suivre le grand-père fuyant devant les Boches. Jusqu'en Creuse, il était venu au village de Clugnat avec le « vieux » pour travailler dans une ferme. L'enfant des mines était devenu « brayaud » mais par chance son « protecteur » était un socialiste abonné à « *l'Humanité* » et au « *Populaire du Centre* ». Il avait donc étudié, approfondi et beaucoup réfléchi. La Grande Guerre lui avait enlevé les siens et volé ses biens et maintenant il travaillait la terre avant de retourner au pays minier pour reconstruire. Maurice Thorez était un enfant du peuple comme tant d'autres gamins de son époque mais il avait une intelligence exceptionnelle et maintenant il était le Secrétaire Général du Parti Communiste Français, Député de la Seine, il habitait Ivry la grande cité ouvrière que son ami Georges Marrane dirigera…

* * *

Après des années de prospérité qui avaient suivi la Grande Guerre, l'agriculture connaissait le marasme et la mévente. La crise de 1929 mit bien plus d'une année pour arriver jusqu'en Limousin. En ce temps-là, la vitesse de propagation des événements allait encore au pas lent des vaches. Il fallut des mois et des mois pour que s'installa en France cette effroyable tragédie qui allait conduire la classe ouvrière et la paysannerie au bord du gouffre.

A la ferme des Cailloux Blancs, les veaux attendaient dans les étables l'impossible acquéreur. Ce n'était pas que Louis Baillot ménageait sa peine. Bien au contraire ! De foire en foire, le paysan des Cailloux Blancs allait, conduisait ses meilleurs veaux mais les marchands dédaignaient la qualité et faisaient grise mine. De foire en foire, d'Ambazac à la Jonchère, de Saint-Léonard à Saint-Sulpice, les prix s'affaissaient ! Le gouvernement français de l'époque inspiré des idées centristes et droitières ne s'intéressait guère à ceux de la Terre. Les paysans trimaient ; ils « trinqueraient »... Il faut imaginer la colère du monde rural face à cette intolérable situation qui leur était faite avec un dédain extraordinaire. Sur les champs de foire, les poings se serraient et les bâtons noueux se dressaient... La révolte grondait dans les campagnes, mais, habitués à courber l'échine, les paysans de la montagne limousine grommelaient et acceptaient cependant l'offense... La misère s'installait dans les foyers et l'avenir de la jeunesse était limité aux horizons proches des sombres collines où seules les bruyères refleurissaient chaque année. Les garçons partiraient vers la capitale. Comme leurs ancêtres, ils iraient bâtir les monuments de Paris, les ponts et les palais de l'aristocratie financière. L'exode rural s'accentuerait chaque jour mais les filles... Ces dernières étaient abandonnées, oubliées de tous. Les classes dirigeantes n'avaient point encore pris conscience que « l'avenir de l'homme est dans la femme » comme le proclamera Louis Aragon. Depuis des siècles, les femmes de la terre étaient des servantes ; elles devaient le rester !

Seulement voilà, l'école était passée par-là ! L'école avec ses faibles moyens avait ouvert les esprits et introduit dans les petites têtes blondes et brunes des idées nouvelles qui germeraient bientôt. Ce fut le mérite des institutrices de France de semer ces graines novatrices et généreuses. On ne rendra jamais assez hommage à ces maîtresses d'école qui, modestement mais scrupuleusement, ont inculqué dans les esprits un idéal de Liberté, d'Egalité et de Fraternité. La Révolution française avait proclamé les droits imprescriptibles des citoyens mais malgré ces héroïnes, elle avait oublié les femmes... Les institutrices de Jules Ferry allaient relever le défi ! A l'école de la République, à celle des Bordes comme dans toutes les autres, face au tableau noir et derrière leurs tables de bois ciré, des filles en sabots allaient écouter la leçon. Cette leçon disait que les êtres naissent libres et égaux en droits et en devoirs. Jusqu'alors les garçons avaient eu la part belle ; désormais il faudrait donner aux filles la leur. Tout simplement !

Camille avait écouté la maîtresse : elle avait compris la leçon ! Si elle voulait s'arracher à la torpeur de la glaise et à ces pentes abruptes et rocailleuses pour s'élever au plus haut, il lui fallait réussir dans ses études. Une envie incommensurable d'apprendre s'était emparée de la petite fille des Cailloux Blancs. Elle dévorait les livres et surtout les romans qu'elle découvrait grâce à la bibliothèque de son école. Elle était Cosette et toutes les autres à la fois ! Victime du misérabilisme et d'une volonté écrasante pour nier l'identité même des femmes, elle imaginait un autre monde. A douze ou treize ans, Camille voulait s'émanciper, vivre pleinement sa vie et changer la face du monde. Sur les chemins de l'école, elle récitait les vers de Victor Hugo à haute et intelligible voix. Sur le pas des portes ou derrière les haies vives de noisetiers, celles et ceux qui l'entendaient croyaient qu'elle était folle. Il n'en était rien ! Camille avait en elle une soif de savoir et une intelligence plus qu'ordinaire. De ces vers où le romanesque n'est jamais absent, elle ferait une force invincible. Elle irait par-delà les montagnes, par-delà les monts d'Ambazac et de Saint-Goussaud… Elle irait vers le soleil radieux qui, chaque matin, apparaît à l'Est… Sur les chemins de l'école, dans les sentes brumeuses ou sur les hauteurs étoilées, elle allait… Elle savait aussi s'arrêter parfois pour contempler la nature merveilleuse qui s'offrait à elle gracieusement. Elle aimait ce coin de paradis qui était le sien et, surtout, elle regardait le soleil naissant qui jaillissait à l'Orient rose et éclatant. Elle pensait mais elle ne pouvait encore deviner ce qui l'attendait.

Pour l'heure, elle préparait le Certificat d'Etudes. Nous étions en juin 1933. La crise frappait de plus belle et paraissait vouloir étrangler le petit monde de Saint-Pierre-la-Montagne. Camille ne rentrait pas tout de suite après l'école. Elle restait une heure ou deux en compagnie de la maîtresse pour réviser et approfondir ses connaissances. Elle rédigeait des rédactions assez longues et surtout très bien construites pour une enfant de treize ans. Elle avait un style alerte et une écriture précise. Le vocabulaire était riche, bien à propos et le sujet était toujours traité dans sa complexité avec une note d'humour et de gaieté. Oui, pour Camille la vie devait être belle et ne devait pas se limiter aux contours moroses que voulaient bien lui donner certaines mauvaises personnes. La vie, c'était l'avenir ! Elle passait aussi ses heures à résoudre des problèmes complexes et difficiles. Elle avait remarqué que la plupart de ses camarades ne comprenaient pas le sens de l'énoncé, des questions et ne pouvaient donc trouver les solutions. Lire, relire et comprendre… Voilà la clef du savoir. Il ne pouvait y avoir de problèmes sans solutions : il suffisait de chercher… A l'école des Bordes, Camille avait découvert la poésie et le chant. Elle aimait apprendre ces chants révolutionnaires comme celui du « Départ » et surtout « la Marseillaise ». De nos jours, ils apparaîtraient bien stériles ces hymnes guerriers mais dans le cœur d'une enfant de treize ans, ils pénétraient doucement et faisaient une part de choix. Elle aimait « la Marseillaise », notre hymne national comme elle aimait la France, sa patrie. Comprendre ce qui peut se passer dans la tête d'une petite fille et l'analyser un peu c'est aussi découvrir cette jeunesse de France des années 30 qui voulait tant servir son pays. Camille aimait la France mais elle aimait surtout les siens : sa maman, son papa, sa grand-mère et sa petite sœur. Elle voulait être exemplaire. Pour eux ! Elle devait réussir les épreuves du Certificat d'Etudes. Sa maîtresse ne se faisait guère de souci : Camille avait toujours dix sur dix à la Dictée et vingt sur vingt en Calcul sans oublier la Conjugaison, la

Grammaire et l'Analyse logique. Il était bien difficile de trouver une faille dans le travail scolaire de Camille. Esprit rigoureux et pourtant si intuitif avec une sensibilité à nulle autre pareille… Camille réussirait au Certificat d'Etudes mais après ?

En 1933, l'avenir de Camille se posait donc car une si bonne élève ne pouvait être jusqu'à vingt ans une jolie bergère. Garder les vaches n'avait rien de désobligeant pour Camille mais tout de même songez un peu qu'elle aurait pu être facilement institutrice ou même professeur ! Cela la maîtresse le savait et elle en avait parlé à Louis Baillot. Louis n'était pas homme à montrer peu de cas au discours de l'institutrice. Il savait que la Dame parlait juste. Accroché à sa petite métairie des Cailloux Blancs, il n'avait guère de possibilités à offrir à sa fille d'autant plus qu'Yvonne suivait et était tout aussi bonne élève. Comment un petit paysan pauvre aurait-il pu envoyer en pension deux filles durant des années à l'instant même où ses veaux restaient à l'étable et où le prix du blé s'effondrait ? Louis Baillot crachait rageusement dans ses mains, les frictionnait l'une contre l'autre et saisissait le manche de la houe pour sarcler ses betteraves et ses navets. Il aurait tant aimé que ses filles poursuivent leurs études mais voilà… Point d'argent, point d'études ! A vrai dire, l'institutrice des Bordes lui avait fait miroiter un faible espoir pour Camille. Si elle réussissait à être la première du canton à cet examen tant convoité qui était le Certificat d'Etudes, elle pourrait bénéficier d'une offre exceptionnelle du Conseil Général : une bourse d'études.

Alors tout serait possible… Louis Baillot aurait sa fille inscrite à l'Ecole Supérieure d'Ambazac. Il rêvait mais il ne pouvait imaginer…

En ce mois de juin 1933, malgré la crise et la misère qui s'installaient le rêve allait devenir réalité. Cette journée du Certificat d'Etudes demeurera à jamais dans la tête de Camille et de son père. C'est le père qui avait voulu personnellement accompagner sa fille jusqu'au chef-lieu du canton pour vivre pleinement ce moment irremplaçable où, après six années d'études acharnées, le diplôme serait délivré... Louis n'avait point imaginé que Camille s'effondrerait et oublierait tout ce qu'elle savait mais il n'avait pas non plus espéré tant de sa fille. En fin d'après-midi, à l'heure où le soleil était encore haut sur les monts d'Ambazac, sur le perron de l'école primaire l'Inspecteur s'avança. Il ôta son chapeau et sortit de sa sacoche une grande feuille de papier sur laquelle étaient inscrits les noms des lauréates. Les gens s'étaient approchés tout autour et, dans les poitrines serrées, les cœurs battaient plus fort. L'Inspecteur Primaire, de sa voix sèche et rocailleuse, proclama les résultats :

- Première du canton, reçue avec les félicitations du jury : Mademoiselle Camille Baillot. Admise au concours des Bourses et inscrite en premier pour l'Ecole Primaire Supérieure d'Ambazac…

Le ciel bleu de cette journée d'été était encore plus pur, plus limpide et semblait dominer cette place ombragée de la cour de l'Ecole Primaire de Filles d'Ambazac. Aucun nuage n'était venu troubler cette sérénité. Les regards se tournèrent vers Louis Baillot mais il ne bronchait point. Son bonheur il voulait le vivre seul ou tout au moins le partager avec Camille qu'il allait rejoindre bientôt pour repartir simplement vers la métairie des Cailloux Blancs. Lorsque Louis fut en face de sa fille, il la prit dans ses bras et la serra très fort. Quelques larmes coulaient sur les joues mal rasées du robuste paysan. Louis s'excusa… Il n'avait pas l'habitude d'émotions aussi fortes. Il était fier de Camille. Elle était la première ! Et surtout elle pouvait continuer… Continuer ? Louis n'avait point imaginé ce que cela signifiait vraiment. Sa fille allait poursuivre des études au chef-lieu de canton à l'Ecole Primaire Supérieure… Et après ? Louis ne savait pas. Pour l'heure il savourait pleinement le succès. Il aurait aimé payer à boire à tout le monde et trinquer mais ici, à Ambazac, il ne connaissait que peu de gens alors il saisit la main de Camille et ils partirent. A pied. Comme ils étaient venus au petit matin… Tout à l'heure, au bout du chemin, lorsqu'il apercevrait sa femme ou sa mère, il s'écrierait :

- Elle est la première ! La première… Savez vous ce que cela veut dire ? La première…

Louis serait fier de cette enfant comme il serait fier deux ans plus tard de sa seconde qui, elle aussi, serait la première. La première du canton en 1935… Yvonne entrerait aussi à l'Ecole Primaire Supérieure. Yvonne suivrait dans l'ombre de sa sœur le même chemin et partagerait le même idéal… Camille… Yvonne…. Deux jeunes filles d'avant-garde !

* * *

Cette année-là, en 1935, Camille serait la première au Brevet Elémentaire. Ce brevet était l'aboutissement de deux années d'études à l'Ecole Primaire Supérieure d'Ambazac. En ce temps-là, le Brevet Elémentaire ouvrait toutes grandes les portes de bien des administrations : l'Education Nationale, la Poste, le Trésor Public… Camille ne s'en tiendrait pas là ; elle ferait une année supplémentaire et, en 1936, elle réussirait brillamment les épreuves du Brevet Supérieur, l'équivalent du Baccalauréat actuel. Décidément Camille « progressait » très bien. Elle serait certainement institutrice, professeur ou postulerait peut-être à l'Ecole Normale. On commençait à parler de cette jeune fille surdouée dans toute la contrée et, forcément, au cours des réunions électorales ou publiques on abordait quelquefois cette question avec Louis. Il avait de la chance : ses filles apprenaient tout ce qu'elles voulaient ! On oubliait bien sûr les longues années d'études, le travail acharné durant des nuits, la lecture, la recherche et l'opiniâtreté à vaincre les difficultés rencontrées sur ces chemins escarpés et dangereux des études supérieures. Camille et Yvonne étaient des élèves brillantes. Elles étaient les premières de la commune à réussir les épreuves des brevets et à pouvoir postuler à des postes d'enseignantes. Des filles de paysans promues institutrices ! Etait-ce pensable ? A vrai dire, bien des gens croyaient au miracle. Jusqu'alors, les petites paysannes étaient restées dans les fermes à croupir près des troupeaux ou dans les recoins du « cantou ». Camille survolait les études et, telle une étoile filante, pouvait espérer en un avenir étincelant. Sa cadette Yvonne ne semblait pas souffrir de cette trajectoire fulgurante et lumineuse. Elle aussi surmontait les embûches et franchissait les obstacles. La famille Baillot avait de la chance. Etait-ce les feux de Saint Jean qu'allumait chaque été la vieille Félicie qui avaient produit leurs effets ?...

* * *

En cet été 36, Gabriel Citerne allait de salle en salle pour convaincre les électeurs de voter pour les candidats du Parti Communiste Français. Le secrétaire de la Fédération limougeaude ne ménageait pas ses efforts. Le Front populaire offrait des perspectives nouvelles aux idées qu'il avait développées durant des mois et des mois et qui visaient au rassemblement du peuple français autour d'une politique hardie qui donnerait à chacun du Travail, du Pain et des Roses... Des idées nouvelles ? Jusqu'alors les paysans et les ouvriers avaient bien souffert de cette crise déclenchée par les banquiers New-yorkais pour étrangler les peuples du monde. Ils n'étaient pour rien dans cette catastrophe boursière, ils en subissaient de plein fouet les conséquences. Le chômage, la misère et la mévente s'étaient installés dans tout le pays. Profitant du mécontentement populaire, les bandes factieuses et nazies s'étaient répandues et voulaient étrangler encore davantage le peuple de France. Face au fascisme, il fallait réagir ! Le peuple français avait une longue expérience de la lutte révolutionnaire : 1789, 1830, 1848, 1870… ces années-là jalonnaient un long et difficile parcours pour la défense de la République et du Progrès Social. Gabriel Citerne était convaincu qu'il ne pouvait y avoir d'avancée décisive sans l'union des forces populaires pour ce progrès tant espéré. Le fascisme conduisait à la guerre, à la misère, aux souffrances et aux privations. Il fallait rompre cette course effrénée vers les sombres destins. Il fallait dégager une perspective nouvelle et attrayante pour les couches populaires. Rien ne servait de dresser le tableau noir de la misère sans envisager l'avenir radieux d'un Front populaire qui donnerait un nouvel élan à l'économie française, un nouvel espoir…

A l'issue d'une réunion publique tenue à Saint-Pierre-la-Montagne, Gabriel Citerne s'était entretenu avec Louis Baillot. L'incomparable propagandiste révolutionnaire lui avait dit :

- Je sais que tes filles font de très belles études et réussissent parfaitement à l'école supérieure. Il faudrait envisager pour elles un bel avenir !…

- Un bel avenir ? Mon camarade… Je suis bien d'accord avec toi mais quel avenir ? A l'heure actuelle aucun débouché ne s'offre à mes filles. Elles auront le brevet et même le supérieur et elles viendront avec moi piocher la terre et ramasser les topinambours… Voilà l'avenir !…

- Non ! Tu n'y es pas mon camarade ! Camille et Yvonne doivent quitter cette terre…

- Quitter cette terre ? Rêves-tu ? Cesse de raconter des bêtises ! Tu veux dire…

- Je veux dire que tes filles méritent mieux que de rester ici sur ces hauteurs ombragées à garder les brebis. Notre parti peut offrir cette perspective. Sait-tu que nous avons ouvert des écoles ?…

- Des écoles ? Le Parti Communiste a ouvert des écoles… Pourquoi faire ?…

- En effet, c'est la bonne question. Je reconnais en toi le vrai militant. Il convient de ne rien entreprendre sans savoir où l'on va. Le moment est venu de nous confier tes filles. Il faut qu'elles adhèrent à l'Union des Jeunes Filles de France puis elles prendront leur carte au Parti et le Parti s'occupera d'elles…

- Mais cela va coûter… Je n'ai rien. Je ne puis…

- Cela ne te coûtera rien seulement le silence. En effet, si l'on t'interroge où sont passées tes filles, tu devras répondre que tu ne sais pas ou que cela ne regarde que toi. Le silence, ce sera le prix de la réussite et des études brillantes à Paris, à Moscou ensuite…

- A Moscou ? Tu n'y penses pas ! Camille et Yvonne sont des petites paysannes qui n'ont jamais quitté les monts d'Ambazac. Tu voudrais les envoyer à Moscou…

- A Moscou… Au pays des Soviets ! Oui, c'est là-bas que nous formons les cadres de demain. La lutte révolutionnaire exige des acteurs aguerris connaissant parfaitement le terrain et les théories de la subversion, du renseignement… En un mot le Socialisme a besoin des intelligences ! Ici, tes filles s'étioleront, oublieront peu à peu ce qu'elles ont appris…A Moscou, Camille et Yvonne s'épanouiront, grandiront, deviendront des entraîneuses d'hommes…

- Tu voudrais faire de mes filles des agents de la révolution…

- En quelque sorte oui ! C'est un bel avenir… N'est ce pas ?

Louis Baillot n'avait point répondu à cette question de l'avenir. Il était abasourdi par la proposition époustouflante que venait de lui faire le dirigeant de la

Fédération Communiste limousine. Camille partirait la première. Elle irait à Paris étudier durant une année… Puis ce serait Moscou et l'Ecole Internationale des Cadres du Komintern… Louis ne pouvait décider seul de cet avenir. Il en parlerait à Thérèse avant de s'en ouvrir à Camille. Ce serait un cas de conscience. Une formidable proposition leur était faite par la direction du parti et Gabriel Citerne avait ajouté qu'un personnage très important du Comité Central viendrait rencontrer Camille au cours de l'été 36. Il ne pouvait en dire davantage… Louis devait seulement savoir qu'il s'agissait sans doute du numéro Un du bureau politique qui séjournerait quelque temps en Creuse pour retrouver la ferme de son adolescence et viendrait aux Cailloux Blancs parler un peu avec les enfants de Louis. Louis Baillot n'imaginait pas que Maurice Thorez, en personne, serait assis dans sa cuisine et deviserait avec sa famille. Tout de même… Le Secrétaire Général du Parti Communiste, fut-il en short et en vacances, n'en restait pas moins un personnage emblématique de la lutte des classes ! Aux Cailloux Blancs… Maurice Thorez ? Sur la route du château de Bon Abri où il viendrait inspecter l'école fédérale… pour recruter Camille ?…

Louis Baillot se posait beaucoup de questions et il était partagé entre refuser cet avenir extraordinaire qui s'offrait à ses filles ou accepter… Comment se déterminer ? Thérèse apprit la nouvelle avec stupéfaction et elle se mit à pleurer. Imaginer Camille à Moscou n'était pas du tout effrayant mais savoir que l'on ne devrait jamais dire où elle était passée… A la campagne, comment accepter une telle version des faits ? En ce temps-là, de ferme en ferme, on se parlait, les bouches se déliaient et il semblait impossible de dissimuler la vérité aux voisins. Brusquement, Camille aurait disparu… deux ans plus tard, ce serait Yvonne… Incroyable ! Personne à Ambazac, à la Jonchère, à Saint-Sulpice et bien au-delà ne le croirait. On soupçonnerait les Baillot d'avoir « donné » leurs filles. Mon Dieu ! Eux qui aimaient tant leurs enfants… L'opprobre se répandrait et les regards se détourneraient lorsqu'ils iraient sur le marché ou dans quelques magasins. Pour un paysan, il est impossible de trahir un secret mais il est tout aussi impossible de mentir ! Gabriel Citerne avait demandé le silence. Le prix des études ? Quel prix ? Mon Dieu… La honte ! Oui, ce serait la honte. Les Baillot auraient dissimulé leurs filles à tout le monde et elles ne reviendraient jamais… Camille et Yvonne seraient des agents du Komintern.

Pour une famille ordinaire il eut été impossible d'accepter cette proposition mais Louis Baillot était Communiste. Après avoir réfléchi, il se dit : après tout, que pouvait-il y avoir de plus beau au monde que de servir cette cause de l'Internationale ? et Gabriel Citerne avant Maurice Thorez qui passerait en juillet 36 avait expliqué :

- Tu vois Louis, Camille sera de la promotion André Marty. Tu connais Marty ! Les mutins de la mer Noire ! La fierté de notre parti et Camille sera cette fierté !…

Bien sûr Louis Baillot connaissait la trajectoire révolutionnaire d'André Marty, cet enfant de Perpignan, ouvrier chaudronnier sur cuivre, entré dans la Marine Nationale à Toulon. Durant des années, André Marty avait parcouru les mers, connu les pires expéditions, frôlé les dangers et les tempêtes… Invincible Marty ! Alors que l'Armistice du 11 novembre 1918 venait d'être signé, le gouvernement français l'avait envoyé en compagnie de ses camarades marins en rade d'Odessa. Là-bas, il aurait dû se battre contre les Soviets et l'Armée Rouge ; son cuirassé aurait dû bombarder les positions de l'armée révolutionnaire. A la tête de ses camarades marins, André Marty s'était révolté : il avait refusé de tirer sur ses frères de combat. L'ancien Franc-Maçon anarchiste avait fait cause commune avec la révolution de Lénine. Sanctionné, condamné aux travaux forcés durant vingt ans, il avait été sévèrement puni mais il n'avait pas abandonné… Libéré, élu député de la Seine-et-Oise, il siégeait maintenant au Présidium du Komintern et c'était son nom qui avait été choisi pour baptiser la promotion des agents de l'Internationale dont Camille ferait partie. Des frissons parcouraient le dos de Louis Baillot. La figure légendaire du marin révolté grandissait, s'illuminait et prenait l'aspect d'un géant. Camille serait de cette force, de cette grandeur, elle brillerait face à l'oppression et aux tumultes des banquiers et des marchands de canons. Elle serait un agent, un cadre de l'Internationale. Et justement Louis Baillot savait que l'École Centrale de l'Internationale à Moscou serait dirigée par une autre grande figure révolutionnaire et emblématique celle de Georges Dimitrov. Oui, Louis Baillot savait : Georges Dimitrov était un enfant de la Bulgarie, un fils de mineur de la région de Sofia et surtout une extraordinaire intelligence. Ne venait-il pas de s'illustrer dans le terrifiant procès que les nazis hitlériens avaient fait aux communistes allemands dans l'incendie du Reichstag en 1933 ? A cette occasion Georges Dimitrov, accusé par les hitlériens de complicité et d'assassinat, avait vigoureusement contre-attaqué démontrant son talent d'orateur, son courage et son intelligence. Faisant face à ses juges inquisiteurs, Georges Dimitrov leur avait asséné la Vérité, arme redoutable qui avait fait trembler le tribunal de Berlin, et les nazis avaient dû l'acquitter. Incroyable ! Dans cette atmosphère de peur où le crime se mêle à la justice, Georges Dimitrov était sorti vivant de la bête hitlérienne. Libéré, il avait rejoint l'Union soviétique et dès lors il dirigeait l'internationale... A l'idée de voir sa fille rencontrer ce personnage hors du commun qui serait son directeur de conscience, Louis Baillot ne pouvait plus hésiter. Comment retenir une enfant à la maison, briser sa carrière pour le seul amour du pays ? Louis savait que le bonheur est dans la famille mais, tout de même, le bonheur c'est une idée neuve en Europe et dans le monde ! Le bonheur ce n'est pas seulement la satisfaction de ses besoins immédiats, c'est aussi l'accomplissement d'un noble idéal ! Lorsque le numéro Un du Comité Central passerait aux Cailloux Blancs, Louis Baillot donnerait son accord. En raison du renom d'André Marty et de Georges Dimitrov… Camille quitterait le village pour servir la cause supérieure de l'Internationale et le silence en serait le prix. Le silence…

* * *

En cet été 36, ce n'était vraiment pas le calme dans les usines de France : grèves et manifestations se succédaient à une cadence rapprochée et soutenue. La victoire du Front populaire avait donné des ailes à la classe ouvrière qui voulait arracher au patronat des avantages sociaux bien mérités. Les usines étaient occupées. Le Ministre de l'Intérieur, Roger Salengro, se refusait à envoyer les forces de l'ordre pour chasser les travailleurs. Les patrons tremblaient… Il faudrait céder à la pression de la rue. Il faudrait accorder le droit aux congés payés et revenir à la journée de huit heures comme avant 1914. il y aurait aussi les augmentations de salaires… La crise boursière et économique avait durement frappé les plus démunis. Le chômage et la misère ajoutés à la maladie s'étaient installés dans les foyers. La Sécurité Sociale n'existait point : il faudrait l'inventer et ce n'était pas à l'ordre du jour. Quant aux retraites elles étaient bien maigres et permettaient tout juste de subsister. Après des années de labeur, les femmes et les hommes devaient encore travailler un peu pour aller jusqu'aux portes de la mort. Dans les campagnes, c'était bien pire ! Les paysans avaient supporté la mévente de leurs productions animales ou céréalières. Ils avaient vu leurs petites économies fondre comme la neige de mai au soleil. Maintenant, ils espéraient un office du blé et de la viande avec des prix minimums garantis. Ils espéraient… Ils seraient peut-être déçus et courberaient l'échine résignés une fois de plus !

Le Front populaire avait fait germer bien des espérances et l'on croyait le temps des cerises arrivé… Hélas ! Il faudrait encore des grèves et des grèves, des luttes opiniâtres pour imposer au mur de l'Argent la cession de quelques avantages. Le grand patronat, les « deux cents familles » comme Maurice Thorez les appelait dans ses réunions toujours plus écoutées, ne voulait pas mettre le genou à terre. Les « deux cents familles » préféraient plutôt Hitler que le Front populaire et les Maîtres de Forge trahissaient déjà la Patrie en confiant au IIIe Reich les plans de nos avions et de nos armements, en lui fournissant les capitaux nécessaires à la réalisation de sa puissante armée. Les hommes de la Ve colonne agissaient sous le manteau et, déjà, on libérait les criminels des prisons pour assassiner les meilleurs fils de France : ceux qui refusaient Hitler et le fascisme, ceux qui désiraient ardemment une France prospère et pacifique.

C'est dans ce climat contrasté que Camille Baillot quitta le Limousin un matin de septembre. Les brumes emperlaient les hautes futaies des monts d'Ambazac et une bise venue de l'Est avait rafraîchi la nuit jusqu'au point de faire blanchir les fonds des vallées. En gare de Saint-Sulpice-Laurière, son père l'avait conduite. Elle portait à la main une petite valise et, dans l'autre, elle tenait son sac à main. Elle avait seize ans. Elle quittait son Limousin natal pour une formidable aventure dont elle ne mesurait pas encore l'aboutissement. Il ne faudrait point croire qu'elle était naïve et juvénile. Camille avait beaucoup lu, beaucoup étudié et, surtout, elle avait appris à écouter les femmes et les hommes de son village, de sa contrée… Elle connaissait le poids des événements et la chape de plomb qui écrasait le peuple. L'homme qui était venu de Creuse pour la rencontrer et l'inviter à monter à Paris lui avait dit :

- Tu seras la messagère d'un monde nouveau, d'un monde où il n'y aurait plus de classes, où il y aurait pour tous et chacun du Pain et du Travail. Ce sera un monde où l'abondance offrira la Liberté…

Quel extraordinaire idéal s'offrait à elle ! Sur le quai de la gare, les voyageurs allaient et venaient battant de leurs semelles en cuir les pavés de granit pour se réchauffer un peu. Camille n'osait pas se blottir contre son père, elle était déjà ailleurs… Elle souriait à l'instant où d'autres auraient pleuré. Elle souriait à cet idéal de jeunesse et d'amour qu'elle allait découvrir. Elle voulait y croire…

La brume se déchirait un peu au Midi mais le soleil de Saint-Goussaud ne parvenait pas à percer les nuages. Au lointain, les voyageurs entendirent la puissante locomotive qui crachait de toutes ses forces pour hisser ses wagons sur les monts d'Ambazac. Bientôt, dans un bruit de ferraille assourdissant, le convoi s'immobilisa et le chef de gare siffla, agitant son drapeau, allant et venant sur le quai pour surveiller la descente et la montée des voyageurs en route pour Paris. Une dernière fois, Camille embrassa son père fraîchement rasé du matin. Elle laissa traîner ses petites lèvres roses sur la joue rugueuse du paysan qui lui souffla à l'oreille :

- Prends soin de toi Camille et sois à la hauteur !...

Camille n'osa répondre : elle hocha de la tête tout simplement et sauta sur le marche-pied puis s'engouffra dans le compartiment.

Tout à l'heure, elle serait en gare d'Austerlitz.

C'est là qu'un messager la prendrait en main après lui avoir soufflé le mot de passe... Durant une année, elle allait rester à Ivry-sur-Seine pour suivre les cours de l'école centrale du Parti. Si tout allait bien, à la fin de cette scolarité, elle pourrait peut-être revenir une semaine chez elle avant de partir pour l'université à Moscou.

L'école centrale du parti était installée dans une annexe de la mairie d'Ivry, située rue des Petites Pousses. Ce nom de rue pourrait peut-être paraître curieux mais il faut savoir que tout au long du XIXe siècle et, dans la première moitié du XXe, Ivry n'était pas la grande ville qu'elle devint par la suite mais plutôt une bourgade rurale habitée par des paysans et des maraîchers qui cultivaient la terre pour approvisionner en légumes frais les Halles de Paris. La rue des Petites Pousses était donc naturellement née de cette vocation agricole de la cité ouvrière d'Ivry-sur-Seine. Ivry avait un long passé révolutionnaire. Déjà, en 1788, les habitants de cette commune avaient rédigé des cahiers de doléances dénonçant les privilèges des nobles et du clergé, exigeant pour ceux de la terre une meilleure considération. Ses habitants avaient lutté avec les armes de l'époque : des faux, des fourches, des croissants pour chasser l'aristocratie qui les opprimait. Très tôt, la cité d'Ivry s'était donnée des élus socialistes et républicains et, dès 1920, après le congrès de Tours, Ivry fut le symbole de la ceinture rouge de Paris. Les Communistes dirigeaient la municipalité, impulsaient le travail des élus pour satisfaire les besoins de la population. A Ivry, on avait construit des stades, un hôpital, des collèges et un lycée… La municipalité était fière de ses réalisations socio-éducatives. Avec une volonté de fer, le maire voulait toujours donner plus à ses enfants et, chaque année, l'arbre de Noël des écoles était l'occasion d'une manifestation populaire et généreuse. Les mamans n'étaient pas oubliées : avec la reconnaissance de leurs tâches éducatives et familiales. Ici comme partout en France, les femmes ne votaient pas encore mais le conseil municipal avait créé des commissions où les femmes siégeaient. Ivry était une commune pilote sur la voie de la démocratie.

C'est donc rue des Petites-Pousses que Camille Baillot s'installa en compagnie d'une vingtaine d'autres jeunes filles venues des quatre coins de la France. Elles seraient internes étudiant, se distrayant, prenant leurs repas et couchant à l'école. Pour bien des filles issues de la campagne, cette discipline était plus que rigoureuse mais c'est à ce prix qu'elles réussiraient. Elles avaient pour professeurs non seulement les grands dirigeants du bureau politique du parti : Maurice Thorez, Jacques Duclos, Benoît Frachon mais aussi des femmes comme Marie-Claude Vaillant-Couturier, des écrivains et poètes comme André Gide, Louis Aragon et Georges Politzer… L'école bénéficiait des dernières découvertes de la pédagogie moderne et de la psychologie. Les meilleurs chercheurs participeraient à ces travaux et les méthodes actives seraient au centre de cette année scolaire pas comme les autres. Dès le départ, Camille devait s'habituer aux travaux de groupe, aux recherches en bibliothèque, à l'élaboration d'exposés et, surtout, à la prise de parole. Ici, on ne voulait pas former des agitatrices politiques en vase clos ! Il s'agissait de donner à chacune les moyens d'aller et venir dans le monde des vivants tout en semant les graines de l'agitation politique, un peu comme la mouche dans la fable de La Fontaine…

La journée scolaire était particulièrement longue : lever à six heures trente, en cours de huit heures à midi, travaux dirigés de treize heures trente à dix sept heures, études et recherches de dix sept heures à dix neuf heures… Après le souper, tout le monde se retrouvait au foyer pour un échange impromptu sur un sujet donné ou pour écouter un exposé d'un dirigeant du parti. On se couchait vers vingt deux heures. La semaine de travail allait du lundi au samedi dix sept heures. Le dimanche n'était pas consacré à la messe mais plutôt au sport. En effet, la gymnastique sportive était réservée à cette fin de semaine et se présentait sous la forme d'activités très variées : marche athlétique, escalade en montagne, descente de rivières en canoë, parachutisme, parcours d'orientation et de résistance, natation… Bien que réservées au dimanche, ces pratiques de sport au plus haut niveau n'étaient jamais prises à la légère. La direction de l'école savait parfaitement que les « agents secrets » qui sortiraient d'Ivry en auraient besoin plus tard pour se débrouiller dans leur vie nouvelle. Il n'y aurait pas, comme dans les écoles ordinaires, de vacances à la Toussaint, à Noël et à Pâques. La durée de la scolarité était fixée pour un an et serait sanctionnée par un diplôme de Fin d'Etudes. On savait déjà que le Président du Jury serait André Marty. Le prestigieux mutin de la mer Noire mais aussi l'implacable et intransigeant directeur de conscience. Heureusement, il y aurait des hommes plus conciliants, plus habiles et plus à même de parler à des adolescentes en herbe comme l'écrivain Romain Rolland et le poète Paul Eluard à la sensibilité à fleur de peau.

Ni les professeurs, ni les élèves ne pouvaient savoir qu'ils étaient à l'aube d'une tragédie et d'années noires où la terreur nazie allait déferler sur l'Europe. On se contentait alors d'expliquer la guerre d'Espagne, les attaques des avions à croix gammée contre les villages paisibles et les populations innocentes. A Guernica et en tant d'autres coins de la péninsule ibérique. Aidé par

Hitler et Mussolini, Franco étranglait son peuple pendant que le Front populaire de Léon Blum restait muet et immobile et que l'U.R.S.S. abandonnait la partie... Au Sud de l'Europe, une tragédie se nouait mais à l'école d'Ivry-sur-Seine, on n'en comprenait pas encore la gravité. Seulement voilà Camille et ses camarades allaient être demain les actrices de la lutte libératrice. Elles ne le savaient pas. Peu importait ! L'essentiel n'était-il pas d'apprendre à agir à l'école de l'internationalisme prolétarien.

A étudier, toujours et plus, Camille passa cette année 37 sans qu'elle puisse vraiment mesurer le temps qui s'écoulait. Elle noircissait des pages de cahiers, relisait Marx, Engels, et les philosophes révolutionnaires. Elle s'attardait avec Montesquieu sur l'exercice de la démocratie, avec Rousseau sur l'éducation de la jeunesse. Avec Denis Diderot et d'Alembert, elle saisissait la complexité du monde d'aujourd'hui mais, c'est surtout à travers les leçons d'économie politique, qu'elle comprenait vraiment ce qu'était l'exploitation de l'homme par l'homme. Elle découvrait la plus-value du travail : comment les hommes et les femmes pauvres sont obligés de se vendre pour manger à leur faim et parfois souffrir et mourir... Elle sentait de tout son être la sournoise conspiration qui était faite aux plus démunis pour les exploiter jusqu'au bout et s'enrichir sur la sueur et le sang des autres... Elle comprenait ce que signifiaient les mots « Capital », « Profit », « Spéculation boursière »... Elle se mettait à détester ceux qui exploitaient ses frères et ses sœurs, qui voulaient leur mort certaine… Elle voulait être le petit grain de poussière qui empêcherait les beaux mécanismes des machines capitalistes à fonctionner… Il fallait faire vite car toujours plus d'hommes et de femmes étaient pris dans ces engrenages infernaux. A l'école, ses professeurs lui expliquaient comment le monde de l'Argent développe chez les autres la cupidité et l'appât du gain et, surtout, agite devant des yeux hagards et troublés l'étendard des illusions… Illusions perdues ! Ceux qui voulaient devenir riches… « Deux cents familles en France » et bientôt une centaine et encore moins !… Il n'y aurait pas de place pour tout le monde ! Camille se frottait les mains de plaisir lorsque le professeur d'économie politique disait que les capitalistes ressemblaient à des crabes ou des requins et qu'ils finiraient bien par se dévorer entre eux… Oui, se dévorer… Ces affamés de l'éternel profit : voilà leur destinée ! Une mort certaine… Seulement voilà, en ce moment même, ils poursuivaient leur croissance aux dépens de millions de travailleuses et de travailleurs. Les usines du profit tournaient à plein régime… A moins que les travailleurs ne se mettent en grève. La grève ? L'arme suprême… Oui, lorsque les travailleurs cessent de donner leurs forces aux patrons avides, ces derniers meurent de faim. Voilà le mécanisme démonté mais il vaut mieux être un patron riche et gras qu'un travailleur pauvre et maigre… Les ressources ne sont pas égales ! Les travailleurs peuvent tenir la grève un certain temps mais le patronat sait affamer ceux qui manquent de tout. Il manie l'égoïsme, les intérêts particuliers et opposés pour obliger ses « esclaves » à reprendre le chemin de l'usine, de la mine ou des chantiers. La lutte est inégale ! Alors Camille, comme ses camarades, aurait pu penser qu'à chaque fois les travailleurs seraient vaincus. Oui, elle aurait pu le penser…

Seulement voilà en ce joli mois de mai 37, alors que l'on percevait, par les fenêtres grandes ouvertes, les chants joyeux des oiseaux dans le parc de l'école de la rue des Petites-Pousses, Benoît Frachon expliquait tout l'intérêt d'avoir un parti dirigeant les luttes, éclairant le chemin et montrant le but final. Benoît Frachon parlait de la Confédération Générale des Travailleurs unis pour impulser ces luttes difficiles et pourtant si nécessaires. Sans leur Parti, sans leur Syndicat, les ouvrières et les ouvriers d'usines et des champs seraient toujours perdants. Avec un idéal en tête, ils vaincraient. La révolution appartenait aux audacieux, elle nécessitait une volonté majoritaire du peuple. Bien au contraire, une minorité d'hommes et de femmes habiles et intelligents pouvait conduire les masses à la victoire. L'histoire de la Révolution d'Octobre enseigne que c'est Lénine qui montra le chemin lorsqu'il revint dans son pays en but aux abandons et aux périls étrangers. Lénine grimpant sur les barricades des rues de Saint-Pétersbourg exigea : « *Le pouvoir aux Soviets !* » Le fruit était mûr, il suffisait de le cueillir. Le tsar s'enfuit, fut rattrapé par les marins en colère et fusillé. L'aristocratie s'engloutissait dans les glaces et la neige. Les ouvriers prenaient place dans les palais et les belles demeures, distribuant à tous la richesse accumulée au profit d'une infime minorité. Le peuple affamé trouvait enfin de la farine et de la viande. La Révolution d'octobre changeait la face du monde.

En 1937, vingt ans après Octobre, la Russie résistait, seule, aux peuples envahisseurs et à l'agression impérialiste. La Russie défiait le monde… C'est vers elle que Camille allait bientôt.

* * *

Le temps des examens était venu à l'Ecole Centrale d'Ivry. La promotion André Marty allait sortir bientôt. On avait travaillé une année durant et, maintenant, on attendait la proclamation des résultats. Les élèves avaient été réunies dans la grande salle des conférences, assises en rond au pied de la tribune drapée de rouge et ornée de la faucille et du marteau. Un micro était installé sur cette tribune avec un verre et une carafe d'eau. Bientôt les dirigeants du Parti prendraient place derrière et André Marty donnerait lecture du palmarès. Une intense émotion régnait en cette première journée de juillet, émotion augmentée par la température ambiante de l'été ensoleillé. De sa voix tonitruante, André Marty déclara :

- Voici le classement de la promotion 36-37. Par ordre de mérite sont admises au diplôme de Fin d'Etudes les jeunes camarades dont les noms suivent : 1ère Camille Baillot avec la mention Très Bien…

La poitrine de la jeune paysanne des monts d'Ambazac se souleva encore davantage sous l'effet des battements précipités de son jeune cœur. Elle était la première... la première ? Elle ne pouvait vraiment le croire si elle ne l'avait pas entendu de ses propres oreilles par le plus célèbre des marins de France André Marty. Elle serait la première et ce serait elle tout à l'heure qui irait offrir un joli bouquet de roses rouges à Maurice Thorez lorsqu'il entrerait en scène. On avait fait répéter à toutes ce geste symbolique mais ce serait elle et, seulement elle, qui le ferait tout à l'heure. Elle avait souvent entendu parler tout au long de l'année de Maurice Thorez. A 37 ans, le Député de la Seine ne ménageait pas ses efforts à travers toute la France et dans le monde pour populariser les luttes des ouvriers et des paysans de France afin d'imposer l'union des forces démocratiques seules capable d'assurer la victoire durable contre le fascisme. Maurice Thorez à l'image de Jean Jaurès voulait empêcher la guerre. C'est lui qui à la tribune du Parlement français avait lu les pages haineuses d'Hitler contre notre peuple écrites dans « *Mein Kampf* ». C'est lui qui avait dénoncé le fascisme hitlérien qui se fondait sur la haine des peuples et la volonté d'imposer aux « autres races » la supériorité aryenne... Dès 1937, c'est lui qui avait montré la fausseté de ces thèses racistes, criminelles, injurieuses pour la Liberté, la Fraternité et l'Egalité... Conspué par les partis de Droite et les élus du Centre qui se préparaient à accueillir le chancelier du IIIe Reich à l'ombre de la Tour Eiffel, Maurice Thorez avait appelé les députés français à voter les crédits nécessaires à la constitution d'une armée populaire efficace et volontaire ; plutôt que de saborder nos usines d'aviation et notre armement… C'est lui qui avait montré le bon chemin de la négociation appelant les travailleurs à cesser une grève dès lors qu'ils avaient obtenu satisfaction sur l'essentiel. C'est lui qui incarnait l'intelligence et une volonté de fer pour donner au peuple de France toute sa place dans une Europe démocratique… Et c'est lui que Camille embrasserait tout à l'heure en rougissant un peu pendant que l'homme du Nord caresserait doucement sa petite joue pommelée. C'est à elle que Maurice Thorez transmettrait le flambeau de l'Union des Jeunes Filles de France et confierait la rédaction du journal « *l'Avant-Garde* »… Suprême honneur pour la petite paysanne des monts d'Ambazac ! Elle était promise à un bel avenir. Journaliste ! Quel plus beau métier que celui là, celui de tracer les lignes du chemin en noir et en couleur sur du papier blanc et lisse ! Journaliste… Peut-être un jour serait-elle comme Maurice Thorez, comme Vaillant-Couturier, député… Camille y songeait un peu mais ne pouvait vraiment l'imaginer… Cet instant où avec son écharpe tricolore elle entrerait au Palais Bourbon… Elle pensait à sa grand-mère Félicie, bergère de la montagne limousine… Comment imaginer qu'une petite fille relèverait le défi de toutes ces femmes de France exploitées jusqu'à la limite de leurs forces pour dire à la face du monde ce qu'elle avait sur le cœur. Oui, Camille avait un cœur énorme, empli d'espérance. Du cœur, du courage ! Il en faudrait…

La cérémonie s'était passée bien plus simplement que Camille l'avait imaginée. Maurice Thorez était un homme affable, souriant et il n'avait pas voulu impressionner ces jeunes filles de France venues lui offrir des roses. Sur les chemins du Front populaire, il y aurait pour tous du Travail, du Pain et des Roses. Pour Maurice Thorez, les roses étaient aussi pour le peuple. Du bouquet serré et fourni que lui avait tendu Camille, il en avait tiré une et la lui avait tout simplement offerte :

- Voilà pour toi, pour ton Limousin que j'aime et qui m'a, un jour de 1915, reçu en son sein ! Pour toi, pour toutes tes camarades et pour toutes celles qui ne sont point là et qui auraient voulu y être... Camille, tu es le symbole de cette jeunesse irremplaçable et nécessaire pour l'avenir de l'homme ! Oui, la femme est l'avenir de l'homme ! Comme l'a dit Aragon, les peuples qui ignorent les femmes sont des peuples perdus ! Il ne s'agit point d'inscrire dans les mots des idéaux généreux ; il faut agir, montrer et mettre en pratique ces propositions dans le réel. C'est vous, jeunes filles de France, qui seraient demain porteuses de cette vérité. Nous en prenons aujourd'hui à Ivry la ferme résolution. Il faut donner à la femme la place qui est la sienne aux côtés des hommes. Le chemin sera long, très long... Mais l'Histoire avance et la roue tourne... Ceux qui rêvent de faire des femmes : des esclaves, de les enchaîner à jamais ou de les faire disparaître dans leurs noires pensées appartiennent au passé. Oui, l'avenir de l'homme est dans la femme... Vous serez les messagères de cet idéal, un idéal de paix, d'amour et de bonheur !

Des applaudissements nourris avaient conclu cet admirable discours. Camille et ses camarades avaient mérité quelques jours de vacances. Bientôt, elle partirait vers l'Est…

* * *

Ce fut avec une joie profonde et sincère que Camille revint au village des Cailloux Blancs pour quelques jours de repos avant le grand départ… Sa famille la reçut avec les « honneurs ». Songez donc ! Il n'était pas courant dans les campagnes d'avoir une enfant promise à un si bel avenir. Louis Baillot et les siens ne pouvaient pour autant se vanter de voir entrer leur fille à l'école de l'Internationale. Ils devaient se taire. Camille ne pouvait se confier à ses amies d'enfance. La curiosité naturelle de ses voisines était grande mais, d'un regard, d'un geste habile de la main, elle détournait les conversations. Elle parlait d'autre chose…

Les moissons étaient achevées et la ronde des batteuses avait commencé. De village en village, les « grandes machines » de la Société Française allaient et venaient. Pour les servir, il fallait bien une quinzaine d'hommes et, parfois davantage, suivant l'importance des métairies. Aux Cailloux Blancs, la batteuse ne restait jamais plus d'une demi-journée. Il fallait la déplacer avec sa locomobile et la presse. Les bœufs et les vaches étaient mobilisés et, sur les chemins creux où le granit affleurait à chaque pas, les grandes roues en fer trépidaient pendant que les attelages s'arc-boutaient… Sous le soleil brûlant de septembre, elles ronronnaient de l'aube à la tombée de la nuit. Les hommes ne craignaient ni la sueur, ni la poussière, ni la corvée des sacs qu'il fallait monter et verser dans les greniers perchés au plus haut des maisons. Tout à l'heure, à table, ce serait la récompense. En ce temps-là, on ne faisait pas bombance tous les jours mais pour la batteuse… Les maîtresses de maisons se transformaient en cuisinières de premier ordre : les poulets n'avaient qu'à bien se tenir et la soupe serait grasse… Les hommes feraient « chabrol » et mangeraient de bon cœur. Pour une fois, on trinquerait avec du vin et le café serait arrosé d'eau-de-vie. Après quoi les langues se délieraient : on raconterait des blagues, on chanterait des chansons actuelles ou plus anciennes et, si un musicien se trouvait par-là, on danserait… Camille connaîtrait la joie du premier bal… Elle se laisserait emporter au rythme de l'accordéon et la fête serait belle. La moisson aussi… On commençait à respirer sur les hauteurs des monts d'Ambazac… On ne voyait pas les nuages s'amonceler dans le ciel tourmenté d'une Europe qui allait bientôt s'étriper… On évoquait les exploits de Roger Lapébie, le vainqueur du dernier Tour de France et, déjà, on parlait de Bartali, le champion italien… On oubliait Mussolini, Hitler, Daladier et Chamberlain ! Demain, on irait chez les voisins : la batteuse n'attendait point, il fallait la suivre ! Camille goûterait à ces menus plaisirs de la terre et prendrait part à la frairie des Ronces, le dernier dimanche de septembre sur la place de Saint-Pierre. C'était une tradition et le folklore de l'Eglantino dau Limouzi serait de la partie. On danserait les quadrilles, les bourrées et les polkas piquées… On pousserait des cris de joie… Les garçons lanceraient bien haut dans le ciel leur chapeau noir à ruban rouge et les filles feraient tourner leurs cotillons tout en claquant des sabots sur les pavés. Camille admirerait la perfection et la beauté de cette chorégraphie typique de son Limousin. Plus tard, bien plus tard, elle pourrait bénéficier des ballets russes au Bolchoï : ce serait une autre dimension mais toujours les mêmes élans du cœur, les mêmes émotions ! Le folklore s'inscrit dans les racines des peuples au plus profond d'eux-mêmes et la danse en est la meilleure interprétation. En ces derniers jours de l'été 37, Camille profitait aussi de sa sœur cadette avec laquelle elle effectuait de grandes promenades. Camille et Yvonne s'étaient toujours très bien entendues : l'une et l'autre s'aimaient profondément et s'aidaient mutuellement. Seulement voilà, Camille était venue la première et, maintenant, elle allait partir précédant Yvonne. Celle-ci ne comprenait pas très bien cette situation mystérieuse qui faisait que sa sœur ne pouvait pas dévoiler son avenir. Elle aussi aurait voulu partir, se rendre utile mais il lui fallait savoir attendre. Pour l'heure, les deux jeunes filles qui n'étaient plus des adolescentes suivaient une allée de noisetiers et en profitaient pour remplir leurs petits paniers d'osier de ces fruits secs que les écureuils adorent. Camille et Yvonne faisaient provision de noisettes ; des noisettes que l'aînée ne casserait point… Yvonne aurait aimé demander à sa sœur où donc elle allait mais le père avait défendu de poser des questions. Impossible de passer outre la volonté du paternel ! Les deux filles parlaient donc de choses et d'autres, de choses sans importance… Toutefois, elles abordaient aussi des questions essentielles : militantes de l'Union des Jeunes Filles de France, elles n'étaient pas naïves. Elles étaient instruites des dangers de la guerre, des dangers du fascisme et de l'impérieuse nécessité qu'il y avait à être vigilant. Oui, les jeunes filles et les jeunes gens de cette fin des années 30 n'étaient pas innocents, inconscients… Ils avaient une envie folle de vivre pleinement leur destinée mais ils savaient que sur leur chemin, ils trouveraient peut-être la bête hitlérienne. Camille et Yvonne n'avaient point envie d'être dévorées. Alors, l'aînée dit à la cadette :

- Tu sais ma chère, je peux bien te dire un secret…

- Un secret ? Cela ne se dit pas !…

- Tout de même ! A sa sœur, on doit tout dire. Je suis un peu comme « le Petit Poucet » je fais provision de Cailloux Blancs pour aller par le monde et ne point rencontrer l'ogre. Je vais aller très loin mais, je te le promets Yvonne : je reviendrai ! Promis… Juré !

A la frairie des Ronces, les yeux de Camille avaient croisé ceux d'un garçon... Un garçon du village du Puy Conniers... Hier, c'était un copain d'école, un peu plus âgé qu'elle... Maintenant, il était paysan et aidait ses parents aux travaux de la métairie. A l'école, Camille l'avait toujours admiré, toujours préféré aux autres. Il était grand, fort et souvent il protégeait les petites filles que les garçons ennuyaient. Ce soir-là de la frairie des Ronces, leurs regards s'étaient croisés... Un instant ! Camille avait frissonné. Elle avait souri... Seulement voilà, elle allait partir. Elle n'avait pas le droit de jeter le trouble dans la tête d'un garçon ! Alors elle avait baissé les yeux et elle s'était écartée rentrant plus tôt que d'ordinaire chez elle pour s'enfermer dans sa chambre et penser un peu au grand voyage qui l'attendait. Ce ne serait qu'un souvenir, un tout petit souvenir : celui de la frairie des Ronces ! Comme une égratignure très légère...

* * *

Camille avait embrassé ses parents, sa grand-mère, sa sœur... En gare de Saint-Sulpice, elle avait repris le train de Paris. Arrivée à Austerlitz, un camarade du Parti la prendrait en charge et la conduirait jusqu'à la gare de l'Est. Il prendrait bien soin de lui remettre ses papiers. Ce n'était pas une mince affaire que d'aller étudier en Union soviétique durant trois années. Il fallait disposer d'un passeport international, d'un visa des autorités du

Kremlin… Il fallait aussi de l'argent et du sang-froid, de l'intelligence. Camille n'en manquait point.

Elle dut attendre une nuit à Paris avant de partir pour Moscou. Au petit matin, elle se trouvait gare de l'Est. Beaucoup de gens prenaient ce train à destination de Berlin. Camille avait le cœur serré : elle devait traverser l'Allemagne nazie. C'était la première fois qu'elle découvrait un état fasciste. Après l'Alsace et le viaduc sur le Rhin, elle pénétrait dans ce pays où les gens de son idéologie étaient immédiatement arrêtés, internés, parfois exécutés… Son cœur battait fort mais elle ne tremblait pas. Elle savait ses papiers en règle. Elle avait confiance. Effectivement au contrôle frontalier, les hommes du IIIe Reich qui arboraient l'aigle nazi sur leur casquette et au revers de leur veston vérifièrent longuement sa carte d'identité, son passeport et tous ses papiers. Ils lui demandèrent si elle n'avait rien à déclarer. Elle répondit que non. Les cheminots allemands accompagnés de policiers lui rendirent ses documents et elle s'assit sagement le nez collé contre la vitre du wagon. Elle passa doucement sa main blanche sur la vitre recouverte de buée, elle ouvrit bien grand ses yeux et se contenta de regarder. Dans toutes les gares, il y avait des policiers sur les quais. Ils étaient accompagnés de chiens aux dents longues et tenus en laisse. Ils marchaient au pas cadencé. De chaque côté des portes d'entrée ou de sortie, des S.S. étaient en position avec leurs armes : ils étaient prêts à faire feu… Sur le fronton des gares, des drapeaux noirs et aux couleurs de l'Allemagne flottaient de part et d'autre d'une sculpture d'aigle à l'effigie du régime. Les gens étaient nombreux et les voyageurs ne paraissaient pas stressés. Ils souriaient et devisaient entre eux. Une grande activité régnait tout au long du parcours. Le voyage parut interminable. Enfin, on arriva à Berlin en fin d'après-midi. La capitale du Reich était illuminée de partout, Camille distinguait les édifices grandioses, symboles d'une architecture nationale socialiste inspirée de l'antiquité grecque. De hauts et lourds piliers de marbre se dressaient de part et d'autre du portail de la gare aux verrières éclatantes. Des colonnes jaillissaient de terre et montaient vers le ciel. Un portrait géant du Führer dominait l'ensemble. Ici, les forces de police étaient omniprésentes et paraissaient redoubler de vigilance. Camille frissonna. Heureusement elle n'avait pas à descendre. Elle prendrait son repas du soir au wagon-restaurant et choisirait sa couchette car le train poursuivait son chemin la nuit en direction de Varsovie. Tout à l'heure, elle quitterait l'Allemagne pour entrer en Pologne. Là, le spectacle qu'elle découvrit au petit matin était tout autre. La Pologne paraissait un pays d'un autre âge. On se serait cru brusquement transporté au XIXe siècle. Les gares étaient sales, obscures. L'électricité n'avait point ici fait son apparition. La traction animale était encore la plus répandue. Partout du charbon, de la poussière, de la suie, de la fumée… La locomotive polonaise qui tirait maintenant les wagons paraissait être elle aussi d'une autre époque. Le monstre du IIIe Reich avait cédé sa place à une machine à vapeur de Denis

Papin ! La « bête » s'essoufflait dans les côtes, paraissait vouloir s'arrêter et finissait bien par grimper jusqu'à la cime. Heureusement, il y avait peu de voyageurs et les charges étaient faibles. Sans cela il aurait fallu atteler une demi-douzaine de chevaux devant la locomotive pour parvenir à franchir la montée. En toussotant, en crachant à qui mieux mieux, la « loco » du XIXe dévalait la pente. Les freins crissaient affreusement en gémissements effrayants. Varsovie était là avec ses briques rouges et ses toits de tuile. Varsovie sur la Vistule… Le train ne s'attarda point, filant du mieux qu'il pouvait vers la frontière soviétique. Là, dans une zone où personne ne circulait, une sorte de « no man's land », les voyageurs pour Moscou devaient descendre. Le train de l'Ouest ne pouvait passer à l'Est. Ce n'était pas une question de régime ! C'était tout simplement que la largeur des voies soviétiques était supérieure à celle des pays occidentaux. Camille, comme tous les autres voyageurs, saisit sa petite valise, sauta du marchepied sur le quai dans le brouillard et le vent de ces premiers jours d'octobre 1937. Elle était encore à l'Ouest tout à l'heure. Après des formalités qui dureraient bien près de trois heures, elle serait à l'Est. Pour la première fois de sa vie, elle foulerait la terre des Soviets. Elle était enthousiaste à l'idée d'entrer sur le territoire de l'Union soviétique dont elle avait si souvent entendu parler à l'école de Paris. La patrie du Socialisme l'attendait et, comme toutes les bonnes mères, elle lui ouvrait ses bras et lui tendait ses mains… Il fallait encore patienter, passer en file indienne entre les chiens policiers polonais et, bientôt, ce serait les soldats de l'Armée Rouge qui assureraient sa sécurité. Les contrôleurs polonais n'étaient pas très sévères et les soldats de ce pays étaient plutôt conciliants. Mal équipés, mal nourris, ils étaient prêts au laisser-aller. Tout allait pour le mieux pour Camille.

Après une demi-heure de marche, elle montait dans le train de Moscou. Le changement était patent ! Chaque wagon comportait un long et large couloir au sol recouvert d'un tapis et, sur la partie gauche, des compartiments avec des sièges en vis-à-vis pour six voyageurs. L'assise était large, confortable. Camille put se refaire une beauté en se regardant dans les miroirs. Elle se donna un coup de peigne. Elle se trouva belle… La largeur augmentée des voies donnait au train soviétique une réelle stabilité qui tranchait nettement avec le cahin-caha des wagons polonais. Camille était impatiente de découvrir les premières gares. Elles étaient peu nombreuses, construites le long de la voie au milieu de la forêt. La plupart étaient en bois à l'image des isbas russes qu'elle verrait bientôt. Les drapeaux noirs avaient disparu. Ici, le rouge dominait et partout était affiché le portrait de Lénine en costume d'ouvrier coiffé de sa célèbre casquette. La faucille et le marteau étaient imprimés sur tous les drapeaux. L'Union soviétique, c'était d'abord l'union des ouvriers et des paysans, celle des Soviets comme se plaisait à le rappeler le Maréchal Staline. Le train glissait au milieu de la forêt dans un univers monotone et grisâtre. Camille avait vainement scruté l'horizon, elle n'avait pu apercevoir beaucoup de monde. Les gares semblaient désertes. Il y avait seulement des policiers et des soldats qui marchaient au pas de l'oie.

Le voyage durait depuis trois jours lorsque le train arriva à Moscou. La neige avait déjà fait son apparition et recouvrait d'une couche épaisse les toits des immeubles, s'amoncelant sur les trottoirs et aux abords des bâtiments publics. Moscou paraissait une ville immense aux très larges avenues rectilignes presque désertes à la circulation automobile. Dès son arrivée, Camille saisissait la différence avec Paris, la ville lumière. Moscou n'avait point cet éclat. Moscou paraissait endormie, abandonnée... Pourtant, Camille serait séduite tout à l'heure lorsqu'elle arriverait sur la Place Rouge avec ses églises aux obélisques imposants et la forteresse du Kremlin. Déjà le mausolée de Lénine attirait des milliers de visiteurs qui venaient vénérer le « grand homme ».

Camille songeait à Napoléon Bonaparte, à Victor Hugo... « L'empereur marchait tristement laissant derrière lui Moscou fumant...» Allait-elle s'ennuyer ici dans cette ville morose où elle ne retrouvait pas les magasins, les restaurants, les cinémas de Paris ? Elle n'en aurait pas le temps. Des agents de l'Internationale étaient venus l'attendre à la gare de Moscou. Ils s'occupaient d'elle. Elle serait conduite dans sa résidence située en proche banlieue : une grande maison en bois où d'autres jeunes filles étaient déjà installées et l'attendaient. Bientôt les cours commenceraient à l'université Lomonossov. Les études seraient longues, soutenues et enrichissantes. Ici, on ne plaisantait pas ! On formait des cadres pour l'Internationale : des agents secrets…

* * *

Lorsqu'elles pénétrèrent dans la grande salle de conférences de l'université Lomonossov, les jeunes filles de la nouvelle promotion furent impressionnées par la splendeur des lieux. Ici, rien n'avait été laissé au hasard. Les murs très hauts avaient été tendus de tapisseries rouge grenat. Devant elles, se dressait l'estrade avec, à l'arrière-plan, le tableau noir. Le pupitre du maître était drapé de rouge et orné de la faucille et du marteau et de l'inscription : « P.C. U.S. ». Le plafond était décoré d'arabesques aux contours impénétrables. De larges baies éclairaient cette salle imposante. Chaque élève bénéficiait d'un pupitre particulier et était confortablement assise pour écouter le cours et prendre des notes.

L'ouverture de la session de 1937 revint à Georges Dimitrov en personne. La figure emblématique de la IIIe Internationale fut en tout point conforme à l'idée qu'on se faisait de lui : un ouvrier aux gestes simples et à la parole facile, un tribun populaire qui en imposait par son savoir et la clarté de son discours. Dimitrov s'adressa à ses jeunes élèves et leur déclara :

- Jeunes filles ! Vous venez des quatre coins de l'Europe. Vous êtes Espagnoles, Italiennes, Belges,

Françaises, Allemandes, Polonaises et Russes ; Ukrainiennes aussi et Grecques… Vous êtes l'émanation des classes ouvrières de ces pays, vous allez étudier, discuter, échanger. Très vite, vous apprendrez les langues de chacune d'entre vous et vous deviendrez des agents de l'Internationale au sens le plus pur du terme : c'est-à-dire vous pourrez circuler librement en Europe et dans le monde, comprendre les langues et les dialectes locaux pour glaner le maximum de renseignements utiles au Présidium du Komintern. Votre tâche ne sera pas facile mais je puis vous assurer que notre organisation donnera à chacune de vous les moyens de la réaliser. Après ce sera une question de volonté et cette volonté je sais que vous la portez dans votre cœur : celle de servir le noble idéal du communisme dans le monde.

Nous vivons un moment historique dans l'évolution mondiale. Depuis près de vingt ans, la Révolution d'Octobre s'est inscrite en lettres de sang dans les temps modernes. Contrairement à toutes les prédictions, à toutes les aspirations du système capitaliste, notre régime a pu survivre. Seul face à la haine et à la calomnie !… Il ne faudrait pas pour autant penser que l'ennemi s'est résigné à notre existence. Chaque jour, à chaque heure et à chaque minute, des agents secrets des Etats occidentaux pénètrent en Union soviétique et tentent de soulever les populations contre les Soviets. Peine perdue ! La vigilance de notre chef, le grand Joseph Staline, et des Commissaires du Peuple réduit à néant des tentatives contre-révolutionnaires. Il ne faut point baisser la garde ! Et la jeune garde, c'est vous jeunes filles qui allez prendre la relève. Durant trois ans, vous étudierez ici, vous vous entraînerez physiquement et intellectuellement... Enfin, vous vous éparpillerez comme les petits oiseaux quittent le nid de la mère pour ne jamais y revenir mais en conservant le plus précieux des enseignements : l'instinct, l'attachement à l'idéal si noble de la révolution d'Octobre !

Les circonstances actuelles m'obligent cependant à vous préciser que je ne puis vous assurer que vous demeurerez ici durant trois années. C'est mon vœu le plus cher mais les menaces internationales peuvent nous contraindre à abréger vos cours et à vous confier des missions extraordinaires et urgentes... Ne perdez donc pas un seul instant dans l'effort et l'apprentissage. Aucune négligence ne sera tolérée ! Nous avons un besoin urgent de cadres sûrs et dévoués, nos services de renseignements ont été quelque peu malmenés par le contre-espionnage américain, britannique et, tout récemment, français...

A ces mots, Camille se sentit soudain concernée. Elle était la seule jeune fille de France dans cette promotion de 1937 et elle venait d'entendre Georges Dimitrov parler de la France. Elle tendit l'oreille...

- Oui, les services français ont tenté des menées intolérables à l'intérieur de l'Union soviétique et dans notre Armée Rouge. D'après les renseignements en notre possession, il s'agirait d'éléments fascistes de l'Extrême droite française animés d'une haine viscérale contre la classe ouvrière et les peuples : les Cagoulards... Fort heureusement nous avons pu déceler à temps cette « pénétration » étrangère et nous l'avons rejetée hors d'état de nuire. Le gouvernement français en a éprouvé un certain mécontentement et du dédain mais, rassurez-vous Mesdemoiselles, c'est plutôt bon signe ! Quand les ennemis de la classe ouvrière vous crachent au visage, c'est que vous êtes sur le bon chemin. Par contre, si ces mêmes ennemis vous flattent, demandez-vous alors quelle erreur fatale vous venez de commettre ! Il faudra cependant un certain temps pour « digérer » cette attaque de l'Occident... Il faudra « purger » les divers commandements de notre Armée Rouge infiltrés par l'ennemi. Cela se fera. Des têtes tomberont... Des têtes de gradés et même au plus haut niveau de l'armée... Point de pitié pour les renégats, les félons : ceux qui trahissent la patrie des Soviets ! Notre bras ne saurait trembler quand il s'agit de trancher pour la Vérité et la Victoire. La moindre faiblesse serait tragique et implacable. Vous êtes très jeunes encore, vous avez à peine quitté les jouets de l'enfance et vous voilà précipitées dans une mission grandiose : servir l'intérêt suprême du Socialisme. Au nom du Présidium du Komintern, je sais que je puis compter sur vous ! Vous serez la fierté de l'Internationale, l'avant-garde révolutionnaire irremplaçable qui agira, là où elle sera, pour déjouer les noirs projets contre l'Union soviétique et assurer aux Peuples la victoire finale. C'est de l'Internationale que dépend cette victoire. Sans l'Internationale, les classes ouvrières d'Europe et du Monde sont désarmées, agenouillées, humiliées. Avec l'Internationale, le soleil radieux du socialisme brillera à jamais.

Vive la nouvelle promotion de l'école internationale de Moscou ! Vive le Socialisme ! Vive le Communisme !

Les jeunes filles s'étaient levées et, d'un même élan, avec tout leur cœur chantaient l'hymne chéri de l'Internationale. Une fois encore, Camille Baillot frissonna. Elle savait que ce chant de lutte avait été composé par un Français : Eugène Pottier en 1871 durant la Commune de Paris. Elle savait que les glorieux Communards avaient été écrasés par l'alliance haineuse de Thiers et de Bismarck. Louise Michel et tant d'autres camarades déportés en Nouvelle Calédonie… La semaine sanglante de Paris imposée par les Versaillais avait mis fin à une grande espérance. C'était, une fois de plus, le peuple de Paris qui avait montré le chemin comme ses ancêtres de la grande révolution de 1789… C'était la fierté de Camille… Un cœur énorme… Un chant de lutte et d'espérance ! L'année scolaire 37-38 commençait bien…

* * *

Après l'annexion de l'Autriche par Hitler en mars 38, malgré les faibles protestations des démocraties occidentales, le Führer redoubla d'appétit pour s'emparer de la Tchécoslovaquie. Prétextant la présence allemande dans les Sudètes, Hitler convoqua à Munich son comparse Mussolini, le duce italien et les dirigeants britanniques et français : Chamberlain et Daladier. Il leur dicta ses conditions. A son retour à Paris, Daladier fut acclamé : le peuple français croyait avoir évité la guerre... Nous étions dans les derniers jours de septembre 38. Daladier n'était pas dupe : il savait et il mentait ! La duplicité humaine n'a pas de limites. Nous étions au seuil d'une guerre mondiale sans précédent et les dirigeants français se préparaient à livrer Paris à l'ennemi !...

A l'école de l'Internationale, Camille et ses camarades redoublaient d'efforts. Maintenant elles étaient sûres de ne point terminer leur scolarité. Le fascisme se profilait à l'horizon. Elles auraient à l'affronter frêles créatures à mains nues mais à l'intelligence et au savoir-faire incommensurables. Le fascisme, c'était la guerre comme l'avait toujours souligné Jaurès dès 1914... Le fascisme c'était l'asservissement des autres peuples, l'exploitation sans limites des masses humaines au service du capitalisme allemand. Le fascisme c'était la négation de la liberté, les camps de concentration et d'internement et, bientôt, ceux d'extermination... Le fascisme c'était la chasse aux Communistes car les hommes de main de l'Extrême droite avaient bien compris que leurs plus farouches adversaires étaient ceux dont l'idéologie tendait à libérer l'homme de l'oppression. La tête d'un Communiste n'avait pas de prix ! Les criminels, les voyous, les brigands seraient libérés et grassement payés pour assassiner les militants de la classe ouvrière, les syndicalistes, toutes celles et tous ceux qui pouvaient offrir ne serait-ce qu'une faible résistance à la machine de guerre impérialiste. Voilà la leçon de l'école de Moscou et le temps libre n'était pas monnaie courante toutefois Camille Baillot et ses copines en profitaient pour visiter la capitale du pays des Soviets. Camille était surtout attirée par les grandes églises qui entouraient la place Rouge, admirative de l'art orthodoxe, de la magnificence de ces édifices grandioses. Tout de même ! Napoléon 1er avait transformé Basile le bienheureux en écuries pour ses chevaux… C'était bien manquer de respect à un passé prestigieux ! Nul doute que l'empereur ait été vaincu. Bien sûr il y avait eu le général hiver mais aussi combien d'erreurs ?…

Les élèves furent conduites en rang au mausolée de Lénine. Des soldats d'élite de l'Armée Rouge montaient la garde devant le célèbre monument. Il fallait de longues attentes aux paysans venus des lointaines républiques asiatiques, aux ouvriers des usines et des chantiers de Leningrad pour descendre les marches et pénétrer à l'intérieur du mausolée. L'école de l'Internationale n'eut point à attendre. La longue file des visiteurs s'écarta naturellement devant ces jeunes filles de l'Avant-Garde aux foulards rouges noués autour du cou, aux jupes plissées, aux chemisiers blancs. Souriantes et anxieuses tout de même, elles entrèrent immédiatement sous les dalles de pierre. Lénine était là allongé sur le marbre, habillé de son simple costume d'ouvrier, cravaté, la chemise blanche impeccable. Il était là depuis 1924, on aurait dit qu'il était vivant. Embaumé, bichonné par des mains douces et efficaces, le grand révolutionnaire reposait à jamais devant l'enceinte du Kremlin où il avait gouverné durant seulement quelques mois. Son nom était connu de millions d'êtres humains. Il était symbole d'espérance et Camille passa doucement près de lui, ne pouvant détourner son regard de cet homme figé par la mort et tellement vénéré. Au fond d'elle-même elle fit un vœu : ne jamais trahir Lénine ! En toute circonstance, rester fidèle à la pensée de celui qui avait montré le chemin… Elle avait dix sept ans. Elle était belle et si frêle mais cet engagement avait la solidité de l'acier et la flexibilité de tous les esprits qui lui avaient été inculqués durant sa scolarité. Camille savait qu'Hitler rêvait de s'emparer de ce mausolée, de le détruire, de brûler le corps de Lénine et de faire édifier, ici même, une statue colossale à son effigie avec le bronze qu'il volerait partout dans l'Europe. Camille ferma les yeux. Elle frissonna. Du bronze de France serait bientôt ici ! Du bronze de la statue de Jourdan, de Jeanne d'Arc et de tant d'autres hommes illustres de la République française… Un peu de Victor Hugo, de Zola et de Lamartine… Un peu de Robespierre, de Danton et de Saint-Just. Le Führer voulait voler et piller, assassiner et tuer… Les jeunes filles de l'Internationale seraient les agents secrets qui feraient tout pour empêcher cette cascade de crimes. Seraient-elles assez fortes ? Camille serra les poings. Elle cessa de sourire à

Lénine, elle fixa le grand révolutionnaire de son regard profond, elle secoua sa tête de haut en bas. Elle avait fait sa promesse…

* * *

Camille savait comme tous les professeurs de l'Internationale, comme le gouvernement de l'Union soviétique que la partie diplomatique qui se jouait en 1939 serait décisive pour la patrie du Socialisme. C'était une question de survie…

Après les accords de Munich qui lui avait permis de mettre à genoux la France et l'Angleterre, Hitler rêvait de s'emparer de la Pologne et d'attaquer la Russie. Cette dernière n'était pas prête : malgré tous les efforts du plan quinquennal les aciéries de l'Oural n'avaient pu réaliser à temps l'objectif que leur avait fixé le Maréchal Staline afin d'assurer à l'Armée Rouge des unités de blindés infaillibles. Staline savait que son armée possédait des tanks, des chars mais que la moindre torpille ou obus de l'ennemi pénétrerait l'acier trop fragile. Staline savait et il lui fallait trouver des alliés car seule la Russie ne pourrait tenir. C'est pourquoi au printemps 1939 il fit savoir au gouvernement britannique et français qu'il était prêt à recevoir leurs plénipotentiaires pour la signature d'un traité militaire de défense mutuelle. Les Français et les Britanniques vinrent à Moscou au lendemain du 30 avril 1939. Les discussions commencèrent avec Molotov, le Ministre des Affaires Etrangères du Kremlin. Elles durèrent longtemps ; elles n'aboutissaient jamais ! A vrai dire, les représentants de la France et de l'Angleterre n'étaient que des « seconds couteaux ». Jamais notre Ministre des Affaires Etrangères ne se déplaça à Moscou : les Russes en furent chagrinés et ils se demandèrent si les Français et les Anglais ne voulaient pas retourner le Reich contre eux. Sur un coup de tête, Molotov reçut Von Ribbentrop le représentant du chancelier Hitler et, le 23 août 1939, il parapha le pacte de non-agression entre l'Allemagne et la Russie. Ce fut comme une chape de plomb qui s'abattait sur l'Europe et la stupeur s'en suivit. L'Allemagne fasciste et la Russie communiste décidaient de ne point s'agresser. La Pologne était perdue ! L'engrenage implacable de la guerre allait se déclencher. Le 1er septembre 39, les troupes du Reich fonçaient sur Varsovie… La France, alliée des Polonais, déclarait la guerre à l'Allemagne. Rien n'avait été fait pour se préparer à ce conflit. La drôle de guerre débutait et, avec un an d'avance, la session de l'École Internationale s'achevait. Camille Baillot rentrait au pays.

Chapitre II

Avoir 20 ans en 1940

Camille rentrait en France : son séjour à Moscou avait été écourté et la 3ème année de scolarité prévue n'aurait pas lieu. Camille n'aurait donc pas l'occasion de découvrir l'Union soviétique. Annulés les voyages à Leningrad, Kiev et dans les républiques de l'Asie centrale sans parler de la lointaine Sibérie ! Camille aurait été si contente d'admirer la « Venise du Nord » : l'ancienne Saint-Pétersbourg ! C'était là-bas que Lénine avait fait basculer l'histoire mondiale, que le régime tsariste s'était effondré et que le pouvoir était tombé entre les mains des Soviets ! C'était là-bas qu'elle aurait voulu se rendre en pèlerinage pour mettre ses pas sur ceux du grand révolutionnaire qui, de 1920 à 1924, avait fondé l'Union soviétique ! C'était là-bas qu'elle aurait aimé se promener, par les nuits blanches, sur les bords de la Neva et monter à bord du cuirassé Potemkine... La guerre qu'Hitler venait de déclarer à la Pologne l'obligeait à renoncer à ce voyage initiatique. Elle ignorait pour combien de temps mais elle était sûre qu'un jour viendrait... Un jour... Camille contemplerait les rives de la Baltique, Pétrodvorets, le palais d'été et le musée de l'Ermitage. A l'Ecole de l'Internationale, elle avait entendu tant de choses sur ce célèbre musée que le gouvernement soviétique avait enrichi, protégé avec des centaines d'œuvres d'art… L'Ermitage ? Camille en rêvait. Ne lui avait-on pas soufflé à l'oreille :

« *Si tu t'arrêtes seulement trois minutes devant chaque tableau de maître, il te faudrait onze années pour aller jusqu'au bout !…* »

Onze années… quand donc reviendra le temps de découvrir cette merveille des merveilles ? Et Camille aurait voulu aussi visiter la cathédrale de marbre Saint Isaac, chef-d'œuvre d'architecture française… La grande Catherine, Pierre 1er le Grand… Voltaire et Diderot… Leningrad attirait Camille mais, pour l'heure, elle avait reçu l'ordre de rentrer au pays.

Elle était partie de la gare de Moscou par le train comme elle y était venue, avec sa petite valise et son cœur de vingt ans… Une frêle jeune fille allait traverser l'Europe en guerre… Il aurait suffi d'un rien pour l'arrêter dans son élan mais Camille n'était pas si fragile qu'elle le paraissait : elle avait été formée à l'Ecole de l'Internationale. Son air léger et guilleret, son allure calme et décontractée n'étaient que l'œuvre d'une longue pratique à l'école du « terrorisme ». Ses maîtres au premier rang desquels George Dimitrov, lui avaient enseigné les savoir-faire pour passer partout. Passer partout ? Désormais, Camille devrait passer partout !

La vieille Pologne se mourait : en moins de trois semaines, les divisions blindées hitlériennes avaient bousculé la cavalerie et l'infanterie des colonels ! Des chevaux contre des chars d'assaut ! Voilà tout ce que le gouvernement polonais avait cru opposer aux divisions de la Wehrmacht. L'ogre fasciste avait dévoré la pauvre Pologne. Les militaires allemands étaient partout aux carrefours routiers et sur les voies ferrées. Les bottes nazies battaient le pavé polonais. Le couloir de Dantzig avait été annexé par le Reich, Varsovie pulvérisée ! Occupés par leur folle envie de s'emparer d'une richesse qui, somme toute, n'était pas bien grande, les officiers et soldats de la Wehrmacht ne se préoccupaient guère des voyageurs étrangers qui passaient par-là. Il fut donc facile à Camille d'aller et venir dans un pays qui n'existait déjà plus. Seule l'armée soviétique avait, à son tour, pénétré en territoire polonais et stoppé l'avance hitlérienne. Le pacte de non agression avait obligé les belligérants à « s'embrasser »...

En Allemagne, Camille ne s'attarda point. Sa mission était d'aller au plus vite jusqu'à Paris. On l'attendait au siège du Comité Central du Parti Communiste... Au 44 rue Le Peletier, elle se présenta le 27 septembre 1939. Elle était arrivée la veille en gare de l'Est, elle avait été prise en charge par une famille de « camarades » qui l'avait hébergée dans la banlieue parisienne. Tout de suite, ses amis l'avait mise « au parfum ». Depuis la veille le Parti Communiste avait été interdit en France et ses organisations dissoutes. Ses élus étaient en état d'arrestation et la police déployait un grand zèle dans cette vaste opération qui consistait à démanteler la principale force d'opposition au gouvernement Daladier. Le Ministre Georges Bonnet, ami de la Ve colonne, et son collègue Paul Reynaud agissaient de concert pour l'internement des « indésirables ». Il était déjà prévu la construction de plusieurs camps de concentration où seraient enfermés les élus et militants communistes en vue de leur déportation pour l'implantation du transsaharien ou l'envoi au bagne de Cayenne. Pour l'heure, les militants interpellés étaient déjà en prison à la Santé ou dans les bagnes de Toulon et de l'île de Ré. Camille devrait donc se montrer discrète et efficace pour être à l'heure au rendez-vous que Jacques Duclos lui avait fixé au 2ème étage du siège du Parti.

La rue Le Peletier ainsi que toutes les rues avoisinantes était sous stricte surveillance policière. Les allées et venues des gens étaient soigneusement notées ou filtrées. Camille ne pouvait donc pénétrer à l'intérieur de cette souricière qu'en usant d'un stratagème : elle serait femme de ménage et c'est à ce titre qu'elle sonna à la conciergerie de l'immeuble. Bien sûr, le portier était au courant et ouvrit bien grande la porte du 44 à la jeune envoyée de l'Internationale. Camille apprit tout de suite que le siège du Parti avait déjà été perquisitionné par la police la veille dans l'après-midi et que le groupe communiste du Parlement n'existait plus. Dissous, il s'était constitué en une nouvelle association dite du « Bloc Paysan et Ouvrier ». Vingt six parlementaires en faisaient encore partie sous la présidence d'Arthur Ramette, Député du Nord avec Florimond Bonte comme Secrétaire général. Tout à l'heure ce dernier, Député de Paris, recevrait Camille un court instant avant qu'elle ne pénètre dans le bureau de Jacques Duclos.

Jacques Duclos était le numéro 2 du Parti. En l'absence de Maurice Thorez, le Secrétaire Général qui avait été mobilisé et qui se trouvait donc sur le front, c'est lui qui dirigeait et donnait les instructions. Jacques Duclos venait de fêter son 43ème anniversaire en compagnie de son épouse Gilberte, de ses beaux-parents et de sa petite chatte...Ce serait la dernière fête qu'il passerait dans la légalité. Bientôt, il disparaîtrait jusqu'en août 44 où, aux côtés du Colonel Rol-Tanguy, il dirigerait l'insurrection du peuple de Paris... Cinq années de clandestinité particulièrement dures et difficiles à supporter ! Une nécessité pour la survie du Parti !...

C'est donc à un moment crucial de sa vie qu'il allait recevoir Camille Baillot. Il connaissait la jeune fille et sa famille en Limousin où il était venu quelques années auparavant s'entretenir avec Gabriel Citerne dans ces monts d'Ambazac qu'il aimait particulièrement et qu'il retrouvera souvent dans sa vie militante. Il savait que Camille était un élément sûr de l'Union des Jeunes Filles de France et, qu'à l'image de tant d'autres jeunes filles, elle serait irremplaçable ! De sa voix rocailleuse de Pyrénéen et derrière son modeste bureau, le fils du charpentier de Louey regarda entrer Camille. Ses yeux pétillaient de vivacité derrière des lunettes aux grosses montures. Il avait un large sourire et, malgré son teint pâle, il lui serra chaleureusement la main puis, la tirant contre lui, il l'embrassa :

- Ma chère Camille, te voilà ! J'ai reçu de Georges Dimitrov une lettre me parlant en termes élogieux de ta personne. Tu as été une élève brillante à Moscou et, malgré ta scolarité précipitée, tu as acquis une grande maîtrise pour agir à notre service. Je sais que je peux compter sur toi ! Nous vivons une époque terrible ! Nous, les Communistes, nous sommes accusés des pires maux... Les animaux victimes de la peste ! Oui, nous sommes des pestiférés ! Daladier, Bonnet et Raynaud ont réussi ce tour de force : faire de nous des traîtres à leur pays ! La réalité, tu la connais : ce sont eux qui, à Munich, ont vendu la France à Hitler ! Pour l'heure, c'est nous qu'on arrête, qu'on emprisonne... Mon frère Jean vient d'être interpellé et jeté dans les geôles de la Santé. Je crains le pire pour lui... Grand invalide de la guerre 14, Jean est aveugle... Que va-t-il devenir ? Moi-même, je suis obligé d'entrer en clandestinité et nous avons décidé de rappeler Maurice Thorez qui risque, d'un moment à l'autre, l'arrestation dans son unité... Je ne sais si Maurice restera en France. Dimitrov me dit dans son dernier courrier qu'il aimerait l'avoir à Moscou et que le Maréchal Staline le demande... Je serai donc le seul à rester ici... Point question pour moi de me rendre à Montreuil dont je suis le député ! Ni d'aller à Louey dans les Hautes-Pyrénées pour embrasser ma mère... C'est à toi que je vais confier cette mission. Non seulement la police arrête nos Députés, nos Conseillers Généraux, nos Maires... mais elle s'en prend aussi à leurs familles. Je crains pour ma mère ! Qui n'a pas au fond de son cœur une petite place pour celle qui l'a mis au monde ? Ma mère... Une modeste couturière sur les rives de l'Echez… Tu vas aller la voir ! Tu me le promets ?…

- Oui, je promets. Mais je voudrais avant passer chez moi embrasser les miens et revoir ma sœur…

- Je comprends ma fille ! Depuis trois ans déjà tu les as quittés. Je puis te rassurer, j'ai des nouvelles du Limousin : ta famille est en bonne santé et je veux aussi te dire que notre parti ne dévoilera pas ton identité. Ton père et ta mère ne risquent rien ! Gabriel Citerne a fait le nécessaire…

- Yvonne ? Oui, ma sœur… Je voudrais qu'elle aussi soit protégée !…

- Elle le sera… Elle appartient à notre organisation de l'Union des Jeunes Filles de France. Nous avons besoin d'Yvonne comme de toi, comme de Marguerite, de Rosette, de Louise, de Thérèse et de toutes ces jeunes filles qui n'ont qu'une envie : servir le bel idéal qui est le nôtre ! Je t'assure qu'Yvonne est hors de danger mais je ne puis te dire si tu la verras…

- Ma sœur n'est donc plus aux Cailloux Blancs ? Où est-elle ? Je veux…

- Tu veux savoir. C'est naturel… Toutes les jeunes filles veulent savoir mais, Camille, tu as appris à l'Ecole de l'Internationale qu'il faut parfois oublier ce que l'on sait. Sois patiente ma fille. Voilà ta première mission : tu vas te rendre par le train jusqu'à Tarbes. Tu pourras t'arrêter à Saint-Sulpice-Laurière, faire un crochet jusqu'aux Cailloux Blancs et repartir pour Limoges, Brive, Montauban, Toulouse où tu descendras avant de rejoindre Tarbes. En gare de Tarbes, des camarades t'attendront... Voici le mot de passe ! Tu devras être prudente : la police ne se contente pas de surveiller les abords de ma maison !... Enfin tu découvriras mon village, ses trois moulins, ses paysans tranquilles et ses artisans. Peut-être entendras-tu les chants des bergers dans la montagne se hélant d'une vallée à l'autre ? Là-bas, on parle encore le patois pyrénéen. Je sais que tu as appris, à l'Internationale, l'usage des langues étrangères mais le patois... Il n'est guère différent de celui de ton Limousin : c'est l'Occitan ! L'Occitan tout simplement comme chez toi, comme chez moi, comme partout dans le Midi jusqu'en Catalogne... Nous sommes tous des Catalans ! Ah ! J'aurais tant aimé chanter comme les anciens de mon « pays ». Seulement voilà, je n'ai guère l'oreille juste... Et pour l'heure il n'est point temps de chanter : il faut agir... Tu diras à ma mère qu'il faut qu'elle parte, qu'elle te suive jusqu'à Tarbes. Tu la conduiras à cette adresse : ce sont des camarades sûrs et dévoués qui s'occuperont d'elle. Dans une ville comme Tarbes, on passe davantage inaperçu... Voilà ta première mission !...

- Elle est belle ! J'ai plaisir à découvrir vos Pyrénées, ces hautes montagnes avec leurs sommets et pics qui se dressent en barrière rocheuse pour cacher les gens d'ici et d'ailleurs aux yeux indiscrets ... Oui, j'ai hâte de parler le patois de chez vous : le mien aussi !... J'embrasserai votre mère comme si c'était la mienne, je la serrerai contre mon cœur et j'écouterai le sien battre... Elle est un peu âgée maintenant et il faut la ménager !...

- C'est bien cela : ma mère a bientôt soixante quinze ans. Elle vit toute seule là-bas et son cœur a été tellement secoué : en 14, mon frère Jean a été mobilisé et, en 18, j'ai dû partir... Deux enfants à la guerre... Et la guerre à nouveau à notre porte ! Le même ennemi... La guerre qui frappe l'orphelin, la veuve, les pauvres gens ! Ah ! J'aimerais avoir le temps de relire Victor Hugo : dans « *Les misérables* », il a parlé mieux que personne des « pauvres gens » ! Le grand poète a été le premier à parler d'eux : les humbles doivent se rappeler ! A nouveau, les « pauvres gens » vont être frappés, torturés, déportés... C'est la guerre ! Camille. Ma chère Camille ! La guerre est imminente mais le peuple ne veut pas la voir, ne veut pas l'entendre... Il accuse les Communistes d'être des traîtres mais, ceux qui trahissent le pays, ce sont les hommes de la Ve colonne, les Gamelin, les Weygand, Georges Bonnet et tous ces suppôts des Maîtres de Forge ! Ceux qui trahissent la patrie, ce sont eux qui refusent d'armer nos soldats et qui répètent à longueur de communiqués : « *Nuit calme sur le front !...* » Le calme avant la tempête...

Nous n'avons que peu de temps, Petite, pour agir ! Une responsabilité énorme s'abat sur nos épaules : nos genoux ne doivent pas plier ! La patrie du Socialisme est menacée. Georges Dimitrov vous l'a expliqué : le vœu le plus cher des Bonnet, Chamberlain et autres renégats est de retourner Hitler contre l'Union soviétique pour que le Reich écrase le Communisme. Tant d'acharnement contre nous… C'est plutôt bon signe, vois-tu ! Nous sommes les adversaires les plus résolus des complices hitlériens. Nos ennemis nous accablent : nous les gênons. Ils veulent nous faire périr… Périssent leurs intérêts égoïstes plutôt que de nous rendre ! Sois courageuse Camille ! Embrasse ma mère et dis lui surtout que je viendrai près d'elle dès que je le pourrai mais que, pour l'instant, je dois me cacher, m'enfoncer dans la nuit profonde de la clandestinité. Voilà ma fille ! Approche que je t'embrasse…

Jacques Duclos s'était levé, avait pris Camille dans ses bras et la serrait contre son cœur. Des larmes coulaient sur les joues du Député de la Seine. Des larmes que Camille porterait jusqu'à une mère tout là-haut dans les Hautes-Pyrénées, entre Tarbes et Pau, dans un petit village de montagnards : Louey. Des larmes que Camille essuyait et qu'elle porterait aussi près de sa mère au village des Cailloux Blancs. Elle avait hâte de revoir Louis son père, le jardin, le petit champ et le grand pré… et le ruisseau clair du Limousin… Loin du ciel ténébreux d'une Pologne agonisante et des noirceurs des gares allemandes. Dans le silence du Limousin et des Hautes-Pyrénées, elle oublierait le vacarme assourdissant des chars et des automitrailleuses et celui des avions qui ne tarderaient pas à piquer sur les colonnes de populations en détresse… Nous étions à la mi-octobre…

* * *

Avant de quitter la capitale, Camille s'était rendue à une réunion des agents secrets de l'Internationale. Cette réunion se tenait dans une arrière-salle de la mairie d'Ivry sous la présidence de Marie-Claude Vaillant-Couturier, en présence de Danielle Casanova qui fut présentée comme la « chef » des agents secrets. Un tour d'horizon complet de la situation en France fut synthétisé aux jeunes filles afin qu'elles puissent prendre conscience du climat dans lequel elles opéreraient. Danielle Casanova ne cacha point les nombreuses difficultés qu'elles allaient rencontrer pour se déplacer, se cacher, s'alimenter… Le principal obstacle était, pour l'heure, la police française et surtout les services spéciaux de cet organisme qui recrutaient déjà des agents parmi la voyoucratie la plus noire de notre pays. Il fallait se méfier et être sur ses gardes à chaque pas ; les murs avaient déjà des oreilles et les dénonciations étaient nombreuses dans les commissariats. Ces dernières affluaient et n'étaient pas toujours dictées par le souci de la sécurité : la jalousie et la haine étaient les facteurs déterminants de la délation.

Il ne fallait être sûr de rien : c'était la meilleure garantie pour ne pas être prise.

- Lorsque vous irez frapper à une porte, leur déclara Marie-claude Vaillant-Couturier, soyez très attentives ! Vous ne savez pas si elle va s'ouvrir et, si elle s'ouvre, peut-être y a-t-il un piège tendu derrière… N'anticipez jamais lors des discussions ! Attendez que vos interlocuteurs s'avancent, se laissent aller et surtout, ne déclinez jamais votre identité véritable. Vous êtes des agents secrets de l'Internationale ! Ne l'oubliez jamais… L'activité de renseignements nécessite forcément un cloisonnement renforcé des services. Bien souvent, vous ne saurez rien de vos chefs ni de ceux à qui vous donnerez les instructions. Si la chaîne humaine était sans interruption il suffirait à la police de saisir un maillon pour faire remonter l'ensemble jusqu'à la trappe des prisons ! Seulement voilà, un seul maillon, c'est beaucoup mais ce n'est pas tout ! N'oubliez jamais que vous agissez au nom d'un idéal que vous avez juré de servir jusqu'à la limite de vos forces et de votre vie. Dans le cas où vous seriez prises, nous allons vous confier une petite trousse de sécurité. Dans celle-ci, vous trouverez une ampoule de cyanure… Si vous sentez que vous allez craquer : brisez l'ampoule entre vos dents et laissez faire le reste… Le silence est votre sécurité. Le silence c'est la vie dans la dure période que nous allons traverser.

M.-C. était l'épouse de Paul Vaillant-Couturier, le célèbre éditorialiste du journal « *l'Humanité* », le compagnon de Marcel Cachin et le digne successeur de Jean Jaurès. Intellectuel brillant, Député de la Seine, Paul Vaillant-Couturier était souvent monté à la tribune du Parlement pour dénoncer les menées factieuses du Gouvernement français et les agissements des agents secrets de la Ve colonne : ceux qui prétendaient appartenir à l'Alliance franco-allemande dont le siège se trouvait à l'ambassade du IIIe Reich à l'Hôtel Matignon… Camille ne savait pas encore qu'un jour elle siègerait dans ce même Parlement aux côtés de Marie-Claude Vaillant-Couturier. Elle ne savait pas encore que cette militante vaillante au cœur généreux serait interpellée par la Gestapo, déportée et que finalement elle sortirait intacte des camps de la mort. Elle ne pouvait savoir !

Après cette importante réunion d'Ivry-sur-Seine, Camille rejoignit Paris. La ville lui parut normale. Aux terrasses des bistrots, les Parisiens s'attardaient comme si de rien était. Les livreurs s'affairaient et la circulation hippomobile et automobile allait bon train… Les cinémas semblaient bondés et les touristes étrangers flânaient nombreux aux abords de la Tour Eiffel ou sur la Place de la Concorde. La guerre paraissait si loin. La nuit prochaine serait calme sur le front comme le déclarerait sans doute demain le journal de Droite « *Le Matin* »… Camille n'avait pas encore vingt ans mais elle était atterrée à l'idée que le peuple de Paris ne prenait pas conscience de ce qu'on lui préparait. Paris ignorait… Paris ne savait pas… Comment lui dire ? Tout en remontant les Champs-Élysées, Camille réfléchissait. Il lui semblait impossible que la ville symbole de la liberté dans le monde, soit prisonnière d'une sinistre machination. Les généraux Gamelin et Weygand voulaient livrer Paris, mains et pieds liés, aux Allemands en furie. Paris outragée ! Comment l'imaginer ?

Pourtant, en ce bel après-midi d'octobre, alors que les feuilles jaunies des platanes s'amoncelaient sur les trottoirs des rues et dans les squares, alors que le jardin du Palais du Luxembourg s'illuminait des plus belles couleurs de la palette des peintres, Camille ressentait profondément ce piège de l'absurde. Derrière la ligne Maginot, dans leurs casernes, des soldats jouaient aux cartes ou buvaient de la bière… Ce soir, ils iraient au bal… Les enfants de France danseraient avec les « putains » de la bourgeoisie ! Pris au piège ! Complètement. Demain, dans quelques semaines, les troupes de la Wehrmacht déferleraient sur Paris. Camille le savait. Comment l'apprendre au peuple ? Bientôt « *l'Humanité* » serait interdite. Jacques Duclos avait raison : seule la clandestinité s'offrait aux patriotes… La clandestinité ? Une idée venait de jaillir dans la tête de Camille ! Il fallait inventer une presse clandestine. Oui, ce serait son travail. Elle avait la chance d'être du Limousin, de Limoges où la première imprimerie avait été installée dès le XVe siècle. Oui, c'est à Limoges qu'il y avait le plus grand nombre de maîtres imprimeurs. De plus, ils étaient réputés pour leur esprit de résistance. N'avaient-ils pas été les acteurs de la Révolution de février 48 et de la Commune de Paris ? Camille était certaine de trouver auprès d'eux l'aide précieuse dont son organisation aurait besoin dans un proche avenir. Imprimer un journal et le diffuser... Quelle idée géniale pour faire germer les bonnes graines contre l'oppression, la guerre, la misère !

Seulement voilà, Camille avait une autre mission à accomplir : elle ne l'oubliait point ! Ce fut donc vers la gare d'Austerlitz qu'elle se dirigea à la tombée de la nuit pour prendre le dernier train en partance pour Toulouse Matabiau. Là-aussi, tout était normal. Des militaires s'attardaient nombreux aux abords de la gare, dans les bistrots illuminés. On buvait, on parlait, on riait, on chantait...Tout allait pour le mieux dans le meilleur des mondes ! La Pologne avait disparu, dépecée par les Boches... La police française poursuivait et arrêtait les Communistes... Le Ministre Tardieu applaudissait... Les Communistes ? Tous des étrangers, des pourris, des vendus !... Il fallait débarrasser la France de ces parasites... Le gouvernement Daladier s'y employait et Camille avait pour mission de l'en empêcher ! Un bras de fer contre une jeune fille fragile mais déterminée...

* * *

Le train roulait dans la nuit. Il avait traversé la Beauce. Il s'était enfoncé dans les forêts de la Sologne, les terres giboyeuses et faufilé entre les étangs recouverts de brouillard. Au petit matin, Camille avait vu défiler Vierzon, Châteauroux, Argenton-sur-Creuse... Dans l'aube naissante, elle avait aperçu les collines de son Limousin et leurs énormes croupes alourdies sous les grands châtaigniers... Les monts et les vallées... Ici, la roche affleure et laisse à peine juste assez de terre pour permettre à l'herbe des prairies de pousser et nourrir les vaches à la robe froment ! La Creuse défilait tendre et accueillante et, bientôt, après la gare de Saint-Maurice, ce serait Saint-Sulpice-Laurière. C'est là que Camille s'arrêterait quelques jours pour aller saluer les siens et leur dire qu'elle avait vu Moscou, Varsovie, Berlin et Paris... Elle n'avait pas encore vingt ans ! Elle avait voyagé, étudié, réfléchi... Bientôt elle gravirait la côte qui mène à la métairie des Cailloux Blancs. Elle découvrait déjà le chemin... Là-bas, les volets s'ouvraient. Elle avait reconnu la voix de son père appelant le chien... Elle avait couru, échappé sa valise sur le seuil de la grange et embrassé Louis. Il en avait laissé tomber la fourche pour soulever de terre son enfant :

- Camille ! Toi, revenue ! Ah ! Je suis heureux. Comme tu as changé ! Tu as grossi et un peu grandi... Je suis heureux... Ta mère ne va pas le croire... Courons vite !

Main dans la main, Louis et Camille entraient dans la cuisine à l'heure où Thérèse passait le café. Elle poussa, elle aussi, un cri surprise par cette arrivée impromptue. Louis avait eu raison, elle n'en croyait pas ses yeux. Sa fille... sa Camille bien-aimée !... On parlait déjà de guerre… On avait eu peur qu'elle ne puisse revenir. Elle était là. Petite et tremblante à la fois. Jolie aussi. Les yeux vifs et le regard clair… Une intelligence extrême ! Camille serrait les deux poings à la fois mais elle se laissa aller tout contre sa maman. A écouter le cœur d'une mère, il y aurait tant de choses à dire. Marie-Claude Vaillant-Couturier avait fait jurer ses « filles » d'être silencieuses… Le silence… C'était la vie… Camille ne dirait rien, elle emporterait pour elle le battement précipité du cœur de sa mère. Dans les situations extrêmes qu'elle aurait bien des fois à rencontrer plus tard, ce serait son talisman… Sa sauvegarde ! Le cœur d'une mère…

Elle était revenue aux Cailloux Blancs… Elle n'avait pas eu le temps de dire qu'elle devait repartir et surtout, elle ne devait pas dire pourquoi. Elle avait juré. Elle ne le dirait pas même à sa mère, même à son père. Au fond de sa tête, elle garderait son secret. Pourtant, elle aurait bien aimé savoir où était sa sœur.

- Yvonne n'est pas là ? C'est curieux… Je croyais pouvoir l'embrasser… Dites-moi, petit père, petite mère, où est ma sœur bien-aimée ?…

Louis et Thérèse s'étaient longuement regardés… Le père avait secoué la tête… Il n'y aurait pas de réponse. Il lui était impossible de dire à Camille où était Yvonne. Le savait-il vraiment ? Cela n'aurait rien changé à l'avenir de ses enfants. Le militant communiste de Saint-Pierre-la-Montagne avait fait don de ses filles au Parti. Gabriel

Citerne, le Secrétaire Fédéral, était venu les chercher. Les chercher, pas les acheter ! Louis avait donné ses filles, il n'avait rien reçu, pas même le droit de savoir !

En réalité, cela faisait presque une année qu'Yvonne avait quitté la métairie. Contrairement à Camille, elle n'était point montée à Paris. Elle était allée seulement à deux pas d'ici, sur la commune voisine du Vigen. Au château de Bon Abri, le Parti avait installé une école interrégionale pour la formation de ses cadres qui dirigeraient demain les départements… Yvonne était là, cachée aux regards indiscrets de celles et de ceux qui allaient et venaient sur le chemin creux. Seul le vieux jardinier, le « pépé » comme on l'appelait savait. Il y avait aussi son épouse : « la mémé » qui faisait une si bonne cuisine… Il y avait encore la « Ritou » qui assurait le ménage et les lessives… La « Ritou » était une bonne à tout faire : une brave femme et pas bavarde pour deux sous ! Le voisinage aurait beau interroger : il n'apprendrait rien. Les jeunes pensionnaires du château de Bon Abri étaient inconnues de tous et même de la police limougeaude. Quant aux gendarmes de la brigade de Solignac, ils évitaient soigneusement les parages, préférant boire un coup au bistrot du village. A deux pas du château, il existait une autre école : celle du Puy Méry… Cette dernière accueillait les petits enfants des hameaux et des fermes du voisinage. C'était une école primaire où l'Inspecteur venait parfois. A l'Ecole de Bon Abri, il ne venait jamais d'Inspecteur Primaire. Seuls Maurice Thorez et André Marty y descendaient parfois…

Pour l'heure et, sans doute pour longtemps, ils n'auraient guère le loisir d'y être. Les deux dirigeants communistes étaient âprement recherchés par toutes les forces de police de France et de Navarre. Yvonne et ses copines pouvaient dormir tranquilles. Camille n'imaginait pas, après avoir repris le train de Toulouse en gare de Saint-Sulpice, passer si près du château où sa sœur était retenue. Camille n'était restée que trois jours au village des Cailloux Blancs. Elle devait descendre à Tarbes, se rendre chez la maman de Jacques Duclos, prévenir cette dernière et la mettre à l'abri…

Camille adorait voyager et surtout en train car la tranquillité régnait encore et l'on pouvait naviguer dans les compartiments, écouter attentivement les conversations et ne rien perdre des indiscrétions… Dans le train de Toulouse, Camille avait appris que, dans une petite commune située à dix huit kilomètres de Limoges, on construisait un camp de concentration… Elle avait appris qu'à Saint-Paul, on élevait des baraquements au bord d'une rivière que le voyageur bavard avait dit connaître pour les fritures d'ablettes qu'il avait pu y pêcher au cours de l'été précédent.

- Pensez-donc, Madame ! avait déclaré ce voyageur. Il est inimaginable d'abîmer ainsi la nature et d'y implanter des baraquements pour enfermer là cinq à six cents indésirables qui vont faire leurs besoins dans cette jolie rivière. Vous n'avez pas pensé que le gouvernement va leur installer des douches et l'assainissement ! Oui, je vous le confie, tout ira dans l'eau si pure... Adieu ablettes et goujons ! Mon Dieu ! A cause de ces « cocos » là, la France est perdue...

- Tout de même Monsieur, avait rétorqué la belle dame. Il faut bien en faire quelque chose de ces indésirables ! A deux pas de Saint-Paul, il est une petite gare : celle de Pierre-Buffière, là on les conduira et ils pourront embarquer en direction de Port-Vendres... Le soleil de la côte vermeille... La Méditerranée et le Sahara. Là-bas, ils crèveront ! Et vous pourrez repêcher ablettes et goujons. Vous aurez alors les meilleures fritures possibles, mon ami. La France sera propre, je vous l'assure ! En attendant...

Camille avait écouté très attentivement cette conversation : elle avait bien enregistré les propos haineux du Monsieur et de la Dame à l'encontre de ses camarades. Des indésirables ! Des gens que l'on allait déporter... Un vent méchant commençait à souffler sur le Limousin et la France. Ce n'était point encore la tempête mais tout de même : il fallait être sur ses gardes. Camille l'était. Elle n'avait pas « bronché » ! Elle avait continué à sourire : un petit sourire indéfinissable, impénétrable... Peine perdue ! Le « bon Monsieur et la belle Dame » ne sauraient rien. De Camille, il ne fallait rien attendre mais elle avait tout compris. La haine s'installait. Ils seraient bien peu nombreux celles et ceux qui ouvriraient leurs portes demain lorsqu'elle frapperait... Le vent méchant se levait !...

Camille avait remonté les gorges de l'Adour en direction de Louey. Elle avait découvert le village de Jacques Duclos et son cœur avait battu très fort en approchant de la maison du charpentier : une petite maison qui avait servi autrefois d'auberge et qui, maintenant, abritait la mère de son ami. Le village ne comportait que quelques maisons : celles du maréchal-ferrant, du forgeron, du meunier, du chaudronnier... Celles de quelques paysans, modestes propriétaires de peu de terres, qui cultivaient encore le maïs à l'ancienne et s'accrochaient à ces Hautes-Pyrénées si majestueuses, si belles. L'automne avait fait depuis longtemps son apparition ici. C'est au tout début de septembre que les premières gelées blanches saisissent les herbes encore fleuries et les feuilles des châtaigniers près des rives de l'Echez... Le givre embellit la nature et efface bien des laideurs ! La forêt est encore plus belle, plus accueillante avec les couleurs chaleureuses de l'automne précoce. Louey paraissait endormi lorsque Camille se présenta et heurta à la porte de la vieille dame. Cette dernière ne la connaissait point mais elle avait forcément reconnu le camarade paysan qui accompagnait la jeune messagère. La lourde porte s'était ouverte et refermée aussitôt. Camille avait embrassé la dame et lui avait dit toutes les choses tendres que son fils Jacques avait formulées pour elle. Le temps pressait et Camille ne pouvait attendre très longtemps pourtant elle ne put refuser la tasse de café et les petits gâteaux secs que la pauvre femme lui offrit si généreusement. Si Jacques l'avait dit, elle partirait se cacher à Tarbes. Rien ne servait de rester ici d'autant plus qu'elle ne pouvait maintenant travailler le jardin et le lopin de terre. La pauvre femme était tout de même très inquiète car elle avait appris quelques jours auparavant, de la bouche même du brigadier de gendarmerie, l'arrestation et l'incarcération de son fils aîné Jean à la prison de la Santé. Comme elle aurait aimé lui rendre visite ! Un instant, elle avait cru que Camille venait pour cela et allait l'emmener à Paris. Elle n'était guère alerte mais elle aurait tout de même suivi. Seulement voilà, Camille ne devait la conduire qu'à quelques kilomètres de Louey, dans la bonne ville de Tarbes. Agent fidèle et docile, Camille ne pouvait passer outre malgré la demande de la « vieille mère » Duclos ! Camille devait repartir après avoir rendu compte à « Danielle » du succès de sa mission. Maintenant, la prochaine étape était Limoges… Camille était heureuse en remontant dans le train : Limoges, c'était chez elle !… Seulement, il n'était pas question pour elle de se rendre aux Cailloux Blancs. Elle devait séjourner quelque temps au village de Cévennes sur la commune de Saint-Genest, hébergée dans une famille de paysans : les Bardet…

Chez Les Bardet, Camille était censée être employée comme servante. En réalité, elle ne travailla jamais aux champs. Elle se contenta de coucher ici, de se reposer, de se restaurer… Elle pouvait arriver dans cette ferme à n'importe quel moment et en repartir quand elle le jugeait utile. Bien sûr, tout au long de la clandestinité qui devait durer cinq longues années, Camille eut d'autres pied-à-terre. Tous ces gens qui l'accueillirent ainsi le firent naturellement de bon cœur : ils n'en tirèrent aucun profit et, après la Libération, ils ne demandèrent rien au Parti ! C'étaient de braves gens, dévoués à la noble cause d'un idéal naissant. Ils ne posaient jamais de questions à Camille, ils ignoraient tout de ses activités ; ils savaient seulement qu'ils devaient se tenir prêts à l'accueillir, à la protéger et à l'avertir d'un quelconque danger.

Aux Cévennes de Saint-Genest-sur-Roselle, Camille vint souvent. Elle se trouvait bien ici chez ces paysans tranquilles et solides comme le roc. Elle aurait bien aimé y faire sa vie, épouser un garçon du pays, fonder un foyer… La guerre qui s'annonçait violente et sans merci ne l'y autorisa point. A l'Ecole de l'Internationale de Moscou, elle avait été formée et préparée pour le combat. Il serait dur, terrible et particulièrement long.

Au cours de son premier séjour chez les Bardet, une réunion fut organisée à quelques kilomètres de la métairie au village de Virolles. Là, bien après la tombée de la nuit, des camarades vinrent et s'installèrent autour de la grande table assis sur des bancs. On discuta longtemps, âprement… Naturellement, Camille assista à la réunion en représentante de la direction nationale et, tout particulièrement, de Jacques Duclos. Elle écouta, elle prit des notes et s'exprima à la fin de la discussion. Il y avait ici quelques camarades qui désiraient ardemment s'opposer à la répression du gouvernement français contre les Communistes. Comment étaient-ils venus chez Pierre Demars ? A bicyclette, en autobus ou à pied… peu importait ! Ils étaient peu nombreux mais courageux. Il y avait là le cheminot Pierre Boissard, l'ouvrier de Saint-Junien Martial Pascaud, le voyageur de commerce Alphonse Denis mais aussi Louis Planteligne, le porcelainier Veyretout et l'ouvrier en chaussures Lapeyre… Ils avaient tous perdu les fils qui les reliaient à la Fédération de Limoges. Personne ne savait où se trouvaient les Secrétaires Fédéraux Roger Moreau et Gabriel Citerne… Arrêtés ? En fuite ? Ou déjà en action sur un autre terrain ? Personne ne pouvait le dire. Seule Camille savait que Gabriel Citerne avait quitté le Limousin pour le Marais Poitevin : dans la forêt de Chizé, il se cachait…

La situation était particulièrement inquiétante et le découragement semblait gagner. Lorsque arrivèrent à cette réunion le Docteur Jules Fraisseix, Maire et Conseiller Général d'Eymoutiers ; Gabriel Texier, Maire et Conseiller Général d'Ambazac et André Marcillaud, le mécanicien de Marval et Instructeur du Comité Central. Les trois compères débarquèrent en bicyclette et étaient quelque peu essoufflés mais ils rassurèrent l'assemblée. Les Communistes étaient partout pourchassés par la police et interpellés. Le maire de Nedde, le boucher Roby, invalide de la Grande Guerre, avait été arrêté le matin même sur le Champ de Foire de Saint-Paul et immédiatement conduit jusque dans le camp malgré les huées de la foule à l'encontre des gendarmes de Pierre-

Buffière... Seulement voilà, il y avait des événements qui permettaient de penser que les Communistes ne seraient pas seuls à faire front face au déchaînement de violences fascistes. A Limoges, des militants socialistes se regroupaient, s'organisaient autour de Jean Gagnant, d'Armand Dutreix, de Charles Bach, Georges Dumas... Ils se réunissaient dans le bistrot de « Placide » au café de Bordeaux, boulevard Gambetta... A Brive, des militants gaullistes se rassemblaient autour d'Edmond Michelet... L'espérance d'un Front Uni contre le fascisme n'était pas morte mais le chemin serait long... Très long pour aboutir ! Camille en était consciente : elle tentait de faire partager sa conviction à tous ses camarades réunis chez Robert Demars. Dans la nuit noire de cette fin octobre 39, des ombres se glissaient... Des petites parcelles de résistance commençaient à se concrétiser...

Avant de remonter à Paris pour rendre compte à Danielle Casanova et à Marie-Claude Vaillant-Couturier de son activité au cœur du Limousin et, surtout, rassurer Jacques Duclos sur le sort de sa maman, Camille voulut tâter le pouls des paysans d'ici. Elle demanda à un camarade de Saint-Méard d'organiser une première réunion dans son village de La Valade. Il n'était pas très facile de toucher le monde rural mais Camille avait la liste des abonnés d'avant-guerre au journal « *La Terre* ». Par le bouche à oreille, elle fit contacter ces paysans... Ils ne vinrent pas tous à La Valade mais ils étaient tout de même une poignée de jeunes rassemblés autour de René Tarse, Jean-Pierre Gauthier, Léon Pagnoux qui avait fait le déplacement depuis Rochechouart… Ce fut ce dernier qui donna la clef de l'avenir à ses amis et Camille rapporta ses paroles à Jacques Duclos. Léon Pagnoux avait déclaré :

- Je ne suis qu'un ouvrier agricole mais je connais bien ceux de la terre ! Ils ne se laisseront pas faire… Rappelez-vous : durant la Grande Guerre, les agents de la réquisition ont voulu prendre à nos mères leurs vaches et leurs cochons… Elles se sont rebiffées ! J'ai la certitude que si le gouvernement veut faire de même avec nos métayers et nos fermiers, il aura maille à partir ! J'ai la certitude que les paysans limousins seront la base de la résistance future. Voyez déjà ! C'est chez les paysans que les embryons de notre Parti se constituent. Ici, point de compromission avec l'ennemi ! Point de soumission ! Les paysans constitueront l'avant-garde révolutionnaire qui libérera le pays de ses chaînes. Voilà mes amis, le chemin est tracé. C'est du monde rural que dépend l'avenir du pays !…

Ainsi s'exprimait Léon Pagnoux quelques jours avant le 11 novembre 39 au village de La Valade, à deux pas de la Briance… Propos inconsidérés ? Tout simplement analyse prémonitoire de ce qui allait se produire !… Léon Pagnoux avait senti la force qui coulait dans les veines des paysans de chez nous. Ce seraient eux qui demain cacheraient et nourriraient les maquisards… Ce seraient eux qui refuseraient de battre le grain pour le livrer à l'Allemagne… Ce seraient eux qui ravitailleraient ceux des villes et sauveraient la population de la famine ! Seulement voilà, il fallait le dire dès 1939 !...

« *Nuit calme sur toutes les lignes du front !* » Le 37e communiqué des Armées commençait par cette formule laconique et désormais traditionnelle. Le journal « *Le Matin* » annonçait bien que l'armée française avait réussi à faire des prisonniers du côté de Sedan... Combien ? Aucun chiffre n'était donné aux lecteurs et, pour cause : il n'y en avait pas ! L'Etat-Major français ne se contentait pas de désorganiser notre armée, il mentait sans vergogne. Il prétendait faire des prisonniers avec des fusils de la guerre 70, des cartouches pour les Lebel de 14, sans avions, sans divisions blindées !... A cheval, à dos de mulet ou d'âne on ravitaillait les soldats de la République. Pendant ce temps, de l'autre côté du Rhin, le chancelier Hitler faisait tourner ses usines d'armement à plein régime. Des avions de chasse, des bombardiers, des chars d'assaut, des mitrailleuses... L'entraînement militaire allemand se faisait au pas cadencé et les instructions étaient claires : l'ennemi juré était bien les Français ! Seuls Daladier, Paul Reynaud et Georges Bonnet faisaient mine de l'ignorer ! Malgré cette tragédie qui se nouait au-dessus de nos têtes, l'été de la Saint Martin était resplendissant et Camille en profitait en Limousin. Elle aurait tant aimé aller jusque chez elle au village des Cailloux Blancs... Embrasser sa mère et son père et peut-être sa sœur... Admirer les hautes frondaisons des chênes qui se couvraient de feuillages rouges et resplendissants... Respirer le souffle du vent encore chaud et suave… Ecouter les chants des oiseaux et suivre du regard les premiers migrateurs… Camille aimait ce temps si chaleureux de l'été indien. Il ne faudrait pas oublier qu'elle était une toute jeune fille qui adorait encore rêver et soupirer…

A la mi-novembre, elle était à Montreuil… au rapport… et de nouvelles missions lui avaient été confiées par la direction nationale de son Parti.

* * *

Devant la situation qui ne cessait de se dégrader dans les armées de la République, il fallait faire quelque chose. Comment accepter la désorganisation totale de notre défense nationale ? Comment tolérer que la principale activité des soldats dans leurs casernes était le balayage des feuilles mortes et les jeux de cartes ? Au moment même où les soldats de la Wehrmacht subissaient un entraînement de fer, ceux de la France s'accroupissaient, devenaient paresseux et oubliaient les dangers élémentaires de la guerre…

Danielle Casanova avait demandé à ses agents secrets d'intervenir aux Armées… Camille était donc repartie pour le centre de la France et c'est à Brive qu'elle descendit du train dans les tous derniers jours de décembre 39. Elle découvrait la Corrèze. La cité gaillarde était particulièrement accueillante en cette fin d'automne. Les gens flânaient sur les rives de la jolie rivière aux eaux calmes et scintillantes. Camille ne savait pas encore que la Corrèze peut soudainement entrer en crue, déborder de son lit et envahir les prairies... Pour l'heure, les femmes brivistes rinçaient leur lessive tout au long des berges. Sur le pont Cardinal, Camille s'était arrêtée pour les regarder un peu et écouter les battements sonores des « massottes » sur les pierres éclatantes et bleues. Elle voyait toutes ces femmes agenouillées qui s'échinaient à nettoyer le linge au fil de l'eau. En réalité, elle cherchait à entrer en contact avec les soldats de la caserne Brune : les hommes du 126e R.I... Cela n'était pas facile pour une jeune fille fut-elle un agent secret de l'Internationale ! Heureusement, on lui avait donné une adresse... Sur les hauteurs de Brive, demeurait un jeune homme appelé Roger Lescure. Il n'avait pas encore trente ans. On lui avait dit qu'il était l'arrière-petit-fils d'un ancien meunier de Chastrusse. Un personnage ! Une véritable force de la nature. On l'avait surnommé « l'Hercule de la Corrèze ». Jugez plutôt ! 117 kilos de muscles... Sous Napoléon III, c'était une exception ! Les Corréziens étaient plutôt petits et maigrichons... Lescure était un colosse qui s'opposa de toutes ses forces à Napoléon III !... Camille avait rendez-vous avec son arrière-petit-fils : Roger Lescure ! Lui aussi était né, en 1912, au moulin de Chastrusse, installé sur un ruisseau à truites comme tant de moulins corréziens. Son enfance n'avait pas été très gaie. En effet, son père avait été mobilisé quatre années durant pour la guerre 14-18. Sa mère, demeurée seule au moulin, n'avait guère de temps pour câliner Roger et ses trois frères... Elle devait s'occuper des clients, faire moudre le blé et recueillir la farine… Heureusement, cette femme était forte comme un homme : elle portait ses deux sacs de farine sous chacun de ses bras. Elle marchait droit… Et Roger devait suivre le chemin !

En ce moment, il était à la caserne du 126e R.I. mobilisé comme tant d'autres… Il attendait… Il n'avait rien à faire ! C'est vers lui que Camille venait pour lui transmettre les instructions du Parti. En effet, elle savait qu'il était d'une famille communiste, d'une longue tradition républicaine et patriotique. Elle pouvait compter sur lui… Dès l'instant où ils se virent, Camille et Roger sympathisèrent. Seulement voilà, ils ne pouvaient guère parler assis sur les bancs publics de la place de la Guierle. Déjà, il fallait se cacher… Roger Lescure eut une idée :

- Nous devrions aller visiter des grottes aux abords de la ville. Il y a même un gouffre célèbre : celui de la Fage situé sous le Causse. Là-bas, nous serions tranquilles. Je dirais à quelques jeunes de venir nous rejoindre… Je connais Robert Delord et ses camarades : ils ont une envie folle de se rendre utiles. Ils pourraient écrire quelques « papillons » et les coller aux portes de la caserne. Quant à moi, j'essaierai d'introduire à l'intérieur « *l'Humanité* »… Si tu peux m'en fournir… Ici, à Brive ou à Tulle : impossible de lire ce journal ! Il est interdit… Oui, il est interdit de tout faire. Décidément, il faudra se révolter… S'agiter ! Voilà ce dont nous avons besoin : des agitateurs…

Camille approuvait son copain. Elle l'encourageait :

- Roger je t'admire énormément ! Comme tu es intelligent ! Comme tu es courageux… Il faudrait beaucoup de gars comme toi et la France serait sauvée… Tu veux des « *Humanité* » ? Je t'en passerai… J'ai une filière… A toi de jouer ensuite mais, sois prudent Roger ! Le Parti a besoin de toi… Les flics sont sur les dents : ils arrêtent nos camarades. Tous les jours… partout… Bientôt…

- Bientôt ce sera notre tour ! Je le sais, ajoutait Roger Lescure. Mais je te jure que je leur glisserai entre les doigts. Oui, à l'instant même où ils oublieront de me surveiller, je disparaîtrai. Je ferai comme Jacques Duclos : j'entrerai en résistance ! Je serai un combattant résolu et volontaire ! J'ai la certitude que nous aurons à nous revoir et, peut-être, à faire un bout de chemin ensemble ma chère Camille… Pour l'heure il faut que je regagne la caserne. Ce n'est pas que nous sommes très occupés mais il ne faut pas éveiller l'attention des officiers. Ils se méfient les bougres ! Ils pourraient bien me dénoncer au capitaine ! Je n'ai pas envie d'être arrêté, d'être jeté au trou ! Je veux servir mon parti… Oui, servir… mais avant tout je veux t'embrasser Camille. Donne-moi un baiser. C'est si bon…

Camille avait bien failli chavirer en embrassant ce beau jeune homme de la Corrèze, cet athlète qui semblait invincible. Elle ne savait pas encore qu'il serait un jour un grand chef, un héros… Roger Lescure deviendrait le Colonel Murat à la tête de la R5… Pour l'heure, il n'était qu'un beau jeune homme mais n'était-ce pas suffisant ? A l'approche de Noël 39 Brive avait apporté bien du réconfort à Camille. La cité gaillarde avait ses jeunes intrépides et enthousiastes qui allaient semer les graines des premiers tracts clandestins, des journaux… Tout un esprit de lutte !… Camille pourrait remonter à Paris, faire son rapport à Marie-Claude Vaillant-Couturier. Elle était fière d'avoir marché sur les rives de la Corrèze. Une espérance était née… La douceur briviste lui avait gonflé le cœur. Camille était heureuse. 1940 allait-il fracasser ce bonheur ?

***

Camille aurait bien aimé fêter Noël et le jour de l'An en famille. Cela n'avait pas été possible et on n'avait guère le cœur à célébrer ces fêtes traditionnelles dans la période trouble qui était celle de la drôle de guerre. « *Nuit calme sur toute la ligne…* » avait repris le communiqué des Armées. Que dire ? Que faire ? Combien de temps encore dureraient ces communiqués insondables ?

Au siège du Komintern, à Moscou, les dirigeants de l'Internationale savaient que le moment de l'attaque hitlérienne contre les puissances occidentales approchait. Ils ne s'en réjouissaient pas car ils avaient bien conscience que bientôt viendrait leur tour et que peut-être l'Union soviétique ne serait pas prête à répondre à l'offensive nazie. Les agents secrets du Komintern se répandaient à travers toute l'Europe glanant le maximum de renseignements, infiltrant les administrations, retardant le moment fatidique où leur patrie serait en danger. Redoublant d'imagination et d'intelligence, les agents de l'Internationale agissaient dans l'ombre. Leur intérêt était que l'attaque hitlérienne soit le plus longtemps repoussée et que les puissances occidentales résistent au mieux à l'avance des troupes de la Wehrmacht. Ils n'avaient pas imaginé d'autres données à un problème crucial.

Pour l'heure, Camille avait fêté le nouvel An avec ses copines de l'Internationale autour « d'une bonne table » chez Danielle Casanova. Une « bonne table » ? Ce n'était pas de luxe que rêvaient ces jeunes filles mais de l'essentiel ! L'essentiel, c'était d'abord de manger à sa faim, de pouvoir s'habiller correctement, se déplacer, agir... On manquait de tout ! Le Parlement français avait saisi les biens du Parti. Des perquisitions avaient été opérées non seulement au siège du Comité Central, au 44 rue Le Peletier, mais aussi, dans toutes les Fédérations départementales. La puissante « machine » communiste était malmenée, amoindrie... Les grandes fédérations du Nord, du Pas-de-Calais et des Bouches-du-Rhône avaient été particulièrement visées. A Marseille, François Billoux avait échappé de peu à l'arrestation. Il en était de même pour Arthur Ramette et André Musmaux... René Cans avait dû quitter précipitamment sa bonne ville du Havre pour se réfugier en Bretagne, à deux pas de Marcel Cachin, l'ancien directeur de « *l'Humanité* » que le gouvernement français n'avait pas osé interpeller en raison de son grand âge… Pour combien de temps ?… Des dizaines de députés avaient été déchus de leurs droits et mis en état d'arrestation. Le « trésor » du Parti avait disparu…

Pour subsister, les agents de l'Internationale avaient dû recevoir des fonds de Moscou. Heureusement le berceau du socialisme n'était pas encore atteint par la tyrannie fasciste. Camille avait eu sa part : elle pourrait donc prendre ses billets de train et traverser la France du Nord au Sud, d'Est en Ouest. Justement le Parti venait de la charger de visiter la Charente. Dans ce département, la situation était complexe : près d'Angoulême dans la forêt de la Braconne, se trouvaient les camps du 52e Régiment d'Artillerie. Ces artilleurs avaient été rendus célèbres par la victoire de la Marne grâce à la mobilité de leurs canons 75. Ils avaient pu mettre en déroute l'offensive allemande. On comptait encore beaucoup sur eux. Malheureusement, le gouvernement ne leur avait pas donné les moyens d'un équipement moderne et efficace. Ils en étaient encore à déplacer leurs « 75 » avec des chevaux… Des chevaux face à des blindés et à des automitrailleuses ! On aurait pu en rire si la situation n'avait pas été à ce point dramatique. Voilà pourquoi le Parti avait demandé à Camille de se rendre à Angoulême sur les remparts de la ville où, à l'ombre des murs épais, elle avait pris contact avec les quelques dirigeants communistes qui n'avaient point encore disparu… L'histoire ne dira pas leurs noms. On y apprendrait d'ailleurs que très peu de choses ! Cependant dans son rapport, Camille nota que la force essentielle qui pourrait constituer la résistance en Charente ne serait pas communiste. Il apparaissait très clairement, en ce début de 1940, que les instituteurs socialistes et les syndicalistes enseignants seraient à la pointe du combat antifasciste et, parmi eux, Camille notait déjà le nom d'André Chabanne et d'une femme… Une femme qui serait plus tard le chef Luc du Maquis Bir'Hacheim. En Charente, le Parti Communiste ne semblait pas en mesure de constituer des forces importantes pour s'opposer à la répression à l'exception d'un petit secteur du département autour de la bourgade de Pressignac. Là, chez des paysans, les Soury, Camille avait trouvé un bon accueil mais il ne fallait pas compter sur eux pour diriger le maquis. Il faudrait donc envoyer quelqu'un dans la région de Chabanais et de Confolens… Envoyer quelqu'un ? Il était facile d'écrire une telle chose en 1940 mais il était bien mal aisé de la réaliser. Le chef prestigieux qui s'imposerait à tous pour être le contre-poids d'André Chabanne n'existait pas encore ! Le fameux Colonel Bernard serait à imaginer… Seulement voilà Camille avait eu la bonne idée de le suggérer à son Parti…

Après sa visite en Charente, Camille était remontée dans la région parisienne pour faire le bilan de son périple et prendre de nouvelles instructions. Jacques Duclos la reçut dans sa cachette. Le numéro 2 du Parti lui parla longuement :

- Camille, tu as été admirable ! Sans toi, nous ne saurions rien de ce qui se passait là-bas. Grâce à toi, nous pouvons déjà préparer l'avenir… Je vais te confier un secret : l'avenir appartient aux audacieux. L'avenir c'est la création d'Organisations Secrètes de Combattants. Tu es la première de nos agents à qui nous le disons. Tu seras la première à partir en mission pour la mise en place des O.S.C. Pour une fois, tu ne vas pas te rendre en Limousin ou dans un département limitrophe. Tu prendras le train en gare de Lyon et tu fileras tout droit vers Marseille. Là-bas, à la gare Saint Charles, tu ne passeras point ton temps à visiter la cathédrale de Notre Dame de La Garde ou le vieux port… Encore que tu pourrais trouver auprès de nos amis dockers une sacrée protection. Oui, les dockers : c'est le dernier rempart de notre Parti. On ne touche pas aux dockers ! Et comme ils nous protègent, on ne pourra jamais atteindre le cœur de notre Parti alors tu quitteras la gare Saint Charles pour le département du Var. Tu iras jusqu'à Nice. Je veux que tu vois la Promenade des Anglais. A vrai dire, sur cette belle avenue en front de mer, tu iras jusqu'à l'Hôtel Lutétia. C'est là que t'attendra Virgile Barel. Il est notre meilleur représentant pour la Côte d'Azur et toute la Provence. C'est à lui que tu porteras ces instructions…

Jacques Duclos venait de tendre une petite enveloppe bleue à Camille. Elle était bien fragile et bien mince : il ne devait guère y avoir d'instructions mais elles étaient claires. En réalité, il s'agissait d'un ordre de mission que le comité central confiait à Virgile Barel : il devait implanter sur la rive gauche du Rhône, du lac de

Genève à la mer Méditerranée, plusieurs unités d'Organisations Spéciales de Combattants. Camille ne savait rien de ces organisations ; elle ne savait pas non plus comment elles seraient recrutées et comment elles s'entraîneraient. A vrai dire, il s'agissait d'une innovation des Communistes français dans la lutte internationale contre le terrorisme fasciste ; il s'agissait de constituer partout où on le pouvait des équipes soudées et bien entraînées, sportives et vigilantes pour « tuer » l'ennemi avant qu'il ne donne libre cours à ses actes criminels contre les militants du Parti. Depuis quelque temps, les renseignements qui parvenaient au Bureau Politique laissaient à penser que le gouvernement français avait remis en liberté des centaines de criminels qui purgeaient de lourdes peines en prison. Le gouvernement français avait conclu un pacte mortel contre les patriotes avec ces bandits de grand chemin. S'ils parvenaient à assassiner des Communistes, des Juifs ou des Tziganes : ils toucheraient de fortes primes. La plus importante serait forcément versée pour la tête d'un Communiste : 500 francs en or de l'époque… Les renseignements que possédait Jacques Duclos lui permettaient aussi de penser que bien des camarades, dont on avait retrouvé par hasard le cadavre, ne s'étaient pas suicidés… Une main les avait poignardés ! Ce serait donc à l'arme blanche le plus souvent qu'il faudrait répliquer. Au rasoir… et en silence. Telle était l'importante mission que devait mener à bien Camille jusqu'en Provence et elle ne savait pas alors qu'elle serait à l'origine de la création de la branche armée de son Parti. C'est là-bas, sur les bords de la Méditerranée, de Martigues à Port-De-Bouc, d'Arles à Toulon et, en remontant à l'intérieur du pays jusqu'à Avignon et Valence, qu'opéreraient les Francs-Tireurs…

* * *

« *Il faut faire vite !…* » avait chuchoté Jacques Duclos à l'oreille de Camille. Le numéro 2 du Parti ne croyait pas si bien dire : il fallait faire vite car les Allemands arrivaient ou, plutôt, ils allaient déferler sur la France. Le 10 mai 1940, au petit matin, sans même avoir crié gare, ils entrèrent en Belgique bousculant les faibles soldats du roi des Belges. Puis brusquement, ils infléchirent leur marche vers le Sud. En réalité, ils ne marchaient pas ; ils roulaient… Seules les unités motorisées progressaient vers la frontière française appuyées par les éléments de l'aviation qui bombardaient les villages, les populations civiles et attaquaient sans relâche les unités franco-britanniques qui tentèrent bien de s'opposer à cette avancée spectaculaire. Seulement voilà, ce qui devait arriver se produisit à Sedan : la ligne de front trop fragile se brisa et les troupes allemandes s'engouffrèrent dans cette brèche… En quelques semaines, elles devaient conquérir la France. Le gouvernement de la République et le Parlement s'enfuirent. Paris fut déclarée ville ouverte ! Point question de défendre la capitale. Bien au contraire le Général Weygand ouvrait toutes grandes les portes de Paris à l'armée nazie dont les éléments arrivèrent bientôt sur les Champs-Élysées, la Place de la Concorde… Les premiers soldats vert-de-gris purent se faire photographier sous la Tour Eiffel. Le gouvernement du Maréchal Pétain engagea aussitôt les pourparlers avec le IIIe Reich. En réalité, les discussions avaient déjà commencé depuis plusieurs semaines : les modalités de la reddition avaient été rédigées bien avant l'attaque éclair. Le soir du 25 juin 40, le Maréchal Pétain, le vainqueur de Verdun s'adressa aux Français. Le vieil homme venait de faire don de sa personne à la France. En chef de guerre et dans les honneurs, il venait de demander l'Armistice à Hitler qui le lui avait accordé. La France capitulait sans condition. La France était vaincue…

Ce jour-là, Camille était à Bourges. Elle était venue dans le Cher pour organiser la « résistance » à l'avancée allemande. En effet, les populations de l'Est et du Nord de notre pays s'enfuyaient pas milliers vers le Sud s'enfonçant au plus profond de la France. Il fallait parer au plus pressé : les guider et assurer leur protection, les ravitailler et leur permettre de se reposer… La marche inexorable vers le Sud était engagée. Il fallait passer les ponts de la Loire avant que l'armée française ne les fasse sauter pour, disait-on, stopper l'avance allemande. Le Cher était un département particulièrement fréquenté par ceux de l'exode et aussi par les éléments militaires français qui avaient réussi à échapper à l'encerclement nazi. Les soldats de l'armée de la IIIe république n'avaient eu que deux options possibles : soit demeurer immobiles et attendre d'être faits prisonniers, soit de marcher ou courir vers le Sud et franchir la Loire… Le Cher, l'Allier, l'Indre étaient traversés par des colonnes incessantes de civils et de militaires fuyant à qui mieux mieux devant les armées du Reich.

Camille était à Bourges lorsqu'elle entendit à la radio le vieux Maréchal Pétain. La voix était chevrotante, encore malicieuse et ironique. Camille fut profondément révoltée. Son pays était vaincu, humilié et voilà que celui qui s'était proclamé chef des Armées et chef de l'Etat, signait avec Hitler l'Armistice du déshonneur. Voilà que « le vieux » s'apprêtait à serrer la main au Führer à Montoire ! Voilà qu'il montrait du doigt les coupables : les Républicains, les Instituteurs, les Laïques… Voilà qu'il s'apprêtait à fonder un nouveau régime abandonnant la devise républicaine : « Liberté, Egalité, Fraternité » pour celle de la Famille, de la Patrie et du Travail… Voilà qu'il concluait un pacte diabolique avec la hiérarchie catholique et les évêques de France pour mettre au pas le peuple français. Le 10 juillet 40, il se trouverait seulement quatre-vingts députés pour s'opposer à ce coup de force. Tous les autres abdiqueraient. La IIIe République était morte, la Collaboration commençait… Seulement voilà, la France était occupée… Cela changeait énormément de choses pour les agents secrets de l'Internationale. Il faudrait désormais voyager dans ces territoires occupés, franchir la ligne de Démarcation pour aller en zone libre, enfin « dite libre… ». On en avait oublié que l'Alsace, la Lorraine et une partie de la Moselle étaient purement et simplement annexées au IIIe reich. Les Alsaciens et les

Lorrains seraient des soldats allemands... Bientôt, ils iraient combattre dans les divisions de la Wehrmacht...

Camille ne savait pas si elle devait remonter sur Paris ou rejoindre le Limousin. Elle hésitait vraiment en ces premiers jours de juillet... Elle finit par se décider à partir vers le Sud. Mieux valait être en zone libre tout de même ! On ne pourrait pas pour autant y fêter le 14 juillet et les bals populaires seraient interdits... On pourrait tout de même pavoiser aux couleurs de la France avec un édredon rouge, une couverture bleue et un drap blanc. Les couleurs de la France ? Camille se rappelait la leçon de son instituteur à l'école des Bordes... Bleu, blanc, rouge : les trois couleurs ! Le bleu et le rouge des toits de Paris et le blanc de la monarchie... Le blanc bien entouré ! Le drapeau tricolore... Camille l'associait tout de suite à l'hymne national : la Marseillaise. Tout de même, notre chant patriotique ne pouvait être oublié de tous ces enfants de l'école de Jules Ferry. Ils l'avaient tous chantée « La Marseillaise » de Rouget de Lisle. Certes c'était un chant de guerre, celui de l'armée du Rhin commandée par Dumouriez et Kellermann... C'était le chant des vainqueurs de Fleurus du Maréchal Jourdan... Camille se souvenait : Jourdan ? Un enfant de Limoges, né à deux pas de la Cathédrale Saint Etienne. Elle avait flâné quelque temps dans le square qui porte le nom de l'homme illustre. Juste en face, elle avait aperçu la statue grandiose de Jeanne d'Arc la petite bergère de Domrémy. Une autre figure patriotique de notre pays. Jeanne d'Arc chassant les Anglais de France, bousculant les envahisseurs qui finirent par s'emparer d'elle, la jugèrent et la condamnèrent à mourir brûlée vive sur le bûcher… Jeanne d'Arc sur le bûcher de la place du vieux marché à Rouen… C'était en 1431 ! Camille le savait et elle avait la certitude que les enfants de Jules Ferry le savaient aussi. A la seconde même où le vieux Maréchal Pétain chevrotait et bavait sur le drapeau tricolore, Camille avait la certitude que les enfants de Jules Ferry se lèveraient… Oui, ils se lèveraient : ils suivraient le regard de Jeanne d'Arc montrant le chemin contre l'envahisseur… Et allez-donc savoir pourquoi, au même instant, Camille revit l'image de son livre d'Histoire de France, une image en noir et blanc qui montrait une autre grande figure de la France : un corsaire ! Duguay-Trouin ! Face à la mer, le célèbre marin de Saint-Malo montrait lui aussi, l'ennemi. L'ennemi, c'était celui qui voulait déferler sur la terre de France. Camille avait la certitude que le peuple français ne pouvait vivre à genoux. Seulement voilà, elle se trompait un peu à l'échelle du temps. Si Camille et ses camarades de l'Internationale, si Danielle Casanova, Flora, Germaine, Thérèse et tant d'autres avaient cette certitude, ceux du peuple étaient abasourdis. Notre pays vaincu ne leur semblait point pouvoir relever la tête. La gifle que venait de leur administrer le vieux Maréchal, l'humiliation qu'il imposait à nos soldats vaincus, obligeait les pauvres gens à se courber encore davantage vers la terre… Le « vieux » Pétain avait accusé le peuple. Il avait dit « *par notre faute…* » Il oubliait de proclamer la vérité. Il faudrait des semaines et des mois pour que celle-ci finisse par remonter à la surface. En cette soirée du 14 juillet 40, Camille avait la certitude que le peuple de France se redresserait mais pour l'heure, elle avait conscience des difficultés que nous allions traverser. Elle avait conscience de la tragédie qui venait de se nouer. Elle ne tremblait pas pour autant. A l'Ecole de l'Internationale, à l'Université Lomonossov, elle avait appris à maîtriser sa peur, à rire quand on a envie de pleurer et à courir quand on est fatigué. Désormais, il ne suffirait pas de marcher, il faudrait courir… Il y avait urgence pour la survie ! Elle avait aussi appris à détecter les situations extrêmement dangereuses où elle ne manquerait pas de se trouver bientôt en arrivant dans une gare ou en se promenant dans un square. Elle savait qu'on l'observait, qu'elle était suivie, qu'elle était en danger. .. Seulement voilà, elle le savait et ses « chasseurs » l'ignoraient. Elle avait donc un temps d'avance sur eux : juste le temps d'échapper aux griffes de la bête hitlérienne et de ses complices. Cela suffirait pour traverser ces années noires, ces années de guerre… « *La guerre est finie* » venait de proclamer le vieux Maréchal. Nenni ! La guerre contre Hitler ne faisait que commencer et les Communistes allaient être au premier rang pour frapper à mort… Le chemin serait long, périlleux et souvent tragique mais le chemin était celui de la Victoire : la Victoire de la Liberté sur l'oppression. Le chemin du peuple…

Oui, la guerre ne faisait que commencer ! Camille était prête à se battre et ses ongles deviendraient des griffes. Elle déchirerait l'ennemi, elle le briserait. Pour elle, point d'Armistice et jamais de collaboration ! Elle était une enfant de Jules Ferry et elle voulait être fidèle à l'enseignement du maître qui avait fait d'elle la 1ère du canton d'Ambazac… Il y avait tout juste sept ans.

***

Après un printemps froid et pluvieux, cet été 40 ne s'annonçait guère mieux. Décidément la pluie ne voulait pas quitter la terre de France ! En Limousin comme dans tant d'autres régions que Camille traversait, les paysans trouvaient bien du mal pour rentrer leurs récoltes de foin et de blé. Au 14 juillet, il pleuvait encore. Dans les prairies, le foin pourrissait. Bientôt le blé germerait sur paille ! La misère s'installait et s'ajoutait aux affres de la guerre. Bien des familles avaient perdu un fils au cours de cette guerre éclair dont on avait déjà oublié les victimes. En quelques semaines, deux cent mille jeunes Français étaient tombés dans les champs du Nord et du Pas-de-Calais, près de deux millions de prisonniers conduits dans des wagons à bestiaux en Allemagne… Deux millions de prisonniers qui seraient des travailleurs gratuits pour le IIIe Reich ! Aux stalags, ils iraient ; ils remplaceraient les jeunes Allemands engagés sur le front. Le IIIe Reich ne se contenterait pas de cette main-d'œuvre gratuite, il en voudrait toujours davantage. Bientôt serait décrété le Service du Travail Obligatoire. Pour l'heure, on ne parlait pas encore de cette honteuse réquisition…

En cet instant, les vieux, les femmes et les enfants secouaient une herbe en putréfaction qui fumait sous un soleil incertain. Vite ! Il faudrait rassembler cette herbe encore trempée et refaire les meules. Demain on recommencerait les mêmes gestes inutiles. La moisson pourrirait certainement dans les champs : on craignait la famine mais on ne savait pas encore que ceux qui allaient affamer le peuple, ce seraient le Maréchal Pétain, Pierre Laval et tous les collaborateurs qui ne manqueraient pas de s'installer aux postes de commandement. Une fois de plus, la paysannerie paierait le prix fort de la capitulation. Une fois de plus, les services de la réquisition se mettraient en branle pour venir, sur les champs de foire, quérir les meilleures bêtes et les expédier vers l'Allemagne... Pendant ce temps, les gens des villes et ceux des champs crèveraient de faim. De faim et de froid car, après l'été pourri de 1940, l'automne ne valut guère mieux. Quant à l'hiver 40-41, il fut terrible !

Dans ses allées et venues, sur sa bicyclette bleue, Camille était souvent trempée par ces averses subites et abondantes. Si elle avait pu ôter ses vêtements et les tordre, ils auraient pu sécher sur quelques haies vives de la campagne périgourdine. Elle n'en avait pas le temps ni le loisir. Contrairement à une idée reçue, elle risquait bien davantage dans ses courses qui la menaient d'un village à l'autre, parfois d'un hameau à une ferme isolée... Dans les grandes villes, elle était encore presque en sécurité. En zone libre, les Allemands n'étaient pas entrés. Certes la police de Vichy surveillait les carrefours, contrôlait les passants mais une petite jeune fille pouvait marcher discrètement au milieu de la foule…

Il n'en était pas de même à la campagne. Sans aucune mauvaise intention, les paysans repéraient vite l'étrangère qui passait sur la petite route empierrée. C'était le cas de Camille lorsqu'elle allait des Cévennes aux Maisons Neuves. Elle empruntait une jolie route qui serpentait à travers champs. Celle-ci n'était guère accidentée. Une pente douce s'offrait à la jeune fille qui pédalait allègrement. Légère et bien entraînée, Camille ne craignait pas ces allées et venues. Seulement voilà, sur son trajet se trouvait une fermette isolée précisément située aux Bessades. Là, vivait un couple de vieux paysans : les Caille ! Le père Caille était souvent dans son jardin avec ses cisailles pour tailler une haie d'aubépine. Derrière cette haie épineuse, il pouvait voir sans être vu la petite route de Saint-Genest et il avait bien remarqué les fréquents passages d'une jeune fille inconnue… Une jeune femme brune à l'allure décidée… Il en avait parlé à sa « vieille ». La Léonie lui avait répondu :

- Qu'en as-tu à faire mon pauvre vieux… Une jeunette… ce n'est plus de ton âge. Voyons donc ? Vraiment tu as bien la tête dure. La tête… mais pas le reste…

La Léonie parlait vrai mais le « vieux » Caille n'était pas homme à se laisser mener par l'extrémité de ses moustaches. Il avait fait la Grande Guerre, Verdun et le Chemin des Dames… Ah ! Quand il parlait du Chemin des Dames… A l'écouter, on aurait pu penser à une promenade de plaisir… Le père Caille plaisantait toujours lorsqu'il racontait ses souvenirs de la guerre. Pour lui, c'était une série de blagues, de beuveries et de rigolades… Ah ! Les Poilus… une sacrée bande de copains… des boit-sans-soif ! La gnole ? Du fortifiant… Et il avait gardé l'habitude de boire une petite « sèche » tous les matins en se levant. Une « rincette », comme il disait… Histoire de tuer les vers intestinaux ! Oui, le père Caille était bien un peu imprégné d'alcool et n'avait pas toute sa tête mais, tout de même, qui pouvait bien être cette jeune cycliste qui filait des Maisons Neuves aux Cévennes et dont il ne pouvait croire qu'elle était au service des Bardet. D'ailleurs, si elle avait été louée par le père Léonard, elle y serait bien restée toute l'année ! Les filles de ferme n'allaient pas courir ainsi à bicyclette et très peu de jeunes femmes savaient conduire un vélo… Oui, il y avait là-bas quelque chose d'anormal. La bicyclette bleue… La jeune brunette aux yeux pétillants qui semblait l'ignorer lorsqu'elle l'apercevait… Tout de même, elle n'était pas une championne cycliste ?

Camille avait bien remarqué la ferme isolée des Bessades mais elle n'avait pas vraiment prêté attention à ce vieux jardinier que la fumée voluptueuse de sa pipe lui avait révélé par derrière la haie d'aubépine. A quoi bon se soucier d'un vieux paysan ? Elle avait tant à faire… Inconsciente Camille ? Pas vraiment ! Les agents secrets de l'Internationale avaient été formés par une élite de professeurs de l'action révolutionnaire : Camille était sortie première de l'école moscovite... Ce n'était pas un vieux, derrière une haie, qui pouvait la faire prendre.

Au cours de ses allées et venues qui, pour certaines, se passaient la nuit, Camille perçu insensiblement comme une surveillance qui se resserrait autour d'elle. Non ! Elle n'était pas inconsciente... L'atmosphère d'ordinaire si tranquille sur cette petite route campagnarde était devenue hostile. Mais elle avait beau observer la nature, écouter les oiseaux et regarder le ciel étoilé ou nuageux, elle ne parvenait pas à circonscrire le danger.

Il y avait bien danger pourtant. Le mois dernier, le 22 du mois d'août 40, le père Caille s'était rendu à Saint-Bonnet-Briance. A la foire, il avait porté quatre ou cinq lapins cachés dans un sac de toile de jute. Le « vieux » élevait ces bestioles pour les vendre. En cette période où la pénurie alimentaire commençait à se faire sentir, il en tirerait sûrement un bon profit. Il savait qu'à Saint-Bonnet, les Limougeauds descendaient du tramway pour aller vite marchander légumes frais, poulets et lapins et quelques douzaines d'œufs. Il y avait là le champ de foire le plus réputé du Limousin pour la vente des cochons... Un porc ? Voilà bien de la viande pour la moitié d'une année ! A quel prix ? Peu importait pour l'acquéreur. Quand on a faim, il n'y a pas de prix ! Le père Caille vendait les lapins trois à quatre fois plus cher qu'il aurait fallu mais les agents de Vichy fermaient les yeux... Inconscients ? Non, ils étaient en service commandé.

Chargés de la surveillance des marchés et des foires, ils organisaient en réalité le marché noir pour accentuer encore le malheur des petites gens. Le père Caille avait une longue expérience de la misère humaine. N'avait-il pas raconté que dans les tranchées de Verdun, il avait « négocié » des quarts de rouge à des copains… Non ! Il n'y a pas de petits profits. Le « vieux » tirerait avantage de ses lapins et irait boire chopine à l'Hôtel des Voyageurs. La vente avait été bonne, le vin était rare mais délicieux et le breuvage des Corbières rafraîchissait le gosier du père Caille. Sa langue fourmillait dans sa bouche édentée. Il vit entrer les deux gendarmes de la brigade de Pierre-Buffière. Ils venaient d'attacher leurs chevaux aux anneaux devant le mur de l'Hôtel des Voyageurs. Les deux pandores saluèrent bien bas l'assistance. Sacré Nom de Dieu ! Ils avaient soif. Le père Caille crut bien faire de leur payer une chopine et même de trinquer avec eux.

- Tout est normal chez vous ? demanda le brigadier.

- Ouais, normal… Si on peut dire… rétorqua monsieur Caille.

- Eh que voulez-vous dire ? Vous me semblez inquiet… Y-a-t-il quelque chose qui vous court par la tête ? C'est ben le moment de nous le dire.

- A vrai dire… pas grand chose ! La pluie… oui cette sale pluie qui fait pourrir le foin. Sais pas comment je pourrai nourrir mes lapins l'hiver prochain… Le son va être hors de prix ! Voyez les champs de blé sont verts… Ouais… faut bien s'inquiéter…

- S'inquiéter ? répliqua le brigadier. Vous en avez de bonnes, mon vieux ! Il n'y a pas à se faire de bile : le Maréchal Pétain veille sur nous. Nous avons installé son portrait à la brigade. Ah ! Il a bonne mine le vieux : il paraît pas ses quatre-vingts ans ! On voit qu'il a bu de sacrées rasades de rouge… Eh patronne ! Remettez-nous ça… Donc Monsieur Caille pas d'inquiétude !…

- Enfin… Il y a bien quand même un oiseau rare dans les parages…

- Un oiseau ! Quel oiseau ? Expliquez-vous, mon vieux ! Nous ne pouvons prendre votre déposition comme cela…

- Ma déposition ? Mais je n'ai rien à déposer… Je veux seulement vous dire que ce n'est pas d'un oiseau que je veux parler ; ce serait plutôt d'une oiselle… Une demoiselle quoi ! Oui, il faut que je vous dise… sur la route des Maisons Neuves aux Cévennes passe, de temps à autre, une jolie fille brune sur une bicyclette bleue. Elle file comme le vent. Elle ne regarde ni à droite ni à gauche mais tout droit devant elle. Il semblerait qu'elle sache où elle va mais… Je ne la connais pas ! C'est une étrangère… Certains disent qu'elle coucherait chez les Bardet. C'est sûrement vrai… On ne peut pas savoir ce qui se trame là-bas au milieu des bois. Savoir ? Vous pourriez peut-être…

- On pourrait sûrement, répliqua le brigadier de Pierre-Buffière. Monsieur Caille, vous n'avez pas encore eu la Légion d'honneur pour vos « exploits » durant la Grande Guerre mais je pourrais bien vous la faire avoir… Si votre tuyau est bon… Oui la Légion d'honneur ! Ça vous ferait plaisir ?

- Oh ! Oui mon brigadier ! Mais je ne comprends pas bien…

- Ne cherchez pas à comprendre ! Restez chez vous et, surtout, tenez bien votre langue ! Nous nous occupons du reste…

Camille rentrait de mission par une nuit sans lune, elle rejoignait la ferme des Cévennes. A la patte d'oie qui lui aurait permis de filer tout droit à la métairie ou d'obliquer légèrement à droite en direction de Saint-Paul, elle devina dans l'obscurité deux ombres qui se profilaient derrière un chêne. Deux ombres… Depuis quelques jours, elle avait bien senti ces ondes négatives qui la tenaient en éveil mais, tout de même, à minuit moins une au cœur de ce mois de septembre… Deux ombres ? Des revenants… elle avait appris de la bouche même de la « vieille » Catherine qu'il y avait eu, à cet endroit là, par le passé, des rencontres diaboliques… Des coupe-gorge arrêtaient les voyageurs et les délestaient de leur bourse au retour de la foire de Magnac ou de Glanges !… Des ombres ? Des formes massives et, en moins d'une fraction de seconde, elle aperçut les képis… Que faire ? Freiner et partir en sens inverse à toute vitesse ? Impossible… poursuivre son chemin ? Elle allait être sommée de s'arrêter, de décliner son identité, de montrer ses papiers… Dans sa poitrine, le cœur de Camille battait à peine plus fort que d'habitude. L'agent secret savait contenir ses émotions. Elle devait se décider… Il ne lui fallait pas aller chez les Bardet. Les ombres la suivraient et la captureraient. Elle choisit d'infléchir sa course sur la droite et de ne point s'arrêter. Prévenus par le crissement des pneus de la bicyclette bleue les deux pandores jaillirent au milieu de la chaussée brandissant leurs falots blafards pour interpeller la jeune femme.

- Halte là : Gendarmerie Nationale… Vous êtes prise… vociférèrent les ombres de la nuit.

Camille serra les dents, appuya fort sur les pédales et passa entre les deux ombres comme un éclair. Elle entamait la descente sur le ruisseau des Blaireaux et la vallée de la Roselle. Voyant qu'elle ne s'arrêtait point, les deux gendarmes enfourchèrent leur vélo. Ils se lancèrent à sa poursuite dans une course folle et vertigineuse. Camille ne connaissait rien de cette route mais elle n'avait qu'une envie : échapper à ses poursuivants. A mi-pente, dans l'obscurité totale, elle distingua un petit chemin sur la gauche. Une faible ondulation de son corps et la bicyclette bleue s'engouffra dans le taillis. En douceur, Camille freina et s'accroupit. Elle écouta... Les deux bicyclettes de la brigade de gendarmerie de Pierre-Buffière fonçaient bride abattue vers le pont de la Roselle. Bientôt, elle entendit les deux pandores s'essouffler dans la côte de Veyriaux. Elle respira. Elle était sauvée. Ses poursuivants avaient pris de l'avance... Elle était derrière eux et elle avait nullement envie de les rejoindre. Tranquillement elle remonta la côte des Cévennes, passa discrètement chez ses protecteurs qui la prirent en charge immédiatement. Il n'était pas question pour elle de rester ici ne serait-ce qu'une nuit. Il fallait filer au plus vite... Limoges serait plus accueillante !

* * *

Justement, elle avait rendez-vous, rue des Combes, avec Alphonse Denis. Camille devait lui remettre un paquet de tracts qui dénonçaient le régime du Maréchal Pétain. Imprimés tant bien que mal sur du mauvais papier, ces premières feuilles d'une résistance balbutiante étaient des messages d'espoir. Alphonse en ferait bon usage. Déjà, il s'occupait du Secours Rouge pour la ville de Limoges. En effet, il fallait venir en aide aux femmes et aux enfants des camarades qui avaient déjà été arrêtés par la police de Vichy, incarcérés aux camps de Saint-Paul ou de Nexon et déportés. Il fallait aussi aider les épouses et les mères de ceux qui avaient été envoyés prisonniers en Allemagne. Bientôt il y aurait les veuves de guerre… Les orphelins… Le Secours Rouge luttait contre la misère et venait consoler les plus démunis. Comme ils auraient été heureux ces malheureux d'être en compagnie d'Alphonse Denis dans les locaux de la Chocolaterie Daccord. Une bonne odeur de fève de cacao se répandait dans tout l'établissement. Ce jour-là, Alphonse accompagnait un de ses clients périgourdin, un nommé Michaud qui demeurait à Saint-Martin-de-Fressengeas… Ce Michaud là était un Socialiste qui ne savait pas qu'Alphonse était Communiste… Ils allaient et venaient dans la chocolaterie pour faire leurs affaires. A un moment donné Alphonse placarda un tract anti-pétainiste sur les murs de la boutique… Personne n'avait rien vu à l'instant où le voyageur de commerce opérait mais, le lendemain, tout le personnel avait lu le contenu du tract et la fabrique Daccord était en émoi… Le Périgourdin Michaud fut interrogé par la police. Il n'avait rien fait mais il crut bon de dire aux flics que c'était, peut-être, Denis… Alphonse se tenait sur ses gardes. Bien lui en prit car il fut convoqué au commissariat de l'avenue de la Libération où on lui reprocha d'être l'auteur de cet acte d'incivilité. Le commissaire, qui l'interrogea, n'y alla pas par quatre chemins :

- Vous risquez gros, Monsieur Denis ! L'emprisonnement, la déportation… Oui vous risquez gros. Michaud vous a vu…

- Michaud m'a vu ? Le menteur ! Regardez-moi bien en face, Monsieur le Commissaire ; est-ce que j'ai la gueule d'un Communiste ?...

Et Alphonse Denis éclata de rire. Le culot et l'aplomb de cet interlocuteur venaient de mettre en difficulté l'un des meilleurs commissaires de police de la ville de Limoges. Effectivement un beau jeune homme comme Alphonse au regard franc et droit ne pouvait être un sale Communiste !... Il fut décidé de relâcher le voyageur de commerce. On le convoquerait plus tard...

* * *

En cette fin de décembre 1940, se réunissait pour la dernière fois en séance plénière le conseil municipal de Limoges sous la présidence de Léon Betoulle. L'homme avait voté les pleins pouvoirs à Pétain sous l'émotion de la capitulation mais il était socialiste... Pierre Laval ne pouvait tolérer des Socialistes à la tête des grandes villes de France ! Les jours de Léon Betoulle en tant que Maire de Limoges étaient comptés comme ceux de son collègue René Regaudie de Châteauneuf-la-Forêt... Pierre Laval allait les remplacer par des hommes serviles et tous dévoués au Maréchal Pétain. Ce fut le 10 février 41 que le décret fut pris de nommer André Faure à la tête de la délégation spéciale de Limoges et, le 24 mars de la même année, Jacques Barbier, secrétaire général de la Préfecture de la Haute-Vienne, vint à l'Hôtel de Ville installer le nouveau maire et congédier Léon Betoulle. André Faure était inconnu des Limougeauds. A la tête d'une entreprise locale, il n'avait rien fait d'extraordinaire jusque là ! Sa première décision en tant que Maire de Limoges fut d'adresser au Maréchal Pétain un message de félicitation et d'inviter le Chef de l'Etat vichyssois à venir dans la capitale de la porcelaine dès qu'il pourrait s'y rendre. Le « vieux » Maréchal, qui n'attendait que cela, répondit aussitôt qu'il serait à Limoges les 19 et 20 juin prochains.

Depuis qu'elle avait échappé à l'arrestation, Camille se cachait de préférence à Limoges ou dans les villages de la banlieue. Elle venait ainsi et assez fréquemment chez les Boissard : une famille de Saint-Lazare qui exploitait une ferme depuis bien plus d'un siècle. Elle avait déjà rencontré Pierre Boissard… L'ancien cheminot qui avait participé activement aux grandes grèves du rail en 1905 était déjà à l'offensive en liaison étroite avec son ami Alphonse Denis. Saint-Lazare était une sorte de faubourg aux portes de la ville sur la rive gauche de la Vienne. Sa population laborieuse et très solidaire constituait une pépinière de militants pour les organisations de la jeunesse antifasciste. D'opinions diverses, les jeunes se retrouvaient au bistrot du coin pour taper la belote et parler d'avenir. L'avenir… ce n'était plus le « vieux » Maréchal Pétain qui l'offrait en venant à Limoges dans quelques jours. L'avenir… ce n'était pas Pierre Laval avec les Chantiers de Jeunesse qui commençaient à s'installer un peu partout en France libre, pour embrigader les jeunes dans des travaux inutiles et abrutissants. Les jeunes Hauts-Viennois de la classe 42 seraient bientôt invités à partir pour faire du bois dans la forêt de Tronçais, se lever à l'aube, monter les couleurs, saluer le portrait du Maréchal Pétain et d'Adolf Hitler... Leurs chefs, qui n'avaient pas les grades de militaires, leur faisaient cependant apprendre des chants patriotiques inspirés de la religion et de la monarchie. Aux Chantiers de Jeunesse, il fallait aller à la messe et faire sa prière avant de se coucher très tard le soir. Aux Chantiers de Jeunesse, c'était tout le contraire des aspirations naturelles des enfants de France ! Les jeunes allaient tout de même dans ces « chantiers » pour y être nourris car on manquait de tout. Ici, point de soucis : les topinambours et les rutabagas étaient abondants mais la viande, le fromage et le lait étaient rares !... Au travail, à la prière et à l'obéissance, s'ajoutait le parcours gymnique. Chaque chantier avait son champ d'exercices athlétiques. A défaut du maniement des armes, on faisait courir, sauter, grimper jusqu'à épuisement... Il y avait de longues marches de quinze, vingt cinq, quarante kilomètres à faire de nuit ou de jour. On usait vite les semelles de mauvaise qualité des brodequins et souvent on marchait pieds nus, presque en guenilles. Enfin ! Ce n'était pas le régime des camps de concentration... A Saint-Paul ou à Nexon, les malheureux détenus politiques étaient conduits aux travaux forcés sous la menace des armes de leurs gardiens. En sabots de bois percés, en chemise et pantalon déchirés, grelottant sous la bise et la pluie cinglante, les « indésirables » enrichissaient le patronat français. Tous étaient mal considérés et la répression ne faisait que commencer.

* * *

Camille avait rendu compte à la direction nationale de son Parti de cette tentative malheureuse de la gendarmerie à son encontre. Elle était repérée et il lui fallait donc redoubler de prudence d'autant plus que maintenant le franchissement de la ligne de Démarcation était de plus en plus difficile. Camille devait faire appel à des passeurs et tous n'étaient pas très sincères… Il y avait des charlatans qui encaissaient la somme d'argent demandée et vous laissaient en pleine campagne… Le Parti réfléchissait à cette situation nouvelle et avait décidé de mettre en place une direction clandestine pour la zone Sud. Il avait été envisagé de l'implanter à Bordeaux d'où Charles Tillon avait lancé son célèbre appel à la résistance au régime de Pétain dès le 17 juin 40. Le Parti avait d'ailleurs confié à Charles Tillon la mission de créer l'organisation militaire qui serait celle des Francs-Tireurs et Partisans Français. Pour l'heure, les O.S.C. agissaient mais, bientôt, il faudrait passer à une échelle supérieure…

Si durant quelques semaines, en juillet 40, un certain flottement dans la ligne de conduite avait pu être perçu, le Parti avait rapidement rectifié la ligne et donné des consignes précises à ses agents. Non seulement Charles Tillon allait constituer sur tout le territoire national, en zone libre comme en zone occupée, des groupes de trois F.T.P.F. mais il demanderait aussi à Albert Ouzoulias de former les Bataillons de la Jeunesse. Camille devait rencontrer Albert Ouzoulias en Corrèze dans sa bonne cité de Palisse. La famille Ouzoulias était installée là depuis plusieurs générations. Albert était un instituteur et, très vite il avait compris la nécessité de rassembler les jeunes de la manière la plus large possible pour engager la lutte contre le Maréchal Pétain. Grâce à Camille et à tous les agents secrets du Parti, il allait dans chaque région installer ses bataillons de jeunes décidés, intrépides et courageux. « *Une jeunesse formidable !...* » comme le Colonel André aimera le dire plus tard à l'heure de la retraite, au moment où la France aura retrouvé sa Liberté.

C'était la première fois que Camille descendait à Tulle et allait à bicyclette gagner les Monédières. Elle découvrait ainsi la Préfecture de la Corrèze, la ville aux sept collines et aux vallées profondes et encaissées. Elle se disait déjà que si, un jour, les Allemands se prenaient à y venir, ils seraient dans un véritable piège. Il suffirait alors que les compagnies de Francs-Tireurs les encerclent et, du haut de ces collines, tirent sur l'occupant... L'occupant n'était pas encore à Tulle : il n'y avait donc pas à chasser le Boche ! Seuls les collaborateurs, les amis du Maréchal et les miliciens se multipliaient aux abords de la Corrèze. Camille avait pénétré dans la cathédrale de la cité tulliste. Elle avait admiré l'art gothique, les hautes colonnes, et la splendeur du vitrail. Elle s'était promenée dans les jardins du cloître. C'est là qu'elle avait rencontré l'abbé Pierre : un curé au service de l'évêque. Un curé proche des Communistes... Elle lui avait fait part des instructions que le Parti adressait, en ce moment même, à ses militants : constituer partout où cela est possible un vaste Front National pour la Libération de la France. En effet, l'idée du F.N.L.F. faisait son chemin. Camille en parlerait d'ailleurs à Albert Ouzoulias qui, lui-même, en parlerait à André Odru et à tant d'autres patriotes de la Corrèze. Pour sa seconde visite dans ce département Camille était satisfaite. Sa rencontre avec Roger Lescure et Robert Delord avait porté ses fruits. Déjà des jeunes patriotes se regroupaient au rocher de l'Aigle sur les rives sauvages de la Dordogne... Au pays des gabariers, de Spontour à Argentat, la grande rivière appelait ses enfants à s'unir, à s'armer et à combattre bientôt. L'union était en marche mais il fallait trouver des armes. Léon Mauvais et Benoît Frachon, qui organisaient la direction en zone Sud, avaient précisé à Camille :

- Des armes ? Il y en a... Dans les forêts, l'armée d'Armistice a abandonné de très nombreux convois militaires dans sa course vers le Sud. C'est le cas à Rochechouart en Haute-Vienne, dans le Nord de la Dordogne, en Creuse aussi ! Des armes ? Les gendarmeries en sont pleines, il faudra les attaquer...

Il était bien plus aisé de s'emparer des camions abandonnés par l'armée d'Armistice dans la forêt de Rochechouart que d'attaquer les brigades de Chasseneuil ou de Chabanais surtout pour des jeunes inexpérimentés ou à mains nues. Pour l'heure, on ne parlait pas encore de parachutages…

***

Le Front National de Libération de la France était en voie de constitution. Le Parti l'avait voulu et, pour aider ses militants, il avait dépêché aux côtés de ses agents secrets ses meilleurs cadres. Ce fut ainsi que Georges Marrane vint à Limoges, le 16 mai 41. L'homme était inconnu ici et d'ailleurs, comment aurait-on pu se rendre compte de sa présence ? Il avait laissé pousser sa moustache et sa barbe. Il portait fièrement sa tenue de bourgeois de la IIIe République : chemise blanche à col cassé, petit gilet avec la montre au gousset et sa grosse chaîne, un joli chapeau ! Sur sa bicyclette à guidon relevé, le bonhomme roulait aux côtés de Camille, de Saint-Lazare au bas de l'avenue de la Révolution. Il n'y avait pas long de chemin à effectuer pour retrouver Alphonse Denis au bistrot des Trois Pêcheurs. C'est là, dans l'arrière-salle de cet estaminet bien connu des Limougeauds, que Georges Marrane expliqua à Alphonse comment constituer l'union la plus large possible autour de la résistance au régime de Vichy mais aussi, avec l'espoir d'une libération prochaine de notre pays. Déjà mûrissait l'idée de chasser les nazis de nos terres, de nos villes… Il fallait concrétiser ce F.N.L. pour la région Limousin et ce serait Alphonse Denis qui en serait le premier Président. Le comité provisoire qu'il put mettre en place alors ne comprenait pas que des Communistes. Il y avait aussi de nombreuses personnalités de Gauche, toutes animées d'un esprit patriotique authentique. Le Front National allait galvaniser toutes les bonnes volontés pour sauver la France. D'autres mouvements viendraient mais seul, le Front National serait le ciment de la Libération véritable.

***

Alphonse et Camille avaient juste eu le temps de mettre en place leur organisation clandestine quand les journaux de la collaboration annoncèrent à grand fracas de publicité la venue du Maréchal Pétain à Limoges pour les 19 et 20 juin 41. En Haute-Vienne, l'appel du « *Courrier du Centre* » qui avait remplacé « *Le Populaire* » et le traditionnel « *Courrier* » redoublait d'ardeur. En Corrèze, ce furent « *La Voix de la Corrèze* » et « *Le Corrézien* » qui s'acharnèrent à inviter les Limousins à fêter le « vieux » Maréchal. La police avait nettoyé la ville de Limoges de ses « indésirables » qui auraient bien pu avoir l'idée saugrenue de perturber le cours du cortège officiel. De la gare des Bénédictins à la Préfecture puis à l'Hôtel de Ville, le vieillard sénile reçut un accueil triomphal de toute une population réunie autour de son nouveau Maire André Faure. Les enfants des écoles avaient été conduits en bons rangs par des maîtres obligés et agitaient des petits drapeaux. Les jeunes filles chantaient « *Maréchal, nous voilà* » à la gloire du vieillard qui tyrannisait la France… Le spectacle était affligeant mais Alphonse Denis et ses camarades ne purent y assister. La police les avait cueillis huit jours avant et les avait conduits manu militari jusqu'au camp de Nexon… Mieux valait prévenir que guérir ! Camille n'avait pas été du voyage. Comme à son habitude, elle s'était glissée dans le train de Paris et de là, elle avait pris celui de Moscou. Elle était convoquée par Georges Dimitrov à une importante réunion des agents du Komintern qui devait avoir lieu le 18 juin 41…

Camille regrettait beaucoup de ne pouvoir être là lors de l'arrivée du Maréchal Pétain sur les quais de la gare des Bénédictins. Elle avait pris l'initiative, avec quelques camarades cheminots des gares d'Uzerche et de Pierre-Buffière, de provoquer un attentat contre le train du chef de l'Etat. Il avait été prévu qu'une locomotive tirant un train de plusieurs wagons chargés de bois partirait d'Uzerche et foncerait vers Limoges. Les aiguilleurs « oublieraient » de la mettre sur une voie de garage et laisseraient filer à vive allure la loco infernale sur le train officiel. Elle imaginait le spectacle… un amas de ferraille et très certainement Pétain tué… Seulement voilà, les camarades cheminots avaient été interpellés par la police et conduits au camp de Nexon. Camille l'ignorait… A son retour, elle fut vraiment déçue d'autant plus que des événements graves venaient de se produire à l'Est… C'est au cours de ce même voyage officiel de Pétain en Limousin que l'Organisation Spéciale Combattante pour la Haute-Vienne avait prévu un

« exploit » lors de la réception à l'Hôtel de Ville. Les hommes de l'O.S.C. devaient s'introduire dans la salle des fêtes et laisser glisser sur le parquet, entre les jambes des invités, des grenades explosives. Le parquet de l'Hôtel de Ville avait été posé avec une légère pente qui devait suffire. Seulement voilà, les agents de sécurité écartèrent au dernier moment les « terroristes ». Là encore ce fut l'échec. Il en alla ainsi de bien des actions prévues dans les premiers temps de la Résistance. Les jeunes volontaires manquaient d'expérience et ne pouvaient prétendre à la réussite à cent pour cent ! Il faudrait longtemps aux artificiers et aux poseurs de bombes pour réussir leurs exploits. A chaque échec, c'était le désappointement et le moral s'affaissait mais, grâce à sa pugnacité et à son esprit de corps, Camille parvenait toujours à relancer la machine de guerre contre les hitlériens et leurs collaborateurs.

***

A la réunion du Komintern le 18 juin 1941, elles étaient venues de toute l'Europe : les agents secrets de l'Internationale. Elles avaient tant de choses à dire mais d'abord, elles voulaient protester car les hommes du Kremlin ne les avaient pas entendues…Depuis des semaines, elles alertaient les Commissaires du peuple de Staline devant l'imminence d'une attaque allemande. Les écoutes suivies des communications du grand quartier général du Führer avec ses principaux postes de commandements laissaient entendre cette vaste opération menée durant l'été 41. Les déplacements importants de troupes hitlériennes avaient été notés sur l'ensemble du territoire européen. Les forces militaires allemandes se concentraient sur la frontière de l'Union européenne tout au long d'une ligne de six cents kilomètres de large. Les divisions blindées parmi lesquelles les plus redoutables : celles de Guderian étaient prêtes à l'offensive depuis la fin mai. Le Maréchal Staline et son gouvernement n'avaient pas pris la mesure de la gravité. Ils n'avaient pas écouté les services de l'Internationale et du renseignement secret. La surprise serait totale d'autant plus que l'armée hitlérienne passa à l'offensive sans déclaration de guerre préalable. Une fois de plus, le chancelier Hitler comptait sur la rapidité de l'éclair pour frapper sa proie et l'atteindre en plein cœur : à Moscou... Sur la Place Rouge le chancelier voulait faire élever sa statue géante en place et lieu du mausolée de Lénine et ce serait au Kremlin qu'il viendrait parader et dicter sa loi au monde entier. Pour l'heure, les Etats-Unis d'Amérique n'avaient point encore été frappés et ils n'étaient pas entrés en guerre. Les Japonais se préparaient à cette offensive et ce serait Pearl Harbor... En attendant l'été démarrait comme prévu. Les troupes de Guderian s'enfonçaient dans la steppe soviétique comme dans du beurre. La résistance de l'Armée Rouge était des plus faibles. Sûrement que Moscou, Leningrad, Stalingrad et Kiev se rendraient avant Noël 41. le lendemain de l'attaque le Maréchal Staline réunit son Etat-Major au kremlin en présence du Komintern. Le Général Joukov qui n'avait que vingt trois ans serait le commandant en chef des armées de Terre ; Vorochilov dirigerait les armées de l'Air mais l'aviation était particulièrement faible. Heureusement un jeune Ukrainien, un petit homme de rien du tout qui apparaissait jovial et rondelet, osa proposer une idée géniale :

- Nous manquons de chars, d'avions de chasse et de bombardiers, d'armement... Notre armée n'est pas prête et nous allons connaître la pire humiliation : celle de la défaite. Seulement voilà, si nous galvanisons nos hommes, si nous transformons chaque soldat en forteresse humaine indestructible : nous stopperons l'avalanche hitlérienne et nous vaincrons !

Des applaudissements crépitèrent sous les voûtes dorées du Kremlin. Le Maréchal Staline s'écria :

- Nikita Khrouchtchev a raison... Ce sont les paysans d'Asie, ceux des steppes de l'Oural de la lointaine Sibérie qui sauveront la Russie. Nous sommes des millions... L'envahisseur n'est rien ! Il faut que chacun d'entre nous parte, dès maintenant, aux armées pour instruire le peuple et forcer l'admiration du monde entier. L'Armée Rouge est invincible ! Vive l'Union des Soviets ! Vive le Komintern !

Les discours étaient magnifiques mais la réalité était tout autre. La négligence de Staline et de ses ministres mettait l'Union soviétique en réelle difficulté. Chaque jour, les divisions allemandes parcouraient 50 à 100 kilomètres en traversant des villes et des villages, brûlant tout sur leur passage. L'armée hitlérienne assassinait les civils, anéantissait les habitations, poursuivait les malheureuses populations affamées et affolées... Seul le général Hiver pourrait arrêter les Boches. Nous n'étions qu'à l'entrée de l'automne, il faudrait tenir des semaines et des semaines. Leningrad, la grande cité du Nord, était encerclée et comme un malheur ne survient jamais seul voilà qu'une division entière de l'Armée Rouge venait de passer avec tout son armement de l'autre côté du front. Le Général Vlassov venait de trahir la noble cause du Socialisme pour embrasser le drapeau à croix gammée et l'idéal fasciste. La patrie du Socialisme était en danger.

Lors de cette réunion de l'Internationale, Camille avait évoqué cette situation périlleuse. Elle n'ignorait rien des grandes purges de 1937 et 1938 qui avaient décapité l'Armée Rouge de son Etat-Major, de ses généraux les plus illustres. Ceux qui étaient tombés alors sous les balles des pelotons d'exécution étaient, peut-être, des traîtres mais ils manqueraient cruellement, maintenant, pour défendre la terre des ancêtres. Il faudrait des semaines et des mois pour former des cadres, des officiers et des généraux capables d'engager la lutte stratégique contre la redoutable Wehrmacht. Il faudrait aussi que les usines et les aciéries tournent à plein régime. Alors Camille avait suggéré à ses copines du Komintern :

- Il faudra faire comme mes ancêtres de 1792 l'ont si bien fait à Valmy... Ce 21 septembre face aux armées autrichiennes et prussiennes qui bousculaient partout nos forces, les paysans et les Sans-Culottes se sont dressés vers le ciel et ont clamé un cri énorme : « *Vive la Nation !* » La clameur de ces milliers de voix s'est amplifiée et l'ennemi s'est enfui ! Peuples de l'Union soviétique, rappelez-vous la leçon de Valmy. A l'heure peut-être où la défaite approchera pour votre glorieuse Armée Rouge, quand un soldat tombera, remplacez-le et criez encore plus fort « *Vive la Nation !* »...

La leçon devait être retenue par le Maréchal Staline. Le 11 novembre 1941, alors qu'il célébrait sur la Place Rouge la victoire de la révolution d'Octobre il exhortait ses troupes à partir immédiatement sur le front... Le front ? Il était aux portes de Moscou à quarante kilomètres seulement... Hitler se frottait les mains mais le Maréchal Staline encourageait aussi son peuple à suivre ses soldats. Ce sera le sacrifice de ces millions d'hommes, de femmes et d'enfants tombés au Champ d'Honneur face à la furieuse armada hitlérienne qui brisera l'élan du Führer. Leningrad, Kiev, Stalingrad et Moscou trembleront mais elles ne seront pas prises ! Camille avait eu raison.

* * *

Camille avait eu 21 ans le 25 juin 1941. Elle était majeure mais elle n'avait pas eu le temps, ni le loisir de fêter cet anniversaire. La guerre et l'enchaînement de violences l'avaient entraînée loin de France. Puis elle était rentrée dans son pays pour poursuivre sa mission auprès de Jacques Duclos et de Benoît Frachon. L'année 41 avait été terrible mais celles qui suivraient le seraient tout autant. L'ennemi frappait avec une violence inouïe. Heureusement la Résistance amplifiait ses forces. Au retour de Moscou, Camille avait traversé les territoires conquis par la Wehrmacht. Elle avait vu les populations en fuite : les vieillards, les femmes, les enfants abandonnés le long des chemins ; les troupeaux de vaches et de chevaux allant à la dérive... L'espoir, c'était la lutte... Il faudrait encore quelques semaines, quelques mois avant que ceux d'Ukraine et de Russie deviennent des partisans. Dans la forêt, la steppe ou les terres arides, ils iraient en bandes harcelant l'ennemi fasciste à chaque instant. Ils n'hésiteraient pas à incendier leurs récoltes, à détruire leurs villages pour affamer l'occupant. Le sacrifice de ces millions d'hommes et de femmes forçait l'admiration de Camille et lui redonnait du courage...

Du courage, encore du courage et toujours du courage et la France serait sauvée ! Danielle Casanova et Marie-Claude Vaillant-Couturier avaient ainsi parlé à leurs agents secrets. Et il leur en faudrait du courage à ces jeunes filles admirables qui parcouraient un pays occupé, policé par les forces allemandes, celles de la collaboration. L'imagination de l'ennemi était à la hauteur de ses ambitions. Une exposition contre le Bolchevisme avait été organisée à Paris pour décider les jeunes à s'enrôler dans la Légion et à aller combattre sur le front de l'Est. Il était vrai que les volontaires n'affluaient guère !... Bientôt le gouvernement de Vichy viendrait à la rescousse avec la ténébreuse idée de la «Relève ».

Il s'agissait d'appeler la jeunesse de France à partir en Allemagne pour remplacer les prisonniers de guerre. Pour l'appâter, voici que le premier train de prisonniers libérés arrivait à Compiègne...

Camille et ses camarades devaient déjouer ces manœuvres trompeuses et ignobles ! il n'était pas facile maintenant de circuler librement dans tout le pays. L'inquiétude grandissait. De plus en plus de camarades tombaient dans les griffes de la police qui ne les relâchait jamais. Un jugement expéditif suivait l'incarcération et la torture puis c'était le peloton d'exécution. Des milliers de fusillés que l'on oublierait peut-être un jour...

Après son arrestation et son enfermement au camp de Nexon afin qu'il ne puisse troubler la sérénité publique lors de la venue du Maréchal Pétain à Limoges, Alphonse Denis avait été libéré. Le voyageur de commerce pensait bien retrouver son travail à l'entreprise Ducros. Il n'en fut rien : il était purement et simplement renvoyé ; c'est alors qu'Alphonse dut s'embaucher comme agent d'assurances à la compagnie A pour le secteur de la Dordogne. Cette nouvelle profession convenait parfaitement à « l'agitateur terroriste » qu'il était. Il pouvait ainsi facilement se déplacer, contacter de nombreuses personnes et organiser ses sections du F.N.L.F. Ses allées et venues étaient nettement moins surveillées. Désormais, il connaissait

Périgueux comme sa poche et s'était fait un grand nombre d'amis sur les bords de l'Isle. C'est là-bas que Camille le rejoignait souvent préoccupée de la situation en Dordogne où l'assassinat des militants communistes n'avait pu être stoppé. Elle en rendrait compte à la prochaine réunion qu'elle aurait avec Jacques Duclos à Palaiseau.

En attendant elle aurait de courtes « vacances » : elle passerait Noël et le jour de l'An retrouvant ses parents forts inquiets de ne point l'avoir vue depuis des mois.

Chapitre III

Des sourires et des larmes

Malgré la pression policière qui s'exerçait au quotidien sur le Parti et les agents de l'Internationale, Jacques Duclos avait accordé à Camille Baillot quelques jours de repos. Le dirigeant clandestin l'avait rencontrée à la mi-décembre en sa cachette de Palaiseau, il lui avait dit :

- Camille, tu as sauvé ma mère... N'oublie pas d'embrasser pour moi la tienne et surtout ta grand-mère ! Ah ! les braves gens de ces monts d'Ambazac... Chaque fois que j'ai frappé à leur porte, ils ont répondu : présent... ! Embrasse-les pour moi et pour Gilberte ma femme et fais une caresse à la petite chatte...

Avant de partir pour le Limousin, Camille avait posé une question :

- Et ma sœur ? Yvonne... la reverrai-je ? Ne pourriez vous pas...

Jacques Duclos avait doucement posé son index sur les lèvres de Camille. Il avait murmuré :

- Chut...

Il ne pouvait rien dire mais, comme un espoir avait vu le jour dans le cœur de Camille, ce fut donc d'un pas léger qu'elle gravit les côtes qui la menaient vers les Cailloux Blancs. Elle arriva en milieu d'après-midi deux ou trois jours avant Noël. Dans la métairie qui semblait endormie sous la neige, personne ne l'attendait ! Elle entra sans frapper, se glissa légère et furtive jusqu'au coin de la cheminée ; Grand-mère Félicie était assise dans le « cantou » et en ce milieu d'après-midi, la pauvre vieille s'était assoupie. Camille lui chatouilla légèrement le menton et murmura :

- Mémé, c'est moi...

Félicie avait ouvert bien grand ses yeux qui ne voyaient plus très bien maintenant. Elle crut rêver... Oui, elle crut... Impossible ! Ce ne pouvait être sa petite-fille. Elle avait disparu depuis quatre ou cinq ans et on avait « enlevé » sa petite sœur... Comme la maison des Cailloux Blancs était triste maintenant ! Une maison sans enfants ! Avec toutes ces privations imposées par le gouvernement de Vichy...

Et voilà que Camille réapparaissait souriante et si douce comme autrefois. Elle était là accroupie, la tête posée sur les genoux de Félicie. La grand-mère passa ses doigts noueux dans les cheveux noirs de sa petite-fille qu'elle aimait tant. Pas d'erreur ! C'était bien Camille ! Elle était revenue...

- Mon Dieu ! Mon Dieu ! C'est toi, ma Camille ! Mon cœur chéri... Mais où étais-tu donc ?

Félicie se mit à pleurer. De grosses larmes claires coulaient sur ses joues ridées et grisâtres. Camille n'y tint plus, elle prit la pauvre vieille, la serra contre elle, la secoua un peu et l'embrassa sur le front, sur les oreilles, sur les joues, sur les cheveux... Elle couvait de baisers sa grand-mère... Mais quel âge pouvait-elle donc avoir Félicie ? Camille avait oublié... Sa mémé était d'un autre siècle... Oui, d'un autre temps ! Félicie était née bien avant la République qui avait pourtant si longtemps duré avant que le vieux Maréchal ne l'assassine... Félicie était née sous Napoléon III... Ah ! Napoléon le petit... celui que Victor Hugo n'aimait point ! Comme le temps avait passé ! Félicie avait bien plus de quatre-vingts ans et elle était encore là, ridée comme une pomme du mois de mai, les joues très pâles et les cheveux très blancs... Elle souriait Félicie. Elle souriait à sa petite-fille... Noël avait rassemblé la grand-mère et Camille. C'était bien là le plus beau des cadeaux que l'on puisse faire aux deux femmes des Cailloux Blancs mais le sort avait voulu que ce soit Félicie qui soit la première gâtée... Voilà qu'elle se décidait à quitter le coin du feu et à aller... Lorsque Camille vit sa grand-mère se relever et marcher... elle éprouva un serrement au cœur. L'octogénaire n'avait plus les jambes de sa jeunesse, celles qui lui avaient permis de courir le long des pentes couvertes de bruyères et de genêts, derrière le troupeau de moutons. Félicie avançait très lentement : le pied gauche d'abord et le droit un peu derrière et elle recommençait… elle se déhanchait affreusement la grand-mère… Elle écartait ses maigres bras comme pour s'en servir de balancier… et maintenant, elle s'appuyait de la main droite sur la table de la cuisine pour en faire le tour et aller jusqu'à la porte pour héler sa fille :

- Thérèse ! Thésou… Ouh ouh !… Viens vite ! Camille…

Et la pauvre vieille revint s'asseoir au coin du feu.

Thérèse qui était au jardin pour ramasser quelques choux de Bruxelles avait entendu la « Mémé ». Elle accourut sans savoir, du plus vite qu'elle put car elle craignait que sa mère tombe dans le feu… Essoufflée, elle entra… Camille se précipita dans ses bras.

- Maman ! Maman chérie… je suis là.

L'étreinte d'une mère et de sa fille dura longtemps. La guerre les avait séparées, la sale guerre… Enfin Camille était de retour. C'était beaucoup mais on était sans nouvelles d'Yvonne. Où était-elle passée depuis son séjour au château de Bon Abri ? Thérèse ne savait pas et, tout à l'heure, lorsque le père rentrerait du champ il n'en dirait pas davantage. Louis Baillot ignorait lui aussi le devenir de sa fille comme il ignorait celui de Camille. L'homme avait une trop grande conscience de la lutte et de son âpreté pour poser la moindre question. Lui aussi, il était heureux de retrouver Camille, de passer une ou deux soirées près de la cheminée. Dans la noirceur de cet hiver 41-42, ces quelques jours de veillées dans la petite maison des Cailloux Blancs seraient un paradis mais il faudrait se couper « en quatre » pour préparer le réveillon. Pierre Laval et ses ministres avaient ruiné la France. On ne trouvait plus rien à l'épicerie de Saint-Pierre-la-Montagne, les étagères étaient vides. Point de sardines, de saucisson, de café, de chocolat et encore moins de beurre, de sucre, de sel ! Les étagères de la Lucie étaient vides et elles n'étaient pas prêtes à se regarnir… On manquait de tout. La misère s'était installée jusqu'au plus profond des campagnes. Les agents de la réquisition venaient même dans ces lieux retirés d'Ambazac pour s'emparer d'un veau, d'un cochon, des pommes, des pommes de terre, du blé… La misère…

Thérèse avait ouvert la maie : elle était vide… Tout de même ! Camille était revenue et l'on ne pourrait même pas manger une crêpe en ce Noël 1941 ! La fermière serra les poings et se prit la tête entre ses mains. Il fallait bien se faire honneur mais comment. Le vieux maréchal avait prôné la frugalité et le retour à la terre ; les glands grillés remplaçaient désormais les grains de café, les topinambours étaient au menu quotidiennement à la place des pommes de terre… Les topinambours ? C'était bon pour les veaux ou encore, quand venait le mois de mars, on les distribuait crus aux poules pour qu'elles se mettent à pondre… Les poules s'étaient d'ailleurs mises à l'heure de Vichy : elles ne pondaient plus en hiver et il n'avait pas été question de garder des œufs au fond d'un « palissou » sous une bonne couche d'avoine. Les services de la réquisition les avaient confisqués. Gare aux contrevenants ! Bon gré mal gré, Thérèse avait dû les porter au marché d'Ambazac pour les céder au plus bas prix... Avec les quelques sous de sa vente, elle n'avait même pas pu acheter un tablier. Non seulement les produits alimentaires de base manquaient mais désormais, on ne pourrait plus s'habiller... Thérèse avait usé ses yeux pour « rapetasser » du mieux qu'elle pouvait les pantalons, les vestes et les jupons. Elle avait honte : elle portait de la « dentelle »... Ce n'était pas celle de Tulle mais celle de l'usure... Terrible hiver et qui ne faisait que commencer !

Heureusement aux Cailloux Blancs les services du Ravitaillement de Vichy n'avaient pas pu emporter tous les arbres, toutes les souches, toutes les racines. Heureusement, il y aurait encore du bois pour faire du feu dans la cheminée. Du moins tant que Louis Baillot pourrait le faire ! Et la bûche de Noël, ce serait lui qui irait la quérir en cet après-midi du 24 décembre 41. Il irait avec Camille qui l'accompagnerait. Le père et la fille marcheraient côte à côte. Il aurait la lourde cognée sur l'épaule gauche ; Camille se contenterait de sourire... Le père et la fille avanceraient dans le bois s'enfonçant au plus profond pour découvrir l'arbre qui ferait leur bonheur : un buisson blanc... Lorsqu'ils l'auraient vu, ce serait Louis qui l'abattrait à grands coups de hache frappés en cadence. Le bûcheron avait l'habitude, il cognerait de bon cœur. Ah ! S'il pouvait ainsi taper sur les bourreaux de Vichy, sur cette administration de fantoches, sur les flics… Il leur trancherait la tête comme eux-mêmes l'avaient fait au Député communiste Jean Catelas… Oui, Louis était fou de rage. On guillotinait, on fusillait les meilleurs enfants de la France : ceux qui avaient toujours été aux côtés des opprimés, des pauvres gens… Le paysan crachait dans ses mains pour que le manche colle et tienne bon. La souche d'aubépine s'abattit. Camille s'approcha, caressa doucement l'écorce épineuse et se mit à ramasser les copeaux dans son panier de clisses. Elle, la Communiste, l'agent de l'Internationale, elle croyait encore aux traditions ancestrales des Limousins ! Les copeaux de la souche de Noël seraient précieusement conservés à la maison. Thérèse les placerait sous la paille des nids de ses poules pour que celles-ci pondent bien ! On les mettrait aussi dans un trou de la cheminée pour éloigner la foudre… Ah ! Si ces copeaux pouvaient aussi nous garantir contre les sbires de Vichy. Camille hésitait… Elle resta, un instant, son bras droit suspendu à quelques centimètres de la mousse verte comme si… Elle continua ! Les racines des ancêtres sont certainement plus fortes que les théories morbides des fascistes. Mieux valait croire aux pouvoirs miraculeux de la souche de Noël qu'en la propagande de Pétain et de Laval et de tous ces agents qui vomissaient sur la France ! Louis avait ébranché l'aubépine et maintenant il avait chargé l'arbre sur son épaule le maintenant ainsi en équilibre avec sa cognée appuyée par-dessus. D'un bon pas, à grands coups de sabots, il redescendait le chemin caillouteux. Camille le suivait le panier empli de copeaux. Soudain, ils s'arrêtèrent. Ils écoutèrent… « *Tsi ! Tsi ! Tsi !* » Une mésange les saluait. Oui, elle était là dans le grand sapin vert la petite mésange charbonnière. Elle aussi attendait Noël et l'hiver, camouflée dans sa chaumière de verdure. « *Tsi !* » Elle saluait Camille et son père. Elle aussi détestait Vichy, Laval et Philippe Henriot. « *Tsi tsi tsi* ! » La mésange charbonnière se moquait et susurrait pour ses deux amis. Elle leur chantait une mélodie d'espoir, celle du printemps qui reviendrait bientôt… Le printemps n'était pas encore là. L'hiver 42 serait long, très long mais en ce Noël et à quelques jours de l'An nouveau, il y aurait un joli feu dans la cheminée des Baillot. La souche de buisson blanc se consumerait en braises rouges et vives à petite allure. C'était ainsi que le voulait la tradition : la bûche de Noël devait passer la nuit et bien au-delà. Chez les Baillot, en cet hiver de guerre, on n'irait pas à la messe de Minuit. D'ailleurs, on n'y était jamais allé. Seulement avant-guerre on réveillonnait. Où étaient–ils passés les réveillons d'antan ? Des glands, des topinambours et voilà… les cadeaux de Pétain ! Travail, Famille, Patrie. Des vieux slogans qui avaient repris ceux de la Monarchie et remplacé la belle devise de la République : Liberté, Egalité, Fraternité. Seulement voilà au cœur des monts d'Ambazac comme partout en France, des paysans, des ouvriers et des jeunes n'avaient pas renié les belles idées républicaines. Louis était fier de sa fille, il savait qu'elle semait les bonnes graines… Sa discrétion était parfaite, il ne posa aucune question, il ne parla pas d'Yvonne. Le cœur d'un père pouvait-il donc être fermé à ce point ? Pas du tout mais le Parti avait dit silence !

Au soir du 24 décembre, ils étaient quatre réunis autour de la table des Cailloux Blancs. Il y avait la grand-mère, le père, la mère et Camille… Ils étaient quatre… Ils étaient heureux d'être là autour d'une simple omelette et d'une miche de pain cuite la veille dans le four de la cuisinière. Un peu de farine que le meunier de Traslage avait bien voulu céder à Louis… Un peu de farine, du levain… et les mains de Thérèse avait fait le reste. Grand-mère Félicie avait cassé un œuf, séparé le jaune du blanc et doré la pâte avec la plume d'oie. La bûche de Noël… Ce serait cette tourte de pain blanc… Il y avait si longtemps qu'on ne mangeait plus de pain blanc dans les campagnes. Dans les villes on ne mangeait même plus du tout. On se rongeait les ongles. Le peuple avait faim et Vichy en profitait. Sinistre époque d'un pays humilié !… Heureusement il y avait des familles comme les Baillot… Il y avait Camille… Il y avait Yvonne… Où était-elle donc la petite sœur ? Comment en cette soirée de Noël ne pas se rappeler les moments précieux où, à l'école, elles allaient et avec leurs copines se retrouvaient près du sapin illuminé. Les chants de Noël : *Mon beau sapin, Petit Papa Noël* ! Où était-il ce temps merveilleux ?

Dehors, une bourrasque plus forte que les autres parut enlacer la maison des Cailloux Blancs. Non pour l'embrasser mais pour la secouer et, peut-être, l'emporter… La bise du Nord voulait se venger d'un moment de bonheur chez les pauvres gens. Le vent glacial tapait à la porte, se glissait sous les fentes et pénétrait dans les serrures. Un contrevent de la vieille maison se mit en branle… Un grincement sinistre… Félicie frissonna. Camille ne broncha pas : elle savait maîtriser ses sensations et se sentait en sécurité. Tout de même la tempête qui s'était levée s'acharnait sur la maison. Le vent refoula la fumée dans la cheminée. Louis se mit à tousser… Soudain, la porte d'entrée s'ouvrit brusquement… Camille s'était levée. Personne sur le seuil ! Elle s'avança sur la pointe des pieds pour refermer la lourde porte. A cet instant, elle distingua dans l'obscurité deux yeux qui la fixaient. Deux yeux verts et brillants dans la nuit de Noël… Une ombre aussi… Un souffle ! Camille bondit dehors, saisit l'ombre de toute la force de ses bras et la pressa contre son cœur. Sa sœur était là ! Yvonne la petite Yvonne était là sur le pas de la porte, elle n'avait pas osé frapper, ni entrer.

Ma sœur ! Ma grande sœur… murmura Yvonne. Il fait si froid.

C'était vrai… Elle avait le bout du nez glacé, les joues rouges, les yeux qui pleuraient un peu et les mains gelées. Camille l'embrassa, elles pénétrèrent ensemble dans l'encadrement de la porte. La vieille lampe à pétrole éclaira doucement les deux jeunes filles qui souriaient aux leurs. Mon Dieu ! Quel cadeau de Noël pour la famille Baillot. Camille et Yvonne… Ce 24 décembre 41 resterait marqué pour toujours dans la mémoire familiale. Et voilà que Camille et Yvonne se mettaient à chanter : une douce berceuse « *Il est né le divin enfant…* » Les deux agents de l'Internationale chantaient ce beau chant religieux… Quel Noël ! Oubliées les privations, les arrestations ! Oubliées… Vive Noël ! Et Bonne Année !…

L'année 42 serait-elle bonne ? Bien malin qui l'eut dit en cette soirée de Noël… Camille et Yvonne chantaient… La peur s'était éloignée, on avait refermé la porte et le vent du Nord s'était apaisé…

* * *

Ces jours de bonheur en famille étaient irremplaçables pour se refaire une santé et repartir sur les chemins de la Liberté. Camille et Yvonne s'en iraient donc des Cailloux Blancs à nouveau, chacune de son côté ignorant où allait l'autre mais au service du même idéal…

Mi-janvier 42 : un froid vif régnait sur toute la France. La neige tenait depuis Noël et ne semblait pas vouloir s'en aller d'ici plusieurs semaines. La terre était gelée à pierre fendre. Dans les villes, on ressentait affreusement les effets de la guerre : les places et les marchés étaient presque vides. Point de légumes frais et surtout pas de charbon… Les pauvres gens grelottaient le ventre creux. Le Front National de Libération faisait de son mieux en liaison avec les organisations du Secours Rouge mais il n'était pas facile d'assurer le ravitaillement de si nombreuses populations en détresse. La police poursuivait les bénévoles et les militants du Secours Rouge, arrêtait ceux du Front National… La terreur nazie s'installait en France.

Ce fut à cette période si douloureuse de notre histoire que Camille rencontra pour la dernière fois ses camarades Danielle Casanova et Marie-Claude Vaillant-Couturier. Elle était venue en région parisienne rechercher les dernières instructions du Kominterm destinées à l'Union des Jeunes Filles de France. Marie-Claude était dans la clandestinité depuis des mois en compagnie de Pierre Villon, originaire de l'Allier. Ce résistant du Bourbonnais avait attiré l'attention de son amie sur la situation qui était faite aux patriotes du plateau de Millevaches en Limousin. Il y avait là-bas des embryons de maquis autour de Tarnac, Peyrelevade, Ussel. Un peu plus loin, c'était le domaine d'Hannibal sur le secteur d'Egletons… Autour de Sussac, on parlait de Georges Guingouin… La mission de Camille serait de contacter les chefs du maquis pour leur remettre les instructions de l'Etat-Major des F.T.P. pour la zone Sud.

Camille ne savait pas que ses amis Danielle et Marie-Claude allaient bientôt tomber… Elles étaient si intrépides, si courageuses et quelque peu inconscientes ces deux militantes de l'impossible ! Danielle était la plus jeune, elle était née dans l'île de beauté, elle avait gardé l'accent et l'engouement du soleil du Midi. C'était elle Danielle Casanova qui avait organisé la solidarité avec les Républicains de Barcelone et de Madrid. Jusqu'au bout, elle avait milité dans le mouvement National des Femmes pour aider les Espagnols contre Franco. Des trains de vivres et de vêtements avaient été constitués grâce à elle. Elle avait rejoint l'Union des Jeunes Filles de France et, tout naturellement, l'équipe des agents secrets du Kominterm poursuivant ainsi la lutte contre le fascisme broyeur de nos libertés. C'était là qu'elle avait rencontré Marie-Claude Vaillant-Couturier, née deux ans avant la Grande Guerre et qui avait été la femme de Paul Vaillant-Couturier, rédacteur en chef de « *l'Humanité* » et trop tôt disparu en octobre 37. Un bonheur conjugal de courte durée mais aussi une fidélité à toute épreuve. Paul disparu, Marie-Claude avait pris la relève : grand reporter et chef du service photographique de « *l'Humanité* » avant-guerre, elle avait été de toutes les manifestations en faveur de la paix et du progrès social. Pierre Villon l'avait rejointe dans la clandestinité en liaison étroite avec Jacques Duclos et Benoît Frachon. Marie-Claude fut arrêtée le 9 février 42, deux jours avant Danielle Casanova. Internées à la prison de la Santé durant des mois, interrogées, torturées, les deux jeunes femmes ne parlèrent jamais. On les jeta au Fort de Romainville. Durant l'été 42, le Parti tenta de les faire sortir et Camille participa à cette opération . Elle échoua… Au tout début de 1943, alors que bientôt allaient retentir les cris de joie saluant la victoire de Stalingrad, Danielle et Marie-Claude furent déportées vers l'Allemagne. L'entremetteur qui aurait dû extraire les deux précieuses militantes de la paix des griffes du Fort de Romainville était de la Haute-Vienne : un certain Pierre L… Cet homme habitait dans la région de Saint-Léonard-de-Noblat. Il revint seul du Fort de Romainville. Marie-Claude et Danielle partirent pour Auschwitz. Elles ne connurent pas le même sort cependant. Danielle Casanova devait mourir dans les crématoires d'Auschwitz. Marie-Claude Vaillant-Couturier, déportée ensuite à Ravensbrück, organisa la lutte et réussit à s'en sortir… En 1945…

A la nouvelle de l'arrestation de ses « chefs », Camille éprouva un grand sentiment de tristesse et même un peu de découragement. La police allemande, aidée méticuleusement par celle de France, réussissait des coups importants contre les forces de la résistance. Cela devenait inquiétant… L'organisation de lutte allait-elle être décapitée ? Il fallait venger Danielle et Marie-Claude. Camille se ressaisit et redoubla d'efforts. Justement une de ses nouvelles missions consistait à venir enquêter sur le secteur de Georges Guingouin.

***

Georges Guingouin était un instituteur de Saint-Gilles-les-Forêts. Avant guerre il avait été l'un des dirigeants communistes du rayon d'Eymoutiers. Il connaissait parfaitement cette région qu'il avait parcourue à bicyclette avec son collègue Marcel Lemoine pour la campagne législative de 1937. Pour le Parti Communiste, Georges Guingouin n'était pas un inconnu ; il passait même pour un esprit rebelle dont il fallait se méfier… N'avait-il pas réussi à imposer Lemoine contre la volonté de Gabriel Citerne ?

Mobilisé en 1939, il avait participé à la drôle de guerre. Blessé, il avait réussi à échapper à l'arrestation en quittant précipitamment l'hôpital de Moulins avant l'arrivée des Allemands. Revenu à Saint-Gilles, il avait repris son travail de militant et reconstitué les bases d'une action future. Il avait renoué avec ses anciens camarades qui étaient pour beaucoup d'anciens élèves… Au village d'Excidioux, il avait installé une petite « imprimerie » clandestine : une mauvaise ronéo de mairie, quelques feuilles de papier. Grâce à la complicité de son ami Anita, il avait pu tirer des tracts et les distribuer les nuits précédant les foires de La Croisille-sur-Briance, Châteauneuf-la-Forêt et Eymoutiers.

Georges Guingouin pensait que la Résistance s'organiserait surtout dans les campagnes et, qu'en ville, il serait difficile de constituer des réseaux. Il avait raison pour sa région : le Limousin. Ce n'était pas vrai dans la région parisienne, lyonnaise ou marseillaise où la classe ouvrière allait prendre la place la plus prépondérante à la Libération. Aux confins de la Haute-Vienne et de la Corrèze, le « Grand » comme on l'appelait ici distribuait ses tracts qui faisaient sensation. On pouvait y lire :

« *Paysans de France ! Refusez de livrer votre blé aux Boches ! Oubliez de battre et ne vous rendez pas sur les champs de foire avec vos bêtes ! Luttez contre le marché noir et la spéculation qui vous accablent !*

Paysans de France regroupez vous ! Gardez confiance ! Le jour viendra où vous serez à nouveau libres. »

Ces tracts étaient minutieusement récupérés au petit matin par les gendarmes des brigades voisines, répertoriés et les « services spéciaux » s'employaient à en identifier l'origine. Peine perdue ! Pour l'heure, personne ne pouvait dire d'où ils venaient. Le 18 février 42 eut lieu la première distribution à la foire de La Croisille et, le premier jeudi du mois de mars, ce fut le tour d'Eymoutiers. Les braves gens qui voyaient ces « papiers » se baissaient pour les ramasser. Ils les pliaient vite et les glissaient dans leurs poches. Ils ne se sentaient plus seuls. L'espoir renaissait.

Georges Guingouin avait, dès son retour, pris contact avec son ami Louis Gendillou qui était le secrétaire de l'Union de la Jeunesse Rurale Agricole de France. Louis était un enfant de la terre qui avait eu le Certificat d'Etudes quelques années auparavant grâce au travail opiniâtre de son maître. Reconnaissant, il avait répondu à son invitation et diffusé le journal « *l'Avant Garde* » avec ses copains de Sussac, Domps, Surdoux, Chamberet. Les jeunes voulaient aussi imprimer les tracts et s'installer à l'abri des regards indiscrets dans une petite maison au milieu des bois sur la commune de Chamberet. Un certain Charles Panteix était le propriétaire de ce « baracou ». Louis demanda à Georges s'il pouvait le contacter. Guingouin n'était pas bien d'accord : il savait que ce Panteix là avait aidé Buisson, le Maire de Chamberet, dans sa campagne électorale avant-guerre. Une campagne particulièrement anti-communiste ! Enfin on pouvait toujours essayer… Louis et Anita rencontrèrent donc Panteix le jour de la foire de Chamberet, lui parlèrent de « l'affaire » et ce dernier parut intéressé. Après tout, des jeunes qui voulaient chasser les collaborateurs de France c'était toujours bon à attraper.

En réalité, Charles Panteix voulait bien prendre les jeunes pour... ne pas les relâcher ! Sans qu'ils s'en rendent compte Louis et Anita tombèrent dans un traquenard ! Dans ce « baracou », Panteix pouvait les observer d'une trappe située dans le grenier et les dénoncer à la police française. C'est ce qu'il fit...

Dans la nuit du 4 au 5 octobre 41, une trentaine de jeunes des environs du Mont Gargan furent interpellés par la gendarmerie. Conduits à la salle des fêtes de Châteauneuf, ils furent interrogés, tabassés, torturés par la « police spéciale » venue de Clermont-Ferrand. Au terme de cette journée Louis, Anita et quelques autres furent conduits à Limoges pour être jugés à Périgueux. L'affaire était dans le sac ! Le mouchard, Charles Panteix, avait parlé... Il témoignerait encore contre les jeunes en lisant les notes que la police lui avait rédigées. Le sieur Panteix n'était pas bien instruit mais il pouvait tout de même lire quelques lignes de son carnet pour toucher une belle prime !... En attendant la déportation serait au bout du chemin pour les jeunes patriotes de la région de Sussac. Coissac, Anita, Gendillou, Ponchut... furent les victimes de ce mouchard.

Le Parti avait eu vent de cette affaire. Camille devait rencontrer « Raoul » quelque part en Haut Limousin où il était lui-même entré en clandestinité en février 41. Il n'était pas facile d'aller jusqu'à sa cachette : le « hors-la-loi » se méfiait énormément... Ce serait « Thérèse » agent de liaison qui prendrait en charge Camille à la gare des C.D.H.V. de Linards pour rejoindre le « Grand ». En réalité, Thérèse ne devait pas conduire Camille jusqu'au P.C. de Guingouin. Ce dernier avait préféré se déplacer lui aussi. Les deux filles de la Résistance rouleraient à bicyclette de Linards jusqu'à Eymoutiers. A Château, elles feraient un arrêt chez le Docteur Jules Fraisseix qui avait été, depuis longtemps, remplacé en tant que maire par le notaire du pays pelaud. Un collaborateur notoire et patenté ! Le Docteur Fraisseix exerçait encore en sa maison de Château mais il ne cacha pas à Camille et à Thérèse qu'il était inquiet pour lui et pour son neveu Jean qui achevait ses études de chirurgien...

- Il va falloir prendre des dispositions déclara Jules Fraisseix. Cela ne peut plus durer... Nous risquons l'arrestation. Je vais devoir me cacher et mon neveu me rejoindra. Je voudrais, Camille, que vous en parliez à Jacques Duclos. Je me mets à la disposition du Parti...

Camille passa un moment précieux en compagnie du vieux médecin qui avait soigné gratuitement tant de pauvres par le passé et qui avait connu Jules Guesde, l'ancien dirigeant du Parti Ouvrier Français, avec lequel il avait partagé de nombreuses parties de pêche à la truite sur les bords de la Vienne... Que de chemin parcouru depuis ce début de XXe siècle où il était venu s'installer à Eymoutiers avant de conquérir la mairie et le Conseil Général… Que de chemins parcourus depuis cette année 1928 où il avait été élu député de la Haute-Vienne et où il avait siégé aux côtés de Jacques Duclos et de Maurice Thorez ! Jules Fraisseix était un combattant de la Paix et de l'Internationalisme ! C'était un homme de cœur et de vérité. Pour qu'il dise vouloir quitter sa maison de Château, il fallait qu'il se sente vraiment menacé. Les collaborateurs voulaient sa tête. Plus tard, les Allemands dynamiteraient sa maison, pulvérisant ainsi des années de souvenirs mais le nom demeurerait à jamais comme celui du « médecin des pauvres »… En quittant cette maison de Château pour remonter la Vienne en direction de Nedde, Camille et Thérèse éprouvèrent une vive émotion. Le vieux combattant ne leur était pas apparu abattu et résigné. Bien au contraire, Jules Fraisseix avait la certitude de la victoire. Il était sûr de voir la cité pelaude et tout son Limousin libérés. Pour l'heure, les années noires continuaient.

Dans l'obscurité justement, Camille et Thérèse pédalaient allègrement. Elle était dure la côte de Château comme celles qui allaient suivre pour aller à la rencontre des maquisards cachés quelque part sur le plateau de Millevaches. A un kilomètre environ d'Eymoutiers, après avoir franchi le passage à niveau de la voie ferrée Limoges-Ussel, Camille et Thérèse virèrent sur la gauche et appuyèrent davantage sur les pédales. La pente était raide. La route de Beaumont s'élevait toujours. De gros nuages noirs masquaient la lune blafarde qui jouait à cache-cache derrière les arbres dénudés. L'hiver s'accrochait au plateau de Millevaches et le printemps était encore loin. A un endroit, les deux jeunes cyclistes oublièrent la route et s'engagèrent dans un chemin forestier. Il leur fallait mettre pied à terre et mener leur « bécane » par la main. Elles marchaient tranquillement, les feuilles mortes craquaient sous leurs pas et les brindilles de bois sec crépitaient comme les étincelles du feu. Elles étaient silencieuses. Elles se glissaient et se confondaient avec le néant. Elles marchèrent ainsi assez longtemps jusqu'à un chemin puis un autre encore. Enfin, Thérèse murmura :

- Nous arrivons ! C'est le site des Trois Croix... C'est là que nous avons rendez-vous avec Guingouin et Lannaud... Je vais imiter le cri de la chouette trois fois. Nous verrons bien !

Thérèse respira profondément et laissa nettement percevoir trois hululements stridents dans la nuit noire. Un long sifflement lui répondit au-delà des Trois Croix ; derrière un bouquet d'arbres, une ombre parut s'agiter. Un garde du corps du « Grand »... Il s'avança au milieu des croix et attendit que les deux femmes aillent à sa rencontre. Sans mot dire, tous les trois disparurent derrière les arbres. C'est là que Camille Baillot allait transmettre à Georges Guingouin les instructions de Benoît Frachon et de Léon Mauvais pour l'organisation de la lutte en zone sud et lui préciser les recommandations de la direction du Parti. Désormais, il ne serait plus toléré d'actes isolés. Il faudrait obéir aux instructions de Georges Marrane du Front National de Libération de la France. La discipline étant la force des Armées : les Francs-Tireurs devaient être organisés en ce sens. « Raoul » fit mine de comprendre mais il aurait d'abord voulu discuter du pacte de non-agression, des atermoiements de l'Union soviétique et de tant d'autres choses.

- On verra plus tard… lui avait répondu Camille. Je ne suis pas mandatée par le Comité central, je suis seulement l'envoyée de Jacques Duclos… Cela te suffit-il ?…

« Le Grand » ne répondit pas. On sait ce qu'il fit plus tard… Pour l'heure, il fallait repartir. Thérèse et Camille enfourchèrent leurs bicyclettes. Dans la descente, elles pouvaient rouler sur les feuilles mortes et même dans les chemins creux. On allait tout de même plus vite qu'en allant à pied… Camille avait aussi donné à Georges Guingouin des instructions pour la sécurité des jeunes. Les vingt cinq arrestations du mois d'octobre dernier, même si elles étaient dues à une dénonciation calomnieuse, ne pouvaient se perpétuer. Il fallait forcément être sur ses gardes, prendre des dispositions de cloisonnement afin d'éviter que les camarades tombent les uns après les autres. Il faudrait aussi s'armer… Il faudrait imprimer et diffuser des tracts et des journaux à plus grande échelle : les ronéos n'étaient pas suffisantes ! Quelques dizaines de feuillets ne pouvaient soulever les masses. Ce seraient des milliers et des milliers d'appels à se rebeller et à manifester qui étaient nécessaires. Il ne s'agissait plus de reproduire quelques exemplaires des journaux clandestins comme « *l'Humanité* » ou « *La Terre* » : il fallait donner un élan nouveau aux idées libératrices ! Une nouvelle mission attendait Camille… Nous étions en avril 42… Elle ne pouvait être qu'à Limoges.

* * *

En France, Limoges était le berceau de l'imprimerie. C'est à Limoges que les imprimeurs étaient les plus nombreux. C'est là que l'on avait produit le plus grand nombre de journaux et de livres. Chaque imprimerie avait son modèle de caractères, son papier, ses ouvriers du Livre… La solidarité jouait à plein dans la diversité. Il fallait constituer à Limoges une imprimerie clandestine. C'était indispensable ! Camille avait rendez-vous avec Alphonse Denis pour lui faire part de ce projet colossal pour l'époque. Une imprimerie clandestine !… C'est avec un large sourire que le voyageur de commerce et assureur des Limousins et des Périgourdins accueillit cette proposition : une imprimerie clandestine !… En effet, c'était bien là la clef du succès si on réussissait à installer une telle structure aux yeux et à la barbe de la police et bientôt des Allemands. Ce serait merveilleux… Alphonse

Denis connaissait bien les ouvriers du Livre et parmi eux, un ancien ouvrier typographe Etienne Rivet qui avait fondé sa propre imprimerie. C'était lui qu'il fallait rencontrer. Alphonse s'occuperait de tout et Étienne organiserait « l'entreprise » avec ses amis : le typographe Pierre Bastard, l'employé de l'Arsenal Emile Planteligne et l'épicier Tarracord. C'est au fond d'un jardin, dans une cabane aménagée, qu'ils installèrent la fameuse imprimerie qui devait tirer les journaux clandestins « *La Terre* » et « *l'Humanité* » et surtout, les éditions départementales du « *Travailleur* ». C'est encore ici, dans ce jardin, qu'ils éditèrent six mille tracts appelant à une grande manifestation silencieuse contre la guerre. Des milliers de Limougeauds allaient sortir de chez eux, marcher en silence dans les rues, manifester grâce au courage de ces ouvriers du Livre qui, une fois encore, avaient éclairé le chemin. Quel courage ! Les risques étaient énormes : la police pouvait facilement repérer l'imprimerie qui éditait les journaux en reconnaissant les caractères, en les identifiant. Etienne Rivet avait eu une idée formidable : il avait fait appel à ses collègues prenant ça et là des caractères en plomb qu'il mélangea. Plusieurs dizaines d'imprimeries répondirent à cet appel. La police limougeaude eut beau chercher, il lui était impossible d'agir… Ce fut un autre imprimeur limougeaud qui fournissait le papier. Cette matière première indispensable aux travaux d'impression était contingentée par Vichy. Il fallait donc ruser pour obtenir des livraisons de papier. Là encore, la solidarité de la corporation de ceux du Livre joua à plein. Plus tard, bien plus tard, Alphonse Denis fabriquera son célèbre « *Valmy* » : organe du Front National dont le numéro trois comptera plus de quinze mille exemplaires diffusés sur les départements de la Haute-Vienne, de la Creuse, de la Charente, de la Corrèze, du Lot et de la Dordogne. « *Valmy* » ! Tout un symbole... Ce 21 septembre 44 après celui de 1792 !... De l'eau serait passée sous les ponts de Limoges, de Tulle, de Brive et d'Aubusson...

***

Lors de ses rencontres avec Alphonse Denis et les autres dirigeants du Front National de Libération de la France et comme elle l'avait fait pour Georges Guingouin, Camille transmettait les instructions précises visant à empêcher ces vagues d'arrestations qui démantelaient sans cesse les organisations de la Résistance. Des mesures strictes de cloisonnement devaient être prises et il convenait de ne point regrouper au même endroit un trop grand nombre de camarades et de les exposer ainsi à des rafles imprévisibles. Il faudrait au contraire multiplier les lieux de réunions, les tenir secrets et respecter la règle des groupes de 3 ! Trop de jeunes étaient déjà tombés dans les griffes de l'ennemi. Des soupçons s'étaient même portés sur certains « camarades »... Des sanctions avaient été prononcées et exécutées ! Plus tard, on regretterait parfois cette précipitation mais il faut bien comprendre que la Résistance française était à un tournant décisif de son action. Pendant que certains étaient torturés dans les forteresses de l'Etat français et ensuite, déportés vers les camps de la mort, d'autres -certes peu nombreux- ! pouvaient en sortir... Que penser de ces « amis » ? L'insécurité dominait, la peur s'installait... Des plans avaient été minutieusement élaborés par Camille et ses amis afin de permettre l'évasion des camarades emprisonnés. A Nexon, à Saint-Paul, le camp de Mausac, les tentatives furent nombreuses et toujours infructueuses ! On creusait patiemment des tunnels à partir d'une baraque, on évacuait la terre avec des casseroles de fortune et, le soir venu, un camarade se « dégonflait » et allait vendre la mèche aux gardiens... Histoire de monnayer sa liberté ! Ils furent peu nombreux ces traîtres mais ils suffirent à retarder bien des évasions. Il avait été aussi envisagé l'attaque frontale de ces « forteresses » de Vichy. L'heure n'était pas encore venue où on pourrait ouvrir les camps... Les Patriotes et Résistants manquaient terriblement d'armes efficaces pour attaquer des miradors avec des nids de mitrailleuses... Ils manquaient surtout d'explosifs, de cordons, de détonateurs et des célèbres boîtes à musique que les républicains espagnols introduiront en France après les avoir fait péter contre les murailles franquistes. Il faudra patienter et attendre que « Soleil » arrive en Dordogne pour entendre chanter ces merveilleuses boîtes à musique ! Quand les prisons s'effondreront et que les patriotes s'échapperont, l'espoir de la Libération sera grand mais, en ce milieu d'année 42, Camille et ses camarades en étaient encore loin...

Justement, elle était remontée dans la région parisienne pour informer Jacques Duclos sur l'implantation en Limousin et en Périgord du Front National. La création de ces antennes nombreuses facilitait la tâche de la Résistance. Bientôt, il faudrait armer les patriotes… Ce serait une autre paire de manches !

Durant cet été 1942, la guerre à l'Est faisait rage. Les divisions hitlériennes étaient repassées à l'offensive et tentaient, une fois encore, d'écraser l'Armée Rouge. Au Nord, Leningrad était entièrement encerclée, écrasée sous les bombardements nazis… On manquait de tout pour nourrir les habitants de la ville et les plus faibles mouraient de faim, de froid… On cultivait des légumes dans les jardins publics… On chassait les rats et on les mangeait… La légende prétendait qu'on mangeait même les morts… La ville souffrait mais elle tenait bon. Les Soviétiques avaient protégé, par des sacs de sable empilés, les principaux monuments de la cité de Lénine : le palais de l'Ermitage et sa flèche en or, la cathédrale saint Isaac en marbre ; la forteresse Pierre et Paul… Le cuirassé Potemkine était toujours amarré sur la rive droite de la Neva mais il ne pouvait répliquer aux tirs croisés des hitlériens. L'engagement de l'armée fasciste était à la hauteur de l'enjeu : prendre Leningrad, c'était marquer un pas décisif sur la victoire finale. Six cents kilomètres au Sud, la capitale de l'Union soviétique supportait un choc terrible : celui des divisions d'élite de la Wehrmacht bien décidées à entrer dans Moscou et à parader sur la Place Rouge. Le Maréchal Staline et ses commissaires du peuple n'avaient point quitté le Kremlin. Dans leurs bureaux souterrains, ils travaillaient jours et nuits. Le plus sollicité d'entre eux était le Commissaire du Peuple à l'Industrialisation. Sans cesse Staline l'interrogeait pour savoir où on en était de la construction des usines nouvelles par-delà l'Oural… Il fallait protéger, au Sud de la ligne de front, Bakou et ses champs pétrolifères. Les nazis étaient avides et assoiffés de pétrole. S'ils parvenaient jusqu'à Bakou, ils seraient ravitaillés pour toujours. Le gisement était réputé inépuisable !… Le Général Joukov engageait là ses meilleures unités encadrées par les militants du Parti Communiste de l'Union soviétique. Devant Bakou, il ne s'agissait pas de reculer. Faute d'avancer, l'Armée Rouge devait tenir le front. Les semaines et les mois de cet été 42 parurent immensément longs. L'été n'en finissait pas ! Si l'armée soviétique parvenait à tenir jusqu'à l'automne, l'espoir changerait de camp. Le Général Joukov avait décidé de passer à l'offensive dès le 4 octobre 42. Il avait élaboré dans le plus grand secret une stratégie nouvelle. Confiant dans ses nouvelles unités d'artillerie, il avait décidé de « livrer » Stalingrad aux Boches… L'armée allemande s'enfoncerait comme dans du beurre dans cet entonnoir de Stalingrad. Ce piège serait mortel. A l'heure où Von Paulus croirait pouvoir prendre la ville de Staline, les divisions blindées soviétiques se rabattant du Nord au Sud prendraient la 4e armée allemande en tenaille. Une tenaille qui ne s'ouvrirait jamais… Une tenaille que Von Paulus ne parviendrait pas à briser. Six cent mille soldats, sous-officiers, officiers seraient faits prisonniers avec leurs armements et leurs équipements ! La bataille de Stalingrad interromprait le souffle du monde ! Chacune et chacun savaient que c'était là que se décidait l'avenir de la Seconde Guerre Mondiale. Entre l'armée hitlérienne et l'Armée Rouge... Entre le fascisme et le communisme... Balayées les allégations mensongères qui voulaient faire croire à l'union sacrée des Bolcheviques et des hitlériens ! Stalingrad marquerait à jamais l'Histoire mondiale.

Pour l'heure, la Wehrmacht ne s'avouait pas vaincue. Elle se déployait au contraire toujours plus. Le 11 novembre 1942, ses troupes franchissaient la ligne de Démarcation française, pénétraient en zone Sud. La France était occupée dans sa totalité de la frontière belge à la mer Méditerranée, de Strasbourg à Biarritz... Camille ne fut pas surprise par cette décision allemande. Depuis longtemps les agents de l'Internationale pénétraient les milieux de l'ennemi et enregistraient les précieuses indications permettant d'anticiper sur les allées et venues militaires. Les événements d'Afrique du Nord, l'entrée en guerre des Etats-Unis ne pouvaient que conduire l'Allemagne à se protéger plus au Sud. Seulement voilà, le déploiement de l'armée fasciste dans la partie méridionale de notre pays n'était pas pour faciliter la tâche des agents de la Résistance et les actions des patriotes. Depuis Camille et ses camarades avaient eu maille à partir avec les gendarmeries locales et les forces françaises de police. Maintenant avec la Wehrmacht arrivaient les unités spéciales de la feldgendarmerie qui s'installèrent notamment à Aubusson et allaient grandement perturber l'activité de Jean Lurçat et de ses camarades… Cependant les feldgendarmes n'étaient pas les plus dangereux… Les unités spéciales de la Gestapo et des S.S. suivirent bientôt. Cette police « scientifique » sévissait déjà dans le Nord de la France. Très expérimentée dans le renseignement, elle interceptait souvent des résistants grâce aux dénonciations des mouchards. La délation était la règle de l'ennemi. Bientôt il faudrait agir…

C'est ce que rapportait, à Camille, Alphonse Denis au retour d'un périple en Dordogne. En cette fin novembre 42, le leader du Front National se « baladait » dans la ville de Périgueux à la recherche de nouvelles caches pour celles et ceux qui tentaient d'échapper au Service du Travail Obligatoire et à la répression policière… Dans le quartier de la gare, il circulait à vélo lorsqu'il aperçut, marchant tranquillement sur le trottoir de droite, deux officiers allemands qui devisaient… En moins de temps qu'il en faut pour l'écrire, Alphonse Denis passa comme l'éclair près des deux Allemands, saisit de la main droite la casquette d'un des officiers et appuya sur les pédales… Il disparut dans la ville. Ce jour-là, il ne faisait pas très chaud dans la cité des bords de l'Isle et Alphonse avait mis son pardessus bleu. Aussitôt il l'enleva, posa son vélo contre un mur et pénétra dans une boutique… Il s'approcha du comptoir et camoufla la casquette de l'officier dans l'une de ses poches. Il fit mine de regarder quelques vêtements puis ne trouvant rien qui lui convenait, il ressortit.. Curieux, il voulut voir l'effet produit par son « exploit » dans le quartier de la gare où il revint maintenant à pied en sifflotant. Il s'arrêta à une terrasse de bistrot, écouta les conversations... Beaucoup de gens parlaient à voix haute de « l'enlèvement » de la casquette. Alphonse interpella l'un de ceux-ci :

- Et vous pourriez reconnaître le voleur ?

- Bien sûr qu'oui ! Il portait un grand pardessus bleu...

Alphonse se contenta de sourire. Il avait la casquette du Boche au fond de sa poche. Le soir même il prenait le train pour Limoges, descendait en gare des Bénédictins et sonnait chez lui. Yvonne, sa douce épouse, vint lui ouvrir. Elle faillit s'évanouir et poussa un cri terrible. Dans la demi-obscurité de la petite rue faiblement éclairée, elle crut voir un officier allemand qui se tenait là avec sa casquette. Alphonse se mit à rire et la rassura bien vite. C'était lui qui avait voulu lui faire cette « farce » en posant sur sa tête la casquette du Boche...

Intrépide Alphonse ! Inconscient aussi... Camille le lui fit remarquer : il avait pris des risques... Il en prendrait d'autres ! Mais Camille était heureuse de rencontrer des camarades de cette trempe qui osaient, seuls, affronter l'ennemi, le défier et déjouer ses manœuvres de recherches. Il en faudrait beaucoup comme Alphonse et, la Dordogne en manquait terriblement. En cette fin d'année 42, ce département était malmené par les forces de la répression. Les militants communistes ne tenaient pas… Le camp de Mausac était une forteresse imprenable. Camille en rendrait compte à Benoît Frachon et à Léon Mauvais. Ces derniers décidèrent d'envoyer dans ce département un gars du Midi : un certain René Coustellier. Pour l'heure, René était dans les geôles de la prison d'Avignon. Il avait été pris après une action spectaculaire des O.S… Le Parti décida qu'il faudrait l'extraire de là et lui confier la responsabilité des bataillons de la Dordogne.

* * *

Le Parti confia aussi à Camille une nouvelle mission. En cette fin d'année 42 : une mission d'inspection dans le département des Deux-Sèvres. Camille savait que Gabriel Citerne avait quitté son Limousin natal pour « s'installer » dans la forêt de Chizé. Elle connaissait la pugnacité du bonhomme, son long passé de révolutionnaire, ses talents d'orateur au ton convaincant. Nul doute que Gabriel avait déjà pris des contacts et commençait à tisser la toile d'araignée qui prendrait bientôt les nazis dans les fils serrés d'un piège mortel. Le département des Deux-Sèvres ressemblait beaucoup, par la forme, à celui de la Haute-Vienne ; seulement Niort était beaucoup plus excentrée que Limoges. En réalité, c'était Parthenay qui serait le centre de gravité de Camille.

Elle arriva dans cette ville, au tout début de décembre, en provenance de Poitiers. La cité des bords du Thouet était calme, n'intéressait que très peu les Allemands qui se cantonnaient plutôt au Nord du département et au Sud. Les marchés à bestiaux de Parthenay étaient réputés bien avant-guerre : la race bovine parthenaise était l'une des meilleures du monde. Race à viande et bonne laitière, la parthenaise était rustique et profitait pleinement des herbages de la Gâtine. Les pommes étaient abondantes dans cette contrée et tout aussi réputées : les « Clochards » étaient connues à bien plus de quarante kilomètres à la ronde. Les Boches ne s'en privaient pas. Des trains entiers partaient de Parthenay pour l'Allemagne : de la viande, des fruits… Le meilleur de la Gâtine était pillé par l'ennemi avec la bénédiction du clergé ! Enfin, pas de tout le clergé ! Camille était justement hébergée chez l'abbé Jean à la cure de Parthenay. En cas de coup dur elle pourrait se replier à Châtillon où le Père Emile Mulatout la recevrait. La cité parthenaisienne était propice à la Résistance : les vieilles rues, les ruelles, les tours et les échauguettes… Les grandes portes rythmaient la vie quotidienne de la ville. Il n'y avait pas que chez le curé que Camille trouverait assistance. L'Ecole Normale Ernest Pérochon était un remarquable foyer de ces instituteurs patriotes qui sèmeraient les graines aux quatre coins des Deux-Sèvres. A la conciergerie, Camille se présenterait souvent, discuterait avec l'économe et passerait des heures dans le bureau du directeur… Tous les professeurs n'étaient pas des « terroristes » mais la plupart refusaient

Vichy, Abel Bonnard et ses instructions idiotes ! L'Ecole Normale Ernest Pérochon était un centre révolutionnaire… Nous ne saurions dire si c'est le séjour de Camille qui le fit découvrir mais il est clair que les Allemands en eurent vent et occupèrent l'Ecole Normale. Deux sentinelles vert-de-gris, mitraillette au pied devant le monument aux Morts de la grande guerre 14-18 !… Parthenay tenait à la légende de la fée Mélusine qui avait bâti ses tours et ses murailles dans cette douce vallée du Thouet. La cité était fière de son passé. Ce furent ses cheminots qui firent les premiers parler la dynamite dans le département. Ils empêchèrent de nombreux trains chargés de fruits et de légumes, de viande et de lait de partir en Allemagne. La voie ferrée Poitiers-Nantes passait par-là avant de filer sur Thouars ou Bressuire. Il était donc aisé aux maquisards du rail de la saboter à la traversée des zones boisées ou en rase campagne. Ils ne s'en privèrent point, surtout après le passage de Camille !

De Parthenay, Camille était allée à Bressuire : elle voulait parler à un groupe de résistants un peu particuliers… Depuis des mois, des médecins s'étaient regroupés et concertés pour créer des réseaux de Résistance à l'ennemi. Il s'agissait des Docteurs Bernard, Bouchet, Cacault, Chauvenet, Colas et Ichon… Ces médecins de l'impossible devaient agir au mieux des forces patriotiques pour unifier toutes les actions possibles, protéger les blessés et les malades, assurer leur évacuation et surtout donner les premiers soins. Ils appartenaient à divers réseaux mais Camille réussit à les rassembler, à les unifier. Dans ce coin des Deux-Sèvres, les paysans étaient moins nombreux que les ouvriers. Les industries de la métallurgie s'étaient développées autour des anciennes forges et la classe ouvrière était organisée en syndicat propice à la lutte contre l'occupant. Les entreprises pour la plupart d'origines familiales travaillaient pour les Boches. Il faudrait agir pour ralentir la production, saboter les machines, bloquer l'approvisionnement de l'Allemagne. Cerizay serait à la pointe du combat avec ceux de la Chapelle Saint-Laurent, Moncoutant, l'Absie et Courlay… Camille était fière du travail accompli ; elle pouvait repartir vers le Sud. A Niort, un instituteur fraîchement rapatrié d'Allemagne : Edmond Proust l'attendait. Cet enseignant, ancien combattant de la Grande Guerre, avait été relâché des camps de prisonniers par les Boches. Revenu dans son école, il commença aussitôt le travail en faveur de la Résistance. A Niort et dans les environs, la tâche était immense. Les Allemands étaient dans la ville, une garnison l'occupait en permanence. Sur la place de la Brèche, des prises d'armes de la Wehrmacht impressionnaient la population. Les habitants du Marais étaient quelque peu oubliés par l'occupant. L'armée hitlérienne n'était guère habituée aux grandes rigoles bordées de peupliers et de frênes têtards… La Wehrmacht ne pouvait se déployer complètement dans cet entrelacs marécageux ou les maraîchins continuaient la culture des célèbres haricots mogettes et l'élevage des belles parthenaises… Sur la route de Niort à Parthenay, il n'en était pas de même et il valait mieux ne pas l'emprunter quand on était de la Résistance. Fort heureusement, les chemins empierrés et poussiéreux étaient nombreux en ce temps-là et desservaient les fermes bocagères. Ce n'était pas ici que Camille pourrait recruter des partisans. C'était à Niort, dans ces usines qui transformaient le bois... C'était aussi dans les carrières de pierres crayeuses où la dynamite ne manquait point. Près du Donjon, la veille de Noël 42, Camille rencontra « Gapit ». Il venait d'être nommé chef de l'Organisation Civile et Militaire des Deux-Sèvres. Ils ne restèrent que très peu de temps au centre de la ville ; circulant dans les ruelles, ils s'enfoncèrent aux abords de la Sèvre. Là, le lieu était plus propice à tirer des plans... Edmond Proust s'engagea pleinement à servir l'idéal de la Résistance. Plus tard, il serait le célèbre Colonel Chaumette qui entrerait dans Niort libérée à la tête de ses partisans. L'instituteur conseilla à Camille d'aller encore plus au Sud en direction du plateau mellois. Là, elle trouverait une terre protestante. Les Protestants ? Camille en avait souvent entendu parler par Danielle Casanova qui était elle-même d'une famille protestante. D'esprit laïque et profondément attachés aux libertés, les Protestants devaient prendre une part prépondérante dans l'organisation de la Résistance melloise. Ils s'appuyèrent sur les ouvriers de Celles-sur-Belle qui étaient nombreux à travailler dans l'industrie chimique... Ce fut ici que Camille entra en contact avec « Fernand », chef intrépide et prestigieux, qui déploya une intense activité sur le plateau mellois contre l'occupant nazi. Il dirigeait un groupe de maquisards, l'un des plus importants des Deux-Sèvres, Ernest Jousseaume. Ernest attendait seulement des armes… Camille en avait pris bonne note. Elle le fit savoir à Londres. Au printemps 43, d'importants parachutages auraient lieu. Déjà, il fallait repérer les endroits propices, les baliser, les surveiller et prévoir aussi les caches pour cet armement si précieux qui manquait terriblement maintenant aux compagnies de « hors-la-loi » en formation.

A la fin 42, le Service du Travail Obligatoire poussait les jeunes à se camoufler dans les bois, les taillis pour échapper aux nazis. Il convenait de mettre en place des structures capables de les accueillir, de les nourrir, de les protéger… Deux tactiques allaient voir le jour en France… L'Armée Secrète rassemblait en un même lieu un nombre très important de jeunes hébergés sous des bâches au milieu des bois sans encadrement. Les Francs-Tireurs regroupaient les jeunes par trois avec une discipline bien hiérarchisée et un éparpillement méticuleux dans la nature. Les Francs-Tireurs voulaient combattre l'ennemi : il leur fallait des armes, des munitions, des explosifs… Ceux de l'A.S. attendaient le jour J et l'heure H où les forces alliées débarqueraient en France pour passer à l'offensive : ils recevaient beaucoup d'armes, ils les enterraient… Camille n'aimait guère cette dernière façon de faire. Elle affirmait toujours que le Colonel Fabien avait montré l'exemple en abattant lui-même, en plein jour, un officier allemand. Désormais, le Parti Communiste avait moins de scrupule avec l'ennemi ! « A chacun son Boche » ! Tel était maintenant le mot d'ordre. L'ennemi ne devait en aucun cas se sentir en sécurité. Il fallait sans cesse le harceler par la guérilla et la tactique de la « goutte de Mercure »... On attendait. On frappait. On se débandait... On recommencerait. Plus tard, l'histoire jugerait ces deux façons de faire. Bien souvent, des groupements de l'Armée Secrète ont été inactifs et dangereux pour les jeunes qu'ils rassemblaient. Le pont Lasveyras, Roussine, Grammont et tant d'autres endroits en seront la triste illustration. C'est à Londres que le Général de Gaulle avait créé en octobre 42 l'Armée Secrète placée sous les ordres du Général Delestraint. C'est en France que Charles Tillon et Jacques Duclos avaient créé l'organisation des Francs-Tireurs et Patriotes Français placée sous les ordres des militants communistes. Bien des jeunes entrés dans les rangs de l'Armée Secrète et écœurés de ne pouvoir combattre l'ennemi, rejoignirent les compagnies de F.T.P. Ils y furent bien accueillis... Camille voulait à tout prix unifier ces organisations de la Résistance pour assurer la victoire. Elle y travaillerait tout au long de l'année 43 avec ses camarades de l'Internationale. Regonflées qu'elles étaient par la victoire de Stalingrad !...

* * *

De retour à Limoges après son périple dans les Deux-Sèvres, Camille aurait bien aimé prendre quelques jours de repos et retrouver sa famille au village des

Cailloux Blancs ; les instructions qu'elle recevait de l'Etat-Major de la zone Sud ne lui permettaient pas ces quelques jours de vacances. Elle espérait toujours être avec les siens pour Noël 42 comme elle l'avait fait l'année dernière. A Limoges, elle rencontra Alphonse Denis, Pierre Boissard, Emile Planteligne et quelques autres camarades du Front National. Elle leur donna des nouvelles de l'ami Gabriel Citerne et du bon travail qu'il faisait dans les Deux-Sèvres. Là-bas, les contacts étaient fructueux. Les ouvriers de la métallurgie et les cheminots étaient à la pointe du combat antifasciste. La désobéissance au gouvernement de Laval était la règle mais la répression s'accentuait. Non seulement la police de Vichy sévissait partout en coopération totale avec la Gestapo mais on parlait déjà de créer une nouvelle organisation de la répression. Ce serait la Milice ! Laval et Darnand avaient imaginé le recrutement de ces cohortes de mouchards et de sanguinaires. Il y aurait la Milice armée et la Milice civile. Il y aurait des gars et des filles… Ces dernières seraient les plus féroces dans la dénonciation, la délation : de véritables « chiennes » qui hurleraient à la mort ! Camille attira l'attention de ses camarades sur les dangers que pouvaient présenter pour les patriotes ces « femmes de la honte ». Déjà elle savait, qu'à quelques kilomètres de Limoges, une jeune et belle boulangère attirait par ses charmes les jeunes maquisards, les faisait parler sur l'oreiller… Ensuite, la Gestapo s'occupait d'eux ! Parfois « la fille » guidait les Juifs, les patriotes en fuite vers un presbytère voisin où un curé collaborateur accueillait les malheureux, demandait à sa bonne de leur servir un excellent repas arrosé copieusement de « vin de messe »... Pendant ce temps, le traître téléphonait aux services gestapistes qui ne tardaient pas à débarquer arrêtant les malheureux, les interrogeant, et la déportation était au bout du chemin ! Camille savait tout ce que l'argent peut entraîner : elle invitait à la plus grande prudence : les « filles de joie » n'étaient pas désintéressées ! Les jeunes gens devaient s'en écarter et il convenait de les avertir du danger dans toutes les unités que l'on allait créer maintenant.

Camille rapportait aussi des bonnes nouvelles en provenance de la région parisienne.

- La classe ouvrière est en première ligne dans le combat antifasciste. Le Général de Gaulle, lui-même, l'a reconnu... C'est lui encore qui appelle à la création d'un front armé à l'Ouest. Jusqu'à maintenant l'Angleterre supporte seule le poids de la guerre pendant que l'Armée Rouge passe à l'offensive sur le front de l'Est. Contrairement à l'année dernière, les unités soviétiques n'hiberneront pas. Dans quelques semaines, mes amis, une grande joie nous attend. Je ne puis vous dire exactement ce dont il s'agit. Sachez seulement que sur un front de plus de cent kilomètres les troupes du Maréchal Staline enfoncent les lignes ennemies. L'armée fasciste est en déroute abandonnant son matériel, son butin de guerre... Des milliers de morts, des milliers de blessés, de prisonniers… Le piège de Stalingrad se referme… C'est pourquoi nous devons agir avec encore plus de détermination. Nous devons exiger l'ouverture de ce front de l'Ouest, le débarquement américain et canadien. Il est impensable que les Etats-Unis attendent encore alors que les courageux pilotes de la R.A.F. pilonnent les usines Renault qui produisent, comme vous le savez, les chars de la Wehrmacht. C'est grâce à ces aviateurs que, bientôt, nous recevrons des armes, des armes efficaces pour les distribuer à nos Francs-Tireurs qui sont chaque jour plus nombreux. Maintenant les travailleurs ne veulent plus aller en Allemagne. J'ai des exemples concrets de la désertion : des trains de plus de quatre cents déportés du travail forcé sont arrivés à Paris vides. La classe ouvrière refuse la collaboration. Les cheminots en liaison avec les saboteurs doivent aussi passer à l'offensive. Non seulement il faut stopper les trains de marchandises de ravitaillement pour l'Allemagne mais il faut empêcher nos forces vives de partir travailler là-bas dans les usines d'armements du Reich. Nous avons cruellement besoin de saboteurs… Nous devons créer une école. Je vais me rendre en Dordogne pour explorer le terrain. Oui, je vais aller au pays de Jacquou le Croquant…

- Au pays de Jacquou le Croquant ? répliqua Alphonse Denis. C'est une très bonne idée Camille ! Comme tu es intelligente ! Je te félicite. Tu as raison d'enraciner nos luttes dans le passé de notre peuple. Jacquou le Croquant… Petit paysan sans terre ! Il avait vu mourir son père au bagne, sa mère de froid et de misère… Près de Montignac, au village de Fanlac, il s'était réfugié chez le bon curé qui voulait faire de lui un homme. Un homme il le devint ! Embrasant la forêt Barrade et le château des oppresseurs, bousculant la hiérarchie établie. A mains nues, il souleva les passions et l'émotion de toute une région. Oui, Camille tu as raison de choisir le Périgord pour y établir ton école. L'école de Fanlac sera celle des cadres des F.T.P. qui libèreront notre pays de l'oppression nazie. L'école de Fanlac ? Je t'aiderai à l'implanter. J'irai avec toi car je connais bien cette région maintenant pour y avoir démarché pas mal de clients. Il nous faudra être prudents car la répression de Laval et des truands vichissois y est particulièrement acerbe. Il y a quelques jours : plus de trois cents de nos camarades internés dans un camp de concentration près de Montignac ont été déportés pour l'Afrique du Nord. Enfin… L'Afrique du Nord n'est pas pour longtemps aux mains des nazis ! L'armée de Rommel recule devant les unités britanniques et le courage des combattants de la France Libre. Bientôt on parlera de Bir-Hakeim… En attendant l'arrivée des Américains, nos camarades creusent des tunnels dans le sable du Sahara. Laval a imaginé une voie ferrée transsaharienne. Ce sont nos amis qui crèvent là-bas pour ce travail inutile ! Oui, nous devons être prudents : le camp de Mausac n'est pas très loin. Des centaines de camarades y sont internés, condamnés à la réclusion criminelle à perpétuité comme notre ami Louis Gendillou dont il faudra prendre des nouvelles. Les côtes brisées par la violence des policiers français Louis souffre d'une pleurésie et risque bien de mourir….

- Nous irons, je te le promets, répondit Camille. Dès que nous aurons trouvé le lieu pour implanter notre école !

C'est à vélo qu'Alphonse et Camille partirent en direction de Fanlac. De Limoges par la route d'Aixe, ils passèrent à Châlus, Firbeix et descendirent tout droit en direction de Montignac. Partout sur les grandes routes, les convois allemands circulaient. Il fallait donc aller discrètement. Camille et Alphonse étaient des voyageurs discrets… A Fanlac ils arrivèrent à la tombée de la nuit, ils voulurent passer à la cure où Jacquou était resté quelque temps ; le curé de la paroisse leur ouvrit sa porte et leur dit :

- Soyez les bienvenus les amis. Nous souffrons terriblement ; la faim et la peur se sont installées à nouveau sur toute la forêt Barrade. L'ennemi est partout… Impossible de le localiser ! Les murs ont des oreilles, les mouchards sont nombreux… Vous désirez installer une école de « terroristes » à Fanlac : au bourg, c'est impossible mais je connais une famille qui possède une grange à quelques kilomètres d'ici. C'est un bâtiment assez vaste comme on en construisait autrefois, au milieu des champs et des prés pour élever le bétail et engranger le foin et la paille. La ferme est isolée, aucune route n'y passe. Seuls des chemins forestiers y mènent et encore… Il faudra que je vous guide, vous ne pourriez trouver seuls la métairie. Aucune maison d'habitation à proximité mais la bâtisse est solide, construite en pierre et d'une dimension importante. Au rez-de-chaussée se trouvent les étables. Au premier étage, c'est la grange. Nettoyé, ce bâtiment peut accueillir une trentaine « d'étudiants » qui dormiront sur place et que l'on ravitaillera chaque jour. Je connais l'aubergiste. Il a un bon cheval… Avec sa carriole, il pourvoira à vos besoins. Là-bas, à trois ou quatre kilomètres, au milieu des bois, vous pourrez être en sécurité. Nous irons demain…

Camille et Alphonse passèrent la nuit au presbytère de Fanlac. Le bon curé leur servit le meilleur repas qu'il pouvait. Des haricots au lard… De l'eau claire… La nuit fut calme et au petit matin, tous les trois partirent pour repérer les lieux. Ils étaient parfaits, ils convenaient très bien à l'implantation d'une école de Francs-Tireurs dont la région avait tant besoin. Il restait à convaincre les propriétaires de la bâtisse.

- C'est mon affaire, dit le vieux curé. L'homme est un ancien combattant de la Grande Guerre. Il est revenu du front avec un éclat d'obus dans l'épaule droite. Il n'aime pas les Boches. Oui, c'est mon affaire… Quant à sa femme c'est une excellente paroissienne. Elle se confesse bien trois fois par an pour communier à Pâques, le jour de la Toussaint et à Noël mais elle n'aurait pas besoin. C'est une brave femme... Une femme courageuse... Ici, au pays de Jacquou le Croquant, les villageois sont courageux et fiers aussi d'être les dignes héritiers de la révolte des va-nu-pieds ! Vous avez ma parole. L'école de Fanlac ouvrira bientôt...

Camille était heureuse. Elle pouvait remonter à Paris et dire à Jacques Duclos que l'école des cadres était créée. La direction des Francs-Tireurs n'aurait plus qu'à désigner les professeurs : des instructeurs dans l'art du terrorisme pour chasser et tuer les nazis qui pillaient et étranglaient notre France chérie. Oui, Camille était heureuse. A Périgueux, elle laissa Alphonse Denis à ses affaires. Une autre mission l'attendait : Camille devait « pénétrer » le Lot...

* * *

Jusqu'à maintenant le Quercy était resté à l'écart du grand mouvement de Libération qui se préparait partout. La Résistance piétinait ici... Certes, Camille avait rendez-vous avec un professeur de Cahors : un certain Jean-Jacques Chapou, le lieutenant Philippe... Jean-Jacques Chapou était né au village de Montcuq au Sud du Lot il y avait une trentaine d'années dans une famille d'instituteurs. Il avait lui aussi voulu exercer ce beau métier mais il avait échoué au concours d'entrée à l'Ecole Normale. Le jeune homme ne s'était pas découragé pour autant, maître d'internat, professeur auxiliaire à Cahors ; il avait poursuivi ses études universitaires tout en s'intéressant à l'action syndicale. Proche des idées de Léon Jouhaud et de la C.G.T. il avait développé ce syndicat dans les milieux enseignants. Jouhaud n'était pas du même bord que Benoît Frachon ! Camille le savait parfaitement mais elle savait aussi que le Front populaire avait rapproché les deux tendances de la grande Confédération Générale du Travail et elle était convaincue que la lutte contre l'occupant hitlérien favoriserait encore ce rapprochement. Camille savait aussi que Jean-Jacques Chapou appartenait à la ligue maçonnique. Les Francs-Maçons n'étaient pas de son bord… Mais après avoir « chassé » les communistes, les Juifs, les Tziganes, Hitler s'en prenait maintenant à eux... Un large front uni se dégageait contre l'oppression fasciste. Camille pourrait rencontrer le Lieutenant Philippe. Elle voulait lui proposer d'entrer dans le Maquis F.T.P. Elle sentait bien que c'était encore un peu tôt et qu'il faudrait du temps pour persuader le futur Colonel Kléber de franchir la vallée qui le séparait des Communistes pour entrer dans l'action. Mais elle savait aussi que le département du Lot était traversé par l'une des plus importantes voie ferrée de France : Paris-Toulouse. Camille n'ignorait pas que Capdenac était un important centre de cheminots et un nœud ferroviaire qu'il lui fallait absolument infiltrer. C'est là qu'elle recruterait les saboteurs de demain, les poseurs de bombes qui feraient basculer les locomotives dans le vide… La dynamite allait parler, elle allait pulvériser les viaducs, les tunnels, empêcher durant des semaines les trains de remonter vers le Nord, vers l'Allemagne. Bien sûr Camille approuvait les femmes, les mères et les épouses, qui se couchaient sur la voie ferrée devant les trains emplis des meilleurs enfants de France. Mais elle ne pouvait assister au spectacle affligeant des S.S. qui matraquaient ces malheureuses et des chiens qui les dévoraient… Les murs humains ? Bien sûr… La réussite serait le sabotage. Il faudrait détruire les locomotives et anéantir le réseau ferré par lequel s'opérait le pillage de la France. Là encore, il y aurait beaucoup à apprendre. Avant de quitter Périgueux, Camille s'était arrêtée au dépôt de la S.N.C.F. de la Dordogne, principal atelier de réparations des locomotives. Elle avait rencontré les militants de la C.G.T.U. des cheminots : ils étaient experts dans l'art de la destruction… Elle allait le faire à Capdenac puis elle irait à Ussel voir Lucien Audin. Maître d'apprentissage et militant du Parti… La bataille du rail était engagée, elle serait longue, très longue mais ô combien efficace.

A Cahors, Camille évoqua avec Jean-Jacques Chapou la nécessité de se procurer des explosifs en grandes quantités pour pourvoir aux besoins de l'ensemble de la région : R.5. comme on commençait à le dire alors… Les explosifs ne couraient pas les rues. Leurs possessions étaient réglementées. Jean-Jacques Chapou indiqua à Camille qu'il faudrait contacter les maîtres carriers. Ici, dans le Lot, les carrières étaient nombreuses et à l'abri de l'humidité ; la dynamite était entreposée dans des cabanes. Si les propriétaires étaient d'accord, ils pourraient en céder aux « terroristes ». Il fallait tout de même être prudents car les quantités qu'ils possédaient été contingentées. De la dynamite : il s'en trouvait aussi dans les mines à charbon ou à Wolfram. Il conviendrait d'établir un recensement de ces mines. Là, il était inutile de contacter les propriétaires. La plupart étaient collaborateurs... Il faudrait donc des équipes de partisans qui « voleraient » les précieux bâtons. Lorsque Camille lança ses opérations, elle se rendit vite compte que tout se passait bien la première fois mais que par la suite, il était impossible d'accéder librement aux dépôts de dynamite. Les patrons des mines avaient fait appel aux forces de l'ordre ou à l'armée allemande qui assuraient une garde stricte de ces lieux tant convoités par la Résistance. A son retour à Limoges, Camille établit avec son Etat-Major un plan secret pour s'emparer de la dynamite mais aussi du plastique encore plus efficace... Sur une feuille de son carnet, elle avait inscrit les noms des lieux qu'elle voulait faire visiter : Siorac en Périgord, Puy-les-Vignes près de Saint-Léonard-de-Noblat, Lavaveix-les-Mines, Bosmoreau... En Corrèze, les patrons des carrières étaient très favorables à la Résistance. L'explosif ne manquerait pas !

Il fallait recenser les lieux stratégiques à détruire : les ponts, les viaducs, les tunnels...

Camille savait que ces constructions du XIXe siècle étaient extrêmement solides. Les ingénieurs des Ponts et Chaussées avaient pour habitude de ménager une

« chambre de destruction » qu'il suffisait de miner pour que l'ensemble s'effondre… Seulement voilà, Camille ne possédait pas les plans des édifices ferrés ou routiers qu'elle aurait aimé faire détruire. Il fallait donc inspecter ces divers édifices et trouver la cache… Le gouvernement de Vichy puis les Allemands savaient que les résistants s'intéressaient à la destruction des voies ferrées et routières : ces points stratégiques étaient donc étroitement surveillés. .. Au début de la guerre, le Maréchal Pétain avait fait rappeler des anciens Poilus de 14 pour assurer, à tour de rôle, cette surveillance le long des routes et des voies ferrées. Les « vieux », comme on les appelait alors, ne s'étaient guère pressés pour cette tâche nocturne peu engageante… d'autant plus que, dans leur mission, ils n'étaient pas armés ! Au commencement il n'y avait aucun risque mais lorsque les groupes de la Résistance se constituèrent et se multiplièrent, il n'en fut pas de même. Les anciens combattants de 14 n'avaient guère envie de se trouver nez à nez avec leurs fils en armes et bien décidés à faire sauter la voie ou détruire le viaduc. Les rapports des brigades de gendarmerie attestaient unanimement de cette défaillance des gardes-voies français : la Wehrmacht devait les supplier. La Gestapo et la Milice s'intéressèrent aussi à ces opérations de surveillance. Il n'était donc pas aisé aux enquêteurs de Camille d'opérer en plein jour pourtant c'était le seul moment où ils pouvaient distinguer parfaitement les édifices de pierre et déceler les points faibles… Camille eut une idée géniale : elle « envoya » des pêcheurs sous les viaducs et les ponts. Sur les bords de Vienne, près de la Roche au Gô, ceux-ci taquinaient le goujon et l'ablette tout en scrutant le grand viaduc de la voie ferrée Limoges-Toulouse… Sur la Briance, entre Saint-Germain-les-Belles et Magnac-Bourg, les « terroristes » pêchaient la truite vagabonde en levant leur tête vers le ciel… Ils eurent beau le faire des jours et des jours, ils ne purent déceler aucune faille. C'est en amont de Saint-Léonard, à quelques kilomètres d'Eymoutiers, que les hommes de Guingouin explorèrent le viaduc de Bussy-Varache. Là, point de doute, les jeunes saboteurs pourraient opérer. L'espoir renaissait !

Ce fut encore dans ce maquis du Mont-Gargan que les jeunes « terroristes » imaginèrent des explosifs bien particuliers pour faire sauter les batteuses et les presses à foin. Au village de la Veytizou, ils vinrent chez le forgeron qui leur expliqua comment on pouvait bourrer de poudre des moyeux de charrettes, y introduire une mèche et un détonateur. L'engin artisanal ainsi fabriqué par le vieux forgeron serait imparable ! Les batteuses sauteraient les unes après les autres de Sussac à Saint-Bonnet, de Saint-Paul à La Geneytouse jusqu'à celle de La Veytizou.... Seulement voilà, le père Pierre un vieux batteur, empêcha l'opération… Il proposa aux jeunes de Guingouin d'emporter la poulie maîtresse, la batteuse ne tournerait plus mais elle serait intacte. Il suffirait aux jeunes de lui rendre la poulie la guerre finie… Après tout… le résultat était identique ! Pas un seul grain de blé pour les Boches ! Les vieux paysans ressortaient les fléaux et le soir à la veillée, sur le sol bien propre de la grange, ils battaient leur blé. Ils ôtaient la paille. Ils mettaient en branle les moulins à vanner. Les jolis grains dorés s'accumulaient dans le tiroir. On les porterait au meunier Paroux. A la barbe des Allemands et du service de Ravitaillement, il les écraserait et le pain blanc serait celui du maquis !

Camille voulait aussi s'attaquer à la destruction des usines qui produisaient pour l'Allemagne du caoutchouc chez Wattelez au Palais, des moteurs d'avions à l'Arsenal… Là encore, ces saboteurs trouveraient sur leur chemin les miliciens et les soldats de la Wehrmacht. Il faudrait du courage et de l'audace pour réussir !… Les compagnons de Georges Guingouin n'en manquaient pas ! Ils seraient les premiers à accomplir un véritable exploit : enlever près de cinq tonnes de dynamite de première qualité à la poudrière de Puy-les-Vignes, près de Saint-Léonard-de-Noblat… Raoul accompagnerait ses hommes tout au long de ce périple qui les mènerait de Sussac à la mine en passant par Sainte-Anne-Saint-Priest, Neuvic, Masléon… Le voyage avait été minutieusement préparé car les risques étaient nombreux de rencontrer les brigades des gendarmeries locales : à La Croix Lattée, celle de Châteauneuf ; à Masléon, celle de Bujaleuf et, un peu plus loin au Pont du Râteau, celle de Saint-Léonard… Il avait fallu trouver un moyen de transport en rapport avec l'enlèvement d'une telle quantité d'explosifs. Le dévolu s'était porté sur le camion du boucher de Sussac, le père Gavinet qui, bien sûr, n'était pas au courant. Ce serait au soir du 25 janvier 43, que Raoul et Tino en compagnie de leur chauffeur, René Pouzache, iraient récupérer le camion stationné derrière la boucherie de Martial Gavinet. Il faudrait encore prendre des précautions : pousser le véhicule jusque sur le chemin et couvrir les bruits par un gazogène intempestif qu'on aurait allumé sur la place du village. Enfin, tout se passa pour le mieux… « L'Homme des bois » maîtrisait parfaitement le volant et, le camion à essence pétaradait joyeusement sur les routes de Sainte-Anne-Saint-Priest. On récupérerait là-bas d'autres hommes : Dumont, Meymerie, François Montaudon… Le groupe comprenait alors sept maquisards parfaitement aguerris mais qui ne disposaient que de cinq armes pour se défendre en cas d'attaque… Enfin cette nuit-là, la « baraka » fut avec le maquis. Les gendarmes étaient restés chez eux ! Vers une heure du matin, le camion stationna dans le chemin derrière la mine. Il restait à franchir deux lignes de fils de fer barbelés et le grillage. Les cisailles faisaient leur travail pendant que François surveillait la guérite du gardien à quelques quatre-vingts pas d'ici. La lumière clignotait dans l'obscurité mais le bruit des machines couvrit celui des cisailles. Le gardien ne broncha point ! Parvenus au baraquement de la poudre, les maquisards démontèrent le toit pour s'emparer des caisses. Au cœur de la nuit, ils firent la chaîne et le camion fut chargé en moins d'une heure. On pouvait repartir… Pourvu qu'on ait assez d'essence pour rentrer au pays ! Rien n'était sûr et si l'on avait dû rester en rade sur le parcours : c'était fichu !… Tout se passa bien à Sainte-Anne-Saint-Priest, on débarqua le chargement d'explosifs. Quatre maquisards rentrèrent dans leur village. Raoul, Tino et René se chargèrent de ramener le camion du boucher. Peine perdue ! A l'entrée du village de Sussac, ce fut la panne sèche. On n'allait tout de même pas pousser le camion à cinq heures du matin… Raoul griffonna un petit mot d'excuses qu'il posa sur le siège et les trois compagnons se glissèrent dans la nuit. Au lever du jour, Martial Gavinet chercha son camion, cria « *Au voleur !* » et appela la brigade de Châteauneuf. Les pandores arrivèrent à vélo et dirent au boucher de ne point s'inquiéter : ils avaient trouvé son camion sur leur passage. Ils avaient aussi le petit mot de « Raoul »… Le Commissaire de police Roche en prit connaissance et rédigea son rapport… éloquent ! L'exploit de Raoul et de ses compagnons était authentifié. La colère des hommes de Vichy fut terrible mais comment pouvaient-ils mettre la main sur ces « hors-la-loi » ? La joie de la Résistance fut totale. Bientôt la dynamite parlerait… Quelques jours avant la grande victoire de Stalingrad qui allait changer la face du monde, les glorieux maquisards du Mont-Gargan venaient de frapper un grand coup… Cinq tonnes d'explosifs de première qualité bien placés au sec : cela représentait une prise formidable pour les actions futures…

* * *

Camille était heureuse… Elle souriait… La Résistance prenait corps seulement voilà, la répression s'amplifiait. A l'heure où elle apprenait l'exploit de Guingouin et de ses illustres compagnons, la direction de la zone Sud venait de l'informer de l'arrestation à Arles de René Coustellier. Le Parti avait décidé de confier à René la direction de la Résistance en Dordogne. Patatras ! Tout s'effondrait... René était tombé entre les mains des gestapistes venus l'interpeller au petit matin dans la maison où il se planquait en face des écluses qui alimentaient le canal d'Arles à Bouc. Au petit matin... Il avait choisi cette planque chez un copain d'enfance et il était en relation avec le Mouvement de Libération National qui jouait un rôle très important pour le rapatriement des aviateurs anglais sautant en parachute après que leur bombardier ait été descendu par la D.C.A. allemande. Ces courageux pilotes de la R.A.F. étaient récupérés par l'organisation du M.L.N. Ils étaient cachés dans les mas de Provence, soignés, nourris et ensuite, ils étaient dirigés vers la plaine de la Crau. Là, les avions légers britanniques venaient les récupérer pour les ramener à Londres à la barbe des Allemands... Ce 3 février 43, la Gestapo se présenta à six heures du matin et le vacarme assourdissant qu'elle fit à la porte d'entrée réveilla René et son ami Jean. Ce dernier ouvrit la fenêtre du premier étage et cria aux policiers :

- Ne cassez pas tout ! Je descends vous ouvrir...

Avant d'obtempérer, il murmura à René :

- Planque tes armes ! Les flics…

René jeta son arsenal dans la cuvette des WC, se recoucha comme si de rien n'était. C'est là que les policiers allemands lui demandèrent ses papiers. Il n'en avait pas… Il déclara les avoir oubliés chez ses parents…

- Justement, vous allez nous y conduire…

La suite serait longue à raconter : les interrogatoires, le passage à tabac et… la prison d'Avignon. Là, René devait croupir des semaines et des semaines sans nourriture, sans vêtements, bouffé par les poux et la vermine… Seul moment de répit dans la journée : une courte promenade dans une cour obscure parmi une quarantaine de prisonniers de droit commun… Des voleurs, des voyous, des bons à rien ! Voilà le sort réservé aux jeunes rebelles de l'Etat français. Camille était désolée. Son plan s'effondrait. Elle en référa à Benoît Frachon, Léon Mauvais et Jacques Duclos.

- Ne te tracasse pas Camille ! déclara Jacques. Nous allons régler cette affaire… Notre Parti a maintenant les moyens d'extraire René de sa prison. Avignon, est au cœur d'une région où les réseaux de la Résistance sont puissants. Les bateliers du Rhône, les cheminots et les ouvriers des arsenaux sont tous dévoués à notre cause. Ils avaient prévu l'arrivée des Boches occupant la zone Sud. Ils maîtrisent la situation. René sortira. Je te le promets.

Par contre, tu dois continuer ton action en Corrèze pour convaincre des camarades de ce département de se glisser vers la Dordogne. René aura besoin d'eux et je puis déjà te dire où il se retrouvera bientôt. A la ferme des Fargues, chez Pierre Malaury… Non loin de Belvès !

Camille respirait…

- Ce n'est pas tout Camille ; j'ai encore de bonnes nouvelles à t'annoncer… La victoire de Stalingrad est totale. Comme tu le sais, depuis le 4 octobre 42, l'Armée Rouge s'est employée à encercler l'armada hitlérienne qui voulait s'emparer de la ville du Maréchal Staline. Sur les bords de la Volga, la Wehrmacht a piétiné et, quand le grand hiver est arrivé, Joukov a fait jouer ses chars… Encerclé depuis novembre 42, le Maréchal Von Paulus vient de se rendre… Avec lui, vingt sept généraux parmi les plus illustres de la clique hitlérienne et surtout des milliers de soldats et tout leur arsenal. Le Führer est en rage. Il avait sommé Paulus de ne point se rendre le faisant Maréchal du IIIe Reich. C'est fini… La bataille de Stalingrad marquera l'Histoire du XXe siècle. Personne ne pourra l'effacer ! Les générations futures en parleront encore un siècle plus tard et j'ai encore une bonne nouvelle : l'Armée Rouge n'a pas attendu le printemps pour passer à l'offensive générale. Encouragés par cette victoire formidable, les héros de l'Union soviétique se battent comme des lions. Partout, les divisions nazies reculent. L'objectif est clair. Le Maréchal Staline l'a fixé à ses troupes : libérer le territoire soviétique avant la fin de l'année 43 ; ensuite, passer à l'offensive générale pour libérer la Roumanie, la Hongrie, la Yougoslavie, la Bulgarie et enfin, pénétrer sur le territoire allemand et écraser Hitler dans son bunker de Berlin ! Voilà l'objectif de l'Armée Rouge mais elle a besoin de l'aide active de la Résistance de notre pays et, surtout, elle espère l'ouverture rapide d'un front américain sur nos côtes… Voilà, ma chère Camille, tu peux repartir en Limousin. Ton ami Guingouin n'aura qu'à faire parler la dynamite qu'il vient d'enlever à ceux qui produisaient le précieux wolfram pour le Reich. Transmets lui toutes les félicitations de la direction clandestine de notre Parti…

- Je le voudrais bien, rétorqua Camille. Mais, il faut savoir qu'il n'est pas facile d'approcher « Raoul ». Là-bas, autour du Mont-Gargan, on parle de lui en disant « le fou des bois »… Un hors-la-loi ? A vrai dire…

- Pas si fou ton « Raoul » ! répliqua Jacques Duclos. Un révolté tout simplement. Nous en avons besoin…

Le leader communiste cligna des yeux et Camille repartit.

***

Lorsqu'elle entra en gare des Bénédictins, elle fut surprise par la présence nombreuse des forces allemandes sur le quai. Dans le hall, les hommes de Vaugelas interpellaient les voyageurs. Vaugelas était le chef limougeaud de la Milice. Il avait installé son PC à l'Hôtel Haviland… On savait moins qu'Impasse Tivoli, la Milice et la Gestapo torturaient de concert… Camille devait échapper à l'arrestation grâce à la complicité des cheminots. Dès sa descente du train, elle était prise en charge par des camarades anonymes mais efficaces. Sans encombre, elle s'éloigna de la gare, remonta le Champ de Juillet et fila vers le Boulevard de la Mauvendière. Là-bas, elle avait rendez-vous avec Alphonse Denis.

Pour la première fois, depuis qu'elle connaissait le leader du Front National de Libération, il lui apparut profondément triste. Ses yeux rougis par les larmes, Alphonse semblait avoir vieilli de plusieurs années. Camille ne comprenait pas. Son ami aurait dû être heureux de la victoire de Stalingrad, de l'exploit du « Grand » à Saint-Léonard… Elle voulait lui donner des nouvelles de René et voilà qu'Alphonse pleurait, prenant sa tête dans ses mains pour cacher ses larmes. Le représentant en assurances avait perdu tous ses moyens. Il était effondré.

- Raconte demanda Camille. Qu'est-ce que tu as ? Qu'est-ce qui t'arrive ? Je ne comprends pas !…

- Camille… Ma chère Camille, il faut que je te dise… J'ai un gros chagrin. Oui, une bien triste nouvelle à t'apprendre : mon jeune ami Henri Lagrange est mort faute de soins à la prison de Clermont-Ferrand… Une foule immense l'a conduit à sa dernière demeure ce 9 février. Le bourg de Linards ne pouvait contenir tout ce monde : des milliers et des milliers de personnes sont venues accompagner le jeune dirigeant de la Jeunesse Communiste trop tôt disparu. Le cimetière disparaissait sous les gerbes et les couronnes de fleurs. J'ai réconforté du mieux que j'ai pu les parents de notre ami et surtout sa mère Marie-Louise qui pleurait toutes les larmes de son corps… Devant tant de monde et malgré la présence policière, il fallait faire quelque chose. Je me suis décidé… Je me suis avancé… J'ai tombé le masque… J'ai pris la parole. A la fin de mon petit discours j'ai conclu : « *Que par-delà cet océan de boue et de sang, et de tant de souffrances, le nom d'Henri Lagrange devienne un jour aussi grand que le fut son sacrifice !* » Je n'ai pas attendu que la police secrète m'interpelle, j'ai filé…

- Tu as été courageux Alphonse mais tu as vraiment pris des risques. Un responsable régional du F.N.L… Oui, des risques ! Maintenant…

- … Tu ne sais pas tout, ajouta Alphonse. Enfin, presque… Tu te doutes de ce qui m'est arrivé… J'ai été interrogé par la police… J'ai eu de la chance : le commissaire de police qui m'a reçu, m'a serré la main et glissé à l'oreille : « *Monsieur Denis, vous allez sortir mais ne vous faites pas reprendre. Moi, je suis des vôtres… je vous relâche. Vous avez de la chance !* »

- Ah ! Oui, Alphonse : tu as eu de la chance... Bien sûr, je suis profondément triste comme toi de la disparition de notre camarade Henri Lagrange. C'est une grande perte pour notre noble cause. Il était promis à un bel avenir. Il était si brillant... un entraîneur d'hommes... Seulement voilà en lui rendant hommage, tu as enfreint les règles élémentaires de sécurité que nous préconisons à tous ceux qui entrent dans nos organisations. Toi le chef...

- Alors ?... demanda Alphonse Denis.

- Rassure-toi Alphonse : j'aurais fait de même ! dit doucement Camille en caressant la main de son ami. Ne pleure plus. Le sacrifice d'Henri Lagrange et de tous ces jeunes Communistes que l'on fusille chaque jour alors qu'ils chantent « La Marseillaise » et « l'Internationale » ne restera pas vain ! L'Armée Rouge a frappé un grand coup... La dynamite va parler... Bientôt les tueurs et les miliciens, les voyous de Laval, auront la gorge tranchée. Partout de Bressuire à Belvès, de Guéret à Curemonte, la résistance s'organise. Les Francs-Tireurs vont former leurs compagnies. Des collines ils descendront dans les plaines. Le vol des corbeaux noirs ne durera point mais il faudra longtemps encore. Du courage, encore du courage et toujours du courage... Alors la patrie sera libérée !

Camille voyait juste : la dynamite allait bientôt parler... Le groupe de Raoul préparait un coup spectaculaire aux abords d'Eymoutiers. En cette fin d'hiver 43, la pression allemande se faisait sentir toujours plus forte sur les populations de la montagne limousine. Les agents de Vichy, en étroite collaboration avec la Gestapo, préparaient des trains entiers de jeunes travailleurs requis pour le S.T.O. en Allemagne. On n'en était plus à « la relève » ! Les grands trusts aciéristes de Berlin exigeaient toujours plus de main-d'œuvre gratuite. Il leur fallait des bras pour faire tourner les hauts fourneaux et les laminoirs à plein régime. Les jeunes Allemands étaient sur le front. Les travailleurs des pays occupés les remplaceraient mais l'esprit de rébellion de nos populations ne faisait que croître. Philippe Henriot poursuivait sa propagande effrénée en faveur de la Collaboration : il trompait de moins en moins de gens ! Les femmes se couchaient sur les voies ferrées pour empêcher les trains de démarrer. La Gestapo, les S.S., les chiens étaient à l'ouvrage… Tout de même, les forces de la répression parvenaient à leurs fins et les convois s'ébranlaient. Le moment était venu de rompre les voies ferrées. Raoul l'avait promis…

Faute de pouvoir s'en prendre au viaduc de Saint-Germain-les-Belles sur la grande voie Paris-Toulouse, le chef du Maquis de Sussac avait décidé de faire sauter la ligne de Limoges à Ussel. Ce n'était pas par hasard qu'il s'était intéressé à la petite gare de Bussy-Varache… Il connaissait bien ce secteur familier de la vallée de la Vienne où la rivière coule entre deux gorges resserrées. Il avait fallu de la ténacité aux travailleurs de la fin du XIXe siècle pour établir ici une voie ferrée avec tous ses viaducs, tous ses tunnels. Des gorges sauvages et splendides !… Des gorges qui resteraient impénétrables aux forces de la Wehrmacht !… Ici, nous étions en pays pelaud. Hier, les hommes flottaient le bois sur les eaux tumultueuses de la rivière. Ils connaissaient chaque bloc, chaque arbre, chaque pan de roche… Les jeunes étaient les dignes descendants de ces « maîtres de l'eau ». « Raoul » avait décidé de frapper un grand coup… Non seulement il voulait détruire une pile du viaduc qui domine la vallée de la Vienne près de Bussy-Varache mais il voulait aussi faire sauter la conduite forcée qui alimente l'usine hydroélectrique située en contrebas du barrage… Maintenant, les partisans détenaient la dynamite… Ils avaient soigneusement préparé leur affaire, bourré de poudre un long tube cylindrique d'un mètre de long sur vingt centimètres de diamètre. Un détonateur, une mèche… Une véritable bombe infernale qui devait pulvériser la conduite !…

A la nuit tombée, ce 13 mars 43, « Raoul » et « Tino » retrouvaient les jeunes du village de Bussy : Dumont, Nard, Pastier, Mulatier, Barlet, Viamont et leur voisin de la Forêt François Montaudon. L'équipe de saboteurs emprunta le chemin de la gare comme s'ils voulaient prendre le train se gardant bien d'éveiller l'attention des habitants du village de Bussy. Arrivés à proximité du viaduc, ils réglèrent leurs montres, les unes sur les autres, pour agir de concert. Deux équipes furent formées : l'une s'occuperait de la centrale hydraulique, l'autre ferait son affaire du viaduc. Pour ce dernier et comme dans la plupart des cas, il n'avait pas été possible de découvrir la chambre des mines… Peu importait ! On poserait la bombe dans une rigole de dérivation des eaux pluviales juste en aplomb du milieu de la rivière… Les cœurs palpitaient dans les poitrines de ces jeunes, ils attendaient. A l'heure H, ils enflammaient le cordon et déguerpirent… Une course effrénée, silencieuse. Un long moment qui paraissait interminable… Soudain, une gerbe de feu s'éleva au-dessus de la vallée. Dans un bruit étourdissant, la pile centrale du viaduc de Bussy-Varache s'effondrait. Les jeunes auraient voulu applaudir mais « Raoul » l'avait interdit… Le silence ! Toujours le silence… Justement, le silence était venu de la centrale hydraulique. Là-bas, pas une seule détonation n'avait retenti dans la nuit noire. La bombe avait fait faux bond… Sans doute la mèche avait été en contact avec l'eau. Le feu s'était arrêté avant d'atteindre le détonateur. La production de courant électrique ne serait donc pas stoppée par contre, le train qui devait partir d'Eymoutiers le 15 mars 43 emmenant des centaines d'hommes travailler gratuitement en Allemagne resterait en gare ! Les jeunes auraient le temps de réfléchir, de s'organiser et de rejoindre le maquis. La circulation ferroviaire entre Limoges et Ussel était interrompue pour plusieurs mois. L'exemple de Bussy-Varache retentirait très fort dans les écoles de la résistance. Les jeunes maquisards qui habitaient pour la plupart dans ce village n'eurent guère le loisir de profiter de leur exploit. Dès le lendemain, la gendarmerie d'Eymoutiers, la police française de Limoges, la Gestapo et les S.S. arrivèrent au village, l'enquête démarrait... Les jeunes avaient filé... Où étaient-ils ? Au S.T.O. peut-être... Leurs parents le prétendaient ! En réalité, les jeunes patriotes étaient entrés au maquis. Du côté de Boisvert, vers Bujaleuf, deux d'entre eux furent repérés... Ils échappèrent de peu à l'arrestation. Heureusement ils étaient lestes nos gaillards ! Seul leur protecteur fut arrêté par la Gestapo. Déporté en Allemagne, le malheureux ne devait jamais revenir. Les forces de la répression avaient bien conscience de la montée en puissance de l'Armée des Ombres. Camille était heureuse, elle jubilait... La dynamite avait parlé... « *Exemple à suivre* ! » Comme elle aimera dire souvent aux autres chefs du maquis.

* * *

A l'heure où le viaduc de Bussy-Varache sautait, Camille était déjà en route pour la Corrèze. La direction des services lui avait demandé de contacter des partisans pour aider « Soleil » dans son action contre les voyous du Parti Populaire Français. Comme l'avait souligné Alphonse Denis, en Dordogne, les hommes de Jacques Doriot causaient de graves préjudices aux forces de la Résistance. Jacques Doriot animait ces gangsters recrutés dans le « milieu » qui dénonçaient et assassinaient les patriotes. L'ancien dirigeant communiste avait trahi la cause de l'Internationale : il était passé avec les forces de

Vichy entraînant avec lui une bande de crétins et d'assassins. Chaque fois que la tête d'un Communiste tombait, les tueurs touchaient une prime de cinq cents francs... Maintenant les Francs-Maçons et les Juifs étaient particulièrement visés... Même si la prime n'était que de moitié, elle assurait quand même de confortables revenus. Les bandits s'appropriaient ensuite les maisons, les immeubles et toute les richesses des malheureux disparus. Un véritable commerce immobilier extrêmement lucratif s'était organisé en France et particulièrement en Dordogne Sud. Un gang s'était formé sous la direction de Paul de Beaumont, un homme de main de la Gestapo qui avait pignon sur rue à la Préfecture de la Dordogne. Paul de Beaumont dirigeait ces « rapaces » en collaboration avec une très belle fille de Domme qui était elle-même en relation avec un cordonnier membre de la Milice de Beynac... Les tueurs étaient au nombre de seize... Ils menaient « une très belle vie », ils ne manquaient de rien : argent, nourriture et filles de joie... Le gang de la Dordogne devait être démantelé. Jacques Duclos l'avait promis. Aux Fargues, chez Pierre Malaury, les Corréziens que Camille allait recruter devraient retrouver René l'Arlésien pour infiltrer les tueurs et les exterminer. Voilà pourquoi, Camille découvrait la riante vallée de la Dordogne en ce printemps 43. Elle était arrivée à Beaulieu : là où les gabariers s'arrêtaient autrefois pour faire escale avant le grand voyage qui les mènerait jusqu'à l'estuaire de la Gironde. La Dordogne était splendide, après avoir traversé les gorges sauvages de sa haute vallée, elle consentait enfin à se calmer un peu… Camille ne savait pas encore qu'elle était maintenant dans le berceau de l'humanité. A quelques kilomètres de là, près du village de la Chapelle aux Saints, sous les grands rochers de pierre, les hommes du Moustérien charentais s'abritaient… C'était avant la dernière grande glaciation… C'était il y a trente mille ans ! Ce « pays » était à l'origine de l'Homme et c'était là que Camille était venue chercher les compagnons de René. A Curemonte, elle avait gravi les coteaux escarpés surplombant la jolie rivière Espérance. Elle était maintenant dans le village au riche passé médiéval. Là-haut, dans le ciel bleu, se découpaient les hautes tours du château des seigneurs de Curemonte. Des pans de murailles s'effondraient mais la demeure était encore majestueuse. Ce n'était pas dans cette forteresse qu'elle trouverait ses maquisards. Elle s'arrêta un instant sous la grande halle aux solides piliers en bois. Quelques fermières apportaient encore leur production de fromages de chèvre, de vins, de noix et des œufs… Elles étaient rares… deux ou trois seulement ce matin-là ! Les services du ravitaillement de Vichy étaient passés par-là… Le marché noir… La vie s'était retirée de Curemonte. A deux pas de la halle, l'Hôtel de Ville semblait désert. Les enfants des écoles ne jouaient plus… Hier, si gais, ils s'étaient soudain tus ! Le silence… Partout le silence. Camille gravit les marches de l'église. Elle en eut vite fait le tour, l'édifice était vide. La sacristie était juste là : le vieux curé l'attendait :

- Je crois que vos amis sont allés à l'église de Notre Dame de La Combe. C'est à deux ou trois kilomètres d'ici dit le prêtre. Là-bas, à l'écart du monde, vous les trouverez. Du moins, je l'espère…

Camille ne s'attarda pas à Curemonte. Elle se promit seulement d'y revenir. Le village en valait le détour. Il était sans doute l'un des plus beaux qu'il lui avait été donné de découvrir jusqu'alors. Le printemps était là bien plus précoce que partout ailleurs en Corrèze. Les arbres fruitiers explosaient de mille fleurs : les pêchers roses, les pruniers blancs, les cerisiers et les pommiers… Le printemps sentait bon : des massifs de violettes explosaient çà et là au creux des rochers. Les premières jonquilles s'épanouissaient au fond de La Combe. Déjà les roses trémières étaient écloses près des vieilles murailles de pierres moussues. Quand reviendrait-il le temps des cerises ? Camille ne put s'empêcher d'y penser… C'était il y avait tout juste quelques années… Elle avait 16 ans… Le temps des cerises ? Pour narguer l'occupant, Charles Trenet chantait maintenant « *La romance de Paris* »… Camille avait tant fredonné cette jolie chanson qu'elle l'avait maintenant transformée… « *La romance du Maquis* » ! Un air que tant de jeunes reprendraient bientôt…

Mais où étaient-ils donc ces fameux maquisards qui devaient rejoindre « Soleil » aux Fargues. L'abbé de Curemonte avait dit que Camille les trouverait peut-être réfugiés dans l'église de Notre Dame de La Combe.

Précisément, Camille y filait mais le soleil était si riant au-dessus de cette splendide vallée de la Dordogne exposée au Sud qu'elle s'arrêta pour souffler à nouveau. Des champs de vigne s'étendaient à perte de vue sur les flancs des coteaux de Queyssac. Ce serait bien après l'automne que l'on récolterait ces derniers raisins ridés, qu'on les alignerait sur un lit de paille pour les laisser mûrir encore. Les viticulteurs d'ici fabriquaient depuis des lustres ce célèbre vin paillé que l'on réservait aux vieux, aux malades ou aux mourants... Le vin paillé de Queyssac !... Camille en rêvait mais elle n'avait guère le loisir de s'attarder dans les caves de cette charmante contrée qui s'étendait de Beaulieu à Argentat. Les belles demeures des vignerons s'offraient à son regard admiratif, là-haut, sur la colline. Ces gentilhommières avec leurs pigeonniers si caractéristiques d'un Quercy tout proche dominaient un paysage luxuriant... Et les pigeons volaient au-dessus de la vallée décrivant des circonvolutions dans le ciel bleu d'azur. Là-bas, des paysans préparaient le terrain pour cultiver le tabac... La plantation de l'herbe à Nicot était étroitement surveillée par les brigades locales de gendarmerie et la police de Vichy. Le temps des cartes de distribution était arrivé. Le tabac manquerait malgré tous les efforts des paysans de la vallée. Camille y pensait : sans tabac, un fumeur devient un homme dangereux ! Il peut se faire prendre à tout moment... Elle donnerait des instructions pour l'approvisionnement du maquis. Il ne fallait pas que le tabac vint à manquer aux maquisards ! Les Boches pillaient la France et, demain, ils feraient mieux encore : ils voleraient les noix, richesse de cette vallée ! Les grands noyers n'avaient pas encore mis les feuilles, ils s'alignaient squelettes en équilibres fragiles dans l'espace et le temps. On les devinait frémissants, comme s'ils avaient un pressentiment… Les grands arbres encore nus paraissaient désarticulés et impuissants… Camille frissonna. Elle venait d'apercevoir une colonne allemande qui remontait vers Argentat : des tanks, des auto-mitrailleuses, des side-cars et des camions… Tous vert-de-gris ! Et des G.M.R. suivaient… Ils étaient nombreux ! Le temps de la répression était venu, terrifiant, tragique !…

En l'église de Notre Dame de La Combe, point de maquisards ! Camille était furieuse. C'était bien la première fois depuis qu'elle agissait au nom de l'Internationale et de la direction du Parti qu'elle éprouvait une telle difficulté. C'était elle qui devait chercher ceux qui auraient dû être à leur poste de combat… Elle serra les poings. Il y aurait des sanctions. Enfin, il fallait savoir… Comment des hommes responsables avaient-ils, par deux fois, oublié le lieu et la date du rendez-vous ? Comment avaient-ils pu abandonner leur poste ? Camille se sentait en danger… Heureusement, elle avait appris à se contrôler. Elle respira profondément. Elle n'allait tout de même pas abandonner si près du but ! Elle ne savait pas…

Les « fameux Corréziens » étaient partis sans l'attendre. Ils avaient pris peur tout simplement. Ils cherchaient à se planquer. Voilà tout ! Camille ne savait pas encore qu'ils étaient loin, très loin, du côté du camp de la Courtine. A Tarnac, ils s'étaient cachés ou plutôt terrés… A l'abri du jour et des vivants, ravitaillés par quelques paysans du coin, les hommes, sur qui elle comptait tant, attendaient… Ils étaient venus là car ils avaient entendu dire que par le passé la résistance s'était levée contre Napoléon Bonaparte. Ils étaient venus là… Ils étaient une poignée… Et ils attendaient Camille et comme elle ne vint pas assez vite, ils s'enfuirent jusqu'à Bort où ils avaient entendu dire qu'un grand barrage était en construction sur la vallée de la Dordogne. Nous étions en 43 : des centaines d'hommes tels des fourmis grouillaient dans cette vallée pour dompter la rivière. Il y avait là des travailleurs étrangers : des Italiens, des Espagnols… Certains en situation régulière, d'autres camouflés ou en fuite… Ils avaient échappé à la tyrannie de Mussolini ou de Franco ! Ils attendaient… Impatients de reprendre la lutte antifasciste, ils seraient une immense pépinière pour le grand Maquis qui se lèverait demain… Camille fut heureuse de les rencontrer et de retrouver enfin Jeannot, Toto et tous leurs « copains » qu'elle enverrait là-bas, aux Fargues, rejoindre le « terroriste » qui venait de quitter la prison d'Avignon ! A vrai dire, Jeannot, Toto et les autres avaient cru bon de partir dans une autre direction. Camille les rattrapa, les « secoua ». Maintenant, ils fileraient en Dordogne. « Soleil » y était déjà.

* * *

Avant d'être « Soleil » en Dordogne et de former ces Corps-Francs qui, tout autour de Belvès, de Siorac et du Bugue, traqueraient les nazis, René avait été interpellé dans la maison de son copain face à l'écluse du Grand Canal, jeté dans les geôles de Vichy. Il n'était pas prêt d'en sortir et déjà sa famille avait été durement frappée par le gouvernement de Pierre Laval. Au bagne de Toulon, son oncle était mort… René savait ce qu'il risquait mais il ne perdait rien de l'espoir qui animait son cœur énorme. Son Parti ne l'abandonnerait pas. Il serait prévenu le moment venu et il lui faudrait rapidement rassembler ses fringues…

La prison d'Avignon était une vieille bâtisse où croupissaient les « politiques » parmi « les droits communs ». Il y avait là des proxénètes, des tueurs, des voleurs et une poignée de jeunes Français, intelligents et décidés qui voulaient changer la face du monde. La face du monde ? A l'heure où il était au fond de sa piaule, couvert de poux et de vermine, mal nourri, sans vêtements, René n'en connaissait pas la moindre parcelle. Il ne savait pas encore qu'à Stalingrad, l'Armée Rouge avait frappé et que vingt sept divisions de la Wehrmacht étaient tombées prisonnières. Pour l'heure, René tournait en rond dans la petite cour de la prison d'Avignon. Il était fou de rage. Parfois, il levait la tête vers le ciel mais d'ici il ne voyait jamais le soleil. Tout était sombre. Tout paraissait immuable. Une chape de plomb s'était abattue sur le pays des Droits de l'Homme, de la Liberté, de la Révolution française. Au collège, René avait appris l'Histoire de la

Commune : il savait comment les glorieux Communards avaient été fusillés au Père Lachaise, déportés en Nouvelle-Calédonie, enchaînés comme des malfrats... Tristesse profonde d'un jeune homme qui avait pourtant au fond de lui-même un redoutable ressort, celui de la révolte ! Un jour viendrait...

Le printemps était déjà bien avancé et les giboulées du mois d'avril avaient balayé la grisaille. Ces premiers jours de mai étaient emplis de douceur. De sa prison, René entendait les oiseaux chanter et les pigeons roucouler sur les murs crénelés d'Avignon. La Cité des Papes, malgré l'Occupation, demeurait une merveille d'architecture. Le Rhône coulait à ses pieds, ses flots fougueux s'emballaient sous les ponts, pressés d'arriver dans cette Camargue merveilleuse, théâtre de tant d'expéditions d'une jeunesse arlésienne. Les pigeons roucoulaient... Les geôliers grognaient et les « droits communs » se montraient de plus en plus agressifs. Un matin, peu après six heures, quatre gardiens se présentèrent à l'entrée de la cellule :

- Prenez vos fringues, ordonnèrent-ils ; vous changez de prison... Suivez-nous !

René et ses deux camarades de cellule ne se firent pas prier. Ils suivirent les quatre gardiens armés jusqu'aux dents, franchirent la sortie de la prison par la grande porte. On leur fit signe... Ils grimpèrent dans un fourgon. Au volant se tenait un homme qui aussitôt démarra... Les faux gardiens changèrent de vêtements.

- Vous êtes libres déclarèrent-ils. Tout à l'heure, nous nous arrêterons en rase campagne et chacun aura sa place. Oui… Chacun… A vous de jouer et merde !

Effectivement, le fourgon s'arrêta bientôt non loin du fleuve. René bondit du camion et se trouva dans un pré. Il faisait jour. Pas question de marcher à cette heure, il aurait été pris immédiatement. Il demeura caché au plus profond d'une haie observant la nature et cherchant à calmer sa faim qui rongeait son estomac. A la tombée de la nuit, il aperçut un pêcheur qui venait préparer sa barque pour le lendemain. René ne broncha pas. Quand la nuit fut venue, le « prisonnier » sortit de sa cachette, brisa la chaîne du bateau avec une lourde pierre, saisit les rames et fila sur le Rhône. Le fleuve turbulent l'emportait. Heureusement pour lui le courant favorisait sa fuite. Néanmoins René rama de toutes les forces qu'il put déployer, coupant sa faim en buvant l'eau de « son fleuve »… Quatre ou cinq heures de course effrénée sur les flots et les premiers remparts d'Arles apparurent : c'est là qu'il accosta. Il était revenu chez lui mais il ne fallait pas s'attarder à courir les rues. Heureusement il savait où il allait : chez un vieux camarade… Par le soupirail de sa cave, le jeune « terroriste » s'introduisit. Il ouvrit la porte, grimpa les marches de l'escalier et frappa à l'entrée de la cuisine. Un sourire l'accueillit mais il n'était pas tiré d'affaire. Il ne devait pas rester ici. Les forces de police étaient sur les dents. Il devait partir, partir pour la Dordogne.

Ce furent les camarades cheminots qui prirent en main le « paquet »... Chaque locomotive avait son chauffeur et son mécanicien. C'est avec eux que René voyagerait. Ce seraient eux qui partageraient avec ce jeune affamé leur maigre casse-croûte. René voulut les aider à la pelle, au charbon...

- Laisse faire Petit ! s'écria le chauffeur. Garde tes forces ! Tu en auras besoin...

René interrogeait le mécanicien pour savoir où il allait. Le brave cheminot ne savait quoi répondre : il connaissait seulement le lieu où il devait déposer le « paquet ». D'Arles à Toulouse... De Toulouse à Agen... D'Agen à Périgueux... Puis ce serait Belvès ! Entre-temps, il y aurait l'alerte en gare d'Agen... Partout des Allemands, des chiens, des S.S., des G.M.R... L'instant d'un éclair.

- Prends un chariot Petit ! Pousse avec moi et baisse la tête... cria un employé de la gare.

Au milieu des Allemands, ils s'engouffrèrent dans un petit local à côté du buffet.

- Grimpe à l'échelle ! Vite... Et reste là-haut... Je reviendrai te chercher...

Et l'employé sortit. Là-haut, c'était un réduit minuscule. Il y régnait une chaleur intenable. Juste au-dessus de la chaudière des cuisines du buffet… Deux ou trois heures s'écoulèrent, l'employé revint… Il ouvrit la trappe, René n'était pas mort. Il était à poil… Bien près de rôtir ! Heureusement, le cheminot avait porté de l'eau, René put boire.

- Allez ! Reprends tes fringues. Tu montes dans l'omnibus et tu descendras bientôt à la prochaine station…

La prochaine station, c'était Belvès. Là, tout était calme. René sortit dans la cour de la gare, un paysan l'aperçut.

- Petit ! Viens là… Grimpe dans la carriole… Hue !…

René se trouvait dans la carriole tirée par un cheval sur les sentiers caillouteux du Périgord. Des sentiers qui allaient le mener chez Pierre Malaury. Aux Fargues, il était arrivé. Quand la mère Malaury le vit elle eut presque peur : il était tellement maigre ! Elle le fit asseoir à table, elle le servit copieusement. Mon Dieu ! Comment pouvait-on manger autant ici ? Les paysans… Voilà tout. Des braves gens. Ils croyaient bien faire en rassasiant de leur mieux le petit René qui arrivait d'Avignon le ventre creux, couvert de parasites et mal habillé… Ils auraient pu « le tuer ». Il eut une « chiasse » terrible… Une « courante » impossible à couper ! Heureusement quarante huit heures après son arrivée aux Fargues, le « Patron » allait se présenter.

Le « Patron » c'était Max Lévy. Médecin de profession, il donna à René une fiole contenant un bon remède. Soleil avala d'un trait le contenu : quelques heures plus tard, tout allait pour le mieux ! Le « Patron » n'était pas venu seul. Il était accompagné de « Marcel » : Jean Lurçat... Le grand peintre cartonnier des célèbres tapisseries d'Aubusson avait dû quitter précipitamment la Creuse… Il avait été dénoncé et la police de Vichy avait bien failli le « cueillir ». Seulement voilà, Jean Lurçat leur avait glissé entre les doigts : il avait repris sa place, sa place de Communiste et de Résistant. Du Lot au Lot-et-Garonne et à la Dordogne, il allait et venait en compagnie de Max Lévy. Envoyés de Benoît Frachon et de Léon Mauvais, ils tissaient eux aussi la même toile que celle de Camille. Une toile qui prendrait bientôt dans ses rets les nazis et leurs complices !…

Le « Patron » expliqua à René ce qu'il devrait faire et pourquoi le Parti l'avait appelé ici.

- Tu vas bientôt recevoir le renfort de camarades de la Corrèze. Ils t'aideront à infiltrer un groupe de tueurs qui sévit tout autour de Belvès… Il faut les éliminer !

Max Lévy ne savait pas que les « Corréziens » ne seraient pas au rendez-vous. Il allait mesurer bien vite tous les talents de René Coustellier. « Marcel » expliqua à ce dernier qu'il lui faudrait, pour pénétrer la bande de voyous, rencontrer une jeune fille de Domme.

- Une jeune fille très belle qui avait déjà deux enfants… Ce ne sera pas très difficile. Elle aime les beaux garçons. Tu en es un !…

La fille de Domme mènerait alors René chez un cordonnier de Beynac. Ce serait lui qui mettrait René en relation avec le gang.

- Nous attendons tes papiers ! déclara Jean Lurçat. Tu seras journaliste. Journaliste-reporter à « *Combats* » de la Milice. Te voilà un appareil photo et… un 6.35. Cela peut toujours te servir ! Nous connaissons ton passé de numéro 1 à l'O.S.C. Tu as notre confiance… Tu nous rendras compte régulièrement des avancées de ton enquête…

René se mit aussitôt en besogne. Il ne fut pas long à rencontrer la jeune femme, à découvrir le cordonnier et à faire part au chef du gang de sa volonté de réaliser un reportage en son journal « *Combats* » de Marseille sur les actions exemplaires qu'il menait en Dordogne. Non seulement il y aurait du texte mais aussi des photos… Pour cela, René devait suivre les bandits dans leurs diverses pérégrinations. Ces derniers ne firent preuve d'aucune méfiance. Leur cupidité, leur goût exagéré de la boisson, de la bonne chair et des… filles les aveuglaient terriblement. Toutefois, le groupe de Paul de Beaumont, succursale déployée en Dordogne pour le compte de Jacques Doriot, sévissait avec une volonté féroce. La vérité, c'était qu'ils étaient très intéressés, très intéressés... Ils ne rendaient compte à leurs supérieurs que pour une part infime de leur butin. Ils touchaient des rançons, des indemnités diverses et profitaient de la vente des biens de leurs victimes. Tout en s'amusant, ils parcouraient le Périgord à la recherche de leurs futures arrestations. Ils dressaient une liste qui, pour l'heure, approchait une centaine de noms. Il en fallait cent vingt... Il ne leur faudrait que peu de temps pour y parvenir d'autant plus qu'ils ne lésinaient pas sur les moyens et ne se montraient jamais dédaigneux. La délation et le mensonge faisaient partie de leurs méthodes. Pour toucher la plus forte prime : ils devaient faire disparaître leurs victimes... Ils n'y manquaient jamais. René partageait leur va-et-vient, découvrait leurs cachettes, s'habituait à leurs manières... Elles étaient fort grossières, nauséabondes... Pour l'heure, « Soleil » devait tenir. Il attendait les renforts corréziens. Lors de la dernière rencontre avec le « Patron », « Marcel » lui avait dit :

- Bientôt, ils arriveront...

- Et s'ils n'arrivent point ? Bientôt cent vingt braves types vont disparaître ! Il vaudrait mieux que je m'en occupe seul...

- A toi de jouer ! avait dit le « Patron ».

René Coustellier allait se débrouiller seul. Bientôt, deux corps de truands flotteraient sur la Dordogne. Puis deux autres… et encore quatre ! Ils y passeraient tous. Seize bandits pourris furent décapités par le jeune Arlésien. La Dordogne était débarrassée pour longtemps de ces tueurs sans scrupule… Il restait la fille de Domme, le cordonnier de Beynac et Paul de Beaumont… Les Corréziens se faisaient toujours attendre… René intercéda auprès du « Patron » en faveur de la jeune femme, mère de deux enfants en bas âge et du cordonnier… Max Lévy accorda à René de leur laisser la vie sauve. René dit à la jeune femme de quitter la région et de ne plus jamais y remettre les pieds et, surtout, de ne pas se mêler de quoi que ce soit. Elle obtempéra et sa conduite fut exemplaire. Puis il alla frapper à la porte du cordonnier. La femme de ce dernier vint lui ouvrir et l'invita à s'asseoir pour souper. Le cordonnier était blanc comme un linge, il ne semblait pas dans son assiette. Il ne parlait pas, il ne mangeait pas. A la fin du repas, sa femme voulut que René déguste la seule part du gâteau de midi qui restait. Il le fit puis il dit au cordonnier :

- Suis-moi !

A quelques mètres de sa maison, sur le chemin du Buisson, le cordonnier se confia :

- J'ai peur… très peur… Je ne sais où sont…

René l'interrompit :

- Ne te pose pas toutes ces questions ! Donne-moi ton 6.35 et ne bouge pas ou tu es mort !…

Le cordonnier obtempéra.

- Maintenant, dit René, tu vas quitter la région. Je te donne quarante huit heures et, surtout, ne t'occupe de rien. Tu me le promets ?…

Le cordonnier ne répondit pas. Tête baissée, il fila. Il n'eut pas la même conduite exemplaire que la jeune fille de Domme. Il quitta bien la région mais il rejoignit la Milice en Savoie. Il fut arrêté en 1945, jugé, condamné aux travaux forcés…

Les Corréziens n'étaient toujours pas arrivés… Le « travail » était accompli !

- Et maintenant, dit René, je reviens chez moi ?…

- Pas le moins du monde ! rétorqua Camille. Tu restes ici. Le Parti a besoin de toi. Tu seras « Soleil » et, en Dordogne, soleil ne se couche jamais ! Oui, ne se couche jamais… Les Corréziens viendront. Je te les ferai rencontrer. Tu vas préparer les bataillons qui libéreront le Périgord… Tu rencontreras peut-être un certain colonel Berger… Tu devras te méfier. Ce sera le faux mais je te fais confiance, tu as l'habitude. Pour l'heure, je file à Toulouse… J'ai à faire là-bas. Je dois rencontrer une certaine Clara…

Effectivement Camille Baillot descendait à Toulouse. Après être passée voir Max Lévy, Jean Lurçat, elle voulait rencontrer Jean-Baptiste Doumeng, un jeune de la Haute-Garonne, un révolté lui aussi, un homme de la terre profondément enraciné sur les bords de sa Garonne… Un paysan ! Là-bas encore les paysans seraient à la pointe du combat pour la Libération de la France. En réalité, Camille avait rendez-vous avec Jean Cassou… Le grand résistant devait lui présenter Clara Malraux. Clara avait la double nationalité allemande et française. Elle était Juive. De plus, elle avait fait siennes les causes les plus révolutionnaires. En pleine guerre, à Toulouse, alors qu'elle risquait à chaque instant l'arrestation, André Malraux était venu lui demander le divorce après l'avoir répudiée :

- Je ne veux pas avoir un fils illégitime avec ma nouvelle conquête ! Tu comprends Clara ? J'en ai marre des causes perdues !…

Des mots ignobles et cruels qui vous percent le cœur. Non seulement l'auteur de « *La condition humaine* » reniait sa première femme mais aussi les idées qui avaient été celles de sa jeunesse. Il en avait marre des causes perdues, marre des Républicains espagnols, des anarchistes, des Communistes… Il en avait marre de la Résistance. Il lui préférait sans doute la collaboration, le double langage… Clara avait tout fait pour sortir André de sa prison du Cambodge en 1925. Lorsque pour

« vivre », il avait scié les statues des temples de la vallée d'Angkor. Il les avait fait empiler sur des chars tirés par des buffles et il voulait les revendre... L'archéologue était devenu voleur et c'est Clara, jamais inculpée dans cette affaire, qui avait réussi à ameuter les écrivains, les intellectuels du monde entier qui signèrent les pétitions pour obtenir la libération de ce « génie » qui se cachait derrière une femme... Et maintenant, celui qu'elle avait sauvé la « lâchait » en pleine guerre alors que les nazis arrivaient à Toulouse et pouvaient à chaque seconde s'emparer d'elle et de sa fille Florence... Triste bonhomme !

Camille voulait réconforter Clara. Lui dire la reconnaissance de l'Internationale et la remercier pour son engagement aux côtés des jeunes résistants où elle jouait le rôle d'interprète car elle maîtrisait parfaitement les deux langues : le français de Jean-Jacques Rousseau et des grands classiques ; l'allemand des philosophes qui voulaient changer le monde. Camille voulait la remercier, la féliciter, l'encourager et l'assurer qu'elle ne serait pas seule... C'était sa dernière mission avant le grand voyage qu'elle allait entreprendre à Moscou... Au début de l'été 43.

Chapitre IV

Le voyage à Moscou

Deux ans déjà s'étaient écoulés depuis que l'Allemagne hitlérienne s'était retournée contre l'Union soviétique ! Deux ans que la guerre faisait rage sur un front de près de mille kilomètres... Des divisions entières s'affrontaient en un combat titanesque. A Stalingrad la bête hitlérienne avait été frappée mais elle continuait à se battre avec l'énergie du désespoir. Certes, les hommes de la Wehrmacht n'étaient plus à l'heure de l'offensive. Maintenant, il s'agissait de se défendre, de retarder l'avancée des troupes soviétiques, de reculer le plus lentement possible...

Camille devait une fois de plus traverser le territoire allemand. Cela lui serait moins facile que lors de son dernier voyage. A cette époque, les troupes nazies étaient lancées à l'assaut de Moscou, de Leningrad et de Kiev. On ne se préoccupait guère d'un agent secret, d'une frêle jeune fille qui passerait par-là. Seulement voilà, nous n'étions plus à l'heure des conquérants ! Le IIIe Reich avait partout organisé la répression dans les territoires occupés. La terreur régnait. Les S.S. et leurs chiens se déchaînaient contre les patriotes et les civils. Il ne faisait pas bon traîner dans les gares !... Camille serait prise en charge par les cheminots allemands engagés dans la Résistance. Ils étaient encore peu nombreux mais ils étaient courageux et déterminés. Les patriotes qui refusaient la terreur nazie savaient qu'ils luttaient pour une Allemagne démocratique où régnerait un esprit nouveau, plus fraternel, plus solidaire... Eux aussi, engagés aux côtés des résistants de l'Europe entière, oeuvraient à leur manière sur le sol même de leur pays. Ils s'occuperaient de Camille. Entre leurs mains, l'agent secret de l'Internationale ne risquait rien. Ces hommes se seraient plutôt sacrifiés que de la livrer aux griffes de la terreur. C'est à la gare de l'Est qu'elle embarqua aux côtés du mécanicien et du chauffeur allemand. Camille maîtrisait parfaitement la langue de Goethe. Elle souriait avec ses « camarades » et racontait même des blagues. Il fallait bien donner un peu de baume au cœur à ces hommes qui allaient la conduire jusqu'au front de l'Est et offrir aux policiers indiscrets l'apparence tranquille d'une jeune femme insignifiante. Elle ne s'attarderait pas beaucoup sur les quais des gares. Tout avait été minutieusement préparé. Le voyage serait rapide. Il ne s'agissait pas d'une promenade touristique, le Reich était entièrement militarisé. Tous les Allemands en âge de se battre étaient mobilisés : les jeunes et les vieux aussi… La Wehrmacht avait dû rappeler d'anciens combattants de la Grande Guerre, des hommes aux cheveux blancs qui seraient envoyés en France. Ces « vieux » seraient en garnisons dans les villes et préserveraient, autant qu'il se pourrait, le calme. Camille les avait vus ces « vieux » soldats en traversant la Corrèze : à Tulle, à Ussel, à Brive aussi… Elle les avait encore croisés à Limoges, à Périgueux, à Niort et à Guéret… Ils avaient le regard triste et nostalgique de leurs demeures et des leurs… Ils n'étaient guère dangereux et ne s'écartaient pas de leurs cantonnements. Il ne faudrait pas compter sur eux pour engager des combats violents contre les forces de la Résistance. Enfin, à Ussel… ce serait une autre affaire !

Tous les jeunes d'Allemagne et d'Autriche étaient mobilisés : l'âge de la conscription avait été rabaissé de plus en plus jusqu'à enrôler les adolescents de quinze ans… Le système nazi avait développé, dès l'école, la prise en main de la jeunesse avec l'embrigadement des collégiens dans l'idéal fasciste. Ces jeunes n'avaient même pas eu le temps de grandir, d'apprendre et de réfléchir. On leur avait inculqué des idées racistes, anticommunistes, antilibérales… Ils devaient servir Hitler et la race aryenne. Ils devraient marcher au pas, faire le salut hitlérien… Ils seraient des tueurs ! Ils ouvriraient le feu spontanément, sans se poser la moindre question. Ils avaient quinze et seize ans : ils entreraient dans les divisions de la Wehrmacht et, souvent, dans les hordes des S.S. Ils vociféraient… Savaient-ils vraiment où ils allaient ? Camille s'interrogeait parfois en voyant ces groupes d'adolescents défiler sur les quais des gares au pas cadencé. Oui, elle comprenait tout le mal que le port de l'uniforme peut faire… Elle savait aussi que, demain, ces jeunes seraient des assassins ! Elle frissonnait… Elle éprouvait une grande tristesse mais aussi une profonde détermination.

Le train de Camille avait traversé des villes bombardées par la Royal Air Force. Elle avait aperçu vaguement des pans de murs, des toits en lambeaux, des usines démantelées... Elle était satisfaite : les chasseurs et les bombardiers britanniques faisaient du très bon travail ! On en était au tout début du démembrement économique de l'Allemagne ; ils frappaient la bête hitlérienne dans sa puissance de production industrielle... Camille songea qu'elle aurait à demander à la Royal Air Force de venir en Limousin détruire les usines qui travaillaient pour l'Allemagne. Déjà, à Boulogne-Billancourt, Renault avait été touché... Il faudrait continuer... Continuer... Longtemps encore ! L'Allemagne ne paraissait pas flancher bien au contraire. A Berlin, les rues grouillaient de monde. Bien sûr, il y avait bien davantage de femmes et de jeunes filles que de jeunes gens mais les magasins semblaient bien approvisionnés. La population berlinoise n'était pas affamée. Le pillage des pays occupés avait bien porté ses fruits. L'opulence régnait ici : la viande était abondante, la bière et même le champagne coulaient à flots ! Point de mendiants dans les rues et encore moins de bohémiens. Ces derniers avaient été raflés les premiers et, par les cheminées des crématoires, ils avaient rejoint le ciel. Point de manifestants sur les places, les patriotes allemands avaient, eux aussi, été raflés et ils avaient disparu... Pas tout à fait ! Il y avait encore en Allemagne, au cœur même de cette année 43, des groupes de résistants mais ils devaient ici se cacher encore bien davantage que dans les pays occupés.

A l'approche du front soviétique, le train ralentit considérablement. Les risques de déraillement étaient importants. Les patriotes ukrainiens avaient engagé derrière les lignes allemandes un énorme travail de sabotage. Là aussi, la dynamite parlait !… Il fallait à tout prix isoler la Wehrmacht de ses lignes arrières, empêcher le ravitaillement en armes et en munitions… Couper les voies ferrées, les routes, les canaux ! Retarder l'approvisionnement de l'intendance militaire… Les convois de voyageurs n'avaient aucune priorité. Le train de Camille restant ainsi mobilisé en rase campagne durant quarante huit heures sans aucune distribution d'eau ni d'aliments… Heureusement dans la cabine de la locomotive, derrière la porte où la croix gammée était peinte, Camille se régalait des provisions de ses amis cheminots… Elle goûta même à la bière… On pouvait s'attendre à ce que le train ne repartît point. La nuit, le spectacle était grandiose. Dans la plaine, le ciel s'illuminait comme en plein jour. Les orgues de Staline jouaient une musique fort agréable au cœur de Camille. Aussi loin que ses yeux pouvaient voir, la ligne du front soviétique brillait de mille feux. Sans un instant de répit les colonnes allemandes subissaient des attaques incessantes de l'artillerie soviétique. Des divisions de S.S. tentaient bien de répliquer mais la puissance de frappe venue de l'Est était redoutable. Les avions de la Luftwaffe ne pouvaient plus décoller. Dès qu'ils prenaient l'air, la D.C.A. de l'Armée Rouge les pulvérisait. Les divisions soviétiques attendaient derrière leur puissante artillerie. Quand le déluge du feu et de la mitraille cesserait, les fantassins de l'Armée Rouge passeraient à l'offensive et une nouvelle avancée de cinquante à soixante kilomètres s'opérerait aux dépens des Allemands. Bientôt la Roumanie, la Bulgarie, la Tchécoslovaquie seraient libérées du joug fasciste. Partout les patriotes de ces pays étaient à l'offensive... On sentait bien que la puissance allemande était malmenée mais on était loin encore de l'effondrement militaire.

Le train de Camille était toujours en rase campagne sur une voie de garage. Il fallait attendre... attendre que la voie soit libre à nouveau ! Les convois militaires avaient priorité sur les trains des civils. Camille eut le loisir de les voir passer nombreux, chargés de blessés que l'on convoyait vers l'arrière... Elle aperçut même des wagons entiers emplis de cercueils blancs... La guerre était cruelle. Des millions de morts tombaient chaque jour dans un affrontement tragique. Camille détourna son regard... Enfin la voie était libre... Quelques kilomètres encore ! Lorsque son train s'arrêta enfin, Camille descendit... Elle était seule. Il lui restait à se débrouiller par ses propres moyens pour traverser cette zone de combats particulièrement dangereux et rejoindre les lignes soviétiques. Là-bas, elle était attendue... elle serait en sécurité ! Elle serait conduite jusqu'à Moscou, au siège de l'Internationale. Durant plusieurs jours, des rapports allaient être présentés sur la situation mondiale. Camille était impatiente de les entendre et d'apprendre... Lors de ses allées et venues en France, elle s'était faite une idée sur la puissance ennemie mais elle ne pouvait tout de même pas savoir ce qui se tramait dans les pays étrangers. Elle était attentive…

* * *

Le 22 juin 43 au matin, dans la grande salle d'honneur du Palais des Congrès, Georges Dimitrov monta à la tribune. Le Président du Présidium de l'Internationale rendit d'abord hommage à toutes ces filles courageuses qui avaient réussi à braver les aléas du voyage et étaient toutes présentes à l'ouverture des travaux. Jusqu'à ce jour, l'Internationale n'avait à déplorer aucune défaillance. Les promotions 37 et 38 avaient été remarquables ; les agents secrets avaient fait du bon travail. Dimitrov les félicita, les encouragea à poursuivre, à la tête de leur organisation respective la création de groupes de résistance et l'amplification des actions contre l'Allemagne nazie. L'Union soviétique supportait seule la plus grande part du poids de la guerre. Après un moment de flottement, l'Armée Rouge qui avait dû reculer considérablement sur ses bases arrières, était repartie à l'offensive. Depuis février 43, les divisions soviétiques n'avaient jamais reculé. Elles poursuivaient les forces de l'ennemi qui avait envahi le territoire national. A la fin de l'été, elles auraient reconquis l'espace abandonné un instant. Au prix de sacrifices humains considérables, l'Armée Rouge avait contenu la furieuse offensive nazie et avait réussi un coup de maître à Stalingrad. Désormais, elle était engagée dans la bataille de la Libération. Seulement voilà la situation internationale était complexe. Georges Dimitrov donna la parole aux agents secrets qui exposèrent à leurs camarades les entrelacs d'une diplomatie hésitante.

On s'intéressa d'abord à la situation dans le Sud-Est asiatique. Chacun savait qu'après l'attaque surprise des Japonais à Pearl Harbor, les Etats-Unis avaient déclaré la guerre à l'Allemagne. Seulement voilà, auparavant, le Président Roosevelt s'était borné à déclarer qu'il était hostile à la politique du IIIe Reich et qu'il aiderait les puissances étrangères engagées dans la lutte contre Hitler. C'était à ce titre qu'il avait rencontré Winston Churchill et qu'il avait accordé à Moscou une aide industrielle et technologique... Ensuite il s'était contenté d'attendre... d'attendre Pearl Harbor ! Deux jours auparavant, ses envoyés spéciaux discutaient encore à Tokyo avec le gouvernement nippon. Roosevelt rêvait de s'entendre avec l'Empereur Hirohito pour se partager les ressources et les richesses de l'Asie du Sud-Est. Les Japonais avaient frappé sans avertir, Roosevelt fut contraint d'entrer en guerre ! Les pourparlers japonais et américains étaient bien mal venus ! Incroyable ! Cependant, c'était la réalité d'une situation internationale extrêmement difficile à appréhender.

Tout aussi difficile était à prendre en compte l'importance de la découverte faite aux Etats-Unis, à la fin décembre 42, dans le cadre d'un laboratoire de Chicago ! Des chercheurs américains avaient réussi à obtenir la fission en chaîne de l'atome… Personne ne pouvait encore savoir les conséquences de cette découverte ! « L'eau lourde » avait été au centre de tractations mondiales… Maintenant il serait sans doute possible de fabriquer la bombe atomique ! Les agents de l'Internationale prenaient conscience de cette découverte capitale mais ils savaient aussi que le gouvernement soviétique, malgré tous les efforts des savants russes, n'avait pas la capacité de posséder rapidement cette arme essentielle… La menace de la bombe nucléaire pesait sur l'équilibre du monde. Bien peu de résistants et encore moins la population ordinaire de la France ou des autres pays d'Europe avaient eu connaissance de cette information capitale. Le pays, qui pourrait le premier fabriquer cette bombe, serait certainement le maître de l'Humanité. Camille écouta attentivement les agents secrets qui rentraient d'Allemagne. Elles rapportèrent la volonté acerbe d'Hitler qui encourageait ses chercheurs pour fabriquer cette arme nouvelle et décisive ! Hitler, Himmler et tant d'autres S.S. avaient élaboré un plan concentrationnaire terrifiant : des camps de la mort, des chambres à gaz, des fours crématoires… Bien des déportés qui partaient de France ne savaient pas où ils allaient. Certes, ils pensaient avoir perdu la liberté, ils croyaient souffrir jusqu'à la mort mais la « solution finale » était inconnue de tous… La question de l'extermination de millions d'êtres humains jugés indésirables par les tenants du IIIe Reich était maintenant réglée ! Désormais les scientifiques nazis s'attelaient à une autre entreprise : fabriquer la bombe… De son bunker secret de Berlin, Hitler la désirait cette bombe et, si ses savants parvenaient avant les autres à la mettre au point, alors il n'hésiterait pas une seconde : il pulvériserait les orgues de Staline, Londres, Washington et le reste du monde ! Sur les ruines fumantes du désastre hitlérien, il bâtirait un ordre nouveau : celui de la nation aryenne ! Tel était le danger suprême ! La découverte américaine faisait frissonner mais elle donnait aussi aux filles de l'Internationale un espoir : les Etats-Unis étaient maintenant engagés aux côtés des Soviétiques, des Britanniques, des Canadiens et de tous les peuples en lutte pour leur liberté. Un espoir et un vœu aussi ! Puissent les Etats-Unis d'Amérique ne jamais se servir de cette bombe car les savants soviétiques expliquèrent à l'Internationale ce qui se passerait… une onde de choc… des milliers de morts… des immeubles de plusieurs étages qui s'effondreraient… La fusion de la pierre et de tous les objets métalliques, les mortelles radiations pour des décennies et des décennies… Puissent les Etats-Unis ne jamais se servir de la redoutable arme nucléaire ! Tel était le vœu le plus cher du Présidium de l'Internationale en cette journée du 23 juin 1943 à Moscou. Pour des raisons évidentes, ce vœu fut tenu secret comme d'ailleurs l'ensemble des délibérations des journées qui suivirent.

Ce 24 juin 43, les agents secrets de l'Internationale envoyés sur le territoire du Royaume-Uni présentaient leur rapport. La situation britannique était tout aussi complexe que les autres questions abordées jusqu'alors.

Winston Churchill et son gouvernement étaient engagés dans la bataille contre l'Allemagne avec une détermination de fer. Non seulement la Royal Air Force avait interdit l'espace aérien au-dessus de Londres aux avions nazis mais, désormais, la chasse anglaise s'enfonçait de plus en plus loin au-dessus de l'Europe. Le courage des aviateurs anglais était exemplaire. Maintenant, ils allaient assurer en France le parachutage d'armes, de nourriture, d'argent pour aider la résistance intérieure. Réfugié à Londres, le Général de Gaulle avait obtenu l'autorisation de s'adresser aux Français par la voie des ondes. De Gaulle avait créé sa propre structure de résistance intérieure : l'Armée Secrète qui se préparerait en vue du débarquement des Alliés... Cependant le général ne bénéficiait pas de toute la liberté qu'il aurait souhaitée. Après le débarquement américain en Afrique du Nord, on avait installé à sa place le Général Giraud et le gouvernement de Churchill lui avait interdit de se rendre à Alger. De Gaulle représentait la France libre mais il était « prisonnier » des Anglais ! Bien sûr, il ne pouvait le proclamer à Radio Londres. Tout de même, il ne se sentait pas chez lui et piaffait d'impatience de rentrer en France. Pour l'heure, il lui faudrait patienter pour créer son gouvernement provisoire de la République... Toujours en Angleterre, les forces canadiennes s'entraînaient régulièrement. A Dieppe, elles avaient échoué... Il faudrait attendre le bon moment mais les Etats-Unis d'Amérique n'étaient pas pressés et Churchill ne voulait rien entreprendre sans eux... Les agents secrets de l'Internationale devraient multiplier les infiltrations auprès des services de sa gracieuse Majesté pour tenter l'impossible. Staline souhaitait l'ouverture de ce deuxième front qui desserrerait l'étreinte nazie. Pour gagner la guerre, il fallait prendre l'Allemagne en tenailles. Le voulait-on vraiment ?

Les rapports des autres agents de l'Internationale laissaient perplexes. Des bruits persistants couraient dans les ambassades : la volonté américaine auraient été de laisser les armées fascistes et soviétiques s'épuiser les unes contres les autres. L'Allemagne hitlérienne serait vaincue ; bientôt il serait facile de l'achever mais, à l'Est, la Russie aurait perdu beaucoup de forces et il serait alors tout aussi facile d'y semer des foyers contre-révolutionnaires. Des projets Outre-Atlantique étaient menés pour organiser en Union Soviétique la zizanie entre les peuples de ce vaste territoire, exciter les appétits des Nationalistes et encourager les initiatives contre le pouvoir central de Moscou. Oui, la guerre totale que livrait l'Armée Rouge à celle d'Hitler pourrait avoir des conséquences positives pour les ambitions américaines.

Aux Etats-Unis toujours, les agents de l'Internationale avaient « entendu » de bien surprenants propos. Les services secrets américains se préoccupaient particulièrement de la situation politique qui serait celle de la France et de l'Italie après la fin des hostilités ; l'engagement de la classe ouvrière et de la paysannerie dans le combat antifasciste était totale. Forcément, les maquisards français et italiens voudraient tirer profit de cette longue lutte. Naturellement, ils exigeraient des postes dans les nouveaux gouvernements. Déjà, Fernand Grenier avait été envoyé par le P.C.F. auprès du Général de Gaulle… On devinait les prémices d'une implantation communiste à l'Ouest de l'Europe. Les agents secrets américains redoutaient particulièrement que, dans le combat de la résistance, les forces syndicales françaises et italiennes refondent leur unité. Il apparaissait inévitable que la Confédération Générale du Travail acquière une puissance redoutable. La C.G.T. et son homologue italienne engrangeraient les fruits d'une lutte totale contre le fascisme et l'occupant. Demain, après la Libération, les usines et les mines seraient certainement occupées… Des exigences nouvelles seraient posées par le Conseil National de la Résistance française. En France comme en Italie, le capitalisme était menacé par la lutte des patriotes et des résistants. Il fallait entreprendre quelque chose, empêcher Thorez et Togliatti d'arriver au pouvoir ! Quelque chose ? Dès la fin de l'été 43, les agents américains allaient imaginer une offensive antisyndicale. L'union faisait leur force : on créerait la division, la scission… Les grèves seraient brisées, les travailleurs écœurés et la misère pourrait continuer. Déjà, on pensait aux lendemains qui ne chanteraient point ! Déjà, la C.I.A. préparait l'implantation à Marseille de Force Ouvrière… Des millions de dollars ne manqueraient point. On achèterait les travailleurs, on ruinerait l'espérance folle d'une classe ouvrière unie imposant au capitalisme français et italien des avancées spectaculaires pour le progrès social… Déjà, on se préparait à voler aux travailleurs la victoire qu'ils auraient acquise au prix d'un engagement sans précédent dans l'Histoire du Monde… On irait même s'il le fallait jusqu'à s'entendre avec les forces les plus noires de l'occupant organisant ainsi la fuite des assassins et des bourreaux… via les couvents et les abbayes de l'Espagne de Franco… On accueillerait les serviteurs zélés du régime nazi pourvu qu'ils veuillent bien continuer à servir le capitalisme mondial et les trusts !…. On ne serait vraiment pas regardant… La bienveillance de la C.I.A. serait totale.

Et maintenant, c'était au tour des agents secrets qui opéraient en Allemagne. Leurs interventions furent éloquentes : l'Allemagne était pilonnée par les troupes de l'Armée Rouge et les attaques incessantes de l'aviation britannique mais il ne faudrait pas penser que le régime hitlérien allait s'effondrer en un instant. La lutte serait longue. Certes des coups portés par les troupes alliées de l'Union soviétique et de l'Angleterre étaient redoutables mais l'ensemble de la population allemande était mobilisé dans les divisions de la Wehrmacht. Hitler avait réussi à enrôler aussi un grand nombre de jeunes des pays occupés. Embrigadée la jeunesse française, polonaise, roumaine, croate se battait aux côtés des Allemands. Tous n'étaient pas des « Malgré-nous » ! Les Oustachis de la Yougoslavie assassinaient les patriotes serbes, les bandits du Monténégro combattaient les résistants de Tito… En Roumanie, en Albanie, en Grèce, des collaborateurs se transformaient souvent en tueurs… Ce n'était pas tout…

les trusts allemands avaient appelé à la rescousse les gouvernements de la Collaboration. Partout en Europe, le Service du Travail Obligatoire avait été généralisé et on avait maintenant oublié le principe frauduleux de la relève. Les classes 40, 41, 42 et 43 devaient partir travailler pour les capitalistes allemands... Travailler gratuitement ! Imaginons le bénéfice pour les marchands de canons, les fabricants de chars et toute cette industrie de l'armement... Imaginons aussi « quelle chance » pour cette industrie allemande qui ne manquait donc pas de main-d'œuvre. Pas étonnant qu'Hitler pouvait se prévaloir d'avoir le régime à la pointe du progrès ! Il était vrai que, dans l'Allemagne nazie, les paysans possédaient bien plus de tracteurs qu'en France et que les femmes d'Allemagne avaient presque toutes des machines à laver alors que chez nous on allait encore taper le linge à la pêcherie et on n'avait même pas de lessive pour blanchir et nettoyer nos vêtements ! La sueur, le sang, la peine immense de millions de travailleurs étrangers aidaient l'Allemagne à soutenir le poids de la guerre. Les agents de l'Internationale étaient formels : le IIIe Reich ne s'écroulerait point au cœur de cet été 43. Il y aurait encore à lutter des mois et des mois... Peut-être des années... Il fallait donc empêcher les jeunes de partir et couper ainsi les forces vives au capitalisme nazi. Organiser partout la résistance pour accueillir ces jeunes et d'abord, les encourager à rejoindre le Maquis ! Il fallait aussi organiser la lutte sur le sol même de l'Allemagne nazie. Avec émotion, Camille et les agents secrets de l'Internationale attendirent les rapports des camarades de Walter Ulbricht et d'Erich Honecker les deux dirigeants clandestins du parti communiste allemand. L'Allemagne avait été le berceau du Socialisme, la patrie de Karl Marx et de Friedrich Engels, celle aussi de Rosa Luxemburg et de Karl Liebknecht assassiné par les hitlériens ! Il fallait un certain courage pour continuer cette lutte mais elle était nécessaire. Miner de l'intérieur le régime, encourager la moindre manifestation d'hostilité à Hitler, s'introduire dans les divisions mêmes de l'armée, semer le trouble et la panique, avertir les patriotes des pays amis… Walter Ulbricht et Erich Honecker ne ménageaient pas leur peine, ils étaient confiants ! Un jour viendrait… l'Allemagne démocratique renaîtrait des cendres du fascisme. Oui, le peuple allemand était un bien trop grand peuple pour finir sous l'esclavage d'une bande organisée de fous furieux et aveugles. Hitler menait tout droit son pays à la catastrophe. Il fallait éclairer les masses, imprimer et distribuer des tracts et des journaux clandestins, empêcher la libre-circulation des convois militaires et surtout et très vite venir en aide aux millions d'hommes et de femmes déportés et assassinés… L'œuvre était immense. Sans l'Internationale rien n'eut été possible. Les peuples désarmés étaient des peuples perdus. L'idéal d'un avenir meilleur, d'un monde où l'exploitation des hommes aurait disparu, enflammait les militants révolutionnaires qui seraient de plus en plus nombreux. Décidément, l'espoir venait de l'Est ! Camille repartirait de Moscou le cœur empli d'espérance. Elle aussi, elle redoublerait d'efforts…

Ce fut au cours de son séjour moscovite que Camille rencontra Maurice Thorez. Vice-Président de l'Internationale, le Numéro Un du Parti français avait tenu à lui parler personnellement. D'abord, il voulait prendre des nouvelles de sa famille et de ses amis de la Creuse et il voulait, surtout, lui expliquer sa situation personnelle. Une situation bien complexe aussi… Camille écouta Maurice Thorez. C'était pour elle un réel plaisir d'entendre un homme si intelligent issu des couches mêmes du peuple de France qui avait acquis en un peu plus de quarante ans une stature internationale, une autorité d'homme d'Etat. Maurice Thorez expliqua à Camille :

- Ma chère Camille, j'ai plaisir à te rencontrer. Comme je voudrais être là-bas en France, mon pays ! Oui, j'ai dû répondre à l'invitation du Présidium de l'Internationale et venir ici à Moscou pour diriger l'élite mais j'aurais bien préféré rester avec Jacques Duclos, Benoît Frachon et tous mes amis. Je sais qu'un grand nombre d'entre eux nous ont déjà quittés et que je ne les reverrai point. Mon cœur est serré à l'idée de savoir que Pierre Sémard, Jean-Pierre Timbaud, Guy Môquet et tant d'autres camarades ont été assassinés par les nazis. Je sais aussi que Marie-Claude Vaillant-Couturier et Danielle

Casanova ont été arrêtées, internées dans les camps de la mort… Chaque jour, chaque nuit, je pense à ces camarades courageux et admirables qui ont, sur le sol même de notre patrie, continué le combat antifasciste. Des milliers de Communistes assassinés, fusillés… En lettres de sang, mes amis écrivent des pages déchirantes de notre Histoire. Oui, je voudrais être avec eux, avec ces cheminots qui sont à la pointe de la bataille du rail avec les bateliers du Rhône, les dockers de Marseille et du Havre et les mineurs, mes amis. Vois-tu Camille : c'est du mineur que dépend le sort du pays. Ce sont eux qui vont vous donner la dynamite et le plastique qui feront sauter les forteresses de la Collaboration. Je pense à eux et, aussi, à tous ces camarades des Brigades Internationales, les admirables combattants espagnols qui ont dû céder devant Barcelone et Madrid, prendre le chemin de l'exil en France et choisir le combat de la Liberté. Je suis fier de mon pays : les patriotes et les résistants sont les dignes héritiers de la Révolution française, de la Commune de Paris… Thiers et les Versaillais alliés aux Autrichiens et aux Prussiens massacrèrent les illustres Communards. Le sang coula… La déportation s'en suivit. Encore une fois, des Français avaient préféré s'allier aux puissances étrangères et livrer Paris aux ennemis… L'Histoire se répète, vois-tu Camille. Encore une fois, le peuple de France, la classe ouvrière, les paysans admirables vont ouvrir le chemin des lendemains meilleurs. Il est temps que je revienne avec toi, que je rentre en France… Je sais que bien peu sont d'accord avec moi. Il y a d'abord la direction de l'Internationale, elle souhaite me garder à Moscou. Cela encore, je peux le comprendre mais l'opposition de quelques camarades de notre Parti à mon retour n'est pas admissible. Pourquoi donc voudrait-on m'écarter et m'empêcher de prendre ma part à la lutte ? Camille ! Il te faudra convaincre…. Convaincre : c'est d'abord unir notre peuple et lui donner des armes ; convaincre, c'est écarter tous les sectarismes : ceux de droite comme ceux de gauche ! Je sais que les Trotskistes et les opportunistes ne veulent pas de moi en France. Je sais tout le mal qu'ils ont fait à la jeune révolution espagnole. Dolorès Ibárruri me l'a raconté… Les anarchistes pillaient et brûlaient des églises en Espagne. Pendant ce temps, l'armée franquiste s'emparait des villes. Les armes à la main, Santiago Carrillo luttait avec ses camarades mais il était bien seul !… Oui, je sais que mon retour en France aux côtés de Jacques Duclos ne serait guère apprécié de ces sectaires, de ces combattants de l'inutile ! Il n'y a pas qu'eux… Il y a encore à Londres, le Général de Gaulle… Oui, tu dois le savoir : De Gaulle n'aime pas les Communistes. Fernand Grenier me l'a confirmé. Certes il est malin : il veut se servir de nous pour assurer le plus gros du travail et, ensuite, ses hommes : ceux de l'Armée Secrète, s'empareront des villes libérées. Le sale boulot pour les Communistes et les honneurs pour les planqués ! Voilà la réalité de la lutte des mois à venir. Je sais encore que les services britanniques vont parachuter en France des officiers anglais pour encadrer les compagnies de l'Armée Secrète.

Des Anglais à la tête des combattants français... Pour quoi faire ? Pour écarter les meilleurs enfants de France ! Il faut partout que les organisations des Francs-Tireurs soient à la pointe du combat. A l'offensive, nos admirables combattants ! Ce sont eux qui prendront les villes ! Ce sont eux qui seront désignés comme Présidents des Comités de Libération ! Je sais encore davantage. Je sais par exemple qu'en Charente, les Anglais ont prévu, en accord avec De Gaulle, le parachutage d'un certain Likovsky pour s'emparer de la préfecture d'Angoulême quand Bernard et ses copains auront chassé les Boches... Il va falloir t'occuper de la Charente... De la Charente et de la Corrèze... et de la Creuse ! Surveille bien ce qui se passe autour du Mont-Gargan. Je sais qu'il y a là-bas un « hors-la loi » qui est quelque peu indiscipliné. La lutte exige une discipline de fer. Les combats seront âpres, difficiles et cruels ! Je sais que je puis compter sur toi Camille et je veux te dire que je ne l'oublierai pas... Oui, je veux te dire aujourd'hui en ce 25 juin 43, que si nous parvenons à libérer notre pays tu seras reconnue par le Parti. Ces dures années de lutte n'auront pas été vaines. Je veux te dire que je te proposerai pour siéger au Comité Central de notre Parti et que tu seras à mes côtés élue à l'Assemblée Nationale constituante.... Oui, j'ai décidé : je veux faire de toi un député !...

Camille avait écouté sans interrompre le Secrétaire Général de son Parti. La voix de Maurice Thorez était chaleureuse, douce et pleine d'espérance. Il avait encore quelque chose à déclarer :

- Je veux aussi te dire Camille... Cela est plus compliqué... Enfin... Je ne sais pas bien comment... Le combat que nous menons est extrêmement dangereux mais il est aussi fort contraignant. Nous n'avons pas droit à l'erreur ; aucun de nos agents ne doit douter et nous ne devons douter de personne. Sur le long chemin de la Liberté, il arrivera bien sûr que nous laissions des camarades... Tous n'auront pas été abattus par l'ennemi. Nous aurons aussi notre part de responsabilité. Parfois même, ce sera nous qui serons obligés d'agir contre eux. C'est terrifiant mais c'est ainsi. La liberté est à ce prix. Plus tard, nous pleurerons ces camarades morts, tombés au service de la patrie sous nos propres balles. Seulement voilà dans le feu de l'action nous ne savions pas... J'espère... Oui, j'espère qu'ils ne seront pas très nombreux... Je le voudrais tant.

***

Camille avait profité de l'opportunité qui lui était faite de rencontrer en tête-à-tête le dirigeant de son Parti pour oser lui poser une question personnelle. Elle pouvait bien le faire compte-tenu qu'elle avait rendu un service éminent à Jacques Duclos en prévenant sa maman au village de Louey...

Camille était particulièrement inquiète car, depuis leur dernière rencontre à Noël 41, elle n'avait aucune nouvelle de sa sœur Yvonne. Elle savait que celle-ci était comme elle un agent secret mais elle avait perdu sa trace. Jamais elle n'avait eu à croiser le chemin de sa sœur ! Tout de même… la France était bien un grand pays mais après tant de voyages Camille aurait dû… Où était donc passée Yvonne ? Maurice Thorez savait-il ? Il se contenta de sourire. Il déclara :

- Ne t'inquiète pas pour ta sœur ! Elle est à notre service dans la région parisienne. J'ai de bonnes nouvelles… Je suis seulement quelque peu inquiet car Yvonne n'aura pas eu le temps d'entrer à l'Ecole de l'Internationale… Comprends-tu ?…

Camille secoua la tête de droite à gauche. Elle ne comprenait rien. Sa sœur était au service du Parti en région parisienne. Jusque là tout était clair. Comme elle n'avait assuré que quelques liaisons avec cette région, elle ne risquait pas de la croiser mais que voulait dire Maurice Thorez en regrettant qu'Yvonne ne soit passée par Moscou ?…

Camille était perplexe.

* * *

A ce moment de l'histoire de Camille, il nous faut éclairer le lecteur sur un point que nous n'avons pas abordé mais qui apparaît comme une évidence. Camille Baillot était une belle jeune fille engagée dans l'action secrète de la Résistance. Seulement voilà, elle n'avait jusqu'à ce jour connu aucune aventure amoureuse. Bien sûr, elle avait rencontré des centaines et des centaines de jeunes gens engagés eux aussi dans le combat commun contre la barbarie nazie. Il eut été normal qu'elle soit prise d'élans sentimentaux pour l'un ou l'autre de ces combattants de la Liberté. Elle n'avait ressenti, au plus profond de son corps, aucun frémissement. Certes, elle n'était pas insensible aux sourires, aux mots gentils prononcés à son égard. Il lui suffisait de répondre poliment mais elle n'éprouvait aucune envie d'aller plus loin.

Lors des réunions de l'Internationale où elle retrouvait ses copines, les filles n'abordaient jamais les aventures sentimentales. Elles paraissaient toutes être de marbre, impénétrables ! Elles étaient des « demoiselles du terrorisme » comme on les désignait dans les milieux hostiles. Aucune d'entre elles ne s'était écartée du chemin ! Elles avaient toutes suivi la même ligne droite qui les menait à l'objectif final.

Camille savait pour les avoir rencontrés aussi qu'il n'en était pas de même des agents de liaison du maquis. Ces filles là n'étaient pas insensibles aux appels ou au charme de leurs approches masculines. Camille avait appris à se méfier de ces mésaventures qui faisaient parfois qu'un pli secret ne parvenait jamais à son destinataire. L'agent de liaison avait fait un détour ou s'était arrêté en chemin… Quelques minutes perdues… Une catastrophe… Jamais les « demoiselles de l'Internationale » n'avaient oublié leurs missions pour des ébats amoureux.

Camille s'interrogeait donc sur sa situation personnelle. Physiquement, psychologiquement, elle paraissait normale. Elle n'avait pas pris de poids, elle n'en avait point perdu… Elle avait grandi jusqu'à être d'une taille fort acceptable. Du haut de son mètre soixante trois, elle pouvait observer les gens et ses cinquante huit kilos de muscles répondaient à toutes les exigences des courses où elle avait été engagée. Elle avait une solide santé de paysanne de la montagne, elle ne connaissait pas le rhume ni les épidémies saisonnières. Elle ne craignait pas le froid, le vent, la pluie ou le soleil. Décidément, elle était imperturbable.

Lors de son séjour en 1937 et 38 à l'Ecole Centrale de l'Internationale, Camille comme toutes ses copines, avait passé la visite médicale à l'hôpital Lomonossov de Moscou. Lors d'une de ces visites, on l'avait gardée quelques jours pour un bilan plus approfondi… Elle avait dû subir une anesthésie générale sous prétexte d'examens médicaux complexes et douloureux… Lorsqu'elle s'était réveillée, elle avait éprouvé un sentiment de gêne qui n'avait pas duré. Elle était allongée sur un lit dans une chambre impeccable et une infirmière lui avait perfusé, au bras droit, un flacon empli d'un liquide légèrement coloré en jaune. Une musique douce détendait l'atmosphère et Camille en était demeurée à ce ressenti et n'y avait plus pensé.

En réalité, comme toutes ses copines agents secrets de l'Internationale, elle avait subi une intervention chirurgicale et avait été opérée par l'un des plus célèbres gynécologues de l'Union soviétique. Ce « grand patron » de la Faculté de Médecine et de Chirurgie était intervenu pour modifier le comportement sexuel de la jeune fille. Désormais, Camille serait une « demoiselle ». Elle n'éprouverait jamais le besoin d'être une maman ! A moins que… Le gynécologue ne lui avait rien dit : par une opération inverse il aurait pu délier le processus de la procréation. Plus tard… on verrait.

Voilà pourquoi Camille et ses copines étaient vouées à l'esprit exclusif de la « chasse » contre les ennemis de l'Union soviétique. Elles n'étaient pas condamnées à vie mais les « demoiselles » étaient des panthères rouges, des louves avides du sang des barbares… Avec cette « opération » elles ne risquaient plus rien, elles étaient imperturbables, impénétrables…

C'était peut-être ce que Maurice Thorez avait évoqué en regrettant qu'Yvonne n'ait pu être admise à l'école de Moscou. Yvonne… Fragile… Quand Camille pourrait-elle la revoir ?…

* * *

Dès son retour en France, Camille retrouva sa planque en Limousin et se préoccupa aussitôt de la situation nouvelle qui était intervenue durant son absence. Partout, au Centre de la France, les forces de répression amplifiaient la lutte contre les patriotes et les résistants. Des dizaines, des centaines d'arrestations s'opéraient chaque semaine dans l'ensemble des départements du Limousin et du Périgord. Le Quercy n'était pas épargné et l'Auvergne encore moins.

Ces opérations de la terreur avaient démarré dans le Bourbonnais : à Domérat, à Montluçon, à Saint-Victor, on arrêtait, on torturait, on fusillait... De là, les perquisitions s'étaient déplacées vers l'Ouest jusqu'à atteindre le département de la Charente et, bientôt, celui de la Dordogne. Le Lot, le Lot-et-Garonne et la Corrèze étaient devenus des territoires difficiles pour les maquisards qui devaient se cacher au plus profond des bois ou même se terrer dans les anciennes carrières... Les responsables du Front National de Libération de la France avaient été menacés au plus haut niveau. Ils avaient échappé de justesse à l'arrestation et certainement, à la mort ! La direction nationale de ce mouvement de lutte patriotique avait donc décidé leur mutation. A son retour à Limoges, Camille ne put rencontrer Alphonse Denis. L'agent en assurances de la compagnie l'Aigle était parti à Montpellier où il dirigeait désormais le Front National du Languedoc-Roussillon. Le « Patron » Max Lévy avait quitté Villeneuve-sur-Lot et les environs pour la région parisienne. Jean Lurçat avait été muté dans les Landes… En Corrèze, la direction des Francs-Tireurs avait été décapitée : le Colonel Murat avait échappé de justesse à une embuscade meurtrière tendue par les S.S. et la Wehrmacht. Sa secrétaire et son chauffeur, ainsi que le garde du corps avaient été tués. Roger Lescure n'avait dû son salut qu'au sacrifice de ses amis et protecteurs. Blessé, il avait réussi à échapper à ses poursuivants furieux de ne pouvoir l'achever. Alors qu'il préparait une grande évasion de prisonniers de la centrale d'Eysses, à Villeneuve-sur-Lot, « Soleil » était lui aussi tombé dans une véritable embuscade. Alors qu'il achetait des billets de train pour lui et ses camarades dans une petite gare, il avait failli être interpellé par deux inspecteurs de police… Seulement voilà, « Soleil » avait fait les O.S. : il avait dégainé des deux mains et abattu les deux pandores puis il n'avait pas attendu… Quelques jours auparavant, il avait fait de même avec deux Georgiens de la division Vlassov qui lui demandaient ses papiers… « Soleil » avait frôlé le danger. Il avait côtoyé les francs-gardes de Vichy, les miliciens et ne leur avait échappé que grâce à sa rapidité de tir et à la vitesse de ses jambes !

Partout Camille constata une augmentation significative de la pression ennemie. La Résistance allait-elle être décapitée ? La lecture des journaux de Vichy le laissait à penser. Des groupes importants de l'Armée Secrète avaient été massacrés en Dordogne, en Creuse et au Nord de la Haute-Vienne. L'organisation du Général de Gaulle était quelque peu imprudente : rassembler des jeunes en nombre important sans les protéger et les armer pouvait conduire à la catastrophe…

Camille avait décidé la création de Corps Francs pour mettre un terme à cette situation qui devenait intenable. Il faudrait repérer partout les dénonciateurs, les délateurs, les collaborateurs des nazis ! Il faudrait les sommer de cesser leurs activités criminelles ! il faudrait les menacer et il faudrait aussi en «éliminer» quelques-uns ! Quand une main invisible aurait supprimé ces dangereux assassins d'une idéologie nauséabonde tout irait mieux… La rumeur se répandrait… Le Maquis avait frappé ! Il avait placardé les affiches-Vérité où figuraient noir sur blanc les noms des individus indignes d'être Français et qui livraient à l'ennemi les patriotes ou les simples gens. Quand les maquisards « descendaient » en plein jour les agents du ravitaillement de Vichy, guidés et protégés par les paysans, applaudis à tout rompre par les populations enthousiastes : la cause de la Résistance était entendue. Il faudrait aussi stopper le marché noir, publier et placarder les arrêtés des Préfets des Maquis fixant le tarif des denrées essentielles… Il faudrait coller sur la porte des contrevenants les procès verbaux des chefs du maquis pour que cesse le commerce illicite… Il faudrait punir les coupables qui ravitaillaient les Allemands et dénonçaient les patriotes… A ce prix, il y aurait moins d'arrestations, moins de fusillés, moins de déportés… La Résistance sauverait des milliers de vies humaines. Camille se déplaçait tout au centre de la France, donnait ses instructions et les fils de la toile d'araignée qui emprisonneraient la bête hitlérienne seraient retissés.

* * *

En Haute-Vienne, on n'en était tout de même pas à circuler librement. La Wehrmacht occupait Limoges, Bellac, Rochechouart, Saint-Yrieix... Elle allait et venait sur les principaux axes routiers : les routes d'Eymoutiers, de Saint-Léonard, de Saint-Junien, d'Aixe étaient réputées dangereuses ! Camille devait prendre des précautions et redoubler de vigilance. Elle aurait aimé rencontrer « Raoul ». Pour l'heure, celui-ci n'avait pas eu le temps de la recevoir. Elle était donc partie vers le Nord et en avait profité pour faire un crochet chez elle. Aux Cailloux Blancs, on était au cœur de l'été. Cette année 43 avait été, comme la précédente, pourrie. Des pluies et des pluies, du vent et des orages avaient balayé le ciel du Limousin. Les foins n'avaient pu être levés à temps. L'herbe sèche avait jauni et pris cette couleur marron doré du fumier. Les vaches mangeraient difficilement l'hiver prochain. Camille trouva son père dans le pré d'en bas. A la faux, Louis suivait le contour de la pêcherie et remontait les lisières de la prairie. Il ne fallait rien laisser perdre : le moindre tas d'herbe était précieux. La guerre ne semblait pas avoir pénétré ce coin tranquille des monts d'Ambazac. Ici, le Boche ne s'aventurait guère sur ces petites routes sinueuses et poussiéreuses qui serpentaient à travers les taillis et les châtaigneraies. L'ennemi craignait les maquisards qui se cachaient dans cette immense forêt, véritable forteresse verte pour la Résistance ! A Saint-Pierre, on n'avait pas entendu le moindre bruit de moteur de l'armée d'Occupation. On avait seulement perçu le crépitement des mitrailleuses sur la grande route d'Ambazac et on savait que du côté de Saint-Sylvestre ou près de l'abbaye de Grammont des hommes jeunes et réfractaires au S.T.O. se cachaient… Ils attendaient des parachutages d'armes qu'ils enfouiraient dans la terre en vue du jour J de la Libération… On savait… On n'était tout de même pas sûr de leur nombre ni du lieu exact de leur retraite. Les langues ne se déliaient pas facilement en cet été 43 et on avait commencé à apprendre à se méfier des uns et des autres. Il y avait eu beaucoup d'arrestations d'innocents, beaucoup de déportations et l'on était sans nouvelles de ceux que la Gestapo et la Milice avaient arrachés à leurs familles. Reviendraient-ils un jour ?

Louis aurait bien aimé poser des questions à sa fille mais il savait qu'elles seraient sans réponse. Camille pouvait seulement rassurer les siens : les nouvelles qu'elle rapportait de Moscou étaient encourageantes ! L'Armée Rouge progressait chaque jour sur un front de mille kilomètres. L'ennemi hitlérien reculait… La peur au ventre, les soldats de la Wehrmacht se battaient encore. Ils allaient devenir extrêmement dangereux… Camille dit à son père d'être encore plus prudent qu'à l'ordinaire. Certes, jusqu'ici, les services du renseignement du Reich et ceux de Vichy n'avaient pu l'identifier : les hommes en gabardine ignoraient même son existence… Elle les côtoyait parfois dans les villes jusqu'à les frôler, jusqu'à déjeuner à leur table… Elle écoutait… Elle savait. Sa famille était à l'abri de représailles. Cependant, il y avait Yvonne… Où était donc passée la petite pensionnaire du château de Bon Abri ? Camille interrogea son père : avait-il revu sa cadette ? Louis ne répondit pas, il se contenta de secouer la tête. Camille en déduisit qu'Yvonne n'était pas revenue aux Cailloux Blancs depuis Noël 41. Où était donc passée la petite sœur ?

Malgré l'urgence de sa mission, Camille resta une journée aux Cailloux Blancs et profita de l'hospitalité des siens. Elle avait cette assurance naturelle des agents secrets. Elle semblait être une étudiante qui débarquait de la ville pour des grandes vacances à la campagne. Tout à l'heure, elle aurait pu aller par les chemins creux chercher les vaches qui l'attendaient à la barrière du pré et les ramener à la ferme à la tombée du jour. Elle aurait pu distribuer le grain aux volailles, ramasser les œufs des poules, donner des fanes de carottes aux lapins et enfin, ôter l'échelle du poulailler pour que le renard ne vienne pas la nuit prochaine se servir. Elle aurait pu aller jusqu'au puits tirer un grand seau d'eau claire et le rapporter jusqu'à la cuisine pour y enfoncer la « couade » et laisser couler le mince filet glacé sur ses mains jointes. Elle aurait pu décrocher la marmite de la crémaillère, ôter le couvercle en fonte noire et tremper la soupe à grands coups de louche puis recouvrir la soupière… Elle aurait pu encore laver les draps dans la grande pêcherie d'en bas, les essorer à l'ancienne, les tordre et les étendre sur les buissons d'aubépine... Elle aurait pu écouter le merle et le loriot, tressaillir un peu au souffle du vent et se laisser émouvoir... Elle profita de cette journée aux Cailloux Blancs et elle dormit même dans le grand lit qui avait été le sien... Seulement voilà, à côté d'elle, la place était vide... Où était donc passée Yvonne ?

Lorsque le père se leva au petit matin, Camille bondit en même temps pour partager avec lui un grand bol de café noir. Camille ne demanda pas comment sa mère avait fait pour se procurer ce précieux breuvage. Le Maréchal Pétain avait voulu remplacer le café par les glands grillés... Aux Cailloux Blancs, le vieux maréchal avait échoué ! Chez les Baillot, on avait toujours bu du vrai café. A quel prix ? Camille ne le sut jamais mais elle apprécia vraiment ce grand bol parfumé qui lui redonnait des forces et de l'allant. Il lui en faudrait car elle devait se rendre à bicyclette jusqu'à Pressignac en Charente. Plusieurs dizaines de kilomètres à parcourir... Des routes dangereuses à traverser... Camille avait l'enthousiasme de sa jeunesse et l'assurance de son savoir. Elle irait à Pressignac...

* * *

En cette fin de juillet 43, elle avait rendez-vous avec l'Etat-Major du secteur Ouest de la Haute-Vienne. Curieusement, il était stationné en Charente mais l'essentiel des effectifs de ces bataillons de Francs-Tireurs se trouvait dans la vaste forêt de Rochechouart ou à proximité, dans les bois du Roi près de Bellac. Ici, les maquisards étaient chez eux. Camille savait qu'ils avaient trouvé des armes abandonnées en grande quantité par l'armée française en déroute en juillet 40. Des armes, des camions, du matériel militaire de première importance ! Par la suite, des noyaux de maquisards qui s'étaient constitués dans cette forêt avaient pu s'armer encore davantage en attaquant les brigades locales de gendarmerie de Saint-Mathieu, de Saint-Laurent-sur-Gorre, Oradour-sur-Vayres et Nieul. Les F.T.P. n'avaient pas voulu s'en prendre aux gendarmes de Saint-Junien, Rochechouart et Chabanais mieux armés et situés dans des petites villes plus difficiles à encercler. On attendait maintenant des parachutages qui tomberaient à la lisière de la forêt. Il faudrait faire vite pour débarrasser les containers : on avait alerté les paysans amis qui viendraient avec leurs attelages de bœufs pour transporter ces armes indispensables à la Liberté.

Camille savait aussi que dans cette contrée agissaient des individus peu scrupuleux aux ordres de Vichy. Ils étaient protégés par leurs mandats électifs de Conseillers Généraux ou Maires… Ces tristes personnalités semaient la terreur au pays de Burgou. Hier, le bandit limousin volait les riches pour donner aux pauvres. Aujourd'hui, les collabos et les gestapistes assassinaient les honnêtes gens pour s'emparer de leurs maigres ressources et de leurs habitations. Camille avait rendez-vous avec Gustave le responsable politique du secteur. Elle allait lui transmettre des ordres précis et stricts de la direction du Parti. Benoît Frachon avait décidé d'envoyer au maquis de Pressac un ouvrier typographe du journal « *l'Humanité* ». Il serait le colonel Bernard ! Il n'était pas de la région : il ne pourrait y avoir de compromission avec l'ennemi. Le Colonel Bernard avait adhéré au Parti dès 1934 et il avait été l'un des plus brillants animateurs du syndicat C.G.T.U. de la Fédération du Livre. Il était un ouvrier… Il serait colonel ! Comme « Raoul », la Grande Guerre lui avait ravi son père. Comme le chef du Mont-Gargan, il avait été blessé en 1940 mais il n'avait pas réussi à échapper à la police de Vichy qui l'avait intercepté sur son lit d'hôpital. Il avait été déporté au Maroc comme tant d'autres militants de son Parti. Dès qu'il arriva en Afrique du Nord, Bernard n'eut qu'une idée en tête : échapper à ses bourreaux et rejoindre la France… C'est ce qu'il fit bientôt en traversant l'Algérie. Ce serait donc lui que Camille rencontrerait tout à l'heure au château de Brie sur la commune de la Chapelle-Montbrandeix. Bernard, Gustave et les autres ! Au pays des feuillardiers, à l'heure où les grands châtaigniers jettent leur ombre majestueuse sur les chemins creux, Camille allait parler de stratégie. Il fallait stopper l'hémorragie ! Il fallait frapper les tueurs… Il n'y aurait pas lieu de se soucier de trop d'indulgence : celles et ceux qui trahissaient la noble cause du peuple de France devaient rendre compte et les sanctions prononcées seraient exécutées immédiatement.

Le colonel Bernard écouta attentivement Camille. La situation de la Charente était complexe. Juste à proximité du Maquis de Chabanais, s'étendait celui de Bir'Hacheim. Le Colonel Chabanne, contrairement à la plupart des chefs de l'Armée Secrète, pressait l'ennemi de toutes parts : sur les routes, sur les voies ferrées, dans les villes… Ses compagnies de l'A.S. 18 sortaient chaque nuit et frappaient… Si l'on ne voulait pas que les jeunes recrues F.T.P. de Pressac rejoignent les unités de l'Armée Secrète, il fallait passer à l'action. Il fallait à leur tête un entraîneur d'hommes. Le colonel Bernard allait être celui qui montrerait le chemin. Comme Bonaparte jadis au pont d'Arcole, il serait en première ligne sur la brèche face à l'ennemi, exhortant de la voix ses jeunes maquisards, les entraînant au moment où ils allaient flancher… Bravant la mitraille et les éclats de mortier, le colonel Bernard allait se forger une auréole de gloire. Il allait aller de succès en succès contre un ennemi acculé dans les villes. Non seulement la forêt de Rochechouart serait interdite aux Boches mais son périmètre serait démultiplié. De Confolens à Saint-Mathieu, de Chabanais aux portes de Limoges, les compagnies du Maquis de Pressac allaient passer à la vitesse supérieure. Des centaines de jeunes allaient rejoindre ces unités combattantes qu'il faudrait former, entraîner, ravitailler, structurer… L'enfant des Côtes-du-Nord allait s'y employer avec la pugnacité d'un chef de guerre. Il devenait l'insaisissable colonel Bernard. On le croyait au château de Montbrun sur la commune de Dournazac : il était au pont du Vincou sur la route de

Poitiers attaquant les colonnes allemandes. On le croyait acculé à la défensive après le terrible drame d'Oradour ; il accourait au secours de la population d'Oradour-sur-Vayres, interceptait le train blindé allemand et se préparait à livrer la plus grande bataille qu'une troupe de maquisards ait eu à engager : celle de Chabanais, le 1er août 44. Non seulement, il entamait le combat contre les Boches qui voulaient brûler Chabanais mais il les obligeait à repasser le pont de pierre et à se ranger sur la rive gauche de la Vienne… Ce serait encore lui qui barrerait la route de Périgueux aux soldats de la Wehrmacht refoulés dans Limoges assiégée. Enfin, il libérerait Angoulême…

Camille ne s'y était pas trompée. Elle plaçait à la tête des compagnies de Francs-Tireurs de la Charente limousine, l'homme de la situation : le chef audacieux et prestigieux qui libérerait Saint-Junien dès le 14 juillet 44. Saint-Junien, première ville du Limousin enfin libre… La cité du gant de peau et du cuir avait bien mérité cet honneur. Dès 1920, son conseil municipal avait donné son adhésion à la IIIe Internationale… Camille avait tenu parole. L'ordre de Maurice Thorez serait exécuté.

Plus tard, bien plus tard, on s'apitoierait sur le sort de quelques renégats et traîtres dont on aurait retrouvé les corps dans le creux d'un fossé ou dans un château… Aurait-on oublié leurs victimes innocentes, les enfants et les femmes, les hommes et les vieillards embarqués par les soudards et les S.S. et qui n'étaient jamais revenus des camps de la mort ? Mademoiselle de Rouffignac méritait-elle autre chose après avoir trahi la France et craché sur le drapeau du maquis ? Les larmes et du sang… Seulement voilà, l'occupant était hitlérien !

* * *

Camille était partie du château de Brie au tout début d'août 43. Il lui fallait traverser le Sud de la Haute-Vienne pour rejoindre le Lot. Le secteur de Saint-Yrieix malgré sa configuration de collines boisées et de vallées profondes n'avait été jusqu'ici guère propice à l'éclosion des maquis. Les carrières de kaolin auraient pu abriter des compagnies entières de Francs-Tireurs mais, ici, le Parti était faiblement implanté. Ceux qui voulaient se cacher et rejoindre les forces combattantes de la Résistance étaient aux abois. Certes, près de Saint-Cyr-les-Champagnes, au Sud de Saint-Yrieix, des jeunes étaient regroupés dans le fond d'une vallée près d'un moulin. Ceux du Pont Lasveyras… Une centaine d'hommes sans armes… Abandonnés ? Pas vraiment ! Cependant l'organisation manquait ici de prudence. Camille aurait aimé parler aux responsables… Où étaient-ils ? Elle l'ignorait. Sur le chemin elle s'arrêta au Moulin Authier sur la commune de Coussac-Bonneval. Elle connaissait le meunier. C'était un homme sûr. Il était de ces rares militants qui avaient émergé dans ces vallées quelque peu abandonnées. Il rayonnait sur toute la contrée. Les paysans lui apportaient le grain la nuit et son moulin chantait… On repartait du Moulin Authier avec de la bonne farine blanche qui servirait à pétrir la pâte du pain dans les maies rustiques des métairies voisines. Camille voulait parler au père Lucien. Elle put le faire sans détour. Le vieux meunier lui expliqua :

- Tu vois Camille, les gens d'ici sont très pauvres et la population est clairsemée. Il est très difficile d'organiser la lutte autrement que ce que nous faisons nous-mêmes. Dérober du blé aux Allemands, le moudre et nourrir les siens ! Nous n'avons pas d'armes. Personne ne veut nous en donner ! On a peur d'armer les meilleurs fils de notre peuple. Ah ! Si nous avions des fusils, des cartouches, des explosifs… Seulement voilà, les parachutages sont réservés aux maquis de l'A.S. Les F.T.P. n'ont rien ! Si nous voulons nous procurer des armes, il faudra les voler…

- Je sais, répondit Camille. « Soleil » me l'a expliqué. En Dordogne c'est comme chez vous. Les parachutages du S.O.E. sont réservés à ceux qui ne combattent pas et qui attendent… Ils enfouissent les armes dans la terre… Elles rouillent… Les ressorts des mitraillettes casseront… Inutilisables ! Tu as raison Lucien : il faudrait les voler…

- Mais comment ? Nos amis ne se laisseront pas déposséder de leur butin comme cela ! Il va y avoir des bagarres… L'ennemi n'attend que cela… La division !…

- C'est vrai, dit Camille. La division des forces de la Résistance est un frein à l'action. Il faut à tout prix l'éviter. Pour cela, il faut ruser. Je vais t'expliquer…

Et Camille expliqua au vieux meunier de Coussac-Bonneval comment il faudrait s'y prendre pour s'emparer des armes parachutées par les courageux aviateurs britanniques. Lorsqu'une telle arrivée était programmée, il suffirait d'être un petit groupe de maquisards décidés pour mener l'opération. On laisserait ceux de l'A.S. réceptionner les containers. On les laisserait charger le précieux butin dans les camions… Ce ne serait qu'en tout dernier lieu que le commando sortirait du bois. Il suffirait d'être revêtu d'uniformes allemands… Il leur suffirait de vociférer et de tirer en l'air… Les petits gars de l'A.S. s'enfuiraient croyant à l'arrivée des Boches. On prendrait alors les volants et on démarrerait… On cacherait les armes et on abandonnerait les camions sur quelques places ou au milieu de la forêt… Ainsi, les Francs-Tireurs s'armeraient !

* * *

Enfin Camille rejoignit le Lot. Elle connaissait déjà le chef des maquisards de ce département : un certain Jean-Jacques Chapou… Elle avait suivi l'évolution progressiste de ce professeur, elle savait qu'il était maintenant prêt à prendre une part décisive dans la lutte héroïque des F.T.P. Elle allait le convaincre de rejoindre le

Maquis du Bois Noir près de Cahors. Là, l'attendaient une vingtaine d'hommes. Ils seraient les premiers maquisards du Lot et prendraient le nom de Maquis République. Dans cette région du château de Loubéjac, ils pourraient se cacher, s'entraîner et mener les premières actions audacieuses sur la voie ferrée Paris-Toulouse et la Nationale 20. Bientôt de nouveaux arrivants se joindraient à eux et constitueraient le détachement Jean-Bart : des déserteurs de la Marine retranchés à Cahors et hostiles au gouvernement de Pierre Laval. Ils seraient imités par d'autres… Peu à peu, le Lot allait devenir une terre de résistance. Sur le Causse, dans les gorges de la Tronquière près de Sousceyrac, des dizaines d'hommes se rassembleraient et engageraient le combat contre les brigades de gendarmerie et les G.M.R. Ils seraient imités par tous ces jeunes qui cherchaient à échapper au S.T.O. et au départ en Allemagne. A la fin de 43, près de trois cents hommes seraient sous les ordres du capitaine Philippe. Ce seraient eux qui attaqueraient l'usine Ratier de Figeac. Dans cette fabrique, on produisait des hélices d'avions pour l'Allemagne. Il était urgent de stopper cette fabrication. Le capitaine Philippe et ses hommes encercleraient l'usine, poseraient les bombes, les cordons et les détonateurs et feraient péter les machines. Ce serait un succès total. L'effet de surprise aura grandement aidé les jeunes maquisards ; les boîtes à musique auront fait le reste. Désormais, l'usine Ratier ne produira plus. Les détachements du Lot vont infliger aux G.M.R. de Souillac une véritable correction. Le jour du marché de cette importante localité quercynoise, ils cernent la ville et téléphonent au groupement de Gardes Mobiles. Ceux-ci accourent. Ils sont copieusement « arrosés » puis les Francs-Tireurs se débandent, se dispersent dans la nature. Désormais les forces de l'ordre de Vichy se méfieront !

Camille expliquera au capitaine Philippe le rôle majeur que peuvent jouer les Légaux dans le combat contre l'occupant. Des hommes et des femmes qui restent à leur place de travail et sur leurs lieux d'habitations peuvent renseigner les gars du maquis, les accompagner, les guider… Ils seront des acteurs décisifs du combat surtout sur la voie ferrée Paris-Toulouse. Le feu d'artifice de la bataille du Rail en Quercy sera tiré le 7 mars 44 près de Siorac. Là, avec l'aide des cheminots ; les compagnies de Philippe stopperont un train de marchandises. Ils feront descendre le mécanicien et le chauffeur puis ils remettront la machine en route et la lanceront à toute vitesse sous un tunnel où, grâce aux aiguilleurs, elle déraillera dans un enchevêtrement de wagons et de ferraille… Mieux encore ! Un autre train percutera le convoi en rade et ajoutera à la confusion générale. Il faudra des semaines pour déblayer le tunnel. Pendant ce temps les trains ne circuleront plus en direction de Paris et de l'Allemagne.

Camille avait prévenu Philippe :

- J'aurai besoin de toi ! Je veux te confier le commandement de l'Inter B en Corrèze. Prépare-toi pour la fin mai…

- Je préférerais rester à la tête de mes gars du Lot, répondit Philippe. Ici, je connais le terrain…

- Prépare-toi ! ordonna Camille. Georges te remplacera. J'ai besoin de toi en Corrèze. Bientôt tu seras le Commandant Kléber… Bientôt l'ordre de s'emparer des villes viendra. Il faudra des chefs comme toi. Des chefs qui obéissent…

- Je comprends, répondit le Capitaine Philippe.

Camille avait parlé au commandant Kléber de nouvelles responsabilités, de fonctions importantes dans un autre département… Il avait compris mais tous les chefs de maquis n'étaient pas aussi disposés à obéir. La sécurité nécessitait ces va-et-vient pour éviter que l'organisation ne tombe entre les mains de l'ennemi. Il n'était pas possible de faire autrement. Camille s'inquiétait de la situation dans la région de Saint-Léonard, Eymoutiers. Là-bas, Raoul menait le combat à sa façon avec l'audace d'un résistant engagé contre l'occupant mais certaines de ses décisions dérangeaient l'appareil du Parti. « L'Indiscipliné », l'insaisissable « homme des bois » posait problème. Camille le savait… Elle savait aussi combien l'audace de l'instituteur de Saint-Gilles avait payé jusqu'alors : les usines Wattelez qui produisaient le caoutchouc pour les pneumatiques allemands avaient été pulvérisées à l'heure où l'aube blanchissait les hauteurs de Saint-Just-le-Martel. Le viaduc de Bussy avait sauté. Maintenant c'était le tour du câble qui reliait le grand quartier général du Reich à la Kriegsmarine de Bordeaux qui avait été coupé au lieu-dit La Veytizou… Les précieuses communications téléphoniques ne passaient plus, la panique s'installait dans les divisions allemandes. Camille savait tout cela. Elle doutait cependant. « Raoul » avait voulu interrompre les battages de cet été 43. Les détachements de ses Francs-Tireurs s'étaient éparpillés dans la campagne limousine et dans la nuit, ils avaient posé des bombes sous les batteuses. Un craquement sec ! Une déflagration… Les grosses machines à grain étaient rendues inutilisables. Le blé ne partirait pas en Allemagne. Seulement voilà, il y avait eu des passe-droits ! Si la batteuse de Nicolas à Saint-Paul avait sauté, celle de Chabrely à Leycuras avait pu poursuivre sa tournée normalement. Après le moulin de la Briderie, elle était même venue jusqu'à Veyriaux pour battre le grain de la métairie de Monsieur Soulignac le Maire de Saint-Paul. A cinquante mètres de là, de l'autre côté du ruisseau, les paysans de Leycurauriaux avaient dû battre au fléau. Ce n'était pas le même travail ! Certains mangeaient du pain blanc, d'autres se contentaient du noir… Heureusement la solidarité paysanne jouait. Tout de même, il y avait bien eu deux poids, deux mesures ! C'était le maquis de « Raoul » qui donnait le pain blanc mais c'était aussi lui qui faisait la pluie et le beau temps… Camille aurait aimé en parler avec le chef du Mont-Gargan en sa résidence de La Villa. Malgré ses demandes répétées de rendez-vous, elle avait été évincée… L'action entreprise contre les batteuses était pour le moins controversée mais il n'y avait pas que cela. Ceux des villes venaient à la campagne se ravitailler grâce au petit train électrique des C.D.H.V. Un temps « Raoul » avait fait sauter la centrale de Bussy : le courant avait manqué… Plus de tramways ! Le ravitaillement ne se déroulait pas toujours dans la régularité. Il avait fallu « organiser » des abattoirs clandestins. Au fond d'une grange, dans l'obscurité de l'étable, des paysans s'improvisaient en bouchers. On tranchait les gorges des agneaux, on assommait les veaux et les cochons… On dépeçait… On éventrait et on découpait… On vendait aussi ! Et les prix ? Mystère. Personne n'osait parler. Ceux qui avaient faim payaient le prix fort et l'or s'empilait au fond des saloirs. Certains s'enrichissaient sur la misère des autres. Les abattoirs clandestins avaient été encouragés par le maquis qui n'exerçait aucun contrôle. Le marché noir se développait… Il fallait mettre un point d'arrêt à ce commerce illicite qui se déroulait bien sûr à la barbe des Allemands et de l'Etat français. Il fallait taxer les denrées de première nécessité. Il fallait punir ceux qui n'obtempéraient point sinon la Résistance serait discréditée. Camille aurait tant aimé en parler avec « Raoul ». Le « Grand » ne répondait pas… Déjà un certain Lerouge était arrivé près de Saint-Léonard. Il avait demandé à entrer dans un détachement pour se reposer. En réalité, il voulait infiltrer une compagnie de Francs-Tireurs pour se débarrasser du Chef. Des règlements de comptes… Jalousie ? Faux fuyants ? En cet automne 43, les rangs de la Résistance grossissaient et prenaient de la force… Les vers s'étaient-ils glissés dans les cerises ? Lerouge irait-il au bout de son entreprise ? L'Allemand ou le collaborateur prendrait-il les devants ?

* * *

L'Allemand ? Le collaborateur ? Les gendarmes peut-être…

En septembre 43, les brigades de gendarmerie n'étaient pas toutes acquises à la Résistance. Il était vrai que dans chacune d'entre elles, agissaient des gendarmes patriotes qui renseignaient les maquisards et sauvaient bien des vies mais il y avait encore une majorité de pandores engagés dans « la chasse aux terroristes ». Il faut dire que le gouvernement de Vichy avait encouragé cette « chasse » par l'octroi de primes substantielles ! Le maximum était accordé à ceux qui ramenaient vivants les « hors-la-loi » ! Des millions de francs… C'était vraiment alléchant et les brigadiers se frottaient les mains dès qu'ils étaient prévenus par quelques dénonciateurs d'une sortie des tractions du Maquis. Les maquisards ne pouvaient se contenter de se calfeutrer au fond des bois : il leur fallait voyager pour renouer les liens avec leurs amis, pour se ravitailler, pour punir ceux qui ne respectaient pas les arrêtés du Préfet du Maquis. Quant aux Préfets de Vichy, ils n'avaient trouvé rien de mieux à faire que de décréter le couvre-feu de neuf heures du soir à six heures du matin sur l'ensemble du territoire. Pas une voiture ne devait circuler ! Forcément le moindre bruit de moteur alertait les gendarmes. Au maquis de « Raoul » comme partout en France, on passait outre les arrêtés de Vichy. Le chef, ses lieutenants et ses hommes sortaient régulièrement chaque nuit. A bicyclette, à moto, en voiture... Maintenant les hommes étaient mieux armés depuis les derniers parachutages. Des mitraillettes Sten, des pistolets, des mousquetons, des grenades... Il avait fallu prendre des précautions avec ces armes nouvelles pour des recrues qui n'avaient jamais fait leur classe. Il y avait eu quelques accidents... Cela avait suffi. Les chirurgiens du Maquis avaient réussi à extraire des balles mais...

Les brigadiers de Saint-Germain, d'Eymoutiers, de Châteauneuf, de Bujaleuf... étaient hostiles aux maquisards. Ils avaient bien été avertis par quelques rafales de mitraillettes tirées sur les façades des brigades mais cela ne les avait pas convaincus. Quand l'adjudant Lorenker aurait reçu le prix de sa pugnacité à s'emparer du chef « terroriste », ses « amis » resteront au lit avec leur famille bien au chaud. Pour l'heure, il n'en était rien. Cette nuit de septembre, « Raoul » et ses hommes avaient décidé d'un raid vers la vallée de la Maulde. A la tombée du jour, les deux tractions, bien entretenues par Paul le mécano, avaient été poussées sur le chemin creux jusqu'à la route et les chauffeurs avaient actionné les démarreurs. En traversant la campagne limousine, il n'y avait rien à craindre. Les paysans étaient entièrement acquis à la cause du maquis. Mais dans les bourgs, il y avait bien quelques miliciens... Justement, les voitures de la Résistance avaient été repérées et l'adjudant Desmarais avait fait lever ses hommes Barthez et Besse. On irait là-bas sur la Nationale de Limoges à Ussel tendre une embuscade aux voitures du Maquis... A la Croix Lattée, chez Gagaille le forgeron, les gendarmes attendraient... Lorsque le chef du Maquis et ses hommes rentreraient de leur longue course sur la vallée de la Maulde, il suffirait de les stopper. On ferait les sommations d'usage et si les résistants se montraient récalcitrants on tirerait à bout portant... Mort ou vif, le jeu valait bien la chandelle !

Au milieu de la nuit noire, des phares percèrent l'obscurité du village de La Pierre. Pas de doute ! Les tractions grimpaient la côte de la Veyrine. Bientôt elles seraient sur le plateau... Elles déboucheraient au croisement de La Croix Lattée... Jeux de lumières ! Les maquisards comprirent : ils étaient attendus... Allaient-ils forcer le barrage ? Après tout, on pouvait bien tenter la discussion. « Raoul » décida de s'annoncer :

- Résistance française ! lança-t-il à pleins poumons aux gendarmes.

Aucune réponse. La voiture s'engagea dans le carrefour, accélérateur au plancher. Le chauffeur connaissait parfaitement l'intersection. A l'instant où il prit la direction de la bascule, les gendarmes tirèrent... des rafales de mousquetons ! Les voitures firent une embardée... Elles ne quittèrent pas la chaussée. Les moteurs furent éteints. Point mort. Les deux tractions continuèrent à glisser vers le bourg de Neuvic. Les résistants s'arrêtèrent au bas de la descente. Tout le monde était là. Personne n'était touché. Il fallait descendre, faire une inspection à la torche. Le chef vit l'impact des balles. Il frissonna. Il était passé près… Une durit du moteur était percée…

- Nous allons remonter à la Croix Lattée, déclara Raoul. Nous allons nous expliquer avec les pandores. Nous allons leur donner une leçon !…

Les lieutenants Pierre et Tino approuvèrent du regard : ils avaient l'habitude de la bagarre. Ils allaient « se payer » les gendarmes de Châteauneuf. A pas de loup, les huit hommes remontèrent en suivant le fossé. Bientôt, ils arrivèrent dans une cour derrière une petite maison. De là, ils pouvaient apercevoir l'atelier du forgeron. Derrière les carreaux, ils distinguèrent nettement des ombres qui s'agitaient.

- Feu à volonté, ordonna le chef.

Les mitraillettes crépitèrent. Les vitres de la forge volèrent en éclats. Il y eut bien un coup de mousqueton à réplique mais bientôt plus aucun bruit… Seul le vieux forgeron se mit à crier :

- Arrêtez Patriotes ! Ils se rendent… Ils sont blessés… Ils perdent leur sang… Ils vont mourir ! Arrêtez…

- Filons ! Ordonna « Raoul ». Ils ont leur compte… Ils apprendront ainsi qu'on ne saurait tirer sur le chef du Maquis sans réplique. La prochaine fois, ils se tiendront tranquilles… Filons ! Ils vont sûrement appeler du secours… Il ne fera pas bon ici au lever du jour…

Les huit maquisards se débandèrent, retrouvèrent leurs véhicules, réparèrent tant bien que mal et reprirent la route de Sussac. « Raoul » avait raison : au petit matin, le carrefour de la Croix Lattée était investi par les G.M.R. de Limoges. Les miliciens et la Gestapo se répandaient dans les maisons voisines… On craignait les représailles. Il n'y en eut pas. Ce serait pour plus tard…

« Raoul » avait échappé à une mort certaine à l'embuscade de La Croix Lattée. Comme pour le Colonel Murat et tant d'autres chefs illustres de la résistance, la chance avait été avec lui. Une autre chance allait lui sourire : Lerouge qui avait été envoyé pour le « descendre » allait renoncer…

En apprenant la nouvelle, Camille avait souri. Elle était heureuse. Finalement, on allait commettre une bêtise. On l'aurait regrettée. « Raoul » allait-il se ranger et obéir aux ordres de la direction ? La lutte s'amplifiait partout. En serait-il de même là où la Résistance avait pris son essor ? Camille le souhaitait vraiment : le secteur d'Eymoutiers avait été une pépinière de militants dévoués et à l'avant-garde de la classe ouvrière. Ce peuple de paysans avait tenu toutes ses promesses : celles des Croquants du XVIIe siècle, des aventuriers et des réfractaires à la conscription napoléonienne. Maintenant tout dépendait de ce noyau central mais, pour l'heure, Camille avait rendez-vous avec les chefs des maquis de Corrèze.

* * *

Elle avait pris le train de Paris en gare de Cahors. Ici, tout était calme. Il en fut de même à son arrivée en gare de Brive-la-Gaillarde. L'été s'achevait mais dans le bas pays, il dure un peu plus qu'à l'ordinaire. Les arbres n'avaient point pris leurs couleurs automnales. Le souffle de l'air était doux, presque chaud. Camille ôta son gilet de laine et sauta sur le quai en chemisier. Elle avait pour tout bagage un petit sac à main et, n'ayant pas eu le temps d'aller chez la coiffeuse, elle avait noué ses cheveux avec un joli ruban blanc. La jeune femme marcha d'un pas décidé vers la sortie. A cette heure de l'après-midi, la gare était presque déserte. A l'extrémité du quai, un cheminot poussait un chariot de sacs postaux ; le chef de gare agitait son drapeau et siffla. Le train de Paris démarra dans un nuage de vapeur. Tout était calme. Trop calme. Camille avait bien ressenti cet étrange malaise qui l'envahissait. Habituée aux pires circonstances, l'agent secret de l'Internationale se tenait sur ses gardes. Pas suffisamment. A l'instant où elle allait franchir la porte de sortie, deux individus en civil l'encadrèrent :

- Mademoiselle ! dit l'un des messieurs. Vos papiers ?...

- Les voici ! répondit Camille sans hésitation. Tenez…

Le policier fit semblant de regarder la carte d'identité et les divers documents que lui avait tendus Camille puis il déclara :

- Suivez-nous ! Nous devons procéder à des vérifications… Oui, des vérifications ! Montez dans cette voiture.

Camille n'avait pas bronché, elle n'avait pas pâli, elle ne frissonnait pas. Elle avait l'assurance d'une simple jeune femme, elle était en règle. Elle pensait qu'au poste de police on la relâcherait bien vite. Elle se trompait…

Sans qu'elle ait pu s'en rendre compte, elle avait été prise en filature tout au long de son parcours dans le Lot. Les policiers en civil avaient noté scrupuleusement ses rendez-vous et savaient maintenant qu'elle était en liaison avec les « terroristes ». Bien sûr, sur elle, aucun indice ne permettrait de prouver quoi que ce soit mais elle avait été suivie… Camille savait que la police secrète de Vichy et les services de la Gestapo redoublaient de vigilance et d'ardeur afin de capturer le plus grand nombre de résistants. Elle savait qu'elle pourrait aussi apporter des preuves irréfutables sur son identité véritable mais elle se méfiait aussi de la mauvaise foi des policiers et des gestapistes. S'ils avaient la certitude de son identité réelle, ils ne la relâcheraient pas, il lui resterait alors l'ampoule de cyanure…

Dans le court laps de temps qui s'écoula entre sa capture en gare de Brive et son arrivée au siège de la Gestapo, Camille repassa les images de son enfance et de sa jeunesse au cœur des Monts d'Ambazac. Elle se revit sur le chemin des écoliers à cette même époque de l'année. Elle tenait Yvonne par la main et les deux petites allaient joyeusement le long des haies de noisetiers vers l'école des Bordes. Elles étaient heureuses, insouciantes… De temps en temps, elles ramassaient quelques noisettes, des châtaignes, les dernières mûres… Et voilà que la maîtresse tapait dans ses mains : la récréation était finie. Sur le tableau noir était inscrit l'énoncé des problèmes. Camille adorait résoudre des problèmes… C'était son exercice favori et sa vive intelligence n'avait pas de limites. Jamais elle n'avait été en échec ! Le robinet qui fuyait… Les trains qui se croisaient… Le volume de la sphère… Les pourcentages et les échelles…

Camille rêvait mais le voyage avait été bref.

- Descendez Mademoiselle, dit le policier. Vous êtes en état d'arrestation !…

- Moi ? Vous m'arrêtez ? Mais vous n'avez pas le droit… J'ai des papiers… Ils sont en règle. Vous devez me relâcher.

- Non ! rétorqua le policier. Certes, vos papiers paraissent être en règle mais nous savons…

- Et vous savez quoi ? interrogea d'un air décidé Camille. Par exemple ! Vous dites savoir…

- Mademoiselle, nous vous conseillons d'être plus attentive à nos questions. Vous prétendez que vos papiers sont en règle mais que faisiez-vous donc près de Sousceyrac, il y a trois jours ? Quelles personnes avez-vous rencontrées et pour quel motif ?

- J'ai des papiers. Je suis libre d'aller et venir sur tout le territoire de la France. Je n'ai pas à vous rendre compte de mes visites aux amis du Quercy…

- C'est vous qui le dites ? Sachez simplement que la France n'existe plus. Vos amis ont ruiné ce pays. L'Allemagne est maîtresse ici et d'ailleurs c'est aux policiers allemands que nous allons vous remettre. Désormais vous répondrez à leurs questions.

Les policiers avaient brutalement poussé Camille devant eux et l'avaient introduite dans le bureau du chef de la Gestapo. L'homme était assis et paraissait étrangement tranquille. Il portait des petites lunettes rondes cerclées d'or. Ses cheveux étaient blonds, ses yeux bleus. Il ne souriait pas. Lorsqu'il se leva, Camille vit qu'il était de forte corpulence. Un colosse… En réalité, elle allait découvrir une brute. Juste à gauche du bureau, un chien ou plutôt un loup se tenait allongé la tête entre les pattes de devant. L'Allemand appela :

- Wolf ! Nous allons interroger Mademoiselle…

Le chien-loup s'était dressé sur son train arrière. Il ouvrait une gueule menaçante. Sa langue bavait et l'on pouvait voir les crocs acérés.

- Wolf ! Aidez mademoiselle à se déshabiller…

Le chien s'approcha de Camille et lui arracha un lambeau de sa jupe. La jeune femme ne bougea pas. A l'école de l'Internationale, elle avait appris ce qu'elle allait subir. Elle devait tenir… Tenir bon ! Et ne jamais craquer !

- Allez… ôtez vos vêtements ! Nous allons vous examiner. Nous savons que les agents secrets de l'Est ont tous une marque sur le corps. Vous serez très vite identifiée. Ne gardez rien. Vous devez être entièrement nue et Wolf va s'occuper de vous. Si vous coopérez avec nous, cela nous évitera d'agir…

L'Allemand savait… Il croyait savoir ! Camille ne portait aucune marque sur son corps. Elle obtempéra. Le policier l'examina et elle vit à son regard qu'il était profondément déçu. La « chose » qu'il cherchait lui échappait. Elle n'était pas l'agent secret qu'il croyait détenir. Pourtant les services de la Gestapo du Lot étaient formels :

« Mademoiselle a été en contact avec des responsables « terroristes » des Gorges de la Tronquière. Auparavant, elle

venait de la Haute-Vienne où elle s'était arrêtée près de Saint-Yrieix-la-Perche au moulin Authier. Encore avant, elle était passée en Charente : on l'avait vue s'entretenir avec un jardinier de Pressignac. Elle était « dangereuse »… »

Compte-tenu de ce rapport, le chef Ulrich voulait en savoir davantage. Il fit jeter Camille en cellule. Elle n'eut même pas le temps de se rhabiller. Elle traversa nue les couloirs de la prison gestapiste. Elle entendit les cris de désespoir de ceux que l'on torturait. Elle perçut les crépitements d'une fusillade qui provenaient de la cour d'en bas. Assurément, on assassinait des patriotes. Tout en marchant, elle réfléchissait pour trouver le moyen d'échapper à ses bourreaux. Elle était désarmée. Au milieu d'une bande d'hommes furieux et déchaînés… Sans qu'ils ne puissent s'en rendre compte, Camille souriait. Elle avait trouvé la solution du problème : elle ne devait pas se départir de son calme ! Finalement, les gestapistes seraient contraints de la relâcher… Elle en avait la certitude !

* * *

A Brive-la-Gaillarde, Camille venait pour rencontrer les Colonels André et Murat, chefs incontestables des maquis corréziens. Au rendez-vous de « La Truffe Noire », elle ne se présenta point comme il était prévu. Ces interlocuteurs l'attendaient devant le célèbre bistrot gourmand de la cité gaillarde. Ils allaient et venaient, faisant les cent pas sur le trottoir, habillés de leur costume trois pièces avec leur montre au gousset. Roger Lescure regarda bien deux ou trois fois l'heure avant de s'éloigner. Albert Ouzoulias qui avait fondé les bataillons de la Jeunesse en fit de même. Les deux chefs partirent dans deux directions opposées mais tout était prévu : ils devaient se retrouver devant un autre café briviste : « *Chez Pierrot* ». Là, dans l'arrière-salle de leur ami, Albert et Roger parlèrent à voix basse. Si Camille n'avait pu venir au rendez-vous : elle avait rencontré des difficultés... Justement, un cheminot entra « *Chez Pierrot* ». Il ne dit rien, fit le tour de la salle et posa sur la table de Roger Lescure un petit billet puis il fila. Le Colonel Murat saisit le bout de papier et lut à voix basse :

« *La demoiselle est en cage.* »

Albert Ouzoulias avait lu sur les lèvres de son ami. Les regards se croisèrent… « Merde ! » Camille est prise… Incroyable !

Les deux insaisissables « terroristes » de la Corrèze se concertèrent. Il fallait arracher Camille aux griffes des policiers allemands. Il fallait attaquer le siège de la Gestapo… Ce n'était pas une mince affaire que de s'emparer de la forteresse sur laquelle flottait le drapeau à croix gammée. L'édifice était gardé nuit et jour par des S.S. qui ne paraissaient pas être faciles à tromper. Un instant, Albert Ouzoulias pensa que l'on pourrait faire sauter le siège des gestapistes. En Corrèze, il n'y avait pas d'hommes capables mais le Colonel André savait que les Corps Francs de « Soleil » pouvaient réaliser cet exploit… Il fallait prévenir René… René et André Odru ! Et Kléber et les autres… L'impérieux devoir était de sauver Camille. Dans sa cellule, elle souriait… Elle savait bien que ses camarades ne la laisseraient pas prisonnière, qu'ils feraient tout pour la libérer mais elle savait aussi que c'était elle qui détenait la clef de son salut. Si elle sortait vivante de cette prison elle aurait à remercier cette grande chaîne de solidarité qui se serait nouée autour des barbares pour faire péter les murs de la forteresse hitlérienne mais finalement, ce serait elle qui briserait les chaînes de la répression.

* * *

Au siège de la Gestapo briviste, le chef Ulrich et son adjoint Walter se concertèrent. Soudain, Walter dit à son supérieur :

- Nous détenons la « demoiselle », l'oiseau rare… Elle connaît tous les noms dont nous avons besoin mais elle restera muette. J'ai l'habitude : c'est une espèce rare… Elle ne parlera point. Nous aurons beau la torturer, la « travailler » au maximum de nos possibilités elle ne lâchera pas un mot. Ce genre d'individu est impénétrable. Il nous faut la relâcher…

- La relâcher ? rétorqua le chef Ulrich. Enfin Walter, vous n'y pensez pas ! Nous allons la fusiller ! Oui, c'est ce qu'elle mérite : elle doit être tuée !...

- Vous n'allez pas tuer notre chance ! répliqua Walter. La « demoiselle » est en cage. Si nous lui ouvrons la fenêtre, elle va s'envoler... Il nous suffira de la suivre et déjà je me frotte les mains... La récolte sera bonne. Les Communistes seront grillés ! Des trains entiers partiront vers l'Allemagne, Auschwitz, Buchenwald... Nous tenons le bon bout. Il serait vraiment dommage de briser le fil. Est-ce que vous me comprenez, Chef ?

- Effectivement... Je n'y avais pas pensé... Ce soir, relâchons-là !...

* * *

L'attaque du siège de la Gestapo de Brive avait été minutieusement préparée. Les F.T.P. avaient mobilisé des camions, des voitures... Les boîtes à musique avaient été montées et les meilleurs artificiers de la M.O.I. avaient été appelés sur les bords de la Corrèze... Des mètres et des mètres de cordons détonateurs... Des tonnes de plastique... La prison péterait ce soir ! Ce serait un feu d'artifice. Toute la ville tremblerait... Les S.S. seraient déchiquetés, brisés, brûlés, hors d'état de nuire ! Il fallait ouvrir la brèche... Il fallait libérer Camille. L'ordre de mission était clair : « *Plutôt mourir qu'échouer !* » Dans la nuit du 25 septembre 43, la Gestapo devait être rayée de la carte briviste…

L'entreprise était colossale. Il n'était pas évident dans la France occupée de faire circuler un tel convoi, de pénétrer dans une ville et d'installer les boîtes à musique… L'exploit ne pouvait être réalisé que par les anciens de l'O.S., ceux qui avaient subi un entraînement spécial et savaient se battre. Il fallait opérer à visage découvert, sous les regards des nazis et à bout portant… Il fallait régler les montres : tout devait être déployé en quelques secondes… Une minute plus tard : le chef du commando des Francs-Tireurs actionnerait le commutateur… L'allumage électrique ferait merveille. Instantanément les murs s'effondreraient et, dans un nuage de poussière, les Francs-Tireurs s'enfonceraient dans la nuit jusqu'à la geôle où Camille se tenait. Elle n'aurait qu'à les suivre… Elle serait libre !

* * *

En réalité, le 25 septembre 43 à 21 h 08, Camille sortait de la prison de Brive par la grande porte. Les gestapistes avaient seulement remplacé sa jupe par une robe trouvée dans un placard… Elle avait son sac à main, elle avançait d'un pas décidé.

- Vous êtes libre, Mademoiselle ! avait déclaré le chef Ulrich de sa voix mielleuse. Effectivement. Vos papiers sont en règle. C'est une erreur… Excusez-nous.

Nous n'avons rien pu retenir contre vous. Vous êtes libre…

Camille l'était. Libre ? Elle respira profondément. Oui, elle était libre. Enfin… Elle se retourna. Elle ne vit rien. Oui, elle était libre… Le gestapiste Ulrich pensait qu'elle le croyait. Il pensait surtout qu'elle allait de maison en maison, de cache en cache, et qu'il pourrait ainsi refaire le chemin et capturer ceux qu'il combattait, ceux qu'il détestait… Elle était libre et il fallait qu'elle le reste longtemps pour qu'elle « donne » le plus de noms possible.

Camille ne se sentait pas libre. Elle éprouvait un sentiment de gêne incommensurable. Elle n'avait pas encore réussi à détecter le danger mais elle savait qu'il était présent à chaque pas qu'elle faisait sur ce trottoir de l'avenue de Paris. Elle s'arrêta sur le pont Cardinal, elle s'appuya sur le parapet de pierre, elle admira la Corrèze qui coulait paisiblement vers l'Ouest. La rivière avait des reflets d'ocre et bruissait sous les piles du vieux pont. D'où venait-elle ? Où allait-elle ? Elle était libre la jolie rivière. Et Camille ? Elle savait qu'elle avait un fil à la patte, qu'il lui faudrait le briser… avant de rejoindre ses amis… Elle imaginait qu'ils avaient dû se préparer à l'attaque… Elle devait les empêcher de prendre des risques, il lui fallait se glisser dans la nuit, s'éloigner, perdre l'ennemi dans un imbroglio de fils inextricables et, brusquement, jaillir à nouveau… Elle savait ce qu'elle devait faire mais elle n'avait pas encore conscience de l'endroit où il lui fallait se rendre. Brusquement elle sut… Saint-Chamant ! Au château… C'est là-bas qu'elle devait aller et rencontrer son « sauveur »…

Son « sauveur » ? Le colonel Berger… Il était au château de Saint-Chamant. En réalité, il n'était pas un « terroriste ». Il le prétendait seulement. Il était un ami d'Abetz, l'Allemand qui occupait Paris… Il ne se cachait point. Le colonel Berger allait et venait naturellement dans cette petite bourgade corrézienne. Il était là en compagnie de son épouse et de sa fillette. Enfin, théoriquement… En réalité le colonel Berger était seul. Il avait depuis longtemps abandonné sa femme et son enfant… Il avait d'autres relations… Camille savait que l'homme était un écrivain, un écrivain célèbre d'avant-guerre… Un fin connaisseur des œuvres d'art et collectionneur à ses heures ! Il avait côtoyé les anarchistes espagnols, exploré le Sud-Est asiatique… Maintenant, il était au vert en Corrèze… Il avait pris une autre identité : il était le colonel Berger et Camille voulait le rencontrer. A vrai dire, elle n'avait pas prévu de le voir si tôt. Elle savait que le châtelain de Saint-Chamant envisageait de se déplacer au Sud de la Dordogne, du côté de Belvès, du Bugue ou du Buisson… Peut-être installerait-il un petit camp d'aviation clandestin dans le secteur de Siorac en Périgord ? Le colonel Berger prétendait être le représentant du Général de Gaulle en France mais il côtoyait les hommes de Vichy et les chefs allemands les plus en vue… Si Camille parvenait à lui, elle brouillerait les cartes… Une nuit au château et les gestapistes et les miliciens y perdraient leur

Latin. Elle s'échapperait par le souterrain caché. Elle rejoindrait le tunnel abandonné de l'ancienne voie ferrée empruntée jadis par le Transcailladou… Elle redeviendrait Camille ! Il fallait faire vite… Les policiers de Walter et d'Ulrich perdraient sa trace. A Saint-Chamant, ils viendraient bien déjeuner avec le colonel Berger mais ils ne pourraient savoir le vrai du faux. La nuit était d'encre. La lune s'était cachée, Camille se glissait. Bientôt elle serait au château… Ensuite… Mystère.

* * *

Ce 25 septembre 43, Camille Baillot avait échappé à la Gestapo. Elle avait rejoint Malraux à Saint-Chamant. L'homme de lettres l'avait accueillie. Toujours gourmand qu'il était de parler à une belle jeune fille. La belle jeune fille, l'agent secret de l'Internationale n'avait pas dormi à Saint-Chamant. A minuit, elle quittait le château. Quelques minutes auparavant son hôte avait prévenu le colonel Murat : « *Suspendez l'opération… Camille est libre. Berger.* »

Cette nuit-là, le siège de la Gestapo de Brive-la-Gaillarde demeura silencieux. Des Francs-Tireurs s'étaient volatilisés comme ils étaient venus. En silence… Tout simplement ! Ils avaient le cœur heureux : Camille était libre et maintenant elle pouvait reprendre sa place à la tête des luttes qui s'annonçaient décisives.

* * *

Après son arrestation surprise en gare de Brive-la-Gaillarde, Camille ne souhaita pas revenir dans cette ville ; elle préféra se rendre sur les bords de la Dordogne. A Argentat, elle retrouva ses amis André et Murat. Ensemble ils remontèrent sur la rive droite du fleuve jusqu'au rocher de l'Aigle. Là, il y a longtemps déjà s'était établi un des premiers campements de la Résistance corrézienne. C'était un lieu unique en son genre : des rochers encerclés par les eaux tumultueuses de la Dordogne en furie. Un vacarme assourdissant... Un vacarme bienfaisant ! Le bruit des eaux masquait les voix et les pas des jeunes maquisards. La forêt sauvage qui recouvrait des coteaux et s'élevait jusque sur le plateau de la Roche Canillac assurait une impénétrable protection de verdure. Bien avant la Seconde Guerre Mondiale, dans les temps reculés où les hommes de Corrèze avaient dû se soustraire à l'obligation du service militaire, cet endroit avait été choisi par des générations et des générations. Jamais il n'avait livré son secret. Les groupements Gabriel Péri et Lucien Sampeix avaient grossi peu à peu et dépassaient maintenant la centaine d'hommes. Il fallait plus d'un veau par jour pour rassasier ces jeunes et des kilos de pommes de terre... Il fallait aller et venir et, forcément, il y avait toujours quelqu'un de malade ou un problème à régler. Les gendarmes qui surveillaient la contrée avaient bien repéré le campement mais ils n'avaient pas osé jusqu'alors l'attaquer. Après tout, il valait mieux fermer les yeux, cohabiter... Déjà une certaine complicité s'était instaurée tacitement entre les forces de l'ordre et celles du mouvement. En ce dernier trimestre de l'année 43, il n'était guère possible de savoir encore quelles forces allaient l'emporter dans le combat titanesque qu'elles se livraient. Tout de même, les armées hitlériennes n'étaient plus à l'offensive et, sur le front de l'Est, elles reculaient. Les Alliés avaient pris pied en Sardaigne et en Corse. La Sicile serait bientôt libre. Mussolini avait été arrêté et remplacé à la tête du gouvernement italien. Seule l'intervention des divisions du Reich avait permis de le libérer et de le réinstaller à Rome. En France, des centaines de jeunes rejoignaient les bois et les taillis. Tous ne souhaitaient pas combattre ; certains cherchaient seulement à se cacher... Cette affluence nouvelle de la jeunesse vers le maquis était due au renforcement des Services du Travail Obligatoire. Les jeunes refusaient désormais de partir en Allemagne. Il n'était pas enthousiasmant de quitter sa famille à vingt ans et d'aller servir un pouvoir chancelant à l'idéologie totalitaire. La jeunesse était généreuse, elle ne voulait pas se soumettre... Seulement voilà, il ne suffisait pas de refuser le départ pour l'Allemagne : les forces de la répression vichyssoise, les G.M.R., les miliciens et les policiers allemands recherchaient activement les réfractaires. Lorsqu'ils les trouvaient, ils faisaient des exemples ! Les jeunes étaient emprisonnés, jugés, fusillés... La violence et la terreur s'installaient partout.

En Corrèze, il était tout de même plus facile de se cacher que dans les pays de plaines. Les gorges profondes et boisées des nombreuses rivières qui naissent sur le plateau de Millevaches étaient naturellement accueillantes. Seulement on pouvait se cacher un certain temps mais il fallait manger, boire et trouver un refuge pour la nuit. Avec l'arrivée des premiers froids et de l'hiver qui s'annonçait rude, il n'était plus possible de dormir à la belle étoile sur un tapis de mousse et de fougère. Il fallait s'abriter... Les granges abandonnées étaient les bienvenues. On pouvait aussi imaginer des constructions sommaires comme les Charentais les avaient conçues dans leurs célèbres gourbis. On creusait un trou dans la terre... Quelques pieux étaient dressés et l'on recouvrait le tout de paille, de fougères, de mousses. La maison des maquisards se confondait alors avec le paysage des alentours. Cela valait mieux ! Les Allemands scrutaient l'horizon avec leurs lunettes d'approche, ils utilisaient aussi des petits avions mouchards qui tournoyaient là-haut et signalaient à leurs divisions en patrouille les emplacements exacts des « terroristes ». Un petit rond blanc dans le ciel bleu... L'orage n'était pas loin ! Les occupants étaient aussi renseignés par quelques habitants des lieux qui voulaient souvent faire du zèle et s'attribuer les faveurs de l'ennemi en lui signalant les campements sauvages des « terroristes ».

Camille prit toute la mesure de la situation lors de la discussion qu'elle eut avec l'Etat-Major Régional de la Corrèze. Le problème du cantonnement de milliers de jeunes réfractaires ne se posait d'ailleurs pas qu'en Corrèze. En Creuse, en Haute-Vienne, en Dordogne et en Charente, la situation était analogue. Bientôt Camille se rendrait dans le Tarn… Là-bas aussi, des centaines de jeunes rejoignaient les corps francs de la Montagne Noire. De Brassac sur l'Agout aux Monts de Lacaune, de Castres à Carmaux, de Marsac à Albi et jusqu'à Cordes, la jeunesse du Tarn se levait. Il était temps pour Camille de donner une orientation nouvelle à l'action de cette jeunesse en révolte. Il était urgent d'assurer d'abord la sécurité de ces milliers de jeunes. Les instructions de la direction nationale de son parti étaient très claires : il fallait à tout prix éviter le regroupement massif des jeunes en un point donné. Les dernières attaques des G.M.R. et de l'armée allemande contre les maquis de la forêt de Lanteuil, des gorges du Chavanon ou du bois des Trois Faux étaient significatives. Partout les Allemands avaient été guidés par une présence en trop grand nombre des jeunes maquisards. Il était nécessaire de les disséminer au milieu de la population. La paysannerie était accueillante pour cette révolte de la Liberté. Il fallait vivre parmi les agriculteurs, travailler dans les fermes, s'incruster dans la forêt pour faire le charbon de bois ou s'associer aux ouvriers des grands travaux comme la construction du barrage de Bort-les-Orgues. Il y avait là de la place pour tous ceux qui refusaient de servir le fascisme : travailleurs français ou immigrés… même combat ! A Saint-Martin-la-Méanne, une importante exploitation forestière de la société Bernis employait plusieurs centaines d'ouvriers. Des détachements de maquisards s'installeraient parmi eux à proximité même des gendarmes et des G.M.R. d'Argentat. Tout au long de la vallée du Doustre, on pourrait disperser des dizaines de jeunes qui seraient regroupés le moment venu pour engager le combat final. Il fallait aussi armer ces milliers de combattants potentiels. On avait un besoin impérieux d'armement. Des parachutages avaient été promis... Ils se faisaient attendre. Camille rassura ses interlocuteurs. Elle ferait remonter la demande jusqu'à la direction nationale qui, par le biais de Fernand Grenier à Londres, intercéderait auprès du Général de Gaulle et de Winston Churchill. La bataille de France n'était pas encore engagée mais la certitude de la victoire ne pouvait être acquise si des milliers de compagnies de Francs-Tireurs se retrouvaient démunies d'armes au centre de la France. Bientôt, leur mission serait d'attaquer l'ennemi en tous lieux et sans relâche, inlassablement, insatiablement. Comment le feraient-ils à mains nues ?

Le principe de l'émiettement des forces de la Résistance s'imposait à tous. Seulement il nécessitait une organisation solide, hiérarchisée, disciplinée de l'ensemble des unités combattantes. Il fallait aussi penser à la mise sur pied d'unités du renseignement :

- Pensez aux légaux ! suggéra Camille. Partout où nous avons mis en place une structure reposant sur la liaison avec des camarades conservant leurs activités et agissant pour nous renseigner, nous avons réussi. Il est indispensable que des dizaines, des centaines, des milliers de Français se retrouvent en toute légalité du côté du maquis. A ce moment là, la partie sera gagnée. Quand la majorité de notre peuple aura pris parti en faveur de la Libération, je puis vous assurer que les barbares s'enfuiront. Parfois, ils le feront même sans combattre. Seulement nous n'en sommes pas là ! Justement, il faut s'armer et combattre. C'est le problème le plus urgent pour les cadres des F.T.P. Notre école de Fanlac accueille des dizaines de jeunes volontaires, elle les forme aux activités de sabotages et à la guérilla. Elle enseigne le maniement des armes nouvelles… Une seule école, quelle que soit sa qualité, n'est pas suffisante ! En Corrèze, il faut prévoir plusieurs lieux d'entraînements où l'armée des Sans-Culottes pourra manœuvrer. Il faut s'adapter au terrain, utiliser chaque aspérité rocheuse, chaque élément de la nature pour se cacher et approcher le plus près possible de l'ennemi. Il faut que ceux qui nous recherchent passent à deux ou trois pas de nous sans pouvoir nous repérer. Il faut apprendre à la jeunesse la patience du chasseur… Attendre… attendre et encore attendre. Faire feu à bout portant au dernier moment ! Et apprendre encore à se débander avec la rapidité de l'éclair… Bondir, jaillir, rouler dans les cailloux et se couler dans le lit des rivières… Apprendre aussi à se retrouver après la dispersion et à reformer nos unités. Avant chaque opération, des points stratégiques de repli doivent être minutieusement établis. Combattre, filer et savoir où on doit aller ! Nos jeunes ne sont pas encore des héros, ils ont besoin de nos conseils, de notre aide si précieuse. Voilà pourquoi il nous faut faire appel à ceux d'entre nous qui ont une expérience de la lutte armée.

Parmi eux, se tiendront les glorieux survivants des brigades internationales, ceux qui sous les murs de Barcelone ou de Madrid ont affronté les divisions franquistes, ceux qui au fond de leur cœur, ont gardé la confiance en notre Internationale… Les combattants de la guerre d'Espagne sont nos frères, nos guides, nos protecteurs. Gardons leur une place de choix ! Ne les exposons pas inutilement et sachons les engager au moment décisif. A l'heure où les jeunes seront à l'école de la guerre, ceux qui ont fait face à la mitraille fasciste seront les meilleurs artisans de la victoire. Je vais me rendre dans le Tarn. J'ai rendez-vous là-bas avec Castor et Alberto. Peut-être rencontrerai-je notre ami Alphonse qui, à Montpellier, organise maintenant le Front National de Libération de la France. Je sais qu'il a déjà contacté Henri Noguères, Paul Ramadier et Paul Balmigères. Ah ! Ce dernier… Je le connais ! C'est un sacré gaillard. Avec les viticulteurs de l'Hérault, il fera parler la poudre et demain le Roussillon, le Languedoc, le Quercy et le Causse, le Périgord et le Limousin seront libres. Nous vivons les derniers mois de l'année 43. J'ai échappé aux S.S. de la Gestapo de Brive. Je savais que dans la mission qui m'avait été confiée, j'aurais à être entre leurs mains. J'ai eu de la chance… Ils ne m'ont pas touchée, ils ont seulement frôlé ma peau et leurs chiens sont restés silencieux. J'ai su contrôler tout cela. Je le dois à mes maîtres de l'école de l'Internationale. Je n'ai jamais perdu confiance. J'étais très émue à l'idée de savoir que des dizaines de camarades se sont retrouvés en un instant pour me sortir du piège. Je ne l'oublierai pas. En Corrèze, de grandes batailles vous attendent, des victoires, des soucis aussi… Soyez vigilants mes camarades et n'oubliez jamais que plus nous rassemblerons de gens autour de l'idéal de la Résistance, plus nous hâterons la victoire finale. Il faut que des milliers de jeunes se joignent à nous, quittent éventuellement les groupements de maquisards inactifs, s'emparent de mitraillettes, de grenades, d'explosifs… « A chacun son Boche ! » Voilà le mot d'ordre… Et Vive l'Internationale.

Camille avait pour la première fois harangué ses camarades de l'Etat-Major Régional. Elle s'était prise au jeu, elle avait vraiment du talent oratoire. Les hommes, calmement assis, la regardaient. Leurs yeux brillaient, ils souriaient… « *A chacun son Boche !* » Oui, c'était le mot d'ordre… L'année qui allait bientôt commencer serait celle de la victoire. Il y aurait encore des larmes, des soupirs mais déjà, dans les bals clandestins du maquis, les bras des jeunes filles se nouaient autour du cou des garçons… Les foulards fleurissaient et les dernières feuilles qui tombaient promettaient une belle éclosion printanière. Les soudards hitlériens foulaient encore de leurs bottes noires les bruyères transies par la gelée blanche. Pour combien de temps encore ? A l'automne prochain, les bottes seraient parties et la bruyère pourrait refleurir sur les Monédières et partout au cœur de la France.

***

Comme elle l'avait prévu, Camille prit la direction du Sud. Au rocher de l'Aigle, elle embarqua sur une gabare. Pour la première fois, elle allait descendre la Dordogne en bateau. Là, au milieu des eaux tumultueuses et fougueuses de « la grande rivière », elle était tranquille. Les miliciens, les feldgendarmes et les soudards de la Wehrmacht ne s'aventuraient pas à voguer de Spontour à Bordeaux. Ils préféraient suivre les routes nationales qui remontaient la riante vallée jusqu'en Corrèze. A cette époque de l'année, les eaux du fleuve étaient abondantes ; on était loin de l'étiage du mois de juillet ! On ne distinguait plus les rochers affleurant au-dessus du niveau des eaux. Le voyage des gabariers était périlleux mais si exaltant. Sur les flots balancés, les hommes maîtrisaient leurs embarcations légères et n'hésitaient pas à entonner leur célèbre chanson. La chanson des gabariers... La chanson des maquisards ! Avec ceux de la rivière comme avec ceux de la mine ou ceux de la terre et des usines, Camille était en sécurité. Elle avait cette chance énorme d'être entourée par une chaîne humaine insaisissable et pourtant si chaleureuse. Les maquisards protégeaient leur idole : ils l'aimaient tous et ils l'admiraient... Ils savaient que « la demoiselle » était porteuse de bonnes nouvelles et qu'elle dispensait généreusement ses précieux conseils. « La demoiselle » semait les graines printanières qui donneraient naissance à la prairie « des mille fleurs », les graines de la Liberté... Justement, elle avait offert à ceux de l'Aigle et aux bateliers de la Dordogne le dernier poème de Paul

Eluard : « *Liberté* »... Suprême cadeau : elle avait ajouté avec Louis Aragon : « *Je vous salue ma France...* »

Spontour... Les rapides... Argentat et la vallée qui s'assagit... C'était à Beaulieu qu'elle devait mettre pied à terre quelques jours avant Noël 43. Beaulieu-sur-Dordogne ? Camille avait souvent entendu parler de la pittoresque cité des bateliers avec ses auberges et ses estaminets, ses ruelles anciennes et pavées qui descendent en pente douce vers les eaux du fleuve... Elle voulait admirer le tympan de la belle église et pénétrer un instant à l'intérieur de la nef pour garder au fond de son cœur l'intimité de cette belle collégiale. Ce n'était pas que Camille avait l'habitude de fréquenter les églises. Elle ne croyait pas au Ciel mais elle respectait le travail des hommes. Ceux qui avaient élevé de tels édifices, qui avaient sculpté avec tant d'amour le granit de la Corrèze et peint des tableaux admirables de scènes religieuses devaient être reconnus et respectés. A Moscou, elle avait appris avec quelle énergie farouche le pouvoir des Soviets protégeait les œuvres d'art, les palais et les églises... Leningrad assiégée, bombardée nuit et jour et la cathédrale de marbre, la forteresse Pierre et Paul, le palais d'été de Petrodvorets étaient ensevelis sous les sacs de sable protecteurs. Les Communistes défendaient leur Passé, leurs richesses culturelles face à la barbarie du fascisme qui ne cherchait qu'à détruire et incendier... Camille savait qu'à Leningrad, sous les bombes, les plus grands musiciens allaient interpréter une merveilleuse symphonie créée spécialement pour la victoire finale sur le nazisme… Camille savait que l'Art est inséparable du Peuple, que la Culture est irremplaçable et qu'il faut élever les hommes le plus haut possible.

Voilà pourquoi elle avait encouragé la création de l'Ecole des Cadres de Fanlac, elle s'était déplacée personnellement pour y donner des cours que les miliciens et les vichyssois qualifiaient de « terroristes » ! Voilà pourquoi maintenant, elle avait demandé aux interrégionaux d'installer partout de nouvelles écoles pour enseigner la lutte armée, le maniement des explosifs, la tactique militaire… En un mot : la guérilla ! Ces écoles étaient les bienvenues. Des milliers de jeunes allaient maintenant s'inscrire dans les rangs des Francs-Tireurs. Ils avaient quinze, seize, dix sept, dix huit ans… Ils avaient la fougue de leur jeunesse mais ils étaient inexpérimentés. Face à une armée redoutable, suréquipée et entraînée, comment auraient-ils pu tenir ? Ils ne manquaient pas de courage mais tout de même le devoir des chefs de la Résistance était de leur enseigner les rudiments de la guerre. La guerre frappait à nos portes, sur nos têtes… Elle était encore bien présente à l'heure où on aurait eu envie de profiter des illuminations de Noël, de la messe de Minuit et du réveillon… Ceux qui allaient réveillonner étaient une poignée de nantis à la solde de l'occupant. Le champagne coulerait pour eux : il fallait qu'ils connaissent l'ivresse de la mort ! Les populations affamées criaient misère et des individus peu scrupuleux osaient festoyer !… Camille s'était un peu attardée à Beaulieu : elle avait tenu à faire une visite dans une école de religieuses. Les Sœurs de la Charité continuaient leurs œuvres malgré la guerre ; elles ne se contentaient pas d'enseigner la religion, elles pratiquaient le Devoir. Camille savait que dans cette école de la Buissonnière des petites filles juives étaient cachées, soustraites à la sordide quête des S.S. affamés de sang et de chair… La Mère supérieure s'entretint quelques instants avec Camille… Celle qui croyait au Ciel et celle qui n'y croyait pas poursuivaient ensemble le même combat : l'amour d'une France libre où la barbarie aurait été chassée. Camille avait embrassé cette Religieuse de la Charité et la Mère avait serré Camille contre son cœur. Elle avait murmuré :

- Que Dieu vous protège ma fille ! Dieu, Jésus son fils et la Bonne Mère Notre Dame…

Camille n'avait point répondu. Elle s'était contentée d'embrasser la Religieuse et de partir à reculons en lui envoyant des baisers…

Nous étions à quelques jours de Noël… Le soleil illuminait la vallée de la Dordogne… Comment imaginer que sur les hauteurs du Mont-Dore, du Puy de Sancy ou du Lioran, des nuages noirs s'amoncelaient. Le ciel s'était brusquement assombri, le vent avait viré au Nord-Ouest, la montagne allait blanchir. Que serait Noël sans la neige ? Un épais tapis immaculé allait s'abattre sur toutes les hauteurs de France. L'hiver était bien là. Pour ceux qui jusqu'alors s'étaient terrés dans les bois, les plus durs moments venaient. A la pluie, au vent, il faudrait ajouter la neige et le froid… Il faudrait du courage pour tenir bon. Les jeunes qui n'avaient pas vingt ans souffraient terriblement de l'hiver mais ils tenaient avec, au fond d'eux-mêmes, le souvenir de leurs ancêtres… Ceux de la Grande Guerre avaient connu la boue, le froid glacial et la bise dans les tranchées de Verdun ! Eux aussi, ils avaient affronté le Boche, l'ennemi irréductible du peuple français… Vingt cinq ans après, il fallait livrer à nouveau bataille…

Les batailles de demain, elles se gagnaient à l'école de maintenant ! Camille s'y était engagée auprès de la direction nationale de son Parti. Il y aurait partout des écoles. Déjà, elle pouvait annoncer, qu'au château de la Ribeyrie, près de Saint-Gilles-les-Forêts, Guingouin avait installé un établissement de formation des cadres pour créer sa première brigade de marche limousine. Il fallait d'abord instruire la compagnie de choc qui frapperait l'ennemi. Là-bas, à flanc de coteau, on avait déménagé les meubles du château jusqu'au grenier, on avait installé les bottes de paille sur lesquelles dormirait l'Armée des Ombres… Des jeunes, tous volontaires pour suivre cette session d'instruction ! Levés dès l'aube, élevés à la dure, ils écoutaient le rapport de « Raoul » et de ses adjoints puis ils allaient rejoindre leur atelier respectif : maniement des armes, démontage, entretien… Exercices de tirs à balles réelles, réalisations d'abris et de fortifications… Les terrains jouxtant le château avaient été requis pour le Maquis : le verger, le jardin, les prairies et les champs avoisinants… Une soixantaine d'hommes s'entraînaient ainsi assidûment pendant qu'une compagnie assurait le guet et la surveillance des lieux. Sécurité obligeait ! Le commandant Poissy était arrivé à La Ribeyrie pour organiser son équipe d'infirmiers et de brancardiers. Le Commandant Poissy était en réalité chirurgien. Il serait au service du grand Maquis et créerait bientôt l'hôpital de campagne du Grand Boucher près de Domps où il opérerait plus tard les blessés de la bataille du Mont-Gargan…

Camille était rassurée : « Raoul » avait décidé de se ranger sous ses ordres.. Elle avait eu quelques difficultés pour obtenir ce rendez-vous. « L'indiscipliné chef de guerre » ne voulait en faire qu'à sa tête. Tout de même, quelques revers rencontrés sur le terrain lui avaient fait baisser pavillon. Camille aurait à le revoir : elle savait que Léon Mauvais voulait confier à « Raoul » la direction du maquis d'Auvergne. Il serait l'homme de la situation ! Là-bas, dans les gorges de la Truyère, près du viaduc de Garabit à deux pas de Ruynes-en-Margeride, des batailles décisives s'engageraient comme d'ailleurs sur les pentes du Lioran… Raoul serait à la hauteur des exploits à entreprendre. Seulement voilà, le chef du Mont-Gargan n'était pas prêt à quitter sa région. Il refusera à Camille. A partir de cet instant, après la rencontre de La Villa près de Sussac, la direction de la zone Sud se méfiera de « l'indiscipliné homme des bois »… A partir de ce moment là, les actions de « Raoul » seront moins spectaculaires. Du château de La Ribeyrie, il devait se lancer dans une vaste opération de sabotage traitant toute la zone de Magnac-Bourg avec ses amis Faye, Lornac, Renaudie… « Raoul » y renoncera. Il décidera de filer vers l'Est et la région de Treignac pour « flinguer » les G.M.R. trop entreprenants. Hélas ! Lancé dans cette entreprise sans lendemain, il devra faire demi-tour et prendre la direction du Nord…

En effet, le 5 février 44, était parvenu à son P.C. un appel au secours désespéré. Au château de Farsac, à quelques kilomètres d'Eymoutiers, sur la Nationale 679, les maquisards cantonnaient, hébergés par le Vicomte de Romanet. Le notable avait laissé entendre à la compagnie de « La Torpille » qu'elle pourrait s'installer ici autant qu'elle le désirerait. Les jeunes vivaient au château depuis des semaines, ils collaboraient aux travaux des champs avec les métayers. Tout paraissait calme et propice à un bel hiver. De temps à autre, des détachements parcouraient la région, opéraient des ravitaillements, placardaient les arrêtés du « Préfet du Maquis », distribuaient les tracts et les journaux deux fois par mois les jours de foire… Des jeunes tranquilles qui n'avaient nullement envie de partir travailler en Allemagne… Dans la nuit froide et brumeuse de février 44, la sentinelle placée à l'entrée de l'allée du château crut voir défiler des ombres… Pas de doute ! Des fantassins de la Wehrmacht s'engouffraient dans le chemin et encerclaient le château à trois heures du matin. Trop tard pour donner l'alerte… Impossible de s'échapper ! Des crépitements de mitrailleuses troublèrent le silence nocturne. A l'intérieur des granges et des étables, les jeunes maquisards s'éveillèrent. Pas de doute ! On entendait bien des cliquetis d'armes. Bientôt des pas sourds firent crisser les cailloux de la cour. « La Torpille » entrouvrit la porte de l'étable : les soldats vert-de-gris étaient en poste à cinq pas et se tenaient à quelques mètres les uns des autres. Dans la nuit noire, une voix forte se fit entendre :

- Rendez-vous ! Vous êtes pris… pris comme des rats !

Les cœurs palpitaient dans les poitrines des jeunes. A vingt ans, on n'a guère envie de mourir même en pleine nuit. Il fallait sortir, forcer le siège, briser les chaînes… Les maquisards avaient saisi leurs armes. « La Torpille » tenait dans sa main des grenades quadrillées qu'il allait balancer sur les Boches à l'instant où « Renard » ouvrirait la porte. Après… il faudrait courir, passer coûte que coûte…

- A mon commandement, dit le chef. Suivez-moi…

L'explosion des grenades sema la panique parmi les assiégeants. Un instant… Quelques secondes ! Le temps de bondir de l'autre côté de la haie dans le potager et le petit bois… La surprise des Boches fut de courte durée. Les fusils mitrailleurs crépitèrent… Des éclairs percèrent l'obscurité… Des cris… Une course folle sur les cailloux… Le silence ! Puis, les hurlements furieux des soudards de la Wehrmacht. Les jeunes maquisards avaient réussi… Malheureusement, les paysans de la métairie furent eux aussi réveillés, maltraités et emmenés dans les camions. Le Vicomte de Romanet aussi… Il devait sortir bientôt de la prison de Limoges. Les métayers n'eurent pas la même chance : les camps de la mort les attendaient !

L'appel au secours était bien parvenu à « Raoul ». Il voulait venger la compagnie de « La Torpille ». A marche forcée, les hommes de la première brigade prirent la direction de Chamberet puis, par Domps, gagnèrent Eymoutiers. Des heures et des heures de marche. Lorsqu'ils arrivèrent épuisés au château de Farsac, il était trop tard. Les Allemands étaient repartis… Il faudrait tirer la leçon de ces actions spontanées, chaleureuses mais trop désordonnées pour être vraiment efficaces. Les actions individuelles… Pourrait-on continuer à combattre un ennemi si puissant dans le désordre et sans coordination ? Camille ne le pensait pas.

* * *

Alors qu'elle avait quitté Beaulieu-sur-Dordogne pour pénétrer dans le Lot et s'arrêter quelques instants à l'école des Corps Francs de « Soleil » installée au lieu-dit Les Escaliers, elle réfléchissait encore au mot d'ordre que Benoît Frachon lui avait soufflé à l'oreille : « *S'unir, s'armer et combattre* »…

Comme « Raoul », « Soleil » avait installé son Ecole des Cadres en un lieu paisible et reculé où les jeunes recrues pourraient suivre les instructions militaires qui feraient d'eux de redoutables Francs-Tireurs. Demain, ils formeraient les bataillons de la Dordogne, ils seraient si nombreux que leur chef pourrait commander à un régiment. Pour l'heure, ils s'entraînaient, ils étudiaient sous la direction de « Tom » et surtout de « Rasemotte ». Il était venu comme « Soleil » des Bouches-du-Rhône pour combattre en Dordogne. Il avait à peine dix huit ans quand il se vit confier les responsabilités de chef de bataillon. A la vive intelligence, au sens aigu du combat militaire, « Rasemotte » était un entraîneur d'hommes. Il ne paniquait jamais, il avait été formé à l'Ecole des O.S. en compagnie des plus illustres membres de la M.O.I. Alberto et Rico. Il s'illustrerait tout au long des batailles que livreraient les Corps Francs de la Dordogne pour chasser l'ennemi des départements du Lot-et-Garonne, de la Gironde et des Charentes… A l'Ecole des Escaliers, il enseignait la guérilla, « La goutte de mercure » comme il disait… Tendre l'embuscade, attendre jusqu'au dernier moment, tirer à coup sûr et tuer le plus grand nombre d'ennemis avant de disparaître, de se dissoudre dans la nature… Quelle extraordinaire tactique ! Les nazis allaient payer un lourd tribut aux actions audacieuses de « Rasemotte » et de ses hommes engagés dans la lutte finale et implacable ! Les jeunes recrues défilèrent un instant devant Camille au garde-à-vous, saluant ainsi une femme engagée au plus haut niveau dans la lutte intrépide pour la Liberté. « La demoiselle » contemplait ces jeunes qui tournaient leurs têtes vers elle et regardaient loin vers l'horizon…

L'horizon de Camille : c'était la Montagne Noire. En ce Noël 43, elle avait rendez-vous au cœur de la forêt de la Loubatière avec le commandant Pierre. Cet instituteur de Brassac était né à l'heure où Jaurès mourait pour avoir trop crié qu'il voulait éviter la Grande Guerre. Le Commandant Pierre, c'était d'abord un enfant de l'Agout, un jeune fils de postier qui avait joué avec les petits paysans de sa montagne découvrant ainsi les caches des Sarrasins de jadis. Le commandant Pierre était un instituteur, formé à l'Ecole Normale d'Albi et nommé dans les Monts de Lacaune où il avait fondé son foyer. C'était un instituteur et son école était une bergerie. Ses élèves bénéficiaient des méthodes actives de Célestin Freinet. Célestin Freinet ? Exclu de l'Enseignement, condamné à tort ! Un révolté comme le Commandant Pierre… L'instituteur des Monts de Lacaune avait refusé d'afficher le portrait du Maréchal dans sa classe. Les gendarmes étaient venus le chercher… Il avait sauté de l'autre côté de la rivière, il s'était enfoncé dans la forêt et de Brassac à Castres, par Marsac et Revel, il allait et venait… Ils étaient trois au départ puis six puis douze puis une compagnie… Là où le canal du Midi prend sa source, là où les eaux vives se rassemblent, il avait installé son campement, se retranchant au plus profond de la forêt attendant son heure…

C'était là que « Castor » était venu le rejoindre. « Castor » ? C'était un ancien des Brigades Internationales, un républicain espagnol… Après la défaite devant Franco, avec quelques compagnons, il avait franchi les Pyrénées par le col du Perthus… Il s'était caché dans le Roussillon puis dans les hautes vallées de l'Ariège avant de venir sur les premières pentes du Massif Central. Il avait passé le début de l'année 43 dans les bergeries de la région de Mazamet puis il avait retrouvé le Commandant Pierre. Ensemble, ils avaient tiré des plans de la Libération du Tarn. Camille venait à leur rencontre pour leur transmettre les dernières recommandations de la direction de la zone Sud. Le Tarn était un terrain propice au développement de la guérilla. Les vallées encaissés, les vastes forêts de sapins assuraient la sécurité des maquisards. Une longue tradition ouvrière et syndicale engageait les jeunes sur les chemins de l'Avenir… Les mineurs de Carmaux avaient fourni des tonnes et des tonnes d'explosifs… On ferait péter les voies ferrées, les viaducs jusque dans l'Aveyron voisin. On ferait du Tarn une forteresse imprenable, on libérerait les villes et les bataillons de la Montagne Noire partiraient sur Toulouse : la grande cité voisine où les Allemands paradaient encore, où la Gestapo interpellait les patriotes et assassinait. Les maquisards du Tarn se joindraient à ceux de la Dordogne, du Lot et de l'Ariège pour aider à la libération de la Haute-Garonne. « Castor » était maintenant à la tête de plusieurs compagnies de combattants immigrés, des hommes exercés au combat et surtout avides d'en découdre avec les fascistes. « Castor » disait :

- L'ennemi, ce n'est pas l'Allemand ; c'est le facho ! Le fascisme n'a pas de frontières. Hier, nous avons combattu celui de Franco. Nos frères italiens ont lutté contre Mussolini… Maintenant nous sommes là pour aider les Français à se libérer du fascisme hitlérien. La lutte, c'est l'Internationale ! Nous sommes tous des frères unis comme les doigts de la main ! Ensemble, nous pouvons tout ! Désunis nous sommes toujours vaincus… L'ennemi, c'est l'anarchie, l'égoïsme, l'individualisme. L'Humanité triomphera…

« Castor » avait le regard vif des Espagnols, les moustaches très noires et frisées. Il portait sur le visage deux grandes cicatrices. Ses blessures de la dernière guerre contre Franco n'étaient pas encore guéries. Il déboucla son ceinturon, ouvrit son pantalon et montra à Camille et au Commandant Pierre la plaie béante qui suintait encore sur le côté gauche de son ventre. Il n'était pas fragile, il ne plaignait pas, il était un chef !…

« Castor » devait avec ses camarades prendre une part décisive à la Libération du Tarn, participant à la grande bataille que livrèrent les partisans du Commandant Pierre aux troupes allemandes autour de Gaillac et Marsac avant d'entrer triomphalement dans Albi libérée. En liaison avec Alberto et Jean-Baptiste Doumeng, ils furent à l'origine de saisies d'importants stocks de carburant. Désormais, les groupes francs, les compagnies de choc, les bataillons de l'Armée des Ombres ne pouvaient plus se contenter de marcher à pied. Il leur fallait disposer de camions, de voitures, de motos et même… d'automitrailleuses. Le nerf de la guerre résidait désormais dans la vitesse d'intervention. Pour tous ces véhicules, indispensables au maquis, des milliers de litres d'essence étaient nécessaires. Alberto, Carlos, Doumeng opérèrent avec la promptitude de l'éclair abattant les G.M.R. ou les Boches qui protégeaient les dépôts de carburant, s'emparant immédiatement des citernes et répartissant le butin. La guerre avait besoin de nouvelles stratégies. Les écoles du Maquis formaient les cadres qui dirigeraient effectivement les compagnies nouvelles. Point besoin ici d'officiers anglais parachutés ou de sous-officiers français sous naphtaline ! Il fallait des chefs jeunes et intrépides, audacieux et intelligents, à l'esprit d'initiative et sachant prendre rapidement les bonnes décisions. Il fallait aussi de plus en plus de renseignements, pénétrer les administrations de Vichy et leurs homologues allemandes, déjouer les pièges de l'ennemi, l'empêcher de nuire.

Camille savait tout cela. Elle allait oublier le Tarn, passer le premier janvier 44 au château de Villefranche pour « réveillonner » un peu avec les hommes de « Soleil » et foncer au pays des Croquants. Camille avait rendez-vous avec la Creuse.

***

Situé au centre de la France occupée, le département de la Creuse paraissait tranquille. Pour ceux qui n'étaient pas initiés au combat patriotique, ils auraient pu imaginer que les Allemands avaient délaissé cet endroit et qu'il faisait sans doute bon y vivre en ces premiers jours de janvier 44. Seuls le froid et la neige semblaient inquiéter les populations réfugiées au creux de leurs maisons de pierre. Il n'en était rien...

La région était depuis longtemps un lieu privilégié de manœuvres militaires. Le camp de La Courtine avait un long passé où les divisions de fantassins s'étaient succédées dès la fin du XIXe siècle. C'était là que l'Armée française avait acquis ses lettres de noblesse pour s'engager ensuite dans les tranchées de Verdun. Des milliers de Creusois et leurs voisins avaient été mobilisés au camp de La Courtine. Ils y avaient connu les longues marches de nuit lorsque le vent balaie le plateau de Millevaches et fait tourbillonner la neige. Ils y avaient rencontré le brûlant soleil de l'été, subi les orages fracassants et les gelées blanches du printemps. Le camp de La Courtine avait aussi accueilli les prisonniers russes après la paix de Brest-Litovsk en 1917. Il avait été le théâtre d'émeutes et de révoltes... Maintenant, les soldats de la Wehrmacht l'occupaient et en avaient fait une place forte, véritable plaque stratégique pour lancer les opérations anti-guérilla sur les départements du Puy-de-Dôme, du Cantal, de la Corrèze, de l'Allier, de la Haute-Vienne... Cette plaque tournante de l'Etat-Major du IIIe Reich nécessitait la présence quotidienne d'officiers supérieurs en liaison directe avec le grand quartier général d'Hitler et les Kommandanturs du Mur de l'Atlantique. Il était urgent pour Camille de « pénétrer » cette administration nazie pour en obtenir le maximum de renseignements. Anticiper sur l'ennemi et deviner avec une très grande certitude quelles allaient être ses opérations principales dans l'avenir s'avéraient d'une plus haute importance. Voilà pourquoi Camille venait en Creuse et voulait s'installer près du célèbre camp. Elle avait choisi la petite commune de Flayat et justement, ce matin du 9 janvier 44, elle avait rendez-vous avec l'Etat-Major Régional de la Creuse dans le cimetière de cette localité.

Il ne faisait pas chaud ce matin-là sur les hautes terres de la Marche. Une bise glaciale venue du Nord balayait toute la campagne. Les cyprès se tordaient de douleur et les grands chênes craquaient de désespoir. Plus une seule feuille ne tenait à l'extrémité de leurs branches. Ils paraissaient abandonnés, squelettiques, désarticulés dans ce ciel d'un bleu limpide. Le soleil arrivait à peine à s'élever au-dessus du plateau de Giat. Camille était arrivée là à bicyclette. Elle avait appuyé son vélo contre le mur du cimetière, elle avait poussé la grille rouillée qui avait horriblement grincé puis elle avait parcouru les allées caillouteuses du terrain des morts regardant ça et là les tombes, s'arrêtant seulement devant quelques chapelles originales... Elle aurait bien aimé prendre un café brûlant au restaurant de la place juste en face de l'église au toit pentu recouvert d'ardoises bleutées mais elle y avait renoncé : deux side-cars de l'armée allemande stationnaient de part et d'autre du porche. Camille avait pensé que les soudards se régalaient à l'intérieur du bistrot alors, elle avait poursuivi sa route et maintenant elle était au rendez-vous. Depuis quelques minutes, elle attendait et personne ne venait... Un silence pesant s'alourdissait sur le plateau. Au loin, un vol de corbeaux planait... Des oiseaux de malheur cherchaient sans doute quelque nourriture et voulaient s'abattre sur la terre gelée. Malgré sa pèlerine de drap, Camille frissonnait. Pourtant, elle avait l'habitude et elle avait connu bien des intempéries. Seulement voilà, ici à Flayat, à quelques kilomètres du camp de La Courtine, les températures hivernales descendaient souvent jusqu'à moins vingt huit, moins trente degrés. Camille attendait... Personne ne venait... Quelque chose d'anormal avait dû se produire... Camille ne s'attarda pas dans le cimetière de Flayat. Le vol des corbeaux ne lui avait pas semblé de bon augure. Elle n'était pas superstitieuse mais tout de même... La règle disait qu'elle ne devait en aucun cas braver le danger ! Camille ressortit du cimetière, enfourcha sa bicyclette et se mit à pédaler en direction de Giat. Tout à l'heure, elle passerait à Néous près du plan d'eau... En contrebas elle pourrait trouver une maison amie : celle de Lucien Gayaux... L'ancien maçon s'était reconverti dans la restauration. Il avait lui-même élevé sur les bords du plan d'eau, un établissement en pierre dont la réputation n'était plus à faire. Les officiers de la Wehrmacht en poste à La Courtine préféraient la carte du restaurant de Lucien à l'ordinaire du menu servi au camp. Ils venaient volontiers ici pour déguster l'entrecôte au bleu d'Auvergne ou l'escalope de veau de lait... Ils préféraient d'ailleurs cette dernière accompagnée d'une poêlée de cèpes ou de girolles. Les officiers de la Wehrmacht mangeaient chez eux de la choucroute et buvaient de la bière mais, au camp de La Courtine, ils adoraient les cèpes à la limousine et les vins du Médoc. Ils abandonnaient aisément leur schnaps pour les verres de Cognac et d'eau-de-vie de cerise. Les officiers de la Wehrmacht étaient gourmands plus que gourmets ! Ils oubliaient que le vin de Bordeaux saoule plus facilement que la bière de Munich. Les officiers de la Wehrmacht s'enivraient souvent au restaurant de Lucien Gayaux près du plan d'eau de Néous… Ils s'enivraient, s'empiffraient et chantaient des airs à vous faire trembler… Ils étaient grossiers et oubliaient les bonnes manières. Ils occupaient la France et ils obligeaient Lucien Gayaux, son épouse et ses servantes à leur obéir… Ils étaient exigeants ! Lucien savait les satisfaire s'ils réglaient l'addition. De ce côté là et contrairement à ce que l'on aurait pu croire, il n'y avait point de problème… Alors… Lucien les servait tout simplement. Seulement voilà, Lucien Gayaux était un ancien maçon de la Creuse, socialiste à ses jeunes années. Il avait adhéré en 1934 au Parti Communiste et entretenait avec son ami Raymond Aucouturier d'Evaux-les-Bains les meilleurs rapports. Il connaissait aussi des camarades de La Souterraine, d'Aubusson, de Guéret. Les officiers de la Wehrmacht ne savaient point qu'ils soupaient chez un Communiste et le Communiste qu'était Lucien Gayaux les « régalait ». Il se disait adepte de l'Action française et proche du P.P.F. de Jacques Doriot. Il parlait souvent de Marcel Déat et vantait les talents de bonimenteur de

Philippe Henriot… Ah ! Ce dernier paraissait être son idole et les Boches aimaient cela. Il avait bonne mine Lucien et il filait droit. Il était franc… Là, à quelques kilomètres du camp, l'Etat-Major allemand pouvait discuter stratégie. Tout autour de son établissement, il n'y avait aucune habitation. Lui-même et sa famille ne demeuraient pas là. Ils habitaient en contrebas par-delà le plan d'eau, au village d'au-trefois…

C'était justement là que Camille venait ce matin du 9 janvier 44. Elle savait qu'elle trouverait Lucien Gayaux et qu'il lui donnerait l'explication du rendez-vous manqué au cimetière de Flayat. Elle entra sans frapper, furtivement, avec la prestance d'une demoiselle. L'épouse du restaurateur lui indiqua du regard que son mari était à la cave. Deux ou trois marches sur la droite, Camille poussa la porte, Lucien était à genoux devant les barriques, il soutirait du vin… Lorsqu'il aperçut dans la clarté du soupirail Camille, il faillit bien échapper sa bouteille. Elle était là ! Comme prévu… La « demoiselle » avait parcouru ces centaines de kilomètres à bicyclette ! De la Montagne Noire au plan d'eau de Néous…

- Camille ! s'exclama Lucien. Te voilà enfin… Comme je suis heureux. Tu sais j'ai connu ton père, nous étions ensemble au service militaire. Donne-moi des nouvelles…

- Je voudrais bien Lucien… Seulement voilà, mon père, je ne l'ai point vu depuis des mois… C'était à l'automne dernier. J'allais alors en Charente et je suis passée aux Cailloux Blancs… Depuis j'ai marché…

- Je sais tout cela dit Lucien. « Marcel » me l'a raconté… Tu sais ? « Marcel » c'est le nouveau « Polo » de la Creuse. Il est arrivé en novembre dernier venant des Ardennes… Ah ! C'est un solide gaillard et j'ai souvent sa visite… Suis bien placé tu sais…

- Je sais tout cela Lucien… et je te remercie au nom de la direction nationale de notre Parti. Tu es formidable mon Lucien. Tu accomplis un gros travail mais rassure moi : tout à l'heure, j'avais rendez-vous avec ton « Marcel » et deux ou trois camarades… J'ai attendu dans le froid derrière les chapelles du cimetière de Flayat… Personne ! J'ai filé… Dis-moi ?…

- Pas bon ! déclara de sa grosse voix Lucien Gayaux. Pas bon du tout, Petite… La nuit dernière à Aubusson les Allemands ont opéré une vaste rafle. Le célèbre Kohr qui commande la Gestapo en Creuse était de la partie. La feldgendarmerie stationnée à l'Hôtel de France de la ville chère à Jean Lurçat a participé à l'opération de ratissage. Des Juifs, des Communistes, des Francs-Maçons ont été arrêtés par dizaines. Interrogés et expédiés en wagons à bestiaux vers les camps de la mort… Pour sûr, ils n'en reviendront pas… C'est un coup terrible porté aux organisations de la Résistance, aux mouvements Combat et Libération ! Nous avions patiemment établi, sur l'ensemble du territoire de la Marche, un réseau de patriotes sûrs et aguerris... Beaucoup ont été arrêtés... Il y a eu certainement des dénonciations ! A Aubusson, un grand nombre de miliciens opèrent. C'est sans doute la ville de France où nous avons le plus fort pourcentage de collaborateurs. Il ne fait pas bon résister sur les bords de la Creuse. Dernièrement une réunion s'est tenue à Auzances... une réunion de la Milice avec ses chefs départementaux pires que les S.S. et les nazis... soixante dix personnes y assistaient ! Tu vois Camille, à l'heure où tu mets les pieds sur cette terre de maçons, elle tremble !...

- Effectivement... rétorqua Camille. La situation est grave et je comprends pourquoi mes interlocuteurs ont remis leur rendez-vous sous réserve qu'ils aient échappé à la rafle...

- Et je puis t'assurer que ce ne sera pas la dernière ! murmura Lucien Gayaux. L'autre soir, un quatuor d'officiers supérieurs déjeunait chez moi. Je leur ai servi un Pomerol... Du rouge qui titre treize degrés... Ils en ont demandé une autre bouteille : avant de la leur porter, je m'en suis servi un verre et j'y ai versé de la gnole... Oui, je les ai bien soignés... Leurs yeux brillaient et ils montraient leurs dents voraces... Ils voulaient « bouffer » du Juif ou du Communiste... Ils ont parlé... et je sais qu'une autre rafle aura lieu le 8 février et encore une autre le 19 mars 44. Il faut prévenir les camarades !...

- Tu as raison Lucien... Il faut surtout que tu continues à nourrir ces bêtes et ces brutes pour en obtenir le plus de renseignements possibles. Donne leur à boire et ne néglige rien. Ecoute et retiens tout. Il nous faut aussi trouver le moyen d'entrer dans le camp de La Courtine. Pour l'heure, l'Etat-Major allemand est inflexible. Les nazis se méfient...

- Je sais... Je sais... rétorqua Lucien. J'ai une idée Camille. Les Boches se méfient des individus normalement constitués et il sera impossible de faire « embaucher » l'un d'eux au camp. Ils se méfient moins des « idiots »...

- ...Que veux-tu dire par là ? demanda Camille. C'est intéressant ton...

- ... Ce n'est pas vraiment une idée ! dit doucement Lucien. C'est seulement une suggestion. Tu comprends ? Je suggère à la direction de la zone Sud de faire « balader » autour du camp de La Courtine un pauvre hère... Les Boches adorent ces individus déglingués qui les amusent par leurs pitreries... Il paraît qu'ils ne plaisent pas beaucoup chez nous les vert-de-gris ! Dans leur pays, en Poméranie ou en Westphalie, il ne fait pas meilleur mais vois-tu, on se trouve toujours bien à la maison. Au camp de La Courtine, les Schleus s'ennuient... A part les corbeaux qui décrivent leurs vols interminables dans le ciel bleu... Un « idiot »... Oui, un clown ! Et voilà ! Je suis certain qu'ils vont l'adopter. A toi de jouer Camille... Si tu as le « m 'sieur » ne te gêne point ! Balance le leur et alors il passera partout, il nous dira tout...

- Formidable Lucien ! Le clown ? J't'assure que je vais le trouver promit Camille. Mais... n'as-tu pas une autre suggestion ?...

- Ah ! ajouta Lucien... J'aurais bien... mais... je ne...

- ... Tu ne vas tout de même pas faire la fine bouche avec moi ! Tu sais que je suis Camille, l'envoyée de l'Internationale rouge. Je suis Camille, le bras droit de Jacques Duclos, de Benoît Frachon, de Léon Mauvais... Si tu as une idée Lucien, il faut la dire...

- Je voudrais... je voudrais bien l'exprimer mais tout de même... c'est compliqué... Je ne sais pas comment je puis te dire cela. Enfin... tu es une « demoiselle »...

- Je suis l'agent secret de l'Internationale. Je suis Camille ! Et je suis d'abord pour toi la fille de ton camarade de régiment. Alors pour ton copain, tu dois parler sans retenue...

- S'il le faut... Je vais te dire... Au camp de La Courtine, les Boches s'ennuient ! Je t'ai suggéré le clown... Maintenant, nous pourrions aussi faire venir dans les bistrots de la ville des « filles ». Ils adorent ça les Schleus ! Il nous faudrait une section de filles… Elles investiraient les bistrots et, le soir, elles confesseraient les soudards… Bien sûr, chacune de nos « drôles » n'aura que très peu de choses à raconter mais au rapport cela donnera une idée… Oui, un clown et des filles… Et le camp de La Courtine tombera entre nos mains !

- Tu as raison Lucien ! Le clown, les filles et… ton restaurant ! Allais-tu oublier le rôle irremplaçable que tu as joué jusqu'alors ? Non ! Il faut poursuivre…

- Je te le promets Camille !

* * *

Camille avait quitté les Combrailles quelque peu inquiète par la tournure des événements et l'intensification de la répression allemande. Partout, au Centre de la France, les maquis étaient attaqués par les forces allemandes et leurs complices vichyssois. A ces escarmouches incessantes, s'ajoutaient les affres d'un hiver qui s'annonçait terrible. Ah ! Ces hivers de guerre… Les populations affamées et en détresse les ressentaient plus qu'à l'ordinaire. Il est vrai que l'on manquait de tout pour s'alimenter correctement. Les hommes n'avaient plus de vin… Les bébés ne buvaient plus de lait… et les grands-mères avaient bien du mal à se procurer quelques morceaux de sucre. Pendant ce temps, les magnats de la betterave faisaient « leur beurre ». Le sieur Lebaudy livrait aux Allemands la totalité de sa production sucrière. Les Français souffraient… Les Boches se régalaient ! Nul doute qu'ils étaient en forme pour « chasser les terroristes ». La vaste forêt limousine qui, hier encore, était une mère protectrice et nourricière s'avérait un piège pour les patriotes. Il se disait que les loups étaient de retour en Creuse… Les loups ? Les braves gens désignaient ainsi les tueurs et les pillards qui saignaient la terre des maçons…

C'était sur une terre gelée et désolée, balayée par les vents du Nord que Camille cheminait admirablement guidée par les légaux de la Marche. Crocq… Auzances… Mainsat… Chambon-sur-Voueize ! La vallée encaissée de la Voueize, qui s'enfonçait en gorges serrées au milieu d'une nature sauvage, était encore propice aux caches pour la Résistance. Les maquisards de Budelière s'y étaient réfugiés. Camille voulait leur rendre visite, leur expliquer… Dans quelques mois, ces jeunes sortiraient de leur cachette pour investir Guéret. Actuellement ils s'entraînaient admirablement. Aux exercices de tirs à balles réelles, s'ajoutaient les parcours athlétiques, les marches forcées de jour et de nuit. Il fallait préparer, aguerrir la jeunesse de France. Il fallait aussi l'instruire et donner un sens à l'idéal de la Libération. Ces jeunes méritaient mieux que de la considération : Camille voulait leur expliquer que le Conseil National de la Résistance avait élaboré un programme novateur avec l'esprit audacieux d'offrir à chacun une place honorable dans la société. La jeunesse de France n'engageait pas seulement la lutte pour chasser les nazis de notre pays mais son combat s'inscrivait dans l'instauration d'un régime démocratique où le peuple aurait enfin le dernier mot. Pour l'heure, il fallait s'unir, s'armer et combattre ! Demain, il faudrait encore s'unir, travailler et profiter du fruit de cet effort. Les jeunes devaient espérer en un monde meilleur où il n'y aurait plus de place pour celles et ceux qui avaient livré la France à Hitler… Un idéal de pureté ! Le ciel de la Creuse était bleu et limpide, la France que Camille et ses camarades voulaient instaurer serait tout aussi belle… Les traîtres devraient rendre compte devant les tribunaux populaires et payer le juste prix. Il ne fallait surtout pas décréter l'épuration sauvage, il fallait la justice et l'honnêteté ! Hier, Martin Nadaud et ses célèbres maçons de la Creuse avaient su se conduire… L'enjeu de demain, celui de la Libération, c'étaient les chemins de l'Honneur !

Aux jeunes de la vallée de la Voueize, réunis en carré devant elle, Camille expliqua, donna les dernières nouvelles. René Bousquet venait de quitter son poste comme secrétaire général de la police de Vichy où il avait sévi durant des mois au service de l'Etat français. Bousquet avait collaboré avec l'Allemagne hitlérienne et dans la dernière période, juste à la fin de son mandat, il avait eu le culot de venir en personne à Saint-Gilles-les-Forêts… Bousquet recherchait Georges Guingouin. C'était lui qui avait décidé d'une énorme prime en or pour la capture du « Grand »… Jusqu'alors les forces de police et de gendarmerie avaient échoué… Bousquet ne parvenait pas à le croire ! Personnellement il avait pris l'affaire en main ! A Treignac, à Chamberet, à Meilhards et jusqu'à la mairie de Saint-Gilles-les-Forêts, il était venu dans sa traction noire pour traquer le chef du grand maquis. Avec lui, de Vichy, il avait amené toute une meute de miliciens, de mouchards, de vauriens… Bousquet voulait la peau de Guingouin. Camille le savait… C'était lui qui avait fait arrêter et déporter plusieurs dizaines d'enfants juifs vers les camps de la mort. C'était lui qui dirigeait les séances de tortures les plus dures pour les patriotes. Bousquet était assoiffé de mort ! Camille savait aussi qu'il était un homme rusé et que n'ayant pas réussi à couronner sa carrière par la spectaculaire arrestation de « Raoul », il s'était écarté du pouvoir de Vichy. Il avait préféré renouer dans l'ombre avec la Franc-Maçonnerie et engager des pourparlers complices avec ceux qui après avoir été décorés de l'Ordre de la Francisque prétendaient maintenant servir la Résistance. Camille savait que l'on aurait du mal à intercepter l'ancien Radical-Socialiste du Lot-et-Garonne pour le traduire devant la Haute Cour de Justice…

Tout cela, Camille se devait de le dire aux jeunes patriotes qui allaient demain porter les coups les plus redoutables à ceux qui occupaient encore la Creuse. Elle ne voulait surtout pas que ces hommes courageux soient plus tard déçus, écœurés peut-être… A l'heure où ils risquaient leur vie sans aucune arrière-pensée, des politiciens véreux complotaient avec les serviteurs zélés de Vichy. Après Saint-Gilles-les-Forêts, René Bousquet s'était rendu à Limoges. Qui avait-il rencontré là-bas ? Dans l'ombre des ruelles du quartier de la Boucherie, on l'avait vu se glisser et serrer des mains sales… Ce seraient ces mains qui, plus tard, signeraient les éditoriaux à l'encontre de « Raoul » et l'accuseraient des pires crimes. René Bousquet n'était pas venu pour rien en Limousin : il avait semé des graines, des mauvaises… Camille avait indiqué aux jeunes patriotes de la Creuse qu'il ne fallait pas s'y tromper : le départ de René Bousquet n'était pas le signal d'une répression allégée. Bien au contraire. Son remplacement par Joseph Darnand en tant que Secrétaire général du Maintien de l'Ordre était plutôt inquiétant. Darnand s'était déjà illustré par sa politique de la terreur. Il voulait frapper à coups redoublés sur les populations pour que l'esprit patriotique disparaisse. Il voulait faire des exemples. A ce titre, comme René Bousquet, il vint en personne à Treignac pour donner ses instructions aux G.M.R., aux miliciens, aux policiers et aux gendarmes. Darnand voulait développer le crime. Il fallait tuer, tuer encore et toujours pour jeter le trouble et enfoncer le peuple sous le joug des nazis. Les forces de la Résistance devraient par tous les moyens essayer de capturer ce triste sire. Darnand leur échappa… La « baraka » ! Oui, vraiment tout avait été mis en œuvre par Camille et ses services pour s'emparer du sinistre individu. Rien n'y fit… Cependant si l'on ne pouvait prendre le numéro 1 de la répression policière, il faudrait donner des leçons répétées à ses hommes… Il faudrait corriger les G.M.R., les gendarmes et les policiers… Il faudrait les humilier, les déshabiller si besoin et les laisser aller nus rejoindre leurs casernes. En plein hiver, la leçon serait bonne ! Quant à ceux qui tenteraient de s'emparer des chefs du Maquis, il faudrait tout simplement les liquider… Camille déclara qu'il ne faudrait surtout pas trembler... Après tout si un gendarme, père de famille, était pris dans une embuscade et tué, il n'y avait pas à verser de larmes. La place d'un père de famille n'était pas de chasser la jeunesse de France qui refusait de travailler et de servir l'Allemagne. La place d'un père de famille était avec son épouse et ses enfants !

Camille apprit aussi aux Francs-Tireurs de la Creuse une terrible nouvelle : le gouvernement de Pierre Laval venait d'instaurer par décret-loi les cours martiales en France. C'était le 20 janvier 1944… Bien peu de gens avaient fait cas de ce décret scélérat ! Camille expliqua que, désormais, toute personne arrêtée pourrait être traduite immédiatement devant des juges militaires qui ne lui accorderaient même pas le droit de la défense. Toute personne pourrait être condamnée à mort sans aucune possibilité d'appel. La sentence serait exécutée immédiatement. Des dizaines, des centaines d'hommes et de femmes allaient ainsi être « expédiés » au poteau d'exécution et s'écrouleraient sous les balles de policiers français… Ils auraient seulement la chance de mourir en regardant leurs assassins dans les yeux et en chantant les inoubliables paroles de « *La Marseillaise* » et de « *L'Internationale* « ! Des dizaines, des centaines d'innocents tomberaient ainsi dans l'obscurité des cours exiguës de prison… Sordides jugements ! Justice expéditive comme l'aimaient Pierre Laval, Philippe Henriot, Joseph Darnand et le Maréchal Philippe Pétain.

***

Sur les chemins de la Creuse Camille avançait toujours aussi inquiète pour ses camarades qui allaient subir cette cruelle répression. Seulement voilà, la demoiselle était confiante. Elle savait que si Bousquet et un certain nombre de scélérats s'étaient éloignés de Vichy, c'était que le vent tournait. Cette année 44 serait décisive mais ô combien difficile pour la lutte des Francs-Tireurs. Elle savait que Darnand et ses conseillers spéciaux allaient « lever » des faux maquis qui pénétreraient les forces de la Résistance pour les conduire à l'échec. Elle savait qu'il y aurait des commandants Julot, Charlot… Elle savait qu'il y aurait les frères S. en Basse-Marche… Des assassins, des voleurs ! Darnand voulait discréditer les Francs-Tireurs. Elle savait aussi qu'il y avait pire : les services hitlériens et leurs complices de Vichy voulaient à tout prix briser l'unité de la Résistance qui ne faisait que grandir sous l'impulsion de Jean Moulin et de tant d'autres patriotes illustres qui autour du Général de Gaulle se rassemblaient. Briser les chaînes de cette solidarité agissante pour un idéal de Liberté : tel était l'objectif nouveau de Vichy ! Il fallait déjouer le piège… Camille devait rencontrer à Guéret le responsable de l'Armée Secrète. Oui, elle verrait le commandant François… Elle parlerait à Blanche… Elle visiterait les bataillons des Corps Francs de Roger Thome… Et maintenant, elle filerait vers l'Ouest par Bénévent-l'Abbaye et Grand-Bourg. Jusqu'alors Camille n'était jamais venue dans les unités de Francs-Tireurs de la région de la Souterraine. Là, en pays sostranien, de nombreuses compagnies s'étaient formées dans les bois de Saint-Maurice, Saint-Sébastien, Saint-Priest-la-Plaine, Saint-Pierre-de-Fursac. Là, se rejoignaient les forces de la Marche et du Limousin. Le Lieutenant Vidal dirigeait le Maquis du bois de la Bonnelle ; certains de ses détachements étaient en Haute-Vienne, dans les monts d'Ambazac… Camille était chez elle ! Les bourgs de Saint-Sylvestre et de Saint-Goussaud étaient unis comme les doigts de la main. A deux pas de Saint-Sulpice-Laurière, les troupes F.T.P. contrôlaient le nœud ferroviaire où les cheminots livraient chaque jour la bataille du Rail. Là encore, des unités de l'Armée Secrète stationnaient et attendaient… La guérilla F.T.P. était partout à l'offensive. Joseph Darnand ne tarderait pas à envoyer dans cette région d'importantes forces de la répression : les G.M.R. du Berry seraient appelés en renfort des hommes du Premier Régiment de France. Il faudrait aussi compter sur les cohortes assassines de la Milice… Le Colonel Besson s'illustrerait de manière tragique dans la répression du bois de La Bonnelle. A Vaussujean, plusieurs jeunes F.T.P. tomberaient sous les balles meurtrières du Premier Régiment de France qui irait bientôt à Ussel frapper à nouveau... Précisément, à Vaussujean, Camille avait rendez-vous avec Victor Renaud. L'homme était un patriote droit comme un i, fidèle aux idées généreuses de sa religion qui enseignait la fraternité. Elle le savait courageux et très digne, capable de prendre une part importante dans la lutte contre l'occupant barbare. Elle ne se trompait pas Camille ! Le 28 mai 44, à quelques jours du Débarquement en Normandie, Victor Renaud était arrêté par les hommes de Vichy, conduit à la prison du Petit Séminaire de Limoges, torturé par le cagoulard Filliol, condamné par les trop célèbres cours martiales et fusillé pour avoir seulement dit son dégoût du fascisme et crié à l'injustice !...

Décidément, la lutte serait de plus en plus difficile et jalonnée de taches de sang mais ces jeunes qui allaient tomber sous les balles ennemies marqueraient à jamais l'Histoire de la Marche et du Limousin. Ils n'allaient pas mourir pour rien ! Voilà pourquoi Camille continuait sa route vers le Sud...

* * *

L'agent secret de l'Internationale avait pris le train en gare de La Souterraine. Elle ne s'arrêta pas à Limoges... Elle poursuivit son voyage jusqu'à Uzerche. Elle descendit discrètement et sortit par une porte dérobée à l'heure où la gelée blanche avait magnifiquement décoré les arbres dénudés des rives de la Vézère. A deux pas du Pont Turgot, Camille avait rendez-vous à l'intérieur d'une manufacture de cuir. Chez un maître tanneur, elle allait pour rencontrer les chefs des maquis voisins de Salon-la-Tour, Masseret et Magnac-Bourg. Des dizaines d'ouvriers travaillaient encore dans cette tannerie ancestrale installée sur les bords de la Vézère, rivière réputée pour la pureté de ses eaux et le traitement du cuir. Il existait là une véritable complicité entre les propriétaires de la fabrique et leurs ouvriers. Les Allemands se doutaient bien qu'un trafic anormal se déroulait à l'intérieur de l'usine mais, malgré une présence quotidienne, ils n'étaient pas parvenus à dénouer les fils de l'extraordinaire chaîne de solidarité qui existait ici. Un poste émetteur se trouvait à quelques kilomètres sur les hauteurs de Salon-la-Tour. A Magnac-Bourg, c'était une véritable pépinière de maquisards actifs et éclairés. Ils étaient les hommes de Guingouin : Albert Faye, Léonard Lornac, Albert Renaudie… Il y avait aussi une jeune institutrice agent de liaison : Marguerite Renaudie…

D'Uzerche où elle n'eut guère le temps d'admirer les hautes maisons aux toits d'ardoise qui se miraient dans les eaux tumultueuses de la Vézère, Camille prit le chemin de l'épicerie de Madame Lazeiras, véritable « boîte aux lettres » pour le grand Maquis du Mont-Gargan. Il fallait absolument renouer le contact avec « Raoul »… D'importantes batailles attendaient les forces de la Résistance ! Il fallait des armes efficaces en rapport avec les confrontations à venir ! L'heure n'était plus à récupérer de l'explosif… de la dynamite, du plastique :

les maquisards en avaient autant qu'ils le voulaient. La difficulté actuelle était de déjouer la vigilance des soldats de la Wehrmacht pour pouvoir miner les viaducs et les tunnels. Faire parler la dynamite, c'était un jeu enfantin désormais. Seulement voilà, si l'on voulait chasser les nazis de France, il faudrait que les unités du Maquis puissent les affronter en armée régulière. On manquait terriblement d'armes lourdes et particulièrement de bazookas pour lutter contre les chars ennemis. Il fallait aussi des fusils-mitrailleurs et des munitions en quantité, des grenades explosives et incendiaires, des lance-flammes… Bref, un armement nouveau pour une armée nouvelle qui, à grande échelle, livrerait la bataille décisive.

Camille expliqua aux chefs des compagnies de Francs-Tireurs qu'elle avait transmis par l'intermédiaire de Fernand Grenier, leurs demandes à Londres. Pour l'heure, celles-ci étaient restées lettre morte. Les services britanniques de Winston Churchill et ceux du Général de Gaulle étaient au moins d'accord sur un point : il fallait éviter d'armer les maquis communistes… Les missions des aviateurs britanniques étaient réservées aux forces de l'Armée Secrète qui devaient réceptionner les containers d'armes et les cacher… Camille voulait déjouer ce piège. Pour cela, elle avait besoin de la complicité de « Raoul ». Lui seul, dans la région du centre de la France, avait été en désaccord avec la direction de la zone Sud des Francs-Tireurs. Il avait osé faire attendre les envoyés spéciaux de cet organisme prépondérant. Les services britanniques du renseignement le savaient. Le S.O.E. avait aussi eu vent de la venue en pays miaulétou d'un certain Lerouge… « Raoul » n'était pas en odeur de sainteté auprès de ses pairs. Camille expliqua dans la petite épicerie de madame Lazeiras que ce pouvait être un atout majeur et qu'il fallait à tout prix le jouer pour tromper les services secrets de Churchill. Le grand maquis du Mont-Gargan n'obéissait plus aux ordres de l'Etat-Major de la zone Sud… En conséquence, on pourrait bien, là, parachuter autant d'armes qu'on le désirait… Bientôt les forteresses volantes survoleraient les contreforts du Massif Central, repéreraient les terrains aménagés par les hommes de « Raoul ». Ce serait d'abord la nuit puis le jour. Des milliers de tonnes d'armes et de munitions seraient déversées sur les hauteurs de Domps et de Sainte-Anne. Il y aurait des centaines de containers et même de l'argent… Il y aurait plus encore ! Sur la commune de Saint-Martin-le-Château, les Britanniques laisseraient tomber du ciel des « montures animales »… Et voilà que les mules de « Raoul » seraient ferrées à La Villedieu et déferleraient sur les versants du bassin de Limoges. Oui, des mules, des mulets et des ânes ! Camille avait eu cette idée, « Raoul » l'avait acceptée… Seulement voilà, il fallait encore une ruse de guerre. Certes « Raoul » avait désobéi aux ordres de Léon Mauvais, Benoît Frachon, Jacques Duclos mais ce n'était pas suffisant pour « enfoncer » encore davantage les agents du S.O.E. Il faudrait inventer un « Raoul » bis ! Ce serait le Colonel Charles… Ce serait lui qui engagerait les pourparlers avec Violette Zsabo et ses collaborateurs pour obtenir ces précieuses livraisons… Dans l'épicerie de madame Lazeiras, en l'espace d'une soirée, Camille avait fait d'un enfant de la Croisille-sur-Briance, un colonel à la tête d'une troupe d'hommes nombreux et aguerris et ce serait lui, Charles Gaumondie qui les ferait défiler au château de la Ribeyrie en présence du Commandant Poissy devant les envoyés spéciaux du Royaume-Uni. Du bluff… et ça marcherait ! Quand les armes seraient à terre, il suffirait de les partager, de les distribuer… La bataille de France se préparait mais l'intelligence d'une femme donnait des ailes aux jeunes combattants du Maquis !

* * *

L'hiver s'achevait… Les dernières neiges s'accrochaient encore aux pentes du Lioran et du Mont-Dore. Elles avaient depuis longtemps disparu des croupes arrondies des Monédières et des sommets limousins. Le soleil réchauffait la campagne et les hirondelles étaient de retour… Un printemps de plus… Serait-il le dernier qui verrait le pays occupé ? Pour l'heure, la répression s'abattait plus durement encore sur des populations atterrées.

Au Lonzac, en Corrèze, une colonne était venue de Tulle. Elle avait brûlé le village, fusillé plusieurs habitants : le Maire, le secrétaire de mairie, le vieux curé… La terreur… Toujours la terreur ! En Creuse, en Charente, en Dordogne, les troupes allemandes patrouillaient, tiraient sur tout ce qui bougeait, assassinaient encore… Dans le Lot-et-Garonne à la centrale d'Eysses, des dizaines de prisonniers avaient tenté le tout pour le tout : une émeute, une tentative désespérée pour briser les chaînes de la prison et retrouver la liberté. L'armée allemande appelée en renfort n'avait pas hésité, elle avait ouvert le feu sur des malheureux désespérés, démunis d'armes… Le sang des patriotes avait coulé. Une fois de plus, la force avait eu le dessus. L'émeute des prisonniers d'Eysses avait été réprimée avec une férocité à nulle autre pareille. Les S.S. voulaient que cela serve de leçon ! La terreur s'abattait… Camille savait, qu'à Montauban, la division S.S. Das Reich avait pris ses quartiers d'hiver. Après avoir tout au long de l'année 43 semé la panique dans les populations de l'Ukraine, de la Roumanie, de la Yougoslavie… Camille avait obtenu ces précieux renseignements de la direction de la zone Sud. La Das Reich n'était pas une division allemande comme les autres, elle était composée de volontaires engagés pour tuer et brûler ! Des S.S. prêts à tout et surentraînés. Certes les troupes patriotiques de la glorieuse armée yougoslave de Tito lui avaient fait subir des pertes considérables. Dans les montagnes de la Serbie, dans les défilés du Monténégro, tout au long des vallées de la Croatie et de la Slovénie les hordes nazies de la Das Reich avaient été inlassablement harcelées par les héroïques combattants du Maréchal Tito. Ils avaient laissé là-bas plusieurs centaines de morts, ils étaient revenus avec des blessés et la peur au ventre… Pour la première fois la Das Reich avait dû se replier. Elle était maintenant « au vert » à Montauban ; elle reprenait des forces. De nouvelles recrues rejoignaient ses casernes. Des recrues qui avaient pour vocation d'assassiner et de piller ! Camille savait qu'un jour peut-être on prétendrait que les S.S. avaient été contraints de s'enrôler… Des Malgré-nous chez les S.S. ? De qui se moquait-on ? Les nouvelles unités qui se constituaient peu à peu étaient encore plus engagées sur les chemins de la mort que celles qui avaient été décimées par les partisans de Tito. Des unités nouvelles de tueurs… Des adolescents de dix sept, dix huit ans ! Des Français aussi… oui, des fascistes… Des ennemis jurés de la Liberté ! Des ennemis qui jouaient avec leur poignard à tête de mort qui se défiaient inutilement dans l'horreur… Des assassins… Et parmi eux, des Lorrains, des Alsaciens… Camille était outrée d'apprendre que ces unités de la mort se formaient à Montauban, patrouillaient dans les hautes vallées de l'Ariège, s'enfonçaient en pays gersois et s'exerçaient en grandeur nature ! Dans ces régiments de la Das Reich, on parlait davantage français qu'allemand… Cela pourrait être déterminant dans les mois à venir. L'horreur s'annonçait… En même temps que le massacre du Lonzac, il y avait eu les « Pâques rouges » en pays jurassien… Une répression farouche, féroce ! Personne ne devait désormais se sentir à l'abri ! Pas même ceux qui avaient fait vœu d'allégeance à Vichy ! Il fallait frapper au hasard ! La Terreur fasciste était à l'ordre du jour de l'armée des barbares.

Camille avait raison de s'inquiéter… Heureusement, les forces de la Résistance s'amplifiaient de jour en jour. Les compagnies de la M.O.I. s'affûtaient et préparaient la réplique qui saignerait les nazis. Alberto, Carlos et tant d'autres chefs illustres venus d'Espagne et d'Italie allaient diriger les troupes de choc de l'armée de la Libération. Maintenant les parachutages étaient plus nombreux et les jeunes recrues découvraient avec une joie sincère qu'elles n'auraient pas à aller combattre les mains nues… Seulement voilà, il fallait faire vite pour instruire ces centaines de jeunes qui entraient au maquis. Il fallait les encadrer, les former… Il ne suffisait plus maintenant d'avoir envie d'en découdre avec les Boches, il faudrait apprendre à se battre contre une armée de plus en plus redoutable, blessée… Il y avait tant à faire…

* * *

Camille ne s'attarda guère chez Madame Lazeiras : elle reprit le chemin du Nord. A Pierre-Buffière, elle obliqua vers l'Ouest. Nexon, Les Cars, Châlus, Oradour-sur-Vayres, Rochechouart… Dans cette dernière localité, un agent de liaison l'attendait devant l'Hôtel de France. Il devait la conduire au cœur de la vaste forêt de Rochechouart. Là, les compagnies F.T.P. du Maquis de Pressac s'entraînaient assidûment sous les ordres du Colonel Bernard. Bientôt, il faudrait être prêt pour libérer les villes. Camille transmit à Bernard des ordres de mission de la direction nationale. Ils étaient clairs : d'ici quelques semaines, les bataillons de Francs-Tireurs devraient passer à l'offensive pour fixer le maximum de divisions allemandes à l'intérieur du pays. Dans les premiers jours de juin, la bataille de France allait s'engager… Le Débarquement des Alliés tant espéré des Soviétiques était proche. Le Général Eisenhower dirigerait l'opération « Overlord ». Il comptait sur l'aide précieuse des Forces Françaises de l'Intérieur pour harceler et retarder la remontée sur le front de Normandie des compagnies S.S. Le début de juin serait un formidable feu d'artifice. Camille demanda à Bernard de frapper l'ennemi au plus fort. L'ouvrier typographe était d'accord. Seulement voilà, ses bataillons pouvaient bien se lancer à l'assaut de Saint-Junien ou de Chabanais mais, seuls, ils ne pouvaient prendre Limoges. Il faudrait convaincre Guingouin d'engager lui aussi la lutte… A vrai dire, l'ordre du Général de Gaulle aux F.F.I. serait très précis. Toute désobéissance serait considérée comme une faute. Il s'agissait maintenant de mettre en place des Comités de la Libération qui seraient chargés de coordonner toutes les luttes armées. C'était la raison pour laquelle Camille devait se rendre dans les Monts de Blond. Près de la Chapelle de Vaulry, elle avait rendez-vous avec un autre chef de la Résistance limousine : le Commandant François. C'était lui qui était à la tête de l'Etat-Major Régional des F.T.P.F. et qui couvrait les quatre secteurs de la Haute-Vienne. C'était donc naturellement lui qui deviendrait le chef départemental F.F.I. pour la prise de

Limoges. Camille le trouva en compagnie du Capitaine René discutant des plans d'investissement de la cité de la porcelaine. Limoges était une grande ville. La garnison allemande qui se trouvait à l'intérieur n'était pas très importante : un petit millier d'hommes âgés et usés… Il faudrait aussi compter sur les forces supplétives des nazis : les cohortes de la Milice commandées par le sinistre De Vaugelas et les unités de Gardes Mobiles. Camille insista auprès de l'Etat-Major Régional : il fallait absolument entrer en contact avec ces Français chargés du Maintien de l'Ordre par Vichy. Il fallait les sommer de choisir : soit ils continueraient à servir le régime chancelant du vieux maréchal, soit ils passeraient aux côtés des forces du Maquis… Le Commandant François et le Capitaine René étaient formels : les G.M.R. ne choisiront pas ! Au mieux, on pouvait attendre leur neutralité. Les gendarmes mobiles représentaient une force considérable. Leur cantonnement était connu. Des agents de liaison avaient été dépêchés sur place. C'était toujours la même réponse :

- Nous servons la légalité. Nous voulons bien vous ignorer et ne point vous attaquer mais il ne faut pas nous demander d'être des « terroristes » !…

Camille insista :

- A l'heure où vous recevrez les ordres du Général de Gaulle pour attaquer Limoges : vous devrez bien peser l'état des forces en présence. Une grande ville reste difficile à conquérir. D'autant plus que dans celle-ci, nous n'avons pas réussi à développer autant que nous le souhaitions les unités de Résistance qui pourraient de l'intérieur vous aider. Limoges ne ressemble en rien à Paris. La capitale est bien plus vaste et plus peuplée que le chef-lieu de la Haute-Vienne mais les organisations syndicales, les partis politiques de Gauche et les résistants du Colonel Rol-Tanguy ont tissé des liens serrés pour prendre en souricière l'ennemi. Je crois bien pouvoir vous annoncer que la Libération de Paris suivra de quelques jours celle de Limoges. Oui, nous avons négligé la Résistance à l'intérieur de la ville et nous nous sommes contentés d'implantations rurales plus faciles mais moins opérantes. Il n'en est pas de même de la préfecture de la Corrèze, ni de Guéret… Je vais bientôt partir dans les Deux-Sèvres… La situation à Niort est très semblable à celle de Limoges et je crois bien que la capitale de la Venise verte ne sera pas libre de sitôt… En attendant, il vous faut resserrer les liens avec les autres organisations de la Résistance. L'heure est à la création des F.F.I. Nouvelle structure qui englobera les F.T.P., les gars de l'A.S. et ceux de l'O.R.A… Vous devrez être vigilants ! Les renseignements qui sont en ma possession m'autorisent à vous dire que tout sera mis en œuvre pour écarter les chefs F.T.P. de la direction des F.F.I. Dans les semaines qui vont venir : vous verrez surgir de partout des commandants, des colonels, des généraux que vous n'aviez jusqu'alors jamais rencontrés. Ils prétendront diriger des unités de masse et réclameront la présidence des Comités de Libération. Ils auront attendu le jour J, l'heure H... Nos Francs-Tireurs par leur courage et leur hardiesse libéreront les villes... Les invisibles combattants d'une Armée Secrète entreront dans les préfectures. Le plan de De Gaulle se réalisera sans doute. Demain, vous serez écartés, accusés peut-être... Soyez vigilants Camarades ! La bataille de France va commencer. Cette bataille doit être une victoire éclatante de celles et de ceux qui, en lettres de sang, ont inscrit leurs noms sur les places de nos villages. Soyez vigilants Camarades : la guerre n'est pas finie ! Elle va prendre une tournure souvent tragique : l'ennemi blessé et attaqué de toutes parts se défendra ! Les griffes hitlériennes déchireront les chairs des patriotes. On fusillera... On brûlera... La terreur va déferler sur le centre de la France. Soyez vigilants Camarades : la terrible division Das Reich se repose encore à Montauban. Lorsque ses colonnes vont se déployer comme les tentacules de la pieuvre, elles vont semer la mort, les pleurs et la souffrance... Vous n'avez encore vu que les prémices du combat. Prenez garde ! Il vous faudra rebondir, reconstituer vos unités et frapper encore et toujours ! J'espère que je vous reverrai à l'heure de gloire : celle de la France libérée, forte et heureuse enfin ! Et maintenant je pars...

Camille quitta l'Etat-Major Régional des Monts de Blond, passa à la mairie de Cieux pour transmettre à Thérèse l'agent de liaison du secteur, ses dernières recommandations. Thérèse devait prévenir les unités de maquisards, éviter à tout prix le bourg d'Oradour-sur-Glane. Dans cette dernière localité, il y avait du danger… Mieux valait ne pas le frôler !

Camille se dépêcha de rejoindre les unités de Francs-Tireurs cantonnées dans les bois du Roy près de Bellac. La sous-préfecture du Nord de la Haute-Vienne serait une importante position stratégique pour les semaines à venir. Ce serait par cette ville que remonteraient les divisions allemandes avant de pénétrer dans la Vienne en direction de Montmorillon et de Poitiers. Les compagnies du Commandant Georges devraient donc être prêtes à « accueillir » les soldats de la Wehrmacht. La Route Nationale 147 était particulièrement accidentée, sinueuse et propice aux embuscades… Il faudrait en profiter. Les gorges du Vincou seraient le théâtre de combats acharnés contre les troupes hitlériennes. Georges en était conscient mais il fit remarquer à Camille que la plupart de ses hommes étaient de très jeunes recrues. Ils venaient juste de rejoindre les compagnies du Maquis cherchant davantage à se cacher qu'à combattre… Camille demanda instamment au chef du sous-secteur Nord de la Haute-Vienne de préparer ses hommes aux combats et d'enclencher dès que possible la prise de Bellac avant de reconquérir le Sud de la Vienne. L'agent secret de l'Internationale évoqua aussi le cas de la caserne de Magnac-Laval. Il y avait là-bas plusieurs centaines d'hommes rescapés de la division Vlassov, des soldats russes qui avaient combattu aux côtés d'Hitler…

D'après les renseignements qu'elle tenait d'un agent de liaison de la commune de Droux, elle pouvait affirmer que le moral des troupes russes collaborant avec les nazis n'était pas au beau fixe. Les meutes grondaient dans la caserne. Des officiers, des sous-officiers et des simples soldats voulaient en découdre avec les Boches et se libérer de la tutelle de leur chef collaborateur. Il y aurait, dans les jours à venir, à surveiller l'évolution de ce climat explosif. Il faudrait aussi attacher la plus grande importance à la présence dans la région d'importantes unités de l'Armée Secrète. Stationnées un peu partout avec des groupements d'hommes importants, elles pourraient devenir un atout majeur pour le combat libérateur. Au Puy de Massert, le Lieutenant Lacoste avait rassemblé bien plus de cent jeunes. Lacoste demandait à entrer en contact avec les chefs F.T.P. Il ne fallait pas écarter cette perspective d'une lutte unitaire. Il faudrait aussi prendre en compte la présence en cité bellachonne d'importantes forces miliciennes. Cette ville comptait bien plus d'une centaine d'adhérents aux cohortes de Vaugelas. C'était considérable… Il fallait aussi engager des pourparlers avec le Général Dumas… Dumas se cachait à Bellac au cœur même de la ville : il attendait… Il était temps de se montrer audacieux ! Désormais, l'aviation britannique pilonnait les installations militaires au service des Allemands. Souvent, les aviateurs s'égaraient quelque peu et lâchaient des bombes au-dessus des quartiers résidentiels. La propagande de Vichy, en étroite collaboration avec celle des hitlériens, montrait du doigt les hommes de la R.A.F. Des assassins ? Pas le moins du monde ! Il faudrait imprimer des tracts, prévenir la population, expliquer… Les Britanniques étaient engagés depuis le début à nos côtés dans la bataille de la Libération. Il faudrait rappeler que les Italiens étaient venus au-dessus de Bellac pour détruire le viaduc de la voie ferrée Limoges-Poitiers qui franchit la vallée du Vincou. L'aviation italienne était si maladroite et si poltronne que pas une seule bombe n'était tombée sur son objectif. Par contre, plusieurs maisons de particuliers avaient été détruites. Des bombes dormaient dans les jardins potagers et même au fond du lit du Vincou… A cette époque, le gouvernement de Vichy n'avait rien dit ! Il fallait entrer en contact avec ceux de Londres et leur transmettre des plans précis des lieux à bombarder pour éviter les catastrophes. Il n'était pas aisé aux aviateurs, ayant parcouru des centaines de kilomètres de viser précisément l'objectif mais ces courageux pilotes étaient porteurs d'espérance. Si par malheur ils étaient abattus ou s'ils devaient sauter en parachute pour échapper aux tirs meurtriers de la D.C.A. allemande, le devoir impérieux des maquisards était de les recueillir, de les soigner, de les guider… Camille expliqua au Commandant Georges que les brigades de gendarmeries locales avaient reçu des ordres pour rechercher activement ces aviateurs tombés sur notre sol et les livrer à l'ennemi… Nous devions être solidaires des Anglais, des Canadiens et des Américains qui allaient engager avec nos Forces de l'Intérieur la bataille de France…

Bellac… Confolens… Saint-Maixent-L'Ecole… Camille était revenue dans les Deux-Sèvres. Ce département qu'elle avait déjà visité avait payé un lourd tribut à la répression nazie qui s'était déployée ici au premier trimestre de l'année 44. L'ennemi avait pratiquement démantelé l'organisation militaire de la Résistance deux-sévrienne. Le 29 janvier 44, le Général Faucher avait été arrêté… Le 8 février c'était le tour d'Hypothénuse et de plusieurs membres de son Etat-Major… Le 18 février, sont arrêtés Chichèry et Lallemand du 1er bureau ; Renhas du 2ème bureau ; Papot du 4ème bureau ; Proust, chef des liaisons et le Docteur Laffitte, chef du service médical clandestin… Seul Edmond Proust parvint à échapper aux policiers et se glissa dans la clandestinité. Venant du hameau de Perré, il était arrivé au petit jour à son école de la « Chaumette ». Tout paraissait normal : les mouchards placés sur la barrière n'avaient pas bougé. Le silence le plus complet régnait. Il faisait très froid en ce mois de février 44. L'instituteur pénétra dans la maison d'école. A l'intérieur de celle-ci rien n'avait bougé… Il posa sa serviette sur la table, prit du bois sec, enflamma une feuille de journal et alluma le feu dans la cheminée… Il faisait encore nuit. Heureusement, les volets étaient restés ouverts. Proust regarda derrière les carreaux en direction de l'entrée de la cour. Stupeur ! Des tractions noires étaient maintenant arrêtées de l'autre côté de la barrière. Des hommes en gabardine en étaient descendus. Ils donnaient des ordres à des militaires… Vite ! Il fallait déguerpir, passer par derrière.

Heureusement, Edmond Proust connaissait les lieux comme sa poche. Sans bruit, il ouvrit la porte au fond du couloir, se faufila dans l'ombre de la cour, glissa entre deux murailles… Il était hors de danger. Pour l'instant… Sa sacoche à la main, il fila vers le village de Perré mais il ne lui fallait pas rester là. Bientôt, les Allemands donneraient l'alerte, battraient la campagne… Il fallait partir au loin…

Ce fut à la Bidolière qu'Edmond Proust s'installa. Désormais, il était devenu le Colonel Chaumette : il portait le nom de son école… L'école de la République avait été sa fierté. L'école de son village serait connue pour toujours. Il serait le Colonel Chaumette et c'était lui que Camille venait voir pour réorganiser les forces du maquis dans le Marais Poitevin, la Gâtine et les plateaux… Pas question de le rencontrer dans sa cache de la Bidolière ! Personne ne devait savoir qu'il était là ! Pas même les paysans voisins… Ils ne le surent que plus tard…

La réunion secrète entre Camille et le Colonel Chaumette aurait lieu chez les Marsteau à l'école de Sainte-Eanne… Il y avait aussi les Rossignols de La Tine de Verrières : des parents d'élèves sûrs… Dans les Deux-Sèvres la Résistance était surtout l'œuvre d'enseignants et d'amis de l'école… Camille expliquerait au Colonel Chaumette la situation. Bientôt le Débarquement aurait lieu… Il semblait impossible de s'emparer de la cité niortaise. Ici les forces allemandes étaient importantes. Elles détenaient un stock d'armes considérable. Elles risquaient de faire sauter la ville entière. L'objectif serait donc d'obliger les hitlériens à rester cantonnés dans les casernes. Dès qu'ils sortiraient en direction de Parthenay ou de Melle ou encore de Fontenay-le-Comte, il faudrait tendre des embuscades. Des embuscades meurtrières... Frapper vite et fort ! Tuer un maximum de Boches et se débander... Encore une fois la technique de la guérilla ferait merveille. L'ennemi intimidé finirait bien par ne plus bouger. Le reste se ferait naturellement. Isolés dans la citadelle des bords de la Sèvre, les Allemands finiraient bien par en sortir définitivement et quitter la ville pour des lieux plus sûrs... Enfin ! Ils le pensaient peut-être... Il resterait alors au Colonel Chaumette à rassembler toutes ses forces de maquisards et d'entrer dans Niort libérée pour y installer le Comité Départemental de la Libération. Seulement voilà, Chaumette avait besoin d'armes. Comme partout en France, des milliers de jeunes rejoignaient les détachements du maquis. Mais il fallait les habiller, les nourrir, les protéger des intempéries et surtout les armer pour qu'ils puissent au moins se défendre en cas d'attaque... Les Deux-Sèvres avaient été oubliées dans les plans de parachutages d'armes et de munitions. Camille promit à Chaumette d'en parler au délégué militaire pour la zone Sud, Claude Bonnier... La rencontre eut lieu... Les éclaircissements nécessaires furent donnés et les premiers parachutages purent enfin avoir lieu. Ils étaient les bienvenus pour les unités de Cerizay, Bressuire ; les détachements de la forêt de Chizé et les compagnies du Plateau mellois... Le Colonel

Chaumette serait le chef départemental des F.F.I. Camille avait fait du bon travail dans les Deux-Sèvres qu'elle ne voulait cependant pas quitter avant d'avoir rencontré son camarade Gabriel Citerne. Gaby était lui aussi dans la clandestinité avec ses détachements de F.T.P. Chaque jour, les intrépides maquisards faisaient dérailler les trains retardant ainsi les convois en partance vers l'Allemagne. Gaby avait aussi pénétré les usines de La Chaînette à Parthenay et l'industrie métallurgique du Nord des Deux-Sèvres. Ici, les Comités de Libération locaux se préparaient à l'usine, à l'atelier… L'espoir de la Liberté grandissait !

* * *

Un souffle nouveau venait de l'Ouest : celui d'une brise légère et parfumée… Le 1er mai approchait à grands pas et le printemps étalait sa magnificence partout où Camille passait. Cette année-là, celle qui devait être l'année de la Libération, était particulièrement chaleureuse. Les haies d'aubépine et de prunelliers s'étaient couvertes les premières de mille fleurs. On avait alors assisté à une éclosion de couleurs : sur les pentes des talus s'étalait largement le vert tendre d'une herbe généreuse parsemée de taches roses, jaunes, mauves… Des corbeilles entières débordaient de fleurs. On aurait pu les couper par brassées. Camille aurait bien voulu s'arrêter pour admirer ce spectacle étourdissant de la nature en ébullition mais elle n'avait pas le temps. Elle devait aller toujours plus vite, toujours plus loin… Elle avait abandonné les fermières et les petits chevreaux sous les halles de Civray, pris le chemin d'Availles-Limouzine. Maintenant elle était sur la route d'Angoulême. Le danger était à chaque virage. Des colonnes allemandes circulaient sur cet axe routier important qui reliait le Reich au Mur de l'Atlantique. Il ne faisait pas bon s'attarder ici, discuter avec le colonel Chabanne de l'A.S. 18. Pourtant Camille était venue jusqu'à Cherves-Chatelars visiter les installations du Chef Luc et de tous les compagnons engagés dans une lutte sans merci contre les occupants de la Charente. Le Colonel Chabanne et ses hommes étaient décidément tournés vers la Libération d'Angoulême qu'ils voulaient prendre les premiers. Ils savaient que Bernard et le maquis de Pressac s'engageraient d'abord dans la Libération de Limoges. Le Maquis de Pressac dépendait de la R.5. et devait donc apporter son concours à la prise du chef-lieu de la Haute-Vienne. Pendant ce temps les gars des gourbis, ceux de l'Armée Secrète battraient la campagne charentaise ; attaqueraient les convois militaires sur la Nationale 141 et la voie ferrée Paris-Bordeaux. Maintenant, les hommes de Chabanne étaient ravitaillés et armés grâce à des parachutages réguliers… Il était tout de même plus facile de venir dans le ciel charentais qu'au-delà de la Haute-Vienne jusqu'en Corrèze et au-dessus du Cantal. Les aviateurs britanniques craignaient par-dessus tout les longs trajets. N'avaient-ils pas déjà essuyé des échecs ? N'avaient-ils pas été contraints de se poser en catastrophe et de sauter en parachute près de Chabanais à Pressignac ? Il valait mieux limiter les risques et, Chabanne avait la confiance du S.O.E. Bernard n'en bénéficiait guère mais voilà : les deux chefs de guerre étaient amis… Ce que recevait l'un, il en donnait à l'autre à la barbe des Britanniques. Chabanne ravitaillait Bernard et le Maquis de Pressac traversait sans encombres la zone réservée d'ordinaire aux maquisards de Chasseneuil. Camille était venue à Cherves-Chatelars remercier André Chabanne, l'assurer qu'il pourrait compter sur l'appui des maquis de la Dordogne : des compagnies de « Soleil » et celles de Violette pour investir Angoulême… Seulement Camille ne lui avait pas dit que ce serait le Colonel Bernard qui dirigerait la prise de la Préfecture de la Charente, s'emparerait de la Banque de France et mettrait en déroute l'occupant… Tout de même, elle avait prévenu le chef de l'Armée Secrète du danger qui se trouvait sur ses terres et qui ne venait pas des Allemands… Elle lui avait confié un secret : en Charente, il y avait des combattants hindous… En ce temps-là, l'Inde faisait encore partie de l'empire colonial britannique et, fort adroitement, le chancelier Hitler avait promis à ses habitants de leur octroyer la liberté et l'indépendance sous réserve qu'ils lui prêtent main forte… Spontanément une colonne de volontaires venus du lointain continent asiatique s'était constituée. Le IIIe Reich l'avait armée jusqu'aux dents ! Voilà qu'elle était en Charente pour terroriser les populations et chasser les « terroristes ». Hitler leur avait promis l'indépendance... Les Hindous la désiraient ardemment : ils paieraient le prix... ils voleraient, ils assassineraient, ils se battraient jusqu'aux derniers et, comble de malheur pour Chabanne, ils se montreraient roublards... « Prudence » ! lui avait soufflé Camille. Le professeur de Chasseneuil avait hoché la tête... Camille n'avait pas eu le temps d'attendre, elle était pressée de rejoindre la Dordogne. D'Angoulême à Bergerac, il y avait du chemin, des routes de traverse... A chaque croisement, à chaque intersection, il fallait redoubler de prudence, à chaque minute une colonne allemande pouvait surgir, ouvrir le feu et repartir. La mort était au rendez-vous... Camille le savait. Elle avait appris la fin brutale de Robert Delord alors que l'intrépide maquisard qui avait eu l'honneur de côtoyer le Colonel Fabien était tombé sur la chaussée d'une Route Nationale de Dordogne. Robert Delord et ses camarades avaient voulu traverser coûte que coûte. C'était une erreur. La Wehrmacht ne laissait aucune chance aux imprudents. Elle frappait à coup sûr et elle n'était pas du genre à se débander. Il n'était plus question de s'amuser à tirer, à livrer une escarmouche. La colonne s'arrêtait, des soldats au casque de fer sautaient des camions et se déployaient en éventail. Maintenant ils patrouillaient aux abords de la route. Gare à celui qui se trouvait par hasard dans leur champ de vision. Gare au voyageur inconscient qui circulait comme si de rien n'était. La guerre entrait dans une phase décisive. Elle n'était plus l'œuvre d'amateurs.

Les colonnes de la division Das Reich allaient remonter du Lot-et-Garonne jusqu'en Dordogne. La politique de la terre brûlée débutait… On pouvait craindre le pire…

Il fallait du courage pour affronter cette armée redoutable au moral d'acier et à l'esprit fanatique. Les barbares étaient en Périgord et, bientôt, ils seraient en Limousin ! Camille y avait mobilisé toutes les forces de la Résistance pour affaiblir cet ennemi et lui couper les racines vitales qui alimentaient sa force de frappe. Le commandant Nelson avec les intrépides compagnons de Ricco avaient fait basculer dans le vide les pylônes de la centrale électrique des Tuilières. Cette ligne à haute tension alimentait la ville de Bordeaux et une partie de la Côte Atlantique jusqu'à La Rochelle. En coupant l'électricité aux Boches, Nelson et Ricco avaient considérablement réduit leur capacité de nuisance mais les Allemands n'étaient pas hommes à se laisser faire. Ils avaient installé déjà de puissants groupes électrogènes qui fournissaient un minimum d'électricité. Il faudrait encore détruire et détruire pour anéantir cet ennemi vorace et insatiable.

Avec la montée en puissance et massive des forces de la Résistance, des possibilités nouvelles s'offraient pour empêcher l'ennemi de nuire et surtout de déporter des centaines et des centaines de patriotes comme il l'avait fait jusqu'alors. Depuis près de cinq ans, des hommes et des femmes avaient été interpellés par les policiers, les gestapistes et les miliciens, jetés en prison ou internés dans les camps de concentration. Jusqu'alors rien d'important n'avait pu être entrepris contre cette machine répressive qui broyait les corps et les esprits. Dès son arrivée en Limousin, Camille avait recherché tous les moyens pour donner une chance d'évasion à ces malheureux prisonniers politiques enfermés derrière les barbelés, surveillés par les miradors avec leurs nids de mitrailleuses. Elle connaissait la vie sordide et misérable qu'ils menaient, là, bouffés par les poux et la vermine, affamés et accablés par les coups et les insultes… Elle les avait vus sortir des camps en bandes, accompagnés de leurs gardiens qui les menaient au travail. Les prisonniers n'étaient pas seulement gardés pour être expédiés dans les wagons à bestiaux vers d'autres camps plus terrifiants encore… Ils devaient donner leur force de travail pour produire au bénéfice des Allemands ou de leurs complices vichyssois. A Saint-Paul, à Nexon, en Charente et en Creuse, Camille les avait croisés sur les chantiers du profit, vêtus de guenilles, va-nu-pieds, malades, au bord du gouffre… Elle aurait aimé lancer ses compagnies de choc à l'assaut de ces camps, de ces forteresses de la répression pour libérer ces hommes et ces femmes… Elle aurait aimé faire jouer les boîtes à musique pour ouvrir des brèches béantes dans les murs épais des prisons… Ah ! Ces maisons d'arrêts… Lorsqu'elle était passée devant ces hautes murailles à Tulle, à Brive, à Périgueux ou encore à Angoulême, l'agent secret de l'Internationale avait frissonné… Il lui semblait qu'elle entendait les cris déchirants de ceux que l'on frappait, torturait, brûlait, assassinait… Quand viendrait-il le moment où enfin les chefs de ses maquis ouvriraient toutes grandes les portes des geôles de Vichy ? Quand viendrait-il le moment où, à la place des combattants de la Liberté, on mettrait sous les verrous les traîtres, les voleurs et les assassins ? Pour l'heure, les truands et les brigands faisaient encore la loi.

A quelques kilomètres de Bergerac, au lieu-dit Mauzac, avait été transplantée la prison militaire de Paris. C'était la plus importante maison d'arrêt de France avec l'un des régimes pénitentiaires les plus rudes. Ceux de Mauzac subissaient durant des mois et des années les pires humiliations et devaient se plier et parfois mourir… Ils étaient internés là dans les pires conditions de salubrité et d'existence. Le froid et l'humidité s'associaient pour miner encore davantage les corps affaiblis par une mauvaise nourriture et des traitements ingrats. Il ne faisait pas bon être blessé ou malade au camp de Mauzac. A chaque pas, on risquait la mort. La rude vie des prisonniers était seulement rythmée par les sorties régulières pour le travail dans les champs de tabac ou les vignobles. C'était là une douce compensation malgré la surveillance acerbe des gardiens zélés. Les hommes pouvaient grappiller quelques grains de raisin, mâchonner quelques feuilles vertes de tabac de Bergerac… L'herbe de Nicot coupait la faim, atténuait les douleurs… On oubliait un peu les misérables conditions que l'on subissait…

Seulement voilà, à l'heure où le muguet allait agiter ses clochettes joyeuses du 1er mai, les temps avaient quelque peu changé autour de Mauzac. Des compagnies de Francs-Tireurs, des bataillons de l'Armée Secrète s'étaient constitués dans les campagnes. Du haut de leurs miradors, les gardiens pouvaient voir en scrutant l'horizon à la longue vue, ces « terroristes » en manœuvres... Ils avaient eu le temps de les compter : l'Armée des Ombres était chaque jour plus nombreuse. Le moral avait changé de camp et les gardiens de Mauzac n'avaient plus le cœur à l'ouvrage. Ils savaient que les jours se compteraient maintenant jusqu'à l'ouverture de cette terrible maison de sûreté. Ils savaient que s'ils voulaient sauver leur peau, il faudrait se montrer plus conciliant et, déjà, quelques-uns d'entre eux faisaient partie d'une section de l'Armée Secrète. A l'intérieur de la plus importante prison militaire de France, les hommes de la surveillance n'étaient plus sûrs ! Le sénile Maréchal Pétain, les traîtres Laval et Darnand et leur mentor Philippe Henriot avaient beau se donner une contenance et multiplier les sorties en province jusque dans le Nord de la France, Vichy avait désormais le souffle court. Si l'armée hitlérienne n'avait point été là à deux pas, le gouvernement de la collaboration se serait effondré comme la maison de paille du petit cochon ! Le temps des « porcs » s'amenuisait chaque jour. Bientôt, le camp de Mauzac serait ouvert, libéré par les forces de l'Armée Secrète et les prisonniers eux-mêmes prendraient en main leur destin. Pas un seul gardien s'opposerait à cette libération. Camille avait bien travaillé : elle pouvait être fière de ses hommes. La pression idéologique qu'elle avait imposée aux tristes représentants de Vichy les avait contraints à déposer leurs armes assassines. Il n'y avait même pas eu à tirer un coup de feu. Bien sûr, il faudrait encore attendre un peu… Le jour le plus long serait aussi celui du camp de Mauzac : le jour de la Liberté !

Seulement voilà nous n'en étions pas encore là. Dans les prisons de Vichy, on interrogeait, on torturait, on fusillait… Les cours martiales jouaient pleinement leur rôle. Les policiers français obéissaient aux ordres de leurs chefs et tiraient sur des pères de famille, des adolescents de quinze ans, des jeunes filles messagères de la Liberté… Camille voulait arracher aux griffes de l'ennemi ses camarades et, justement, elle quitta Bergerac pour rejoindre le Commandant Soleil. Elle savait qu'elle pouvait compter sur lui. L'intrépide chef du maquis des bataillons de la Dordogne était l'homme de la situation. Lui seul était capable de pénétrer en plein jour à l'intérieur d'une centrale et d'ouvrir les cellules… Il avait vécu cela à la prison d'Avignon. Son Parti l'avait libéré et depuis il courait… En Dordogne, il était dans son périmètre : de Belvès au Bugue, du Buisson à Siorac, Camille allait lui confier les missions impossibles… Et les prisons imprenables s'ouvriraient et des patriotes retrouveraient la liberté…

* * *

Elle était venue jusqu'au village des Salles sur la commune de Belvès. Soleil était encore là avec son Etat-Major mais il s'apprêtait à quitter ce village. Des renseignements lui étaient parvenus, des renseignements qui lui indiquaient que les G.M.R. du Capitaine Jean cherchaient à l'encercler. Le déménagement avait commencé lorsque Camille arriva au P.C. de « Soleil ». Celui-ci l'accueillit comme toujours avec une grande chaleur. Ici, elle était la bienvenue ! Camille retrouva Flora, Marie et les autres : ses amies de toujours… Elles parlèrent ensemble. La guerre n'était pas finie : chaque jour des accrochages multiples avaient lieu. Les Allemands subissaient la guérilla : brusques attaques de détachements légers du maquis qui tiraient et se repliaient aussitôt sur un chemin prévu d'avance limitant ainsi au maximum les pertes. La guerre n'était pas finie… Les G.M.R. devaient « être corrigés » pour enfin se tenir tranquilles. Il avait été décidé de quitter le village des Salles et d'amener aussi un peu plus loin les trois seuls habitants qui restaient encore au pays. Baron et « Rasemotte » avaient établi des embuscades sur les routes menant au village. Il fallait prendre en tenailles les G.M.R. Camille assista à l'attente, elle était impatiente de voir évoluer les compagnies de choc de la Dordogne qui allaient en découdre avec l'ennemi. Deux nuits passèrent… Les G.M.R. n'apparurent point. Où étaient-ils donc passés ? Baron fut le premier à les apercevoir. La nuit, ils se déplaçaient avec des lanternes dans le village. Il fallait les surprendre. « Rasemotte » prévenu : l'encerclement commença. Seulement voilà les G.M.R. se rendirent compte de l'opération, commencèrent à se replier puis accélérèrent leur départ. Les hommes de

« Rasemotte » rentrèrent bien en contact avec eux mais il était presque trop tard. Les maquisards ne purent tirer que sur deux cars et quelques voitures qui démarrèrent en trombe. Plus tard ils apprirent qu'une demi-douzaine de Gardes Mobiles avaient été tués. A partir de cet instant, les hommes du Capitaine Jean se tinrent à distance mais il y avait encore dans le secteur d'importantes forces allemandes appuyées par des Nord-Africains et les cohortes de la Milice. Déjà, les colonnes de la Das Reich sévissaient dans le Lot-et-Garonne et commençaient à envahir le Lot. Le Quercy allait lui aussi payer un lourd tribut à l'ennemi : villages et fermes isolées, incendiés ; paysans et patriotes arrêtés, fusillés sur place, défigurés par les bottes des nazis !

En compagnie de « Soleil », Camille fit la connaissance de « Doublemètre ». Ce type là était un curieux personnage : il disait fréquenter Malraux, les officiers britanniques et côtoyer quelques chefs de la Résistance : Cailloux, Pat... « Doublemètre » était en liaison avec Jack et traînait toujours dans les parages. Plus tard, Camille apprit qu'il avait voulu s'imposer à Périgueux après le départ des bataillons de la Dordogne et la fuite en avant des Boches... Il avait un sacré culot !... Ce fut encore en compagnie de « Soleil » que Camille entendit parler d'un type de Siorac en Périgord : un gars surnommé Courouge... Un mouchard... Un pauvre type ? Nul ne pourrait le dire vraiment si ce n'était qu'il avait été vu dans les couloirs de la Gestapo à Périgueux et que lorsque « Soleil » avait voulu l'intercepter et dépêcher Baron et ses hommes pour le ramener à Belvès, Courouge avait disparu… Assassiné ? Parti au maquis ? Non ! Le faux Colonel Berger lui avait réglé son compte. Comme cela, Courouge ne parlerait plus. Il garderait pour toujours son secret. On ne pourrait que supposer…

Jack l'Anglais, le faux colonel Berger, Cailloux, Pat et encore « Doublemètre »… Camille mesurait la complexité de la lutte émancipatrice. Bientôt les grandes batailles allaient se présenter. Elle devait repartir pour la région parisienne, rencontrer la direction nationale qui lui transmettrait les ordres de mission pour les mois à venir. Des mois qui seraient ceux de la Libération !…

Chapitre V

Le temps des moissons

La mi-mai 44 approchait… Une grande douceur régnait sur l'ensemble du territoire français. Pourtant jamais jusqu'alors les escarmouches, les embuscades, les combats n'avaient été aussi intenses. A l'heure où elle remontait sur Paris, dans le train qui allait tant bien que mal d'une gare à l'autre, Camille pouvait mesurer les dégâts causés par cette guerre qui durait maintenant depuis plus de cinq ans. Issoudun, Vierzon, Châteauroux, Orléans… autant de villes bombardées, étranglées, délabrées… Camille ne reconnaissait pas sa France. Les rues étaient désertes et les fleurs printanières n'avaient même pas osé éclore sous ce déluge de violence et de terreur. Les passants et les voyageurs cheminaient la tête baissée, les yeux hagards, le visage pâle et les joues creusées… Quatre ans de violence, d'acharnement à détruire et à écraser ! La botte nazie avait foulé un peuple qui refusait d'être asservi ! Certes, Camille trouvait bien des raisons d'espoir… En gare de Vierzon, les patriotes avaient attaqué un convoi à l'arme automatique obligeant les S.S. à reculer et délivrant les malheureux prisonniers que les fascistes voulaient expédier vers les camps de la mort ! Le crépitement des fusils-mitrailleurs, le cliquetis des Sten avaient troublé la nuit dans cette gare lugubre où les bergers allemands hurlaient à la mort… Que de sang-froid et d'audace il avait fallu aux maquisards de l'Indre pour s'emparer du convoi et libérer les malheureuses victimes. Il leur avait fallu isoler la gare de toutes communications avec la complicité des cheminots patriotes. Les S.S. pris au piège avaient ouvert le feu sans plus attendre mais les Francs-Tireurs, adroitement perchés sur les toits de la gare, les avaient obligés au silence. L'opération terminée, les compagnies de « terroristes » s'étaient retirées comme elles étaient venues… à la vitesse de l'éclair ! Il était temps : les soldats de la Wehrmacht arrivaient au pas cadencé à l'instant même où la dernière traction F.F.I. quittait l'esplanade de la gare…

Camille était émerveillée par la hardiesse de ses camarades, la précision du combat et la promptitude de l'action. Elle éprouvait une vive fierté à l'idée que ces jeunes qui n'avaient pas tous vingt ans étaient admirables ! Que de chemin parcouru depuis les premières opérations des O.S. ! L'armée des Francs-Tireurs était prête à répondre à l'appel du Général de Gaulle lorsque le chef de la France libre déciderait du déclenchement des plans « Vert » et « Tortue »… Camille était heureuse : sa mission accomplie lui gonflait le cœur d'espoir. Maintenant elle allait vers Jacques Duclos retrouver l'héroïque combattant du Parti qui, sur le sol même de France, avait échappé aux nazis et dirigeait de façon imparable la lutte contre les occupants. Oui, Camille était heureuse de retrouver Jacques, Gilberte et la petite chatte qui, immanquablement, sauterait sur ses genoux et viendrait ronronner contre son cœur. La petite chatte noire et blanche de Jacques Duclos connaissait tous les noms des agents secrets de la Résistance. A chaque fois qu'elle les voyait, elle leur faisait la fête. Tout à l'heure, la minette poserait ses deux pattes avant sur les épaules de Camille et, de sa langue rose et rêche, elle lui ferait un bisou sur le menton. Camille caresserait le dos du petit félin qui ouvrirait bien grand ses beaux yeux verts. L'agent secret poserait son front contre celui de Minette. Un instant… Juste un instant ! Et le temps serait comme suspendu… Il y aurait du bonheur dans la cache de Jacques Duclos. Le militant pyrénéen l'avouerait à Camille : c'est grâce à Minette qu'il était encore là… N'était-ce pas elle qui, l'autre jour encore, l'avait prévenu de l'arrivée intempestive des agents de la Gestapo ? Minette avait repéré bien avant son maître, bien avant les guetteurs du Comité Central qui veillaient jour et nuit, les pas des miliciens et des gestapistes. Elle avait réveillé Jacques en lui grattant l'oreille avec sa patte de velours puis elle l'avait posée sur le nez du chef du Parti… Elle avait doucement miaulé et Jacques avait compris. Il fallait fuir immédiatement par la cachette de repli. Il était parti et Minette l'avait suivi le regardant tendrement s'éloigner. Oui, décidément, la petite chatte noire et blanche veillait sur le grand dirigeant de la Résistance communiste.

En traversant Châteauroux, Camille avait assisté à un feu d'artifice extraordinaire. Les bombardiers de la

R.A.F. s'attaquaient aux poudreries de la ville, déversant sur les usines d'armement qui tournaient jour et nuit pour l'Allemagne hitlérienne, des tonnes et des tonnes de bombes. Imaginez le spectacle éblouissant d'une poudrerie en flammes ! La D.C.A. allemande avait répliqué... Des fusées éclairantes avaient traversé la nuit tragique... Quelques avions de la Luftwaffe avaient tenté de décoller. Ils avaient été vite cloués au sol par la chasse anglaise qui désormais était maîtresse de l'espace aérien européen. Inlassablement les aviateurs britanniques s'étaient entraînés à dominer leurs adversaires d'Outre-Rhin, à aller les « chercher » jusqu'au-dessus de Bonn, Düsseldorf, Munich... et le « Nid d'aigle » de Berchtesgaden ne serait plus à l'abri des bombardements des Alliés. Bientôt, pour survivre, Hitler et son grand Etat-Major devraient se terrer... Et ce seraient les Soviétiques qui iraient les déloger à Berlin...

Camille était heureuse d'assister ainsi à la supériorité des amis britanniques et de leurs alliés canadiens et bientôt américains. A Paris, en compagnie de Jacques Duclos, Benoît Frachon et Léon Mauvais, elle allait apprendre des nouvelles réjouissantes. En Italie, les troupes hitlériennes n'avaient cessé de reculer sous les coups de boutoir des armées alliées et les soldats de la France libre, sous les ordres du Général Juin, avaient été à l'honneur au Mont Cassin et surtout pour la récente prise de Rome. C'étaient eux qui avaient enfoncé la ligne de défense hitlérienne et avaient contraint les divisions du Reich à évacuer la capitale italienne. Désormais la Sicile, la Sardaigne, la Calabre et les trois quarts de la « botte » étaient libérés. Les patriotes italiens avaient eux aussi pris une part importante aux combats. Dirigés par la C.G.T.I. et le P.C.I... Ils ne manqueraient pas de tirer profit de cet engagement farouche contre Mussolini et ses alliés fascistes. Justement Jacques Duclos expliqua à Camille qu'il faudrait de l'audace aux camarades italiens comme aux dirigeants français pour déjouer les « pièges » qui ne tarderaient pas à voir le jour à l'heure où ces deux pays amis auraient retrouvé leur indépendance. Déjà, des agents de la C.I.A. pénétraient sur les traces des soldats alliés dans les territoires libérés pour écarter les Communistes et les Patriotes de la juste place qui leur revenait... Déjà, des contacts avaient été pris avec les hommes de l'Ombre du Vatican et ceux des couvents pour empêcher les Libérateurs d'entrer dans les villes... Déjà, des comités fantômes de Libération étaient inscrits sur les feuilles de papier de l'U.S. Army... Pire ! La mafia italienne qui avait servi Hitler et Mussolini changeait de camp. Désormais, les truands seraient au service des Etats-Unis... Et Camille savait que cette mafia sicilienne jetait ses ramifications sur la France méditerranéenne... Le Var, les Alpes de Haute-Provence, les Bouches-du-Rhône seraient le théâtre de leurs « exploits » criminels. Demain des camarades, combattants authentiques de la Libération, disparaîtraient, seraient trouvés morts devant leurs domiciles... sans explication. Encore une fois, on poignarderait au cœur de la Liberté. Il fallait donc être plus que vigilant et écouter les recommandations que Maurice Thorez venait de donner ce 18 mai 44 sur les ondes de Radio Moscou… Bien peu d'hommes et de femmes en France pouvaient capter cette voix venue de si loin mais au siège du Comité Central, elle avait été enregistrée et voilà ce que Maurice Thorez disait à Camille et à tous les autres en ce 18 mai 44 :

« … La France, disions-nous dans un manifeste diffusé en juillet 40, la France veut vivre libre et indépendante. Jamais un grand peuple comme le nôtre ne sera un peuple d'esclaves. La France ne deviendra pas une sorte de pays colonisé. Elle ne s'agenouillera pas devant une équipe de valets prêts à toutes les besognes. Les victoires de l'Armée Rouge et aussi les succès de nos alliés anglo-américains et de nos soldats en Afrique du Nord et en Italie ont créé les conditions favorables pour l'offensive générale des forces militaires alliées contre l'Allemagne hitlérienne. Tout laisse croire que cette bataille décisive est proche…

Français et Françaises, le destin de la France est dans nos mains. A l'heure où les forces anti-hitlériennes se rassemblent pour relancer la bête fasciste jusque dans sa tanière et pour l'achever, soyons persuadés d'une chose : la libération, la renaissance de la France, la place que notre pays tiendra dans le monde de demain seront avant tout, le prix de notre union, de nos efforts, de nos sacrifices. »

Camille souriait : elle reconnaissait là, dans ces mots chaleureux, la sagesse et l'intelligence de ce fils de mineur qui était, au siège de l'Internationale, le représentant d'un idéal de liberté. Oui, la clef était dans ces mots ! Maurice Thorez le rappelait sans cesse : « La réussite de nos conquêtes politiques et sociales résidait dans l'Union du Peuple de France ! Unir encore et toujours ! Ecarter tout ce qui peut nuire à cette union et diviser les forces démocratiques, c'était hâter l'heure de la Libération ! Il ne s'agissait pas d'exclure toutes les bonnes volontés qui voulaient s'associer à la lutte émancipatrice ; bien au contraire, il fallait catalyser ces forces et les faire se révéler ! A partir de l'Union du Peuple de France tout était possible. » Le cœur de Camille battait très fort dans sa poitrine… Elle était reconnaissante à Maurice Thorez, à Jacques Duclos et à Benoît Frachon d'avoir su impulser la lutte de tous ces gens de peu qui, unis les uns avec les autres, constituaient une force inébranlable. Demain, les divisions hitlériennes seraient contraintes à la débandade et à déposer les armes. Par la force de l'Union… Tout simplement.

Justement dans les jours à venir, Camille allait devoir mettre en pratique ces paroles exaltantes. Demain, il n'y aurait plus de F.T.P., d'A.S., d'O.R.A… Il y aurait les Forces Françaises de l'Intérieur ! Charles Tillon était le Commandant en chef des Francs-Tireurs. Il vint dire à Camille qu'il avait nommé les deux commandants militaires qui dirigeraient les opérations pour les six départements qui constituaient la R.5. : le Colonel Murat serait à la tête du Lot, de la Dordogne et de la Corrèze ; le Colonel Rivier opérerait en Haute-Vienne, Creuse, Charente limousine et Sud de l'Indre. Ils auraient à leurs côtés des commandants illustres qui allaient donner toute la mesure de leur savoir et de leur capacité militaire. La bataille de France allait s'engager. Camille devrait y participer activement et Charles Tillon lui intima des ordres précis pour les jours à venir. Ce serait en Corrèze qu'elle irait aux côtés de Murat et du Commandant Kléber. Les Francs-Tireurs voulaient frapper un grand coup, s'emparer au Centre même de la France d'une Préfecture ! Tulle avait été choisie... Il fallait donc préparer la prise de la cité des bords de la Corrèze. Au creux de la vallée, entourée des sept collines qui la dominaient, elle était un point stratégique sur la Nationale 89 qui reliait Bordeaux à Genève. Il fallait couper cet axe de communications. Il fallait couper cet axe vital pour l'ennemi : interrompre toute relation entre l'Allemagne et l'Atlantique... Il faudrait être prudent avait dit Charles Tillon. La division blindée Das Reich avait entrepris des opérations de nettoyage dans les départements limitrophes de son cantonnement hivernal. Elle avait une force de frappe triple de celle des autres divisions allemandes. Elle était commandée par un fasciste fanatique : le Général Lammerding. Il fallait prendre Tulle avant qu'elle n'arrivât au pont de La Barrière...

Avec cet ordre de mission précis, Camille emporterait le texte de Marcel Cachin qui servirait à composer l'éditorial de « *l'Humanité* » clandestine du 1er juin 44. Le vieux leader breton appelait ses frères au combat. Il avait été de ceux qui dès 1920, avaient opté pour la IIIe Internationale. Il avait dirigé « *l'Humanité* » dont il était encore le directeur politique. Le peuple de France lui accordait toute sa confiance et Marcel Cachin écrivait dans ce numéro spécial du 1er juin 1944 :

« *... Montrons nous dignes de nos martyrs en poursuivant avec plus d'énergie que jamais leur combat pour la France !...* »

Marcel Cachin avait rappelé dans cet article particulièrement émouvant le sacrifice de milliers de fusillés tombés sous les balles hitlériennes : Guy Môquet, Pierre Sémard, Jean-Pierre Timbaud, Gabriel Péri, Paul Vaillant-Couturier... Héros connus ou anonymes qui avaient fait le sacrifice de leur vie pour l'amour du pays !

Camille allait repartir lorsque Jacques Duclos la retint un instant :

- Ma chère Camille, je voudrais te dire quelques mots... en présence de Gilberte. Allons la rejoindre dans sa petite cuisine. Elle a préparé du café et une petite collation. Tu en auras besoin...

Camille ne savait pas ce que le numéro 2 du Parti voulait lui dire. Elle pensait qu'il s'agissait seulement de partager quelques instants d'intimité en compagnie de Gilberte et de leur petite chatte. Jacques était d'ordinaire très souriant. Il fit asseoir Camille. Son visage avait pâli :

- Gilberte prépare-nous du café ! Camille ! Je veux te faire une annonce… Je ne trouve pas bien les mots pour l'exprimer… Je suis confus, attristé… J'ai une mauvaise…

- … Une mauvaise... Je ne comprends pas très bien, murmura Camille. Voulez-vous dire mon camarade que j'ai commis une faute ? Si cela est le cas je dois être remplacée. Je laisserai ma place. Oui, je m'écarterai… Je vous écoute.

- Il ne s'agit pas de toi Camille, dit doucement Jacques Duclos. Non, tu es irréprochable ! Seulement voilà, il s'agit d'une « affaire » qui te concerne… Enfin un drame qui te touche…

- Un drame ? interrogea Camille. Que s'est-il donc passé ? Yvonne…

- Comme tu es intelligente Camille ! Ton intuition est si grande… Oui, un drame nous a tous frappés : Yvonne est tombée… Elle accomplissait une mission sous les ordres du Colonel Rol-Tanguy qui devait la conduire dans la campagne d'Ivry-sur-Seine. Elle n'est pas revenue à l'heure dite. Aussitôt le Colonel Rol a fait entreprendre des recherches trois jours durant... Rien n'a pu être d'abord trouvé. Yvonne avait disparu... Aucune arrestation des services de la Gestapo ou de la Milice ne correspondait au signalement de notre agent de mission. Yvonne avait disparu... Elle n'avait pas été interpellée par les Allemands ou les forces de la Collaboration...

- Est-ce tout ? interrogea Camille. Ma sœur serait-elle passée à l'ennemi ? Je ne crois pas qu'elle ait trahi ! Si elle a disparu, quelqu'un l'a enlevée ou...

- ... tout simplement aura fait disparaître les traces d'Yvonne, murmura Jacques Duclos. Enfin, il faut que je te dise qu'Yvonne nous donnait quelques « soucis » dans la dernière période. Elle cherchait à te joindre...

- ... à me joindre ? Effectivement il y a si longtemps que nous nous sommes pas vues. Mon Dieu ! Yvonne voulait me revoir et voilà elle a disparu...

- ... Oui, elle a disparu mais aussi avec elle d'importants messages codés pour les compagnies de l'Ile-de-France qui devront bientôt prendre en tenailles l'armée de Von Choltitz dans Paris... Nous ne savons pas où sont passés ces messages.

- La vérité, c'est que vous ne savez pas où est passée ma sœur ! Ma sœur.... Je ne puis l'abandonner ! Je vais moi-même la rechercher...

Camille s'était quelque peu énervée, emportée… Rien de plus naturel. Elle aimait tant Yvonne et voilà qu'au moment où tout semblait lui réussir elle échappait ce fil, ce lien fraternel avec les siens. Voilà qu'elle était fragilisée… Jacques Duclos s'en était aperçu, il rassura Camille :

- Non, Camille. Ce n'est pas à toi de rechercher Yvonne. C'est aux services spéciaux de Rol-Tanguy. Crois moi, ils sont efficaces. Dès que j'aurai une bonne nouvelle, je te préviendrai ! Retourne en Limousin. Engage le combat décisif de la libération de Tulle et tu verras que nous retrouverons Yvonne ! J'en suis sûr…

Gilberte avait servi une tasse de café brûlant et parfumé. Quelques gâteaux secs et un morceau de sucre de quoi réconforter une jeune fille éplorée mais Camille n'était à nulle autre pareille ! Malgré l'émotion qui l'étreignait et les larmes qui envahissaient ses yeux, elle avait pu se rendre compte que le Numéro 2 du Parti ne lui avait pas dit toute la vérité. Jacques Duclos avait menti… Camille en était certaine. Elle pensa alors que son ami voulait lui épargner trop de douleur… Elle n'oublia pas cet instant précis où elle avait ressenti qu'elle était trahie…

Sur les chemins de l'Honneur, Camille allait repartir. Seulement voilà, elle aurait au fond de son cœur une petite tache.

* * *

La jeune femme ne s'arrêta pas à Limoges. Elle poursuivit le trajet jusqu'à Brive-la-Gaillarde. Là, elle descendit et sortit de la gare sans encombre. La riante porte du Midi comme on aimait à appeler la fière cité qui avait résisté au seigneur de Malemort dans un passé déjà lointain, était encore occupée par la Wehrmacht et les forces supplétives qui patrouillaient dans les environs. Seulement voilà, désormais, il était plus difficile à l'armée allemande d'aller et venir sur la Nationale 89. A l'Ouest, en direction de Terrasson et de Périgueux, elle était attaquée par les compagnies d'Hercule... A l'Est de la ville, les maquisards de Cornil et d'Aubazine harcelaient l'ennemi. Déjà, au printemps dernier, le grand tournant de Cornil avait été le théâtre d'une sacrée embuscade où l'ennemi enragé avait laissé des dizaines de morts sur le macadam de la chaussée infernale. Maintenant les soldats vert-de-gris se méfiaient et prenaient la direction de Tulle sous bonne escorte de blindés et d'automitrailleuses. Il n'en restait pas moins vrai qu'en ces derniers jours de mai, la Corrèze comme tant d'autres départements du Centre de la France n'était pas libérée. L'armée allemande était encore présente partout et les G.M.R. lui prêtaient main forte sentant bien que l'heure de la déroute approchait. Ceux qui avaient choisi de servir l'Allemagne hitlérienne n'étaient pas prêts à déposer les armes ; ils étaient même les plus acharnés au combat fratricide avec les Francs-Tireurs. Le temps des règlements de comptes n'était pas encore venu mais ceux qui avaient prêté leur concours actif à la Collaboration pensaient à juste titre qu'on leur reprocherait ces alliances contre nature… Les Gardes Mobiles, les policiers véreux et les gendarmes fanatiques de Vichy devenaient extrêmement dangereux. Ils allaient être pour l'armée étrangère qui occupait encore le pays des auxiliaires précieux. Ils allaient guider chaque pas de l'ennemi vers les maisons de patriotes, vers les villages à détruire… Camille le savait et voulait prévenir ses camarades. Elle ne s'attarda pas dans la cité briviste et suivit le légal qui l'amena directement au château de Sédières. Là, elle devait retrouver le Colonel Murat, Commandant militaire de la zone pour l'ensemble des forces de la Résistance. Roger Lescure était accompagné de Godefroy, le Colonel Rivier… Avec eux, le Commandant Kléber, responsable en chef des opérations pour le département de la Corrèze. Camille rencontra aussi ses amis et compagnons du service de renseignements des légaux : Albert Faucher pour la Corrèze et Pierre Audouin pour la Haute-Vienne. Tous les deux étaient des militants communistes aguerris et avertis, à l'intelligence extrême et au sens aigu du devoir. Camille exposa à l'ensemble des responsables du secteur ce que la direction nationale attendait d'eux. Il s'agissait, à l'heure H du Débarquement en Normandie, de s'emparer de la Préfecture de la Corrèze et d'installer, en son Hôtel de Ville, le Comité Départemental de Libération. La prise de Tulle par les F.F.I. devait être exemplaire. D'autres chefs-lieux de départements étaient concernés par l'ordre du Général de

Gaulle : Limoges en Haute-Vienne, Guéret en Creuse. Pour cette dernière ville, la conduite des opérations militaires était confiée à l'Etat-Major de l'Armée Secrète de la Marche qui opérerait en liaison étroite avec les compagnies F.T.P. qui se joindraient à l'attaque.

En Corrèze, la prise d'une ville comme Tulle n'était pas une opération facile. Il fallait d'abord examiner avec précision les endroits précis à investir : ceux où l'armée allemande, les gardes mobiles, les miliciens, les policiers et les gendarmes s'étaient calfeutrés ! L'essentiel des troupes de la Wehrmacht était à l'intérieur de l'Ecole Normale de Jeunes Filles, établissement que le gouvernement de Vichy s'était empressé de fermer dès l'arrivée des Allemands en zone Sud. Les futures institutrices de la Corrèze avaient été « déportées » à l'Ecole Normale d'Aurillac, dans le Cantal voisin. Depuis novembre 42, le drapeau à croix gammée flottait au-dessus du temple de la Laïcité ! L'Ecole Normale avait été transformée en caserne : les greniers et les combles étaient envahis de munitions et d'armes, les caves et les bas-fonds servaient de lieux de torture et de rétention pour les malheureuses victimes de la machine de guerre nazie. Près de trois cents soldats allemands occupaient l'établissement. Ils possédaient un matériel lourd d'armes automatiques et un grand nombre d'armes légères. Les munitions et les provisions alimentaires étaient très importantes. Assiégés, les Boches pourraient tenir des jours et des jours. L'ennemi n'était pas qu'à l'intérieur de l'Ecole Normale. Les lycées de la ville, notamment Edmond Perrier, la manufacture d'armes et les grands hôtels des bords de la Corrèze étaient le théâtre d'actions répressives. Au siège de la Gestapo sévissait le sinistre Walter. On torturait, on déchirait les chairs, on brûlait à l'acide, on envenimait les plaies, on fusillait à Tulle comme dans tant d'autres villes de France ! Aussi la population faite de braves gens et surtout d'ouvriers de la manufacture d'armes appelait de tous ses vœux la Libération. Il ne se passait pas de journée sans qu'Albert Faucher soit interpellé dans les bistrots ou les rues de cette cité et qu'on l'implore d'envoyer ses célèbres F.T.P… « *Attendez un peu ! Cela viendra…* » rétorquait Albert en se dépêchant de filer car à Tulle les murs avaient des oreilles…

A la réunion du château de Sédières puis à celle qui suivit près de Clergoux, Camille, le Colonel Murat et le Commandant Kléber discutèrent du plan d'attaque en étroite collaboration avec les commandants des bataillons. Au Nord de Tulle, le premier bataillon du Commandant Louis devait assurer la sécurité et empêcher l'ennemi de s'enfuir… Ce seraient les hommes du 2e bataillon celui d'Elie Dupuy, l'intrépide Commandant Lucien qui seraient chargés d'attaquer l'Ecole Normale à partir de la Croix de Bar. A l'instant de cette réunion, Camille ne pouvait encore préciser le jour J mais elle indiqua qu'il faudrait se rassembler durant toute la nuit et que ce serait à l'aube que l'on passerait à l'offensive. Le signal serait donné par un tir de bazooka contre la caserne du Champ de Mars. Auparavant les services spéciaux auraient pris position à l'intérieur de la Poste centrale de Tulle en étroite liaison avec les postiers résistants. Il s'agissait surtout d'empêcher tout contact avec l'extérieur. Pour cela, toutes les routes nationales menant et partant de la cité seraient barrées et coupées. Les Nationales 89, 120, 140, 678 ainsi que tous les axes départementaux... Il serait donc inutile de chercher à passer pour filer sur Brive, Uzerche, Egletons, Argentat… Isolée, Tulle tomberait entre les mains du Commandant Kléber. Seulement voilà, Camille avait conscience des difficultés de cette opération gigantesque. D'abord, les compagnies du 1er bataillon de la Corrèze étaient quelque peu désorganisées par des attaques incessantes des hitlériens basés à Egletons et à Ussel. Elles devaient rejoindre les abords de Tulle au niveau de Naves après un parcours difficile et sinueux sur près de soixante kilomètres. Cette approche s'avérait périlleuse d'autant plus que les camions à gazogène étaient peu fiables et pouvaient tomber en panne à chaque instant… Le Commandant Louis s'employait à résoudre ces problèmes non négligeables et tentait l'impossible... Il n'avait d'ailleurs pas participé à la dernière réunion, on le cherchait à Lamazière Basse, il était au cimetière de Combressol en pleurs. Ce jour-là il accompagnait un de ses meilleurs camarades : un syndicaliste paysan Jean Viallat qui était tombé sous les balles des barbares en courant prévenir les jeunes maquisards d'une attaque imminente. Jean Viallat était mort transpercé de balles, le visage défiguré par les bottes hitlériennes. Il n'avait pas cinquante ans, il avait au péril de sa vie accompli un travail considérable dans les compagnies de légaux… Attristé Léon Lanot ne pouvait que pleurer et maintenant le Commandant Kléber lui intimait l'ordre de prendre position sur les hauteurs de Tulle au Nord de la ville.

Le 2e bataillon F.T.P. de la Corrèze était aux ordres d'Elie Dupuy, le Commandant Adrien qui, pour des raisons de sécurité, venait de changer de nom et serait désormais Lucien… Le 2e bataillon était essentiellement composé de compagnies de la Basse Corrèze, formées autour de Brive-la-Gaillarde, dans les ardoisières de Travassac et les carrières d'Allassac. On comptait aussi dans ses rangs une compagnie du Lonzac, ce village martyr qui avait en avril dernier payé si chèrement le prix de la liberté… Justement les Allemands et les cohortes de la Milice briviste avaient récemment attaqué les hommes du 2e bataillon dans les bois d'Allassac. Là où les maquisards avaient creusé des abris souterrains pour se soustraire aux regards indiscrets… Heureusement prévenus par les gendarmeries de Donzenac et de Perpezac, les vaillants « terroristes » d'Elie Dupuy avaient échappé à l'encerclement. Ils étaient environ une centaine à être appelés au combat sur les hauteurs de la Croix de Bar, une centaine de jeunes qui, pour beaucoup n'avaient jamais fait d'instruction militaire, allaient livrer bataille à une garnison allemande aguerrie et trois fois plus nombreuse. La partie était bien inégale… Seulement Camille et le Colonel Murat haranguaient ces jeunes combattants. Ils seraient dignes de ceux de Valmy, ils seraient les premiers en France à libérer une ville. Cela donnait des ailes à cette jeunesse enthousiaste et pour couronner le tout, ils seraient sous les ordres de l'intrépide Commandant Kléber : celui qui avait fait voler en éclats des G.M.R. du Lot et livré les combats de Souillac et de Cahors dont on parlait encore des mois après.

Godefroy expliqua à ses camarades que les compagnies voisines ne seraient pas à l'écart de la bataille qui allait s'engager. Il avait alerté les maquisards de l'Est de la Haute-Vienne, ceux du grand maquis de Guingouin qui se tiendraient prêts… Il y aurait aussi de l'autre côté de la Dordogne les compagnies du Puy-de-Dôme et du Cantal. Par-delà la rivière Espérance et les gorges de la Truyère, il y aurait des réserves… Ceux du Lot, de la Dordogne se tiendraient aussi en alerte. La mobilisation des Francs-Tireurs serait générale et les détachements et compagnies de l'Armée Secrète de la Basse Corrèze appuieraient l'effort des F.T.P. Sur ce dernier terme « appuieraient » Camille précisa que les chefs de l'Armée Secrète n'avaient pas voulu s'engager dans le combat contre l'occupant comme cela s'opérait en Creuse. Ici les chefs de l'A.S. se contenteraient d'attendre promettant seulement d'agir en cas de besoin… La réunion s'était prolongée et chacun avait pu donner son avis sur le plan d'attaque qui était maintenant à discuter dans le moindre détail, dans les compagnies. Enfin Camille déclara que le choix du jour et de l'heure serait communiqué au dernier moment aux commandants des bataillons de la Corrèze. A partir de là, le plan serait exécutoire.

L'atmosphère de cette réunion de travail avait été fraternelle, emplie de confiance et pourtant on sentait bien que planait sur ces hommes qui allaient engager là le combat final contre l'ennemi hitlérien, une pression énorme. Les visages étaient sérieux, presque fermés… S'il n'y avait pas eu la présence de Camille, on aurait presque eu peur à parler ainsi stratégie militaire, plan d'occupation des sols et des immeubles, prises de position… L'enjeu était terrible…

* * *

Cette première semaine de juin avait été bien employée : une activité fébrile avait régné dans la plupart des compagnies F.T.P. de la Corrèze. On allait en découdre avec les Allemands et leurs complices miliciens et gardes-mobiles ! Les jeunes maquisards étaient impatients d'engager la bataille de la Libération de Tulle. Ils venaient tout juste de rejoindre les compagnies et les unités du maquis n'étaient pas réellement formées et entraînées au combat dans une ville. Beaucoup de ces jeunes ignoraient tout de Tulle ! Certes la plupart avait entendu parler de la capitale de la Corrèze et ils y étaient venus déjà une ou deux fois… Ce n'était pas suffisant ! Bien sûr Camille avait prévu que les liaisons seraient effectuées avec les légaux tullistes qui devraient se trouver à leur poste le jour J et à l'heure H pour accueillir les chefs de compagnies et les guider vers les points précis d'où ils lanceraient l'attaque. Ce dispositif minutieusement élaboré par Albert Faucher et son équipe reposait sur une poignée de patriotes qui osaient ainsi risquer leur vie pour la libération de leur ville. Seulement voilà, la bonne volonté serait-elle suffisante face à une redoutable armée d'Occupation suppléée par un nombre important de G.M.R., miliciens et gestapistes ?

Les maquisards avaient appris à manipuler les mitraillettes, les fusils-mitrailleurs et à lancer les grenades explosives, défensives, incendiaires… Dans les tous premiers jours de juin, d'importants parachutages d'armes avaient été obtenus par l'Etat-Major Régional de la Corrèze. Il y avait là des bazookas, des mitrailleuses lourdes et quelques lance-torpilles ou bombes incendiaires. Ce matériel nouveau était extrêmement précieux pour attaquer une ville et des troupes aguerries retranchées dans les casernes ou les édifices publics qui avaient été, tout au long des semaines de mai, fortifiés par les Allemands en prévision d'une attaque. Seulement voilà, l'arrivée tardive de ces armes nouvelles n'avait pas permis aux jeunes patriotes d'apprendre précisément à les manipuler. D'autre part, les fiches techniques qui immanquablement accompagnaient les bazookas et les autres éléments des containers étaient rédigées en anglais. Comment un jeune paysan ou un ouvrier des manufactures pourrait-il déchiffrer la langue de Shakespeare ? Impossible. Il allait donc falloir improviser dans le maniement de ce matériel performant, percutant mais extrêmement sensible et dangereux. Des accidents surviendraient… Le plus grave serait le souffle et le retour de flamme que les bazookas ne manqueraient pas d'opérer blessant ainsi leurs servants inexpérimentés. Il y aurait des morts et des blessés qui ne seraient pas victimes des nazis ! Il y aurait peut-être la peur qui se répandrait…

* * *

L'E.M.R. de la Corrèze avait appris comme dans tous les autres départements de France, le Débarquement allié en Normandie. Une grande joie s'en était suivie, une sorte de frénésie collective qui s'était emparée de tous les jeunes patriotes ! Pas de doute ! Il fallait passer à l'offensive. L'attaque aurait donc lieu à l'aube du 7 juin 44. Elle serait dirigée par le Lieutenant Colonel Kléber qui se porterait immédiatement avec l'appui du 3e bataillon de la Corrèze à l'intérieur de l'Hôtel de Ville. Camille accompagnerait Jean-Jacques Chapou dans les premières heures de l'offensive. Il y aurait aussi le Commandant Rivier, le Colonel Murat et quelques autres compagnons de la lutte libératrice. Ainsi et dès le début des opérations, le haut commandement F.T.P. se trouverait à l'intérieur même de la ville dans ce lieu symbolique de la Maison

Commune, là où les Tullistes avaient tant de fois par le passé pris en main leur destin.

Kléber et ses hommes avaient participé à un très grand nombre d'attaques contre les soldats de la Wehrmacht et les gardes-mobiles. Ils étaient aguerris ! A travers le Lot par le Causse, Kléber était venu en Corrèze. L'intrépide chef F.T.P. n'avait jamais connu la peur, usant même avec bonheur de sa hardiesse légendaire. Seulement voilà, pesait sur ses épaules une très lourde responsabilité : il entamait un combat pour libérer une ville entière, une Préfecture au cœur de la France. Il mesurait l'ampleur de cette charge et n'avait guère le sourire à l'aube du 7 juin 44 quand il pénétra dans Tulle et se dirigea vers l'Hôtel de Ville. Il était pensif, jusqu'alors il avait maîtrisé la totalité des actions. Désormais, il lui faudrait compter avec les commandants des autres bataillons de la Corrèze. Où étaient-ils Louis et Lucien ? Impossible de le savoir précisément. La ville de Tulle avec sa configuration géographique : ses vallées et ses collines était désormais un obstacle à la communication entre les diverses unités de Francs-Tireurs. Impossible d'aller tout droit et directement au but ! Les cyclistes devaient grimper les côtes et les redescendre à vive allure, traverser les croisements dangereux et toujours passer par l'extérieur de la ville. Les aléas des liaisons allaient peser lourdement dans l'issue du combat. Les ordres de mission et les renseignements ne passeraient pas comme Kléber l'avait prévu… Le valeureux combattant anti-hitlérien n'était pas homme à se décourager mais il s'était imposé une règle : celle d'amener tous ses hommes à la victoire et surtout pas de les faire tuer inutilement. Voilà qu'il avait accepté de diriger les actions et les mouvements de ces compagnies pour s'emparer d'une ville où se nichaient encore des forces hitlériennes trois fois plus importantes que les siennes avec un armement bien supérieur... Et voilà que le Lieutenant Kléber ne pouvait plus transmettre ses ordres... Il ne faudrait pas croire qu'il enrageait. Bien au contraire, Jean-Jacques Chapou gardait son calme. La longue pratique de la guérilla l'avait formé aux pires situations. Seulement il ne s'obstinerait pas... Camille était d'accord.

Au début et dès deux heures du matin, tout s'était passé comme prévu. Les hommes du 2e bataillon qui avaient passé la nuit à La Croix de Bar et n'avaient guère dormi en raison de la responsabilité qui était la leur progressaient naturellement sur le plateau. Le commandant Lucien se trouvait au centre de ses hommes, les flancs du bataillon étaient protégés par des avant-gardes et des éclaireurs. Un peu avant le lever du jour, le 2e bataillon F.T.P. de la Corrèze serait bien en position de tir sur l'Ecole Normale... Le commandant Louis des détachements de la Haute-Corrèze avait donné des ordres précis : regroupement de toutes les compagnies à l'aube du 7 juin 44 près de Naves. La 236e compagnie F.T.P. était bien partie la veille de Saint-Pardoux-le-Neuf... Les détachements d'Hannibal avaient quitté Meymac... La bonne volonté de tous était évidente mais le chemin à parcourir était semé d'embûches. Contrairement aux hommes du 2e bataillon, ceux du Commandant Louis n'avaient pu rejoindre les points de ralliement à l'heure prévue. Les légaux avaient attendu puis ils étaient partis... Lorsque Hannibal arriva enfin en vue de Tulle, il n'y avait personne pour lui donner des instructions : il décida de reprendre la route de Meymac. Les autres compagnies s'organisèrent tant bien que mal et, avec cinq à sept heures de retard, prirent position. Forcément il s'en était suivi un flottement et un certain énervement. Ils attendraient vainement les estafettes que Kléber leur avait pourtant dépêchées...

Kléber et l'Etat-Major Régional ne savaient pas, à l'heure où ils s'installaient à l'Hôtel de Ville, que les détachements de services spéciaux de sabotages n'avaient pu pénétrer à l'intérieur de La Poste centrale. Les deux camarades désignés à cet effet avaient pris du retard et lorsqu'ils arrivèrent enfin les Allemands étaient là. Il était près de dix heures du matin. Les employés des services téléphoniques n'avaient rien entrepris pour isoler Tulle du reste du monde. Il était trop tard... Kléber ne le savait pas.

A cinq heures du matin, un tir de bazooka des hommes du 3e bataillon fut opéré contre la caserne du Champ de Mars occupée par les G.M.R. C'était le signal convenu pour passer à l'offensive. Les jeunes partisans du 3e bataillon F.T.P. de la Corrèze se lancèrent alors dans les rues de Tulle et se mirent à tirer éperdument. On mitraillait les fenêtres et les portes d'entrées des hôtels où s'étaient installés les miliciens et les gestapistes. On braquait les mitrailleuses contre la façade de la caserne du Champ de Mars… Des combats acharnés se déroulaient autour de la gare et à l'intérieur. Sur les hauteurs de Souillac, près du groupe scolaire, d'autres tirs se faisaient entendre. Tulle était parcourue de crépitements de mitrailleuses, d'explosions en tout genre. Le soleil se levait, l'attaque était lancée. Les hommes d'Elie Dupuy tirèrent quelques rafales dans les fenêtres des mansardes de l'Ecole Normale. Là, curieusement, la réplique allemande se fit attendre. Les Boches ne semblaient pas pressés d'en découdre avec les maquisards. On entendait des bruits sourds de bottes grimpant dans les escaliers jusque dans les greniers de l'édifice. Tout à coup, les mitrailleuses lourdes de l'ennemi crachèrent le feu… Il fallait s'y attendre.

Les Allemands et les G.M.R. avaient été surpris par la violence de l'attaque des maquisards. Ils ne mirent pas longtemps à en mesurer l'importance. Toute la ville était aux prises avec les escarmouches et les combats. La bataille de Tulle venait de commencer. Les soldats de la Wehrmacht ne s'affolèrent guère, ils étaient confiants dans leur supériorité. Ils savaient que les jeunes maquisards épuiseraient bien vite leurs munitions et que l'imprécision de leurs tirs ne ferait que peu de victimes.

Alors il suffirait de répliquer… Les Allemands étaient confiants : ils savaient aussi qu'ils avaient pu adresser au grand quartier général de Bordeaux un appel au secours. Il leur avait été répondu que la division Das Reich remontait vers le Nord, qu'elle était aux abords du Lot qu'elle devait traverser le 8 juin 44… Il n'était pas dans son ordre de marche de s'écarter de la Nationale 20 mais après tout… La Das Reich pouvait bien faire un détour par Tulle, remonter la Nationale 89 et reprendre la direction de Limoges par la Nationale 120. Un détour… Il suffisait d'attendre. Voilà pourquoi les Allemands et leurs complices miliciens et G.M.R. ne s'affolaient pas en ce matin du 7 juin 44. Il y aurait une réplique !

A l'Hôtel de Ville, le Commandant Kléber ignorait tout de ces coups de fil entre l'Ecole Normale, l'hôtel Saint-Martin, celui de la Trémolière et Bordeaux. A la Préfecture, le Préfet Trouillet savait…

Vers dix heures du matin les détachements F.T.P. ne parvenaient pas à progresser et à s'emparer des objectifs assignés. D'autre part, il avait été prévu qu'en cas de besoin Kléber pourrait faire appel aux unités combattantes des départements limitrophes. Seulement voilà, il fallait dépêcher des agents de liaison… S'il avait été possible de joindre Guingouin, ceux du Lot, du Cantal et du Puy-de-Dôme par téléphone ou radio… Impensable ! On avait prévu tout sauf l'appel au secours… En réalité, les bataillons de Francs-Tireurs contrôlaient les grands axes routiers mais il était impossible de quitter la

Préfecture de la Corrèze car les forces de police et de gendarmerie, les G.M.R et les Allemands étaient maîtres de la circulation intérieure. Kléber et ses hommes se battaient encore mais ils étaient pratiquement prisonniers… Il fut alors décidé un peu avant midi que Camille quitterait l'Hôtel de Ville afin de garantir sa sécurité. Avant de laisser ses camarades de l'Etat-Major Régional, Camille apprit une bien triste nouvelle : Albert Faucher venait de tomber sous les balles allemandes à l'instant où il allait traverser un pont. Ce fut Francesco Molinari qui rapporta la triste nouvelle. Le grand patriote italien était lui-même au combat face au Champ de Mars au moment où Albert Faucher se porta à ses côtés l'interrogeant pour savoir où étaient les nids de fusils-mitrailleurs des unités du 3e bataillon. Debout contre le parapet du pont, Albert Faucher fut frappé en plein cœur, il tomba sur Francesco Molinari qui s'était plaqué au sol. A quelques mètres d'eux, se tenait un Allemand l'arme au poing, il venait d'abattre Albert, il s'apprêtait à faire de même pour Francesco. Seulement voilà, Francesco Molinari était un homme expérimenté et aguerri, il savait que s'il bougeait le Boche l'abattrait. Il fit le mort. L'Allemand s'avança pour lui donner le coup de grâce. Francesco fut le plus rapide : l'hitlérien bascula dans la Corrèze. D'un bond, le commandant Molinari rejoignit l'Hôtel de Ville. Camille allait quitter l'édifice, elle fut heureuse de le voir arriver mais elle ne put s'empêcher d'essuyer une larme en apprenant la disparition de son camarade. Il était là-bas, couché contre le parapet du pont. Le grand soleil d'été ne réchaufferait plus son corps. Les nazis avaient mis fin à une vie courageuse au service de la Patrie. Francesco Molinari était de retour et ce serait lui qui couvrirait le départ de Camille. L'expérience qu'il avait de la guérilla urbaine était irremplaçable à l'instant même où l'on frôlait le danger à chaque pas. Il ne pouvait y avoir de meilleur garde du corps pour l'agent secret de l'Internationale. Lui l'Italien antifasciste, elle la « Demoiselle » des monts d'Ambazac !... Camille et Francesco quittèrent Tulle au tout début de l'après-midi, il leur fallait maintenant rejoindre les hommes du commandant Lucien. Ils étaient là-haut sur le plateau qui dominait l'Ecole Normale de Jeunes Filles. Ils tiraient maintenant au bazooka sur le toit de l'école. Seulement voilà, les ardoises trop fragiles volaient en éclats et les bombes n'explosaient même pas. Elles paraissaient s'enfoncer dans de la paille. Les Allemands avaient dû monter au grenier leurs paillasses pour se protéger des tirs... Les maquisards de Lucien n'avaient pu jusqu'alors encercler l'édifice scolaire transformé en forteresse allemande. La rue du Trech qui conduisait au portail d'entrée était située à une dizaine de mètres en contrebas, elle leur était inaccessible pour l'heure. Les Boches pourraient quitter l'endroit s'ils le désiraient où d'autres forces nazies pourraient s'y réfugier... On était sans nouvelles des combats qui se déroulaient au Nord et à l'Ouest de la ville. Camille savait que les compagnons de Kléber avaient repris la gare de marchandises et délogé les Boches. Seulement voilà, les Allemands reviendraient et ne trouvant personne sur qui faire feu, ils mitrailleraient les malheureux gardes-voie requis par Vichy. Dix huit victimes innocentes à ajouter au tableau de chasse des nazis ! Enfin, les hôtels Saint-Martin et Trémolière étaient tombés aux mains des maquisards. Les S.S. et les gestapistes avaient dû filer. Un début d'incendie s'était déclaré à l'intérieur de la caserne du Champ de Mars. Un détachement de F.T.P. avait tenté de l'investir. Ils avaient été férocement repoussés par les Allemands venus au secours des G.M.R.

En début d'après-midi à l'intérieur de l'Hôtel de Ville, l'Etat-Major Régional était réuni et tout le monde fut d'accord avec Kléber pour cesser le combat, se retirer aux extérieurs de la ville et reprendre, dès que possible, les hostilités. Rien ne servait de persister car désormais les pertes humaines étaient importantes. Le Lieutenant-Colonel Kléber adressa un ordre précis aux commandants des 1er et 2e bataillons pour la cessation des hostilités. A l'heure où en compagnie des hommes du 3e bataillon, il allait quitter l'Hôtel de Ville, il ignorait totalement que ses ordres n'arriveraient jamais.

La nuit tomba sur Tulle en cette journée mémorable du 7 juin 44. La nuit allait permettre de panser les blessures, de ramasser les morts, de les enterrer… La journée se soldait par des pertes importantes et paraissait être un échec. La manufacture d'armes n'était pas tombée aux mains des Francs-Tireurs. Les Allemands avaient réussi à s'y maintenir par des tirs de mitrailleuses d'une rare violence, ils avaient même attaqué les détachements du maquis au canon... Le Commandant Kléber était attristé par l'attitude des chefs de l'Armée Secrète qu'il avait croisés dans Tulle et qui semblaient le narguer... A l'heure où une armée de Francs-Tireurs attaquait sans relâche les soldats de l'Occupation, était-il bien décent de se contenter de sourire et de contempler le spectacle ? Que voulaient vraiment ces officiers qui prétendaient représenter le Général de Gaulle en se tenant à l'écart de la bataille ? Kléber était perplexe... Il lui fallait reprendre des forces, il ignorait surtout que la redoutable division Das Reich avait reçu l'ordre d'accélérer sa marche vers Tulle. Une journée encore, elle chasserait les « terroristes » dans le Causse de Grammat. Dans vingt quatre heures, elle pointerait ses canons vers les cimes des sept collines de Tulle...

Seul réconfort pour le chef départemental de la Corrèze : l'accueil de la population tulliste avait été formidable ! Les portes des maisons s'étaient spontanément ouvertes pour permettre aux jeunes combattants de se camoufler, de reprendre haleine, de se restaurer... La population était admirable. Son cœur battait pour cette armée de Sans-Culottes issue de ses rangs. Kléber souriait à nouveau, il savait qu'il avait le peuple pour lui. Cela lui suffisait...

* * *

Camille avait quitté l'Hôtel de Ville quelques heures avant que le Commandant Kléber ne le fasse. Elle avait cherché à entrer en contact avec les chefs des autres bataillons de la Corrèze... Sans succès. Elle devait se débrouiller toute seule protégée et guidée par ses gardes du corps. Elle aurait bien aimé savoir ce qui se passait à Guéret. Le chef-lieu de la Creuse devait être en ébullition : l'Etat-Major de l'Armée Secrète avait décidé de passer à l'offensive et les compagnies de F.T.P. s'engageraient aussi... Guéret n'était pas Tulle ! La configuration géographique de la capitale de la Marche était bien différente de la cité des bords de la Corrèze et son importance en population était moindre. Il n'en restait pas moins vrai que ce serait un véritable exploit de chasser les Boches et leurs alliés collaborateurs, d'ouvrir une brèche dans la stratégie de la Wehrmacht. Là-bas, à quelques cent cinquante kilomètres, la bataille faisait rage mais l'ennemi commençait à fuir... A Tulle, Camille n'avait pas pu vraiment apprécier la réalité de la situation. Si elle avait su... Malgré leur résistance et leur engagement à défendre des positions imprenables, les forces supplétives de Vichy préparaient leurs bagages. Les G.M.R., les miliciens et quelques policiers allaient quitter Tulle le lendemain. Avaient-ils pris peur ? Etaient-ils tenus à l'écart des informations que possédait le Préfet Trouillet et les officiers allemands de la garnison ? Camille ignorait tout. Le 8 juin 44 alors qu'elle avait rejoint l'Etat-Major du chef du 2e bataillon, elle recevait un émissaire du Maire de Tulle implorant l'autorisation des Francs-Tireurs en faveur des forces répressives de Vichy afin qu'elles puissent quitter la ville sans plus attendre. Camille avait accepté. La longue colonne des camions des G.M.R. prenait alors la direction d'Egletons. On pouvait l'apercevoir de l'Ecole Normale grimpant les lacets de la côte de la Nationale 89. Désormais seuls, les Boches et la Gestapo étaient en mesure de résister aux assauts des Francs-Tireurs.

Lorsque Camille avait rejoint le Commandant Lucien, elle l'avait trouvé en piteux état. Le chef du 2e bataillon F.T.P. de la Corrèze avait été blessé la veille par un souffle de bazooka. Il était couvert de sang et presque sourd mais il avait repris son poste de commandant et dirigeait maintenant ses hommes dans une opération d'encerclement de l'Ecole Normale. Par les jardins en surplomb et les terrasses, les Francs-Tireurs tentaient de descendre dans la rue du Trech pour faire sauter l'entrée principale de l'établissement. Pendant ce temps, des artificiers recherchaient le moyen d'incendier l'école. Ils disposaient de grenades explosives, incendiaires et fumigènes… Ils arrosaient copieusement la charpente dénudée des ardoises et espéraient bien mettre le feu à la paille que les Allemands avaient entreposée sous le toit. Sur le coup des dix heures, ce 8 juin 44, une épaisse fumée noire s'éleva du bâtiment à moitié détruit. Des cris de joie retentirent chez les partisans « Le feu ! Le feu...Le plancher du grenier est en flammes ! Les Boches vont griller... Ils seront contraints de sortir, de se rendre... »

Camille donna à Lucien des nouvelles de Kléber et du 3e bataillon. Elle omit volontairement de lui parler des pertes humaines très nombreuses et surtout de la mort d'Albert Faucher... Il ne fallait pas décourager ceux qui, maintenant, tenaient entre leurs mains les clefs de la réussite. Le Commandant Lucien expliqua à Camille qu'au petit matin du 7 juin 44, l'avant-garde de son bataillon avait bien failli être interceptée par les G.M.R... Désormais, ils avaient pris la poudre d'escampette ! Lucien raconta aussi dans quelles circonstances ils avaient été pris sous les tirs en enfilade provenant de l'Ecole Primaire Supérieure. Leur réplique avait été vive : le feu avait cessé... Heureusement ! Leurs positions auraient été intenables. Maintenant ils tiraient sur les Boches à volonté et leurs ennemis ne pouvaient les atteindre. D'ailleurs on percevait nettement les bruits de bottes qui s'enfonçaient dans les escaliers. Les Allemands étaient obligés de se replier dans les caves de l'établissement. Ils emmenaient avec eux les policiers de la Gestapo ainsi que les otages qu'ils détenaient prisonniers des jours précédents.

Le feu prenait à tous les étages et l'on entendait le vacarme des planchers et des plafonds qui s'écroulaient. Les escaliers ne tenaient plus... Camille apprendra plus tard que les Allemands avaient oublié dans leur précipitation des prisonniers enfermés à l'intérieur d'une petite pièce. Les malheureux avaient pris conscience du danger. Ils avaient brisé la serrure et étaient descendus tant bien que mal au premier étage puis au rez-de-chaussée. Là, un curieux désordre régnait. Les Allemands paraissaient vouloir se partager en deux groupes : les officiers voulaient tenter une sortie en force en se protégeant par le jet de grenades explosives, les soldats de la garnison préféraient se rendre… Les résistants qui se trouvaient un peu en arrière de cette invraisemblable discussion en profitèrent pour s'éclipser. Seulement voilà : il fallait sortir… Leurs camarades qui étaient sur les hauteurs et qui pilonnaient sans arrêt l'établissement allaient-ils les reconnaître et cesser de tirer pour permettre leur jonction ? Il fallait trouver un drapeau blanc… Quelques minutes plus tard, une chemise immaculée fut agitée à une fenêtre : les tirs parurent s'espacer, les fuyards en profitèrent pour emprunter une ruelle et escalader un muret puis une terrasse. Ils avaient été vus… Quelqu'un cria :

- Ne tirez pas ! Je reconnais mon frère… Il était prisonnier des Boches… Ah ! Les voilà !

Effectivement sept ou huit prisonniers venaient de rejoindre, comme par miracle, leurs compagnons du maquis. Les Boches n'avaient rien vu. Soudain, la porte donnant sur la rue du Trech s'entrouvrit. Les Allemands se mirent à courir en descendant la rue et en balançant leurs fameuses grenades. Peine perdue ! Les détachements de F.T.P. en surplomb les tiraient un à un comme des lapins. Les corps vert-de-gris s'affaissaient sur le macadam. Morts... Blessés... pas un ne réussit à s'enfuir. Les cadavres s'alignaient les uns contres les autres. Ils avaient voulu forcer le passage, ils étaient morts en combattant. L'honneur des Francs-Tireurs était sauf !

Les soldats allemands et leurs sous-officiers parlementaient dans le sous-sol de l'Ecole Normale avec les civils qui se trouvaient encore avec eux. Il y avait là des hommes et des femmes, hier agents de liaison, légaux ou maquisards arrêtés. Les Allemands voulaient faire de ces Français un bouclier humain. Ils désignaient Ginette pour être le porte-drapeau du groupe... Un manche à balai auquel ils attacheraient un drap blanc... Elle passerait devant. Les prisonniers suivraient puis les soldats allemands les bras levés sans arme... Ginette avait accepté la demande. Elle tremblait bien un peu mais elle imaginait tout de même que ses compagnons du 2e bataillon reconnaîtraient leur agent de liaison arrêté quelques jours auparavant par la Gestapo...

La bataille de Tulle continuait dans toute son ampleur. Maintenant les hommes de la 236e compagnie de la Haute-Corrèze avaient fait la jonction avec leurs camarades du 2e bataillon et voilà que Kléber et les rescapés du 3e bataillon revenaient à la charge... Au milieu de l'après-midi, un drapeau blanc s'agita au-dessus de l'entrée de l'Ecole Normale, c'était Ginette...

Derrière elle avançaient les autres prisonniers et les malheureux soldats allemands en déroute.

- Cessez le feu ! Cessez le feu ! ordonna immédiatement Camille. Ils se rendent… Attention ! Ne tirez pas sur les soldats mais soyez vigilants ! Parmi eux je vois des civils. Il convient de vérifier toutes les identités ; certains vont prétendre être des maquisards arrêtés, méfiez-vous ! Il y a certainement des agents français de la Gestapo…

Camille avait raison. Au milieu des Allemands, un homme en civil « bien mis », parlant un français sans accent prétendait avoir été interpellé la veille par les soldats de la Wehrmacht. Il n'en était rien, l'un des lieutenants de Lucien l'avait reconnu : c'était un policier de l'Hôtel Saint-Martin. Découvert, l'individu n'attendit point qu'on lui mette les menottes et se mit à courir en zigzaguant au milieu des soldats effarés. Impossible de le tirer ! Il disparut… Il y avait peut-être parmi ces crétins le « célèbre » Walter !

Camille donna des ordres, il fallait soigner les blessés : ceux du maquis, ceux des Allemands… Les brancardiers du bataillon les allongèrent les uns contre les autres, les infirmiers donnèrent les premiers soins. Bientôt on les transporterait vers l'hôpital. Allemands et Français seraient traités à l'identique : un soldat qui avait déposé les armes méritait le respect. Le Commandant Lucien avait été formel et surtout il avait demandé à ses hommes de laisser sur la chaussée de la rue du Trech les cadavres intacts des Boches abattus. Pas question de s'emparer de leurs effets personnels ! Pas question de se venger… La nouvelle de la Libération de Tulle se répandit dans toute la ville. Les Tullistes étaient enthousiastes. La garnison de l'Ecole Normale avait été réduite à néant. Les soldats allemands qui s'étaient rendus seraient amenés prisonniers et seraient traités avec les égards des conventions de Genève. Les forces supplétives de Vichy avaient déserté. Maintenant la cité tulliste était aux mains des maquisards. Camille discuta un instant avec le Commandant Lucien et ses adjoints. Il était temps pour elle de rejoindre le Lieutenant-Colonel Kléber. Elle demanda à Lucien de se rendre à la Préfecture, de rencontrer le Préfet Trouillet et de négocier avec lui les modalités des passations de pouvoir. Camille salua ses compagnons d'armes, embrassa Lucien en souriant :

- Camarade ! Je ne sais pas comment le Préfet va te trouver avec ta barbe de trois jours et le sang séché qui a dégouliné de ton oreille gauche… Tu es formidable Lucien ! Un véritable chef de guérilla ! Bravo et courage aux hommes du 2e bataillon qui ont réussi l'exploit que nous venons de vivre ! Il est temps pour moi de filer. Sois vigilant !

Comme elle le lui avait recommandé le commandant Lucien et ses deux adjoints se dirigèrent vers la

Préfecture. Ils s'adressèrent au premier huissier qu'ils trouvèrent. Ils demandaient à être reçus par le Préfet de la Corrèze. Aussitôt Monsieur Trouillet s'exécuta. Il félicita les maquisards pour leur exploit mais il ajouta :

- Soyez prudents mes amis ! Les Allemands peuvent revenir…

L'Etat-Major du 2e bataillon n'accorda que peu d'importance à ces mots. Maintenant il fallait s'occuper des soins aux blessés, du ramassage et de l'enterrement des morts… Le commissaire de police de Tulle se présenta au Commandant Lucien. Le chef de la police de Vichy mettait ses services à la disposition des maquisards. Là encore, Lucien et ses hommes ne sourcillèrent point.

Comment des serviteurs zélés de la Collaboration pouvaient-ils se ranger sous les ordres des commandants F.T.P. ? La mariée était vraiment trop belle !

En parcourant les avenues et les rues de la ville libérée, les maquisards furent au contact d'une population enthousiaste. On pavoisait aux fenêtres, les drapeaux tricolores fleurissaient. On offrait du champagne aux vainqueurs et on sortait les provisions des caves et des greniers. La ville se remettait à vivre. Seules les cloches de la cathédrale étaient restées muettes.

Sur le coup des dix neuf heures, une folle rumeur se répandit comme une traînée de poudre :

Les Allemands arrivaient en masse par la 89. Les sentinelles F.T.P. qui étaient restées en position de l'observatoire qui dominait l'Ecole Normale en flammes purent apercevoir les premiers canons des tanks de la division Das Reich qui pénétrait dans la ville libérée quelques heures auparavant. Les 135 et les 150 pointaient leurs canons meurtriers en direction des fusils-mitrailleurs et des bazookas silencieux de la Résistance corrézienne. En quelques minutes, les places et les rues se vidèrent, les chenilles cliquetaient sur le macadam, les pas cadencés retentirent, des ordres pleuvaient… Les S.S. vitupéraient… Les injures jaillissaient de partout. Bientôt ils allaient découvrir les cadavres qui gisaient encore dans la rue du Trech…

Pourquoi donc Camille, Kléber, Lucien et les autres n'avaient-ils prêté aucune attention aux petits avions de reconnaissance allemands qui avaient survolé la ville au milieu de la journée de ce 8 juin 44 ? Seule l'énergie farouche que les patriotes avaient déployée dans cet engagement total pour libérer de l'oppression une ville pourrait expliquer cette négligence. Le Préfet Trouillet savait que la division Das Reich avait été prévenue dès le matin du 7 juin et qu'elle s'était hâtée de traverser le Lot. A Brive-la-Gaillarde, au lieu de suivre la direction d'Uzerche, elle avait viré au carrefour de la 89 pour reprendre la situation en main dans la Préfecture de la Corrèze. Seulement voilà, les observateurs des avions espions ne savaient pas que Tulle était tombée entre les mains de la Résistance et que des soldats et des officiers allemands étaient morts sous les balles des Francs-Tireurs. Lorsque le Général Lammerding apprit la nouvelle, au soir du 8 juin 44, il entra dans une colère épouvantable. On avait osé libérer une ville de l'oppression hitlérienne. Le prix serait terrifiant. La population de Tulle allait l'apprendre dès le lendemain. Sur tous les murs de la ville, le Général S.S. fit placarder des affiches, des affiches de mort…

« ***Citoyens de Tulle !***

Quarante soldats allemands ont été assassinés de la façon la plus abominable par les bandes communistes. La population paisible a subi la terreur. Les autorités militaires ne désirent que l'ordre et la tranquillité. La population loyale de la ville le désire également. La façon affreuse et lâche avec laquelle les soldats allemands ont été tués, prouve que les éléments du communisme destructeur sont à l'œuvre. Il est fort regrettable qu'il y ait aussi des agents de police ou des gendarmes français qui, en abandonnant leur poste, n'ont pas suivi la consigne donnée et ont fait cause commune avec les communistes.

Pour les maquis et ceux qui les aident, il n'y a qu'une peine, le supplice de la pendaison. Ils ne connaissent pas le combat ouvert, ils n'ont pas le sentiment de l'honneur. 40 soldats allemands ont été assassinés par le maquis. 120 maquis ou leurs complices seront pendus. Leurs corps seront jetés dans le fleuve.

A l'avenir, pour chaque soldat allemand qui sera blessé, trois maquis seront pendus : pour chaque soldat allemand qui sera assassiné, dix maquis ou un nombre égal de leurs complices seront pendus également.

J'exige la collaboration loyale de la population civile pour combattre efficacement l'ennemi commun, les bandes communistes.

Tulle, le 9 juin 1944 ;

Le Général
Commandant les troupes allemandes. »

La terreur s'abattait sur la Corrèze. L'amalgame était évident : le Général Lammerding s'en prenait ouvertement « aux bandes communistes » et louait les mérites de la population qui ne cherchait, disait-il, qu'à vivre paisiblement. Seulement voilà, les combattants qui s'étaient emparés de l'Ecole Normale étaient représentatifs de cette population, ils n'étaient pas majoritairement communistes ! Ils s'étaient engagés sur les chemins de la Liberté, ils étaient ouvriers, paysans, employés, fonctionnaires, artisans, commerçants… Le Général Lammerding montrait du doigt les forces de police qui s'étaient éclipsées de la ville… Il ne pouvait mieux dire : l'heure approchait où les forces supplétives des Allemands jetteraient leurs armes et se rangeraient aux côtés des patriotes. Et maintenant le Général Lammerding allait organiser la grande rafle du 9 juin 44… Le sinistre Walter allait pouvoir montrer tout son talent de serviteur zélé du fascisme en choisissant lui-même les malheureux qui seraient pendus… Au soir de cette terrible journée, comment imaginer que des pères de famille, des hommes jeunes ou plus âgés, des Tullistes courageux allaient périr ? Un curé de la ville oserait-il donner l'absolution aux bourreaux ? Comment imaginer…

Heureusement l'Etat-Major Régional des F.T.P. de la Corrèze avait sonné l'heure du départ face aux canons de la barbarie. Face à la puissance du feu de la terreur, les glorieux maquisards ne pouvaient rien opposer. Maintenant ils ne se débandaient pas comme voudrait bien le dire la propagande de Vichy. Ils reprenaient la guérilla et se retiraient en bon ordre en menant avec eux les soldats et sous-officiers allemands qu'ils venaient de faire prisonniers. Ils n'avaient pas assassiné les Boches qui avaient tenté de briser l'encerclement les armes à la main et qui tiraient sur eux ! Ils avaient répliqué. Tout simplement. C'était la loi de la guerre. L'armée des Francs-Tireurs avait livré bataille : elle avait compté ses victimes. Il restait à l'ennemi hitlérien à dénombrer les siennes. Les maquisards avaient prodigué les premiers soins aux blessés allemands et les avaient transportés à l'hôpital aux côtés de leurs camarades eux-mêmes atteints par les balles hitlériennes. Ils avaient donné à boire aux soldats de la Wehrmacht qui le réclamaient quand ceux-ci eurent déposé les armes. Ils avaient tiré sur ceux qui voulaient les tuer. La guerre continuait… La 236e compagnie F.T.P. qui détenait les prisonniers allemands n'avait qu'une idée en tête : les échanger contre la vie sauve des patriotes tullistes arrêtés par la Das Reich. La fin de non-recevoir que produisit Lammerding obligera l'Armée des Ombres à se séparer de son lourd fardeau. Du sang allemand allait couler sur les bruyères corréziennes pour laver un tant soit peu celui des Martyrs de Tulle.

Camille avait le cœur serré. Elle était l'agent de l'Internationale, elle aimait autant le peuple allemand que le peuple français et les autres peuples réunis ou opposés dans un combat titanesque qu'Hitler seul avait déclenché. Il y aurait encore des larmes et du sang ! Avant que les sourires ne reviennent sur les visages, d'autres batailles attendaient Camille et les siens.

* * *

Dans les jours qui allaient suivre, la Corrèze allait payer un lourd tribut à la guerre. A l'heure où les compagnies de Francs-Tireurs étaient descendues des hauteurs du plateau de Millevaches jusqu'aux environs de Tulle pour l'encercler, une fausse rumeur s'était répandue au sein de la population usselloise. La garnison allemande s'était rendue… aux hommes du 1er Régiment de France. Les soldats allemands auraient déposé les armes ! Il restait aux résistants à venir les chercher…

En réalité, les soldats de la Wehrmacht qui occupaient Ussel ne s'étaient pas soumis, ils s'étaient placés sous la protection des soldats français qui occupaient l'E.P.S. et continuaient le combat contre les bandes « terroristes »... Certes, les Allemands avaient quitté leur cantonnement habituel, avaient traversé la ville sous bonne escorte et avaient tout simplement rangé leur armement dans une salle de l'Ecole Primaire Supérieure gardée conjointement par des soldats allemands et vichyssois.

Qui avait intérêt à répandre de fausses nouvelles ? Les meilleurs éléments et les officiers des compagnies F.T.P. avaient quitté Ussel et les environs pour investir la Préfecture. Dans les granges et les cantonnements habituels des Francs-Tireurs, il ne restait que quelques sous-officiers et une poignée d'hommes inexpérimentés au combat. Cependant chaque jour, plusieurs dizaines de jeunes Ussellois rejoignaient le maquis. La nouvelle du Débarquement avait stimulé les vocations à devenir un Franc-Tireur. Les jeunes voulaient en découdre avec les Boches et prendre en main leur destinée. Il fallait accueillir cette jeunesse enthousiaste. Il fallait l'armer... L'armement n'était guère abondant dans les rangs des Francs-Tireurs. Ceux qui recevaient les parachutages importants cachaient ces armes nouvelles au creux des fourrés. Quoi de plus exaltant pour une jeunesse avide de se surpasser que de s'emparer des armes de l'ennemi. Naturellement, il n'y aurait pas lieu de livrer combat. Trois camions partirent en direction d'Ussel emportant une cinquantaine de jeunes. On avait décoré les véhicules aux couleurs de la France. Les jeunes avaient les mains nues mais leur tête était pleine de chansons. A l'heure du Débarquement et de la prise de Tulle, ils voulaient aussi réaliser « leur » exploit. A vrai dire, leurs chefs croyaient qu'ils n'auraient qu'à se présenter à l'entrée de l'E.P.S. et à demander poliment aux soldats français les armes des Allemands… Après tout, si les Allemands avaient déposé d'eux-mêmes leurs fusils et leurs mitraillettes, on n'allait tout de même pas les laisser rouiller au fond de la cave de l'E.P.S. ! Les camions surgirent sur la place, les jeunes sautèrent de la plate-forme, leurs chefs sortirent des cabines et, d'un pas assuré, se dirigèrent vers le portail… Les fusils-mitrailleurs crépitèrent en moins de temps qu'il ne faut pour l'écrire. Une quarantaine de jeunes patriotes étaient transpercés par les balles meurtrières. Ils gisaient là, sur la place, morts ou agonisants… Déjà les Allemands et les hommes du 1er Régiment se précipitaient pour les achever… Les soldats hitlériens couraient dans toutes les directions, hurlant et tirant avec furie. Ussel était à feu et à sang ! A la fin de cette journée du 10 juin 44, quarante sept jeunes étaient morts pour la France. Dans quel traquenard étaient-ils tombés ? Qui avait tissé les fils du piège ? Seul François Var, le Maire d'Ussel, aurait pu le dire. Seulement voilà, l'ancien combattant de la Grande Guerre faisait front en son domicile aux exigences de la police allemande et de ses serviteurs zélés de Vichy. Une fois encore, François Var voulait épargner à sa population les atrocités coutumières d'un conflit qu'il désapprouvait.

Le Maire d'Ussel mit tout en œuvre pour éviter le pire : sauver des vies et écarter l'ombre des terribles représailles. Dans la tourmente de cette journée d'horreur, l'ancien Poilu se montra à la hauteur d'une situation désespérée. Ils étaient bien rares les maires de cette trempe en Haute-Corrèze ! A Egletons, le Ministre collaborateur Charles Spinasse faisait le jeu des Allemands et du Maréchal sénile… Henri Queuille le maire de Neuvic-d'Ussel avait quitté la France pour Londres… François Var avait choisi de rester à la barre pour empêcher le pire. Malgré tout, du sang avait coulé… Ceux qui avaient imprudemment répandu les fausses nouvelles se cachaient… Un jour, l'Histoire les trouverait !

Ce 10 juin 44, 47 jeunes périssaient victimes de la barbarie. Ce même jour, le village d'Oradour-sur-Glane était rayé de la carte. La sordide division Das Reich avait quitté Tulle pour Uzerche où elle avait continué à pendre… Maintenant, à Oradour-sur-Glane, elle brûlait, elle fusillait, elle assassinait 642 victimes innocentes. Hommes, femmes, enfants… Le régiment Der Führer du sinistre Dickmann avait opéré en ce samedi après-midi où la paisible bourgade des environs de Saint-Junien s'apprêtait à fêter dimanche. Toute la matinée, les gens du bourg et des environs étaient allés et venus… Ils avaient fait leurs emplettes. Le boulanger avait cuit son pain, le pâtissier avait fait ses gâteaux, le boucher avait découpé les rôtis et le salon du coiffeur avait connu l'affluence des grands jours… et les S.S. étaient venus…

« Des adolescents » affirmeront plus tard certains historiens aventuriers. Des tueurs, des assassins… très exactement. Les enfants conduits en rang par leurs maîtres jusqu'au lieu de rassemblement… Les hommes abandonnant leurs travaux… Les femmes oubliant de fermer à clef la maison… et Monsieur le Maire qui offrait sa vie en lieu et place de ses administrés ! Rien n'y fit. Les S.S. déchaînés allaient tuer des innocents. Ils allaient brûler leurs maisons après avoir pris tous les objets de valeur, fouillé les tiroirs, dévalisé les coffres de La Caisse d'Epargne et de La Poste… Dans Oradour fumant, les S.S. allaient organiser un banquet géant. Au soir de cette journée hallucinante, les barbares allaient manger, boire, chanter et danser avec le Diable ! Il fallait oser le faire ! Après Tulle, le Général Lammerding avait donné ses ordres : la terreur triomphait… Oui, il fallait terroriser les populations en prétextant combattre les bandes communistes. Mais où étaient-ils donc les Communistes à Oradour-sur-Glane ? Aux élections municipales de 1939, ce parti avait seulement obtenu une trentaine de voix sur un peu moins de mille votants… Où étaient-ils donc les maquisards et les caches d'armes ? Camille avait été très claire lorsqu'elle avait rencontré le Commandant François à l'Etat Major des Monts de Blond. La Résistance devait éviter à tout prix de traverser le bourg d'Oradour… Comment aurait-elle pu alors cacher ici des armes et infiltrer la population ?

Décidément, ces premiers jours de juin étaient bien noirs pour Camille et les siens. Bien que le chef du maquis du Mont-Gargan ait refusé d'appliquer les plans « Vert » et « Tortue », écarté l'idée d'investir Limoges, la Das Reich frappait lourdement la population haut-viennoise. Tulle… Oradour… Ussel… des taches indélébiles !

* * *

En cette soirée du 8 juin 44, à l'heure où la nuit allait recouvrir de ses voiles d'ombre les vallées de la Corrèze ; Camille, le cœur meurtri, se glissait vers le Sud… Elle allait cheminer à l'inverse de la division Das Reich et partout, rencontrer la désolation que les S.S. avaient semée…

Camille n'avait pas fui la Corrèze comme certains historiens révisionnistes oseraient l'écrire un jour. Elle avait seulement obéi aux directives du Haut Commandement des Francs-Tireurs qui lui intimait l'ordre de visiter les départements du Lot, de la Dordogne, du Lot-et-Garonne et du Tarn. Elle ne savait pas encore que le jour même où ses F.T.P. s'emparaient de l'Ecole Normale de Jeunes Filles de Tulle, les barbares nazis brûlaient et assassinaient en traversant le Lot. Tout au long du printemps 44, les détachements F.T.P. Jean Bart, France et Gabriel Péri avaient harcelé les garnisons allemandes de Cahors et de Saint-Céré ; attaqué les bataillons de G.M.R.

et les cohortes de la Milice de Gramat. Au moment même où les soldats alliés posaient leurs pieds libérateurs sur le sol de Normandie, les maquisards lotois se trouvaient à la ferme de Gabaudet. Ce soir-là, ils avaient organisé une belle fête pour célébrer l'événement ! On avait mangé plus qu'à l'ordinaire et même un peu bu de ce vin des coteaux de Cahors. Après tout, les Boches en avaient bien profité des grands crus du Quercy et ils avaient, sans ménagement, pillé les conserveries de fois gras truffé et emporté les liqueurs de noix… Ce soir-là, les F.T.P. du Lot avaient raconté leurs exploits tout au long de la veillée étoilée sous le ciel majestueux de la nuit du Quercy. On avait bien rigolé des embuscades tendues aux gendarmeries locales ou aux gardes-mobiles. Après tout, ceux qui avaient choisi de servir le « vieux » maréchal sénile ne méritaient guère mieux qu'une volée de plomb ou des éclats de grenade ! On les avait avertis à temps, dès avril 44… L'Etat-Major Départemental du Lot avait prévenu les gendarmes : leur devoir était de servir Vichy mais leur conscience les obligeait à protéger leurs pères et leurs mères et de ne point envoyer leurs fils au S.T.O… L'avertissement était clair : certaines brigades s'étaient solidarisées avec les compagnies F.T.P. et l'on avait fait cause commune pour asséner aux Boches et aux forces supplétives de la Milice des coups mortels. Seulement voilà, la Gestapo était descendue jusqu'à Cahors et à Saint-Céré, elle s'était installée dans les locaux de la tour Saint-Laurent. Ainsi les hitlériens pourraient surveiller les allées et venues des patriotes du Causse. Malgré cette répression massive et sanguinaire, des centaines de jeunes patriotes avaient rejoint les compagnies de Francs-Tireurs. Surcouf, leur chef illustre, pouvait être fier de ses gars : de Gramat à Saint-Céré puis à Figeac et à Cahors et tout autour d'Eynac, les maquisards occupaient le terrain, corrigeaient les collaborateurs et obligeaient les Allemands à se terrer dans leur casernement.

Hélas ! La venue de la terrible division S.S. Das Reich changeait la donne. Sa puissance de feu était triple de celle des divisions ordinaires et ce n'étaient pas quelques camions et quelques voitures qui parcouraient les routes sinueuses de la montagne : c'étaient des colonnes de chars qui se comptaient par dizaines. En cette fin de première semaine de juin, une traînée mortelle allait balayer le Lot. Seulement voilà, les F.T.P. n'étaient pas du genre à se laisser enfermer dans la tenaille nazie. Reprenant à leur compte la tactique révolutionnaire des soldats de l'An II, les maquisards allaient forcer le destin et passer à l'offensive. Près des grottes de Presque, ils attaquèrent aux lance-torpilles les colonnes de chars et en détruisirent bien plus d'une dizaine tuant un grand nombre de Boches par les tirs croisés de leurs fusils-mitrailleurs. Ayant une connaissance parfaite du relief de ces plateaux calcaires aux failles profondes et aux falaises abruptes, ils infligèrent à l'ennemi une terrible défaite mais voilà les Boches, comme en bien d'autres endroits, furent aidés par les sinistres collaborateurs. Ce fut l'adjudant de gendarmerie de Saint-Céré qui conduisit les S.S. jusqu'à la ferme de Gabaudet où, la veille au soir encore, on festoyait. Comment l'ennemi aurait-il pu trouver l'endroit niché au cœur du Causse de Gramat ? Si nul ne l'avait guidé jusqu'aux abords même des bâtiments, une centaine d'enfants du Lot aurait été épargnés. Si aucun traître n'avait prêté son concours à la barbarie nazie, la fille de la ferme et sa famille n'auraient jamais connu la violence, la torture et la mort ! Le 8 juin 44, des dizaines de jeunes vies tombèrent sous le soleil brûlant de l'été lotois. Du sang coula et imbiba à jamais la montagne de Gramat. Gabaudet précéda Tulle et Oradour… Près de mille morts en trois jours : tel fut le funeste tableau de chasse de la division Das Reich que commandait le Général Lammerding.

Le cœur de Camille s'était encore davantage serré en traversant ces contrées désolées et silencieuses qui ne pourraient de longtemps panser leurs plaies. Combien de morts y aurait-il encore pour qu'enfin la Liberté triomphe ? Sur le chemin de Saint-Céré, Camille pensait aussi à toutes ces journées de ce printemps 44 qui avaient été marquées par la fureur nazie. Son cœur palpitait mais elle espérait encore… Elle savait que le sacrifice de ceux qui, le 6 avril 44, avaient été sauvagement fusillés par les S.S. sur la place de Bugeat en Haute-Corrèze ne serait pas vain ! Ce jour-là, les S.S. s'étaient déchaînés. Dès l'aube, ils avaient investi le petit village de l'Estavel au cœur de la montagne limousine. Les bottes noires avaient martelé le pont de bois qui franchissait le torrent gorgé des eaux de la fonte des dernières neiges. Les bottes noires étaient remontées jusqu'à la place du petit village. Elles avaient fait le tour de la fontaine et du bac en granit où les paysans de ce paisible hameau corrézien conduisaient leurs troupeaux pour les abreuver chaque soir. Sur la pierre de la fontaine, une main courageuse avait placardé un tract qui disait aux paysans de la Corrèze de garder l'espoir. L'heure de la délivrance approchait… et les paysans de l'Estavel y avaient cru en sifflant doucement pour encourager leurs vaches à boire l'eau limpide de la fontaine ancestrale. Les « guillades » s'étaient levées vers le ciel comme des lances pour signifier la haine du Boche et la certitude que les jeunes d'Estavel qui avaient choisi le maquis plutôt que de servir le fascisme hitlérien avaient bien fait. Ils étaient là en cette soirée d'avril 44 les paysans d'Estavel. Parmi eux, Léon Vacher un ancien de la Grande Guerre, qui avait laissé sa jambe droite dans la boue des tranchées de Verdun et du Chemin des Dames. Il avait repris son travail à la ferme avec son pilon en bois… A l'aube du 6 avril 44, les bottes noires d'Hitler vinrent l'arrêter avec ses trois voisins… Vous imaginez facilement qu'il ne se laissa pas faire et qu'il protesta… Les S.S. n'écoutèrent point ce que les paysans d'Estavel déclaraient en patois. Les S.S. ne comprenaient pas la langue limousine. Les S.S. hurlaient, frappaient et chargeaient les paysans d'Estavel dans leurs camions et comme le père Vacher avait osé leur résister et qu'il n'était pas tout à fait valide, ils emmenèrent aussi son épouse. Les camions repassèrent le pont de bois, descendirent sur Bugeat, s'arrêtèrent sur la place. Le notaire qui était le chef de la délégation spéciale de Vichy voulut s'interposer. Il se portait garant des hommes d'Estavel ! Certes il savait que ces petits paysans étaient communistes et qu'ils votaient contre lui mais il affirma aux S.S. en furie que les paysans d'Estavel, comme tous ceux du plateau de Millevaches, étaient d'honnêtes gens. D'ailleurs, ils n'étaient pas au maquis puisque les soldats allemands les avaient trouvés et arrêtés dans les étables à l'heure où ils tiraient le fumier du cul des vaches… Les vaches… Le fumier… Les paysans… Tous étaient des « terroristes » pour les soudards d'Hitler. Des « terroristes »… Il fallait les fusiller sur-le-champ n'en déplaise au Maire de Bugeat. Les quatre hommes furent attachés aux poteaux, on voulut leur bander les yeux, ils refusèrent ! Ceux qui avaient été dans les tranchées de Verdun face aux Boches ne pouvaient trembler. Ils tombèrent en héros sur la place de Bugeat, ce 6 avril 44. Ils tombèrent en souriant et le cœur plein de joie car ils savaient que leurs fils étaient au maquis et que bientôt, le grand maquis chasserait les nazis des hautes terres de la Corrèze. Seulement voilà pour l'heure, ce 6 avril 44, à Bugeat, les S.S. étaient déchaînés. Non seulement ils fusillaient les paysans communistes mais ils arrêtaient les Juifs… La grande rafle avait commencé là-haut à Ussel, puis à Meymac, à Bugeat elle se poursuivait. Bientôt ce serait Lacelle et Eymoutiers… Des centaines de

Juifs seraient interpellés dans la rue, sur leur lieu de travail ou dans les logements que l'habitant leur avait octroyés. Ce jour-là, les S.S. interpelleraient l'ouvrier coiffeur James qui n'avait pas su écouter son patron et rester sagement dans le salon. Follement angoissé, James s'était précipité dans la rue à la vue des bottes noires qui martelaient le macadam de la Route Nationale 679. James avait traversé cette route sans être vu, il s'était glissé dans la ruelle parallèle et était remonté jusqu'à sa maison à l'instant même où les S.S., guidés par le garde-champêtre, interrogeaient son logeur. Le propriétaire des lieux affirmait que James était parti à l'aube couper les cheveux comme tous les jours... Les soudards hitlériens n'insistèrent pas : il y en avait d'autres à prendre. Ils firent demi-tour mais un petit garçon qui se trouvait sur le trottoir d'en face par hasard cria au garde-champêtre :

- James ? Je l'ai vu ! Il est passé par derrière, il est entré dans le bûcher...

Le garde-champêtre aurait voulu ne rien entendre mais le gamin avait cru bien faire et pensait obtenir une sucette... Les S.S. n'avaient rien perdu de la conversation du petit. Déjà, ils avaient sauté par-dessus le mur du jardin... Ils couraient... Dans le bûcher, ils trouvèrent James. Ils ne prirent même pas la peine de le fouiller. Le coiffeur avait encore dans ses poches la tondeuse, le peigne et ses ciseaux... Tout à l'heure, avec une dizaine d'autres Juifs, on le ferait monter sur la plate-forme entourée de ridelles et des soldats allemands grimperaient aussi... Le camion s'ébranlerait en direction de Limoges... Dans un geste désespéré, James saisirait dans sa main droite la paire de ciseaux et dans la gauche la tondeuse... Il frapperait le soldat vert-de-gris qui lui tournait le dos... Peine perdue ! Le camion s'arrêterait, les soldats feraient descendre James... On le fusillerait et son corps abandonné sur le bas côté de la Route Nationale 679 serait ramassé le lendemain par les habitants de l'Eglise-au-Bois. On enterrerait James... On l'oublierait...

Seule Camille s'en souviendrait. Ce jour-là du 6 avril 44 à Bugeat, onze Juifs furent arrêtés : dix furent déportés par Drancy et les convois plombés, ils rejoindraient Auschwitz. Le 3 mai 44, ils n'étaient plus que des cendres. Seul James dormait encore en terre corrézienne. Avec ces malheureux et tous ceux qui furent raflés à Lacelle et à Eymoutiers où la foire battait son plein en ce premier jeudi de l'année, on emmena aussi madame Vacher, elle ne devait pas revoir son pays bugeatois. Ce fut la « Pâque rouge » en Limousin comme dans le Jura et en Savoie. Ce 6 avril 44, c'était le jeudi saint. C'est ce jour-là que les S.S. avaient choisi pour frapper à mort les terres de la Liberté. Camille songeait à cette semaine sainte qui avait laissé une traînée d'horreur en Haute-Corrèze à l'instant où elle foulait les cendres encore brûlantes de Gabaudet. Deux mois séparaient ces événements tragiques et il n'y avait pas eu un seul jour sans que des patriotes tombent sous les balles nazies ou soient interpellés et déportés. A feu et à sang, les hitlériens marquaient leur passage sanglant au centre de la France. Camille n'était pas encore au bout de ses surprises. Tout à l'heure, elle avait rendez-vous avec le Commandant « Soleil » en son P.C. de Belvès. Lui aussi avait des révélations à lui faire. Les combattants des bataillons de la Dordogne avaient vécu un 6 juin 44 très particulier. A l'instant même où les Alliés débarquaient sur le territoire français, des « inconnus » avaient tenté de les encercler. Camille n'en croyait pas ses oreilles. Lorsque « Soleil » lui déclara :

- A l'heure où je filais vers Le Buisson avec mes gardes du corps et après avoir passé le pont de fer qui enjambe la voie ferrée, un coup de feu éclata. J'ai stoppé ma voiture qui avait un pneu arrière crevé. La balle était remontée par l'intérieur, avait arraché une poche de la veste de Routa et était ressortie par le toit…

- Vous l'avez échappé belle, s'exclama Camille. D'où venait cette balle ?…

- J'ai ouvert ma portière, j'ai prévenu mes gars et surtout je leur ai recommandé de ne point tirer. A ce moment, j'ai entendu une voix derrière un buisson : « *Merde ! C'est Soleil…* » J'ai crié : « *Sortez où je viens vous chercher !* » J'ai vu huit hommes sortir du buisson tenant chacun une arme à la main. Ils se sont excusés : ils ne savaient pas ! Je leur ai alors rétorqué : « *Comment vous ne savez pas ? Nous arrivons de Siorac… Vous connaissez nos voitures et vous tirez sur nous !* » Je leur ai alors demandé une autre roue et nous sommes repartis vers Le Buisson…

- L'affaire n'est pas claire ! déclara Camille.

- Effectivement… poursuivit « Soleil ». Au Buisson, nous ne trouvons rien d'anormal, nous prenons en direction du Bugue… rien sur le pont de la Dordogne ! Cent cinquante mètres plus loin, après le virage de Saint-Chamassy, deux arbres abattus barraient la route. Cinq jeunes étaient camouflés là à plat ventre derrière les troncs. Ils avaient mis trois fusils-mitrailleurs en batterie. Ils pouvaient tirer en direction du Buisson. Seulement les Allemands ne pouvaient arriver ici que du côté opposé… En clair les armes nous visaient et semblaient protéger les Boches…

- Tout de même ! s'exclama Camille. Des maquisards contre les bataillons de la Dordogne !…

- Oui… précisément. Nous avons stoppé notre voiture et nous nous sommes approchés. Je connaissais trois des cinq garçons. Je leur ai demandé : « *A qui faites-vous la guerre* » Ils ont répondu : « *Aux Boches…* » Je leur ai alors posé la question : « *Pourquoi pointez-vous vos armes sur vos familles et contre les régiments F.T.P.F. et ceux de la*

M.O.I. ? » A cet instant, j'ai vu sortir du bois un homme en uniforme noir avec un pantalon à bande blanche sur le côté. Il m'a lancé me regardant droit dans les yeux : « *Terminé pour les Communistes !...* »

- Mais qui était cet étrange individu ? interrogea Camille. Un étranger...

- Les jeunes maquisards me l'ont appris : c'était un nommé Lecamp... Un drôle de type ! Seulement voilà, les jeunes gars que je venais d'interpeller ne semblaient plus d'accord avec lui. Lecamp a braqué son arme dans ma direction. Je me suis approché de lui. Son Albion frôlait mon ventre... D'un coup sec : j'ai saisi l'arme et j'ai fait basculer l'adjoint de Bergeret sur le sol. Je lui ai asséné un coup sur la tête et j'ai prévenu les cinq maquisards : « Si dans demi-heure les arbres sont encore en travers de cette route, vous entendrez parler de nous ! » J'ai alors fait demi-tour et je suis revenu à Siorac. Une grande animation régnait sur la place de La Poste. Des gens couraient dans toutes les directions et criaient... J'ai aperçu le fils Martinet qui était accroupi par terre... Deux enfants blessés gisaient non loin de là et appelaient leur mère... Je me suis approché. En réalité, le père de Martinet que nous venions d'installer comme Maire à l'Hôtel de Ville de Siorac venait d'être frappé par des balles tirées de la colline. Mes yeux se sont portés sur deux individus tenant à la main une mitraillette et qui voulaient s'enfuir. J'ai tiré aussitôt. L'un des hommes est tombé à terre. L'autre a pris la fuite. Aussitôt Amigo, Routa et Paco, mes gardes du corps, l'ont suivi. Quelques minutes plus tard, il était abattu à son tour. En réalité ces tireurs isolés n'étaient autres que deux éléments du P.P.F. venus de Sarlat, arrêtés le matin même et, malheureusement, laissés sans surveillance. Les deux militants du P.P.F. de Doriot venaient d'abattre le résistant Martinet qu'ils ne pouvaient accepter à la tête de la municipalité de Siorac. A l'instant même où le père Martinet rendait son dernier souffle dans les bras de son fils nous venions de le venger. Cet incident comme celui des arbres abattus qui barraient notre chemin montre nettement les intentions de nos adversaires. En ce 6 juin 44, à Belvès, Saint-Cyprien et Siorac, les armes étaient tournées contre les patriotes. Des Français abattaient d'autres Français… Cela n'allait pas durer… La leçon que nous venions de leur donner serait entendue mais je savais que le chemin de la Liberté serait encore long et semé d'embûches. Seulement voilà, l'Etat-Major des bataillons de la Dordogne était prêt à libérer notre région. De Périgueux à Bergerac, Trélissac, le pont de Mouleydier puis Cognac… J'avais tracé la trajectoire lumineuse qui conduirait à la victoire.

- Effectivement… poursuivit Camille. Je comprends que partout des individus aient voulu barrer la route à nos Francs-Tireurs qui ont toujours été les plus déterminés dans la chasse des nazis. Heureusement, que nos chefs, les plus valeureux, ont su déjouer les pièges et ouvrir la brèche contre des divisions déchaînées qui voulaient assassiner notre peuple. Tu auras encore, Commandant « Soleil », de longues journées de marche qui te mèneront aux portes d'Angoulême, de Bordeaux et de La Rochelle. Non seulement tu devras affronter les agents de l'Intelligence Service et ceux, plus sournois encore, de la C.I.A. mais tu devras déloger des murs de nos Préfectures les miliciens, les collaborateurs, les revanchards… Courage, mon camarade ! Et en avant !…

* * *

Camille avait passé la soirée au château de Bellerive en compagnie du Commandant « Soleil » et de tous ses chefs de bataillon. Elle avait aussi rencontré les agents secrets des Corps Francs de la Dordogne. Elle était assurée qu'elle pouvait compter sur ces filles admirables et courageuses qui, une fois encore, allaient jouer un rôle déterminant dans la quête silencieuse des précieux renseignements. Il fallait aux agents secrets de la Résistance une grande patience et une habileté à nulle autre pareille pour pénétrer les services administratifs de Vichy et ceux encore plus compliqués de la Kommandantur de Bordeaux… Il était extrêmement important de connaître l'état exact du moral des troupes d'Occupation ainsi que celui des forces supplétives de Vichy. Les garnisons de la Wehrmacht finiraient-elles par se rendre et capituler ? Les cohortes de la Milice et les compagnies de G.M.R. rejoindraient-elles les forces patriotiques ? Où en était la police, la gendarmerie nationale ?… Toutes ces questions préoccupaient Camille et la direction de la zone Sud qu'elle dirigeait. En réalité en cette première semaine de juin 44, elle savait que les troupes de la Wehrmacht n'étaient pas au mieux. Le grand quartier général de Bordeaux était parfaitement au courant de la situation militaire qui ne se montrait guère favorable aux divisions nazies. Désormais, l'armée hitlérienne devrait non seulement subir les coups de boutoirs répétés de l'Armée Rouge mais aussi contenir autant qu'elle le pourrait les avancées des troupes alliées. Désormais, le Général Eisenhower qui avait été nommé Commandant en chef des Forces d'Interventions de l'Ouest était déterminé à pousser la bête hitlérienne dans ses derniers retranchements. Mieux encore ! Eisenhower voulait avancer le plus rapidement possible pour éventuellement prendre Berlin avant les Russes. Camille était parfaitement au courant de cette stratégie américaine qui abandonnerait peut-être Paris, Strasbourg et tant d'autres villes françaises pour foncer sur l'Allemagne abasourdie. Désormais, seule la Résistance pouvait libérer les villes. La bataille de Tulle n'avait donc pas été inutile. Bien au contraire, elle avait montré que le savoir-faire et le courage de l'Armée des Ombres pouvaient venir à bout de la redoutable Wehrmacht. Désormais, Camille donnerait l'ordre à ses compagnies de Francs-Tireurs de s'emparer au plus vite de Périgueux, Cahors, Limoges, Poitiers, Angoulême… Et maintenant, elle filait vers le Sud. Elle allait traverser Villefranche-du-Périgord, Villeneuve-sur-Lot. Demain, elle serait à Toulouse. Il fallait libérer la ville rose. Sur les bords de la Garonne près du Canal du Midi, elle rencontrerait l'Etat-Major Régional de la Haute-Garonne et les envoyés spéciaux des combattants de l'Ariège, du Gers, des Landes… Elle leur dirait que ceux du Lot, du Tarn, du Tarn-et-Garonne étaient prêts à accourir pour que les oies du Capitole retrouvent la quiétude des années passées et que la Milice, la Gestapo et toutes les forces de la Collaboration, de la déportation soient anéanties. Demain la cité des violettes devrait retrouver ses allures paisibles et nonchalantes mais de durs combats étaient à venir…

Pour l'heure en cette mi-juin 44, Camille ne pouvait davantage flâner sur les quais de la gare de Matabiau. Elle venait de prendre le train pour Albi. En débarquant dans la Préfecture du Tarn, elle suivit le cours tumultueux du fleuve qui prenait tout son essor après avoir été retenu et resserré dans les gorges profondes du Causse. Enfin, le Tarn s'épanouissait au soleil du Midi. Les méandres du fleuve semblaient infinis et l'été 44 s'annonçait splendide ; le ciel était bleu et lumineux, il faisait déjà très chaud et les pigeons qui descendaient des falaises étaient pressés d'affleurer l'eau avec leurs pattes comme pour se rafraîchir. Ils repartaient à tire-d'aile en longues envolées circulaires qui peu à peu les remontaient jusqu'au niveau de leur pigeonnier. Là-haut à la cime des falaises, ils roucoulaient par centaines... Dans la vallée du côté de Castelnau-Montmirail ou sur le pont de Marsac, la fusillade crépitait. Les Francs-Tireurs du Commandant Pierre livraient encore bataille aux hordes nazies. Il avait été long le chemin qui de la Montagne Noire et des Monts de Lacaune avait mené les Corps Francs jusqu'aux portes d'Albi. Désormais les soldats de la Wehrmacht ne patrouillaient plus dans les campagnes, ils se cantonnaient dans les villes. Ils étaient encore à Castres qui avait vu naître Jean Jaurès. Souvent des soldats vert-de-gris passaient sur cette place où s'élevait hier encore, la statue du grand tribun socialiste qui, jusqu'à l'extrême limite de ses forces, avait tenté d'empêcher la Grande Guerre. Leurs doigts avaient peut-être un peu tremblé lorsqu'ils avaient déboulonné de son piédestal Jaurès pour fondre son bronze en canons... Peut-être ne savaient-ils pas qui était Jaurès ? L'Histoire les excusera... Maintenant la place de Castres était vide et les bancs du jardin public étaient abandonnés. On redoutait encore les pas cadencés et les cris des soldats d'Outre-Rhin qui saluaient bras tendu un Hitler invisible... Les compagnies du Commandant Pierre avaient harcelé cette garnison et avaient bien failli comme à Tulle la déloger des casernes mais il avait fallu abandonner faute de munitions... et d'armes lourdes ! Le Commandant Pierre attendait depuis des semaines et des mois les parachutages que les agents du S.O.E. lui avaient promis. Ce n'étaient plus des mitraillettes et des pistolets qu'il lui fallait ! C'étaient des bazookas, des lance-torpilles, des grenades incendiaires et explosives… A Castelnau-Montmirail, dans les rues moyenâgeuses de la citadelle imprenable : les maquisards s'étaient infiltrés, les Boches s'étaient retirés. Enfermés dans Albi, nichés dans les casemates des jardins de l'évêché près de la cathédrale de grès rose : ils résistaient encore. Sur la route de Gaillac, en colonnes de blindés, ils allaient et tiraient au hasard pour intimider les patriotes. Ils pouvaient encore arrêter les « terroristes » comme ils disaient et les faire monter dans le train en partance pour Toulouse, Cahors, Limoges ou la région parisienne… Seulement maintenant, les trains de la déportation étaient souvent stoppés avant d'avoir franchi les limites même du Tarn. Les convois de la mort n'arriveraient plus. Le Commandant Pierre et les glorieux soldats de la M.O.I. de Castor et d'Alberto pouvaient être fiers d'avoir pratiquement libéré le Tarn.

Lorsqu'elle les rejoignit sur le pont de Marsac à quelques kilomètres d'Albi, Camille les félicita. Ce n'était plus une poignée de va-nu-pieds, d'hommes en haillons qu'elle passait en revue maintenant, c'était un régiment et les hommes alignés parfaitement présentaient au Commandant Pierre et à Camille les armes étincelantes qui seraient demain celles de la Victoire… Pour l'heure, il restait encore à entrer dans Carmaux, la cité des mineurs et à déloger les miliciens de la vieille citadelle de Cordes-sur-Ciel. Ceux qui avaient dénoncé les patriotes du Sidobre et de Lacrouzette, ceux qui avaient livré aux Boches des centaines de Juifs et d'enfants, ceux qui avaient assassiné les Francs-Maçons et les Communistes s'étaient réfugiés, là-haut, à quelques mètres du puits médiéval… Comme pour se faire pardonner ! Allaient-ils réussir comme tant d'autres à s'échapper et par les souterrains des ermitages et des monastères parvenir jusqu'en Espagne et gagner l'Amérique ? En tout cas, ils voulaient se faire oublier pour mieux resurgir demain et recommencer… A Cordes, ceux de la M.O.I. et les compagnies des Corps Francs du Tarn devraient aller chercher, maison après maison, du grenier à la cave, les chiens scélérats qui avaient craché sur la France, assassiné ses meilleurs enfants. Camille savait que le Commandant Pierre comme le Commandant Castor seraient à la hauteur de cette épuration que le peuple attendait calmement. Désormais il ne pourrait y avoir de pitié, de mansuétude pour les traîtres. Ceux qui avaient renié les valeurs de la République devraient rendre compte.

Camille dit au Commandant Pierre :

- Je sais quelles sont vos valeurs. Vous êtes un enfant de Jules Ferry et vous avez servi l'école de la République. En prenant le maquis de la forêt de la Loubatière, vous avez poursuivi le chemin de la Liberté. Vous avez fait honneur à votre père : un enfant de Brassac, un Poilu blessé qui avait réussi à retrouver le Tarn à la force de ses jambes. Oui, je sais que je puis compter sur vous pour être profondément juste et purifier cette région infestée par la vermine et les poux. Soyez juste mais ne tremblez pas ! Si vous laissiez échapper un seul de ces traîtres il serait notre assassin de demain. Frappez sans complaisance et la victoire vous sourira… Je dois vous quitter mon ami, j'ai tant à faire et déjà on me demande sur les pentes du Mont-Gargan, à Cherves-Chatelars en Charente et en Creuse… Je ne sais si je vous reverrai avant la Libération qui sûrement approche à grands pas… Un jour, peut-être… A très bientôt !

* * *

Camille devait remonter sur le Nord. Désormais, elle installerait son P.C. au cœur de la Haute-Vienne. Il y avait du grain à moudre ici. Oradour avait subi l'outrage des S.S. et la barbarie hitlérienne, Tulle pansait ses plaies et ne pouvait oublier ses morts. Dans cette dernière localité, une semaine après la terrible tragédie, la propagande vichyssoise avait repris de plus belle et les services de la Préfecture répandaient partout les mauvaises odeurs du mensonge. Ce seraient les F.T.P. qui porteraient le chapeau ! Ce seraient eux les courageux Francs-Tireurs que l'on montrerait du doigt et que l'on dirait à l'origine des quatre vingt dix neuf pendaisons… La propagande de Philippe Henriot et les journaux autorisés de la Corrèze étaient forts habiles ; les familles pleuraient leurs morts, leurs disparus… Les volets restaient clos aux façades des hautes maisons... Il était donc facile de répandre le mensonge et l'outrage. Ceux qui avaient écrit sur les bords de la Corrèze les plus beaux exploits d'une jeunesse déterminée ne pouvaient imaginer que, dans les bas-fonds de la Préfecture, on semait les graines de la mauvaise foi. Demain, elles germeraient... Il serait difficile de les détruire et de rétablir la Vérité ! Seulement voilà, un jour, Camille parlerait...

* * *

En arrivant au P.C. de la ferme de Lajaumont sur la commune de Linards, Camille trouva l'Etat-Major Régional en grande effervescence. Les Lieutenants Tino et Pierre lui expliquèrent les récents événements qu'ils avaient dû affronter en son absence : les affaires Gerlach et Kämpfe... Si Camille avait été là ! Le mensonge n'aurait pas pu se glisser dans les interstices d'une histoire écrite au quotidien par ceux de l'Armée des Ombres. Le mensonge... Gerlach était un officier d'intendance de la division Das Reich. C'était un S.S... Le 9 juin 44 au matin, il précédait avec quelques commandos les unités de cette division maudite qui assassinait et pendait à Tulle. Il fut chargé par ses chefs d'organiser les cantonnements dans la région de Nieul. Il avait été prévenu que cette zone était infestée de maquisards mais, comme tant d'autres chefs S.S., Gerlach était un fanfaron, un aventurier... Avec son chauffeur, il était parti sur les petites routes des Monts de Blond. En réalité, les deux hommes s'étaient perdus là-bas et, hasard du destin, ils avaient été interceptés par un groupe de l'Armée Secrète déguisé en G.M.R. Abusés par les habits des gardes mobiles qui leur étaient favorables, les deux S.S. avaient été facilement cueillis par ces jeunes entrés fraîchement au maquis. Les gars de l'A.S. des Monts de Blond ignoraient tout de leur prise et ne pensaient pas détenir « du gros gibier »... Ils confièrent Gerlach et son chauffeur aux premiers résistants qu'ils rencontrèrent : des gardes mobiles qui venaient de quitter le Mas Jambost pour le maquis. A partir de cet instant l'affaire Gerlach commence et devient un brouillard indéfinissable. Les deux gardes mobiles ont bien conservé leurs proies pendant quelques heures. Un instant, ils les ont même confiées à un groupement F.T.P. Le chef de ce maquis voulait immédiatement faire exécuter les deux S.S. Seulement voilà, les gardes mobiles étaient fiers de leur tableau de chasse. Exécuter les S.S. ? Rien de plus facile... Puisqu'ils avaient arrêté les deux Boches, ce seraient eux qui s'en chargeraient. A cela il n'y avait rien à répondre. Après tout, on ne pouvait au maquis s'embarrasser de prisonniers à l'heure où les unités de la Das Reich remontaient en direction de Bellac. Près des Bois du Roi, les deux gardes mobiles feraient justice. Seulement voilà, seul le chauffeur fut fusillé et Gerlach réussit à s'échapper... Grâce à la course folle et zigzagante qu'il entreprit au moment même où les mitraillettes des gardes mobiles s'enrayèrent ? Sûrement pas ! Alors… Tino et Pierre expliquèrent à Camille qu'une semaine plus tard à l'endroit précis où le chauffeur de Gerlach avait été abattu et enterré, un maquisard de la compagnie avait retrouvé des Deutsche mark… Des millions de marks à l'effigie du chancelier Hitler ! Etait-ce le chauffeur qui avait vidé ses poches avant de rouler sur les feuilles mortes du sous-bois ? Etait-ce une rançon que Gerlach avait lâchée aux gardes mobiles pour avoir la vie sauve ?

- A-t-on retrouvé les deux gardes-mobiles, interrogea Camille. Leur a-t-on posé des questions ? Assurément ils pourraient nous éclairer…

- Impossible ! rétorqua Tino. L'un a été tué près du Pont du Vincou le 12 juin 44.

- Quant à l'autre, dit Pierre, il est porté disparu…

- Drôle d'affaire ! s'exclama Camille. Un officier S.S. intercepté dans les Monts de Blond et qui réussit à gagner Limoges en suivant la voie ferrée de Bellac au matin du 10 juin 44… Je crois mes amis que nous en entendrons parler plus tard… Gerlach expliquera Oradour ! Dommage. Oui, vraiment dommage que le Capitaine René n'est pas abattu Gerlach dès qu'il l'a vu. Il faut donner des instructions précises à tous les commandants et officiers supérieurs : les S.S. ne doivent pas s'échapper !

Les S.S. doivent tomber entre nos mains et nous devons les serrer à la gorge pour les faire « cracher ». La vérité est à ce prix mes amis. Gerlach, Walter et tous ces « porcs » doivent être questionnés. Nous devons savoir mais, dites-moi quelle est donc cette affaire Kämpfe ?

C'est une affaire assez complexe déclara le lieutenant Tino. En réalité, Kämpfe était le chef du 3e bataillon S.S. de la division Das Reich qui remontait sur Limoges. A l'heure où les hommes du 1er bataillon S.S. Der Führer de Dickmann prenaient la direction de l'Ouest par Rochechouart et Saint-Junien, les hommes de Kämpfe quittaient Pierre-Buffière pour Guéret…

- Pour Guéret ? interrogea Camille. Je n'imaginais pas que Lammerding avait envoyé une colonne sur Guéret…

- Justement si ! Reprit Tino. Lammerding n'ignorait rien de la Libération de Guéret deux jours auparavant. Après Tulle, il voulait organiser au cœur de la Creuse une traînée sanguinaire et ce n'est pas le hasard qui lui avait fait choisir Kämpfe. Le lieutenant S.S. s'était couvert de gloire en Ukraine et en Yougoslavie. Il était détenteur des plus hautes distinctions du IIIe Reich : celles qui honorent les barbares… A Guéret, Kämpfe voulait faire un carnage. Seulement voilà, le Général Lammerding le rappela par radio d'urgence. A peine sa voiture était-elle arrivée sur la place Bonnyaud que le chef S.S. devait faire demi-tour et reprendre la route de Saint-Léonard par Bourganeuf et Sauviat-sur-Vige. Il filait en direction de Limoges, pressé de connaître les ordres du Général Lammerding. Il avait ordonné à son chauffeur d'aller toujours plus vite. Il précédait donc largement la colonne qu'il commandait. Quelques kilomètres avant Saint-Léonard, le Lieutenant Canou et ses Francs-tireurs l'ont intercepté avec son chauffeur. Ils l'ont emmené en lieu sûr. Bien leur en prit... Une demi-heure plus tard, la colonne S.S. arrivait près du village de la Bussière et découvrait le véhicule de Kämpfe abandonné. Aussitôt les patrouilles s'organisèrent. Il fallait retrouver le chef prestigieux que l'on croyait enlevé par les maquisards de Guingouin...

- La chasse a dû être dure rétorqua Camille.

- Certainement... Il ne s'agissait pas de traîner dans les parages. Les S.S. étaient furieux, ils tiraient sur tous les hommes qu'ils rencontraient, ils assassinaient, ils criblaient de balles les corps, ils écrasaient les visages de leurs bottes noires... Mais Kämpfe resta entre nos mains et Guingouin voulut négocier sa libération exigeant la libération immédiate de nos prisonniers dans les geôles de Limoges. Le Général Lammerding était bien prêt d'accepter... Il avait dépêché chez nous un messager...

- Un messager ? interrogea Camille. Guingouin l'a reçu ? Incroyable...

- Rassure-toi Camille dit le Lieutenant Pierre. Le messager des Boches s'est volatilisé dans la nature. Il a reçu une balle dans la tête... C'était bien là le meilleur sort que l'on pouvait lui faire. Quant au « Grand », lorsqu'il a appris le massacre d'Oradour, il a immédiatement donné l'ordre de fusiller Kämpfe. C'était clair !...

- Et vous l'avez fait ? demanda Camille impatiente. Oui, vous l'avez sûrement fait...

- Un ordre est un ordre ! poursuivit Tino. Tulle, Oradour... Des centaines et des centaines de compatriotes assassinés par la barbarie hitlérienne... Kämpfe méritait la mort et il est mort. Seulement nous n'avons pas voulu que l'on retrouve son cadavre alors nous ne l'avons pas enseveli comme la pratique le voulait pour tous ces condamnés... Nous l'avons jeté sur un tas d'ordures... Le tueur sanguinaire qu'il était ne méritait pas mieux. Voilà Camille, Kämpfe est bien mort et nous l'avons balancé... Un jour, peut-être, quelqu'un cherchera sa dépouille. Après cette guerre, quelqu'un viendra sur ses traces puantes et chimériques. Ce sera peine perdue ! La rage au cœur... Comprends-tu Camille ? La rage au cœur...

- Je... Je ne comprends pas tout à fait Lieutenant Tino ! Dis-moi... Confie-toi...

- La rage au cœur... A l'instant où nous sommes venus chercher Kämpfe pour le passer par les armes, il était tombé… Il était raide… La truie qui était sa compagne dans l'étable où nous l'avions enfermé avait commencé à le dévorer… Kämpfe ne méritait pas mieux ! Seulement voilà, nous ne l'avons pas dit. Face à la barbarie nazie qui avait déferlé sur Oradour, il fallait bien qu'au moins un S.S. ait été abattu. Ce serait Kämpfe, le redoutable chef du 3e bataillon S.S. qui n'avait heureusement pas eu le temps de brûler Guéret et de fusiller ses habitants ! L'histoire aurait ainsi sa part de vérité et maintenant il nous faut investir Limoges…

- Oui, Limoges doit être libérée ! déclara Camille. Désormais les Alliés ont pris pied en Normandie. A nous de jouer au Centre de la France… Jouer n'est pas vraiment le mot car je crains qu'il y ait encore des batailles à livrer. Du sang et des larmes sur les pentes du Mont-Gargan, sur la terre de Charente, au cœur de la forêt de Rochechouart, sur les bords de la Dordogne… Il nous faut venger Tulle, Ussel, Oradour… Le danger est partout. Soyez vigilants mes amis. J'allais oublier : je voulais féliciter les hommes de la 1ère brigade de Marche et particulièrement ceux du bataillon André Bourdarias, ceux que tu as menés à la Libération du camp de Saint-Paul, toi le lieutenant Pierre ! Gloire à jamais à ton inconscience, à ton intrépidité, toi qui a ouvert ce camp de la honte et évité à des centaines de patriotes d'être chargés dans les camions S.S. et déportés… Quel exploit ! Le trésorier du Parti Socialiste Vardelle te doit une fière chandelle. Dis toute mon affection à Gaby qui a su à travers bois et châtaigneraies guider les pas de Vardelle vers la Liberté. Bravo mes amis, vous avez montré le chemin, vous avez dépassé votre chef mais c'est en bien ! L'Etat-Major de la zone Sud des F.F.I. peut s'honorer de vous compter dans ses rangs. Je suis heureuse de ces exploits qui resteront pour les décennies. Je voudrais m'attarder avec vous autres, profiter dans cette métairie des bons moments de convivialité et goûter aux plaisirs de la table. Seulement voilà, je dois rejoindre le Colonel Bernard à son P.C. de La Chapelle-Montbrandeix, l'ouvrier typographe m'attend. Nous devons élaborer le plan qui lui permettra d'intercepter les machines à vapeur que les Allemands veulent faire passer par Saintes en direction de La Rochelle. Au Château de Brie, Bernard Lelay m'attend et nous aurons besoin de lui pour encercler Limoges dans quelques semaines et barrer la route de Périgueux et d'Angoulême aux Boches. J'en suis sûre : c'est vers l'Ouest qu'ils voudront aller ! A nous de les contenir et il ne faudra pas trembler… Le colonel Bernard soumet ses compagnies à un entraînement soutenu dans la forêt de Rochechouart. Bientôt, il enverra des détachements dans le Nord de la Haute-Vienne sous les ordres de Georges. A Dournazac, il rejoindra Nelson. « Soleil » et Violette viendront lui prêter la main pour s'emparer d'Angoulême. Voilà mes amis la lutte continue…

* * *

En effet la lutte continuait, âpre et plus difficile. Maintenant les occupants hitlériens s'accrochaient au terrain et devenaient dangereux... Il faudrait les déloger, poursuivre la guérilla et peut-être bien les affronter en combats multiples et meurtriers. Le chemin serait encore long et difficile.

Aux premières lueurs de l'aube de la saint Jean d'été, Camille avait quitté la ferme de Lajaumont. A bicyclette, elle allait sur les routes sinueuses traverser le Sud de la Haute-Vienne, contourner Limoges et retrouver le Colonel Bernard qui s'apprêtait, lui aussi, à combattre durement l'ennemi. Maintenant, il faudrait déjouer les pièges et échapper aux bombardements et aux mitraillages des Allemands. Il faudrait aussi expliquer encore et toujours la finalité de l'action des Francs-Tireurs et des forces alliées. Bientôt, les avions britanniques ne se contenteraient pas de survoler le territoire français et de parachuter en plein jour les armes si nécessaires aux maquisards ; les bombardiers de la R.A.F. escortés de leur chasse plomberaient les usines d'armement qui travaillaient encore pour la machine de guerre nazie. Camille savait que la Royal Air Force serait bientôt au-dessus de la vallée de la Vienne et lâcherait « ses pruneaux » sur l'Arsenal du Palais pour casser la force de frappe de l'adversaire. Malgré leurs prouesses et les exigences d'un combat aérien surhumain, les pilotes anglais commettaient quelques bavures. Des bombes s'éparpillaient ça et là et il y aurait des victimes civiles...

La propagande vichyssoise ne manquerait pas de stigmatiser ces attaques de la Liberté : les hommes de Philippe Henriot hurleraient en désignant les « envahisseurs » comme coupables... Seulement voilà, Camille savait aussi que bientôt la sinistre voix de Philippe Henriot se tairait. Le Conseil National de la Résistance avait demandé à ses organisations les plus aguerries de « s'occuper » du traître de Vichy. Un matin proche, les Francs-Tireurs investiraient son ministère et lui régleraient son compte sans autre forme de procès. Déjà Camille se réjouissait de la mort prochaine de ce chien maudit qui avait tant de fois, sur les ondes de Radio Paris, menti et appelé aux meurtres de ses frères de combats. C'était peut-être à cause de lui que sa sœur Yvonne avait disparu...

Pierre-Buffière, Saint-Jean-Ligoure, Nexon, Les Cars... Camille progressait entre les taillis de châtaigniers. A l'instant où elle allait s'engager sur la route de Châlus, elle eut l'impression qu'elle était suivie. Sur cette longue côte de la Renardière, elle sentait ses jambes s'alourdir et sa respiration devenir saccadée. Des gouttes de sueur perlaient sur son front et glissaient sur ses joues burinées par le soleil et la pluie. Sa nuque était raide. Voilà qu'elle fut obligée de se mettre en danseuse pour avaler les derniers hectomètres de la Renardière. Elle savait qu'ensuite elle n'aurait qu'à se laisser glisser le long de la pente jusqu'au pied des tours de Chabrol et de Maulmont. Cela l'encouragea. En réalité, nul ne filait notre agent secret du maquis. Camille avait seulement éprouvé la légère sensation de défaillance que les grands champions cyclistes d'avant-guerre avaient connue. Pour en finir avec la Renardière, Camille pensa à eux : défilèrent alors dans son esprit les figures illustres d'Antonin Magne, de Koblet et du grand Campiossimo Gino Bartali qui avait le dernier inscrit son nom sur la liste des géants de la route. Elle n'était plus Camille, elle était Bartali ! Et comme par enchantement Camille associa le grand champion transalpin aux patriotes italiens et espagnols venus aider leurs frères de France à se libérer. Oui, à l'instant où elle allait défaillir Camille retrouva ses ailes et s'envola vers les cimes de la Renardière pour dégringoler à vive allure vers le pays de Richard Cœur de Lion… Un autre personnage se présentait alors au firmament de l'Histoire : le roi Richard, le fils d'Aliénor d'Aquitaine, celui qui aimait tant la langue des troubadours comme Bertran de Born et Bernart de Ventadour… Richard avait cet aspect du héros légendaire qui pourtant ici trouvait la mort… Et voilà qu'à nouveau Camille pensa à la terrifiante « faucheuse d'hommes ». La Mort était à chaque pas. Aux carrefours imprévus, elle frappait les patriotes : innocentes victimes… Elle repensa à Yvonne, sa jeune sœur bien-aimée… Jacques Duclos l'avait dit : « *Yvonne avait disparu* » et elle en était sûre : elle était morte. Camille frissonna… Yvonne morte… Assurément, tout à l'heure, après avoir rencontré le Colonel Bernard et son Etat-Major du Maquis de Pressac, elle devrait annoncer la nouvelle à ses parents des Cailloux Blancs. Sur son parcours, Camille avait prévu de traverser le village martyr d'Oradour. Deux semaines à peine après le drame qui avait rayé de la carte de France la cité des bords de Glane, Camille se devait d'être présente au cœur des ruines ; elle ne savait pas encore qu'en ces chaudes journées de la fin juin 44, elle y respirerait les insoutenables relents de la mort… Décidément, à l'heure où la victoire finale était palpable, les blessures étaient profondes et multiples.

Lorsqu'elle traversa la Nationale 21, Camille prit des précautions. Sur cet important axe routier qui reliait la Dordogne au centre de l'Europe, les colonnes allemandes patrouillaient encore en fréquents passages. Il eut été dommage de les rencontrer. La jeune femme connaissait par cœur les règles de sécurité qu'elle avait théoriquement apprises à Moscou et appliquées cent fois sur le terrain du centre de la France. Elle passa donc la Nationale 21 sans difficulté. Elle ne s'attarda pas pour autant à l'auberge du Feuillardier où les miliciens et les gardes mobiles faisaient encore bombance. Elle eut tout juste le temps d'apercevoir à la terrasse de l'auberge des jeunes femmes rousses qui rigolaient avec des Allemands. Inconscientes du danger de s'exposer à la vue de tous, les « filles de joie » se prostituaient et ne savaient pas encore que, demain, elles seraient tondues… Les miliciennes avaient dans cette région, chère à Burgou, fait preuve d'un bel exotisme. Elles s'étaient surpassées… Elles avaient défié le maquis et prétendaient même porter à leur bras des sacs à main en « peau de communistes »... Elles n'avaient pas compris la leçon ! Le jour de son mariage, une jeune aristocrate avait nargué les hommes du Colonel Bernard... Elle était devenue la « Vierge rouge » ! Camille frissonna une fois encore. Demain, elle devrait avec d'autres accomplir des miracles pour empêcher l'épuration sauvage et écarter la terreur. Déjà, Camille projetait son esprit jusqu'à l'horizon d'une France réconciliée, rassemblée autour du Conseil National de la Résistance. Une France souriante... Maintenant elle avait pris la route de Dournazac, du Grand Puyconnier... C'était là-haut qu'elle trouverait la sentinelle qui, naturellement, l'arrêterait et après avoir entendu le mot de passe, la mènerait jusqu'au château de Brie où le Colonel Bernard, Ramon, Marguerite et les autres l'attendaient... Elle leur expliquerait la stratégie nouvelle que le Colonel Rivière, chef régional de la R.5., avait décidé d'employer pour libérer les villes : encerclement de plus en plus rapproché des citadelles où se terraient les garnisons allemandes jusqu'à leur isolement parfait... Cette tactique s'avérerait imparable ; bientôt Limoges tomberait... Mais il faudrait que les bataillons de Bernard s'approchent au plus près de la cité de la porcelaine à presque l'étrangler... L'ouvrier typographe qui avait composé les pages de « *l'Humanité* » d'avant-guerre comprenait parfaitement la tactique de Rivière : elle était géniale mais il expliqua à Camille que ses détachements de Francs-Tireurs pouvaient aussi désormais attaquer la Wehrmacht au lieu de se débander comme par le passé. Grâce à la complicité d'André Chabanne le chef du maquis A.S. de Chasseneuil, Bernard disposait d'armes lourdes et était, avec l'appui des bataillons du Maquis Foch, capable de barrer la route aux Boches et surtout de leur imposer des pertes humaines importantes et cruelles.

- Sans la complicité des collaborateurs et des miliciens déclara le Colonel Bernard, nous aurions déjà libéré Saint-Junien, Rochechouart et Chabanais. Nous aurions déjà installé, aux portes de la Charente et du Limousin, un gouvernement provisoire qui administrerait cette « petite Russie ». Mon Etat-Major connaît déjà les noms de ceux qui présideront bientôt les comités locaux de la Libération… Quelques semaines encore… Il y aura certainement de durs affrontements mais je veux me montrer impitoyable avec les traîtres et les félons qui ont trahi la République et assujetti le pays au vieux Maréchal. Il faut que ces conseillers généraux, ces maires de la honte soient punis ! Ces élus auraient dû avoir la mesure de l'honneur et ils ont trahi…

- Mort aux traîtres ! s'écria Ramon. Oui, nous serons sans pitié…

- Soyez-le mes amis, ajouta Camille. Seulement n'oubliez pas : on ne construit rien sur la haine ! Je vous demande d'être magnanimes. A l'heure de la victoire, il vous faudra pardonner. Vous devez comprendre qu'aux premiers jours de juillet 40, nous étions une poignée d'hommes et de femmes à voir clair sur les chemins obscurs de la défaite et de la débâcle. Ceux qui, à cet instant où la guerre éclair s'achevait, choisirent Vichy ne doivent pas être considérés tous comme des ennemis. N'oubliez pas : si nous voulons gagner, il nous faut prendre des forces chez l'adversaire. J'en veux pour preuve les trois cents gendarmes qui, au début de ce mois, ont rejoint avec le chef Malabre les maquisards F.T.P. d'Albert Faye à Magnac-Bourg. Ils n'étaient sûrement pas acquis au combat de la Résistance mais désormais ils sont cantonnés à Sussac. Demain, ils seront précieux à Guingouin pour repousser les attaques des nazis, ils seront aussi des cadres aguerris pour les centaines de jeunes qui demandent à entrer au maquis et que nous ne pouvons pas tous accueillir faute de les diriger. Non ! Ne soyons pas animés de sectarisme, ouvrons nos compagnies à la jeunesse éprise de liberté. Economisons les vies humaines, les fruits de la libération mûrissent. Bientôt, Colonel Bernard, il vous suffira de tendre les mains pour les recevoir. Demain, j'en suis sûre, c'est Londres qui vous confiera le commandement militaire de la Charente, Guingouin sera désigné pour libérer la Haute-Vienne et le Colonel Murat sera fait Compagnon dans l'Ordre de la Libération. Nous avons parcouru durant des jours et des mois cette terre souillée par les hitlériens, les chemins malaisés du Limousin. A l'image de nos paysans, nous avons su être patients. Soyez sages mes amis, l'heure de gloire a sonné…

* * *

Camille allait maintenant remonter vers le Nord, passer à Saint-Junien et s'attarder dans cette cité gantière un ou deux jours. Il lui fallait ici rencontrer ses amis : André Marcillaud, Léon Pagnoux, Martial Pascaud et Albert Tindon. Ces hommes étaient à l'origine de la renaissance du Parti. Demain, ils seraient les acteurs décisifs de la Libération. Camille voulait leur parler déjà des pièges qui surgiraient immanquablement le jour où l'Allemand aurait quitté cette terre. Le piège le plus dangereux et dans lequel il ne faudrait surtout pas tomber était l'esprit de vengeance. Si les meilleurs militants de la Libération de la France voulaient recueillir l'assentiment d'une population ulcérée et étranglée par cinq années de collaboration, il leur faudrait se montrer généreux. Ils n'auraient d'ailleurs pas à se forcer : le programme qu'ils auraient à présenter aux populations libérées était celui de la générosité. Des jours meilleurs devaient se lever maintenant pour une France forte, libre et indépendante. C'était bien là justement le sens du discours de Camille. N'allait-on pas substituer à l'occupation hitlérienne l'asservissement aux envies de la C.I.A. ? Camille expliqua minutieusement les mécanismes que les forces américaines mettraient en œuvre après avoir libéré le pays. Elle montra les difficultés que le Général de Gaulle rencontrait pour être à la tête du gouvernement provisoire de la France libre. C'étaient les Américains qui empêchaient De Gaulle de rejoindre Alger, c'étaient encore eux qui refusaient à Maurice Thorez le visa pour l'Afrique du Nord. En écartant les meilleurs fils de France des rênes du pouvoir, les « libérateurs » voulaient s'emparer des richesses de notre beau pays. Demain, sous prétexte de nous aider, ils nous endetteraient et soumettraient notre économie au plan Marshall. Ils installeraient pour mieux nous surveiller leurs bases aériennes sur l'ensemble de notre territoire. Ils feraient payer chèrement à la France le prix de la Liberté. Voilà pourquoi Camille enjoignit à ses camarades l'impérieux devoir de libérer le pays par leurs propres moyens. Elle expliqua aussi les arrière-pensées de certains groupements de la Résistance qui rechignaient encore à partager les armes parachutées au prorata des combattants et les manœuvres souterraines de leurs chefs pour bientôt s'emparer des sous-préfectures… Il n'était pas très loin le temps où l'on verrait surgir à la tête des régiments de l'armée nouvelle les anciens militaires naphtalisés de la Drôle de Guerre… Il faudrait affronter ces nouvelles difficultés avec audace et confiance dans la capacité de notre peuple à se surpasser. Les manœuvres politiciennes des bas-fonds étaient déjà en cours. Seulement voilà, des militants avertis pourraient apporter le démenti du peuple de France à l'étroitesse et à l'étranglement.

Il était environ trois heures de l'après-midi lorsque Camille et ses amis arrivèrent en vue d'Oradour. La Glane coulait paisiblement au pied de la cité martyre. Le bruissement de l'eau se mêlait aux chants des oiseaux que rien n'avait pu faire taire en ces jours terribles de juin 44. Après l'orage, l'embellie était venue. Les nazis qui avaient tant espéré terroriser à jamais les populations apeurées avaient échoué. Désormais, malgré la sinistre volonté des divisions maudites, il n'y aurait plus d'Oradour ! Si ceux qui avaient trouvé la mort ce 10 juin 44 après-midi avaient su le sort qui leur était réservé, ils se seraient sûrement révoltés, jetés sur leurs démons et les auraient peut-être étranglés. Seulement voilà les habitants de la paisible bourgade ne pouvaient imaginer l'horreur et les intentions des sauvages barbares qui allaient les encercler. Dickmann avait jeté ses bandes de tueurs sur ces enfants, ces femmes et ces hommes sans défense. Oradour avait brûlé et la guerre une fois de plus avait balayé la campagne d'un nuage de mort. Oradour était en cendres après que les barbares l'aient dépouillé et étranglé. Sur les lieux mêmes de leurs crimes insensés, les soudards avaient partagé leur butin et festoyé. Ils avaient sans doute chanté une bonne partie de cette nuit de juin alors que dans les fermes voisines des mamans pleuraient à jamais les enfants pris au piège de l'école. Puis ils étaient partis remontant vers le Nord, harcelés de toutes parts. Leur division maudite serait fracassée avant qu'elle n'atteigne les plaines du Débarquement. La colonne barbare avait changé ce havre de verdure et de paix en un espace silencieux de terre brûlée. Camille voulait traverser ce village martyr, se recueillir et commencer de comprendre. Les services de la Croix Rouge et les Scouts de France de l'abbé Schneider s'activaient. Des nuages de mouches s'amoncelaient sur les dépouilles et les restes noircis qui paraissaient encore fumer. L'orage semblait gronder à distance. Des odeurs de chairs brûlées envahissaient les rues et les places. L'épouvante avait traversé la bourgade. Le tramway départemental ne passerait jamais plus ici. Les rails disloqués se dressaient par endroit en barrières infranchissables. Le silence avait tout recouvert pour l'éternité. Camille fut impressionnée par ce silence inimaginable dans lequel les secouristes s'activaient. Ils paraient au plus pressé... Ils ne voulaient rien perdre de ces détails de l'Histoire qui empêcheraient, peut-être, le renouvellement de telles exactions. Elle traversait le village martyrisé. Silencieuse, elle cherchait à comprendre la folie des hommes. A vrai dire, lorsqu'elle arriva à Bédoueireix sur la commune de Cieux, elle n'avait pas encore pris la mesure du drame qu'elle venait de découvrir. 642 victimes du nazisme avaient été sacrifiées en quelques heures aux abords des monts de Blond. Le Commandant François et son adjoint le Capitaine René expliquèrent à Camille qu'ils n'avaient pu s'opposer à l'opération de la Das Reich. S'ils avaient eu des armes nombreuses et adaptées, ils auraient pu attaquer les Boches... Seulement voilà, les Francs-Tireurs des monts de Blond ne disposaient encore que d'un faible armement en mitraillettes et pistolets peu propices à l'affrontement avec une armée régulière. Ils avaient été surpris par l'événement. Ils n'imaginaient pas qu'Oradour serait attaqué et détruit. Ils n'avaient pas été prévenus. Bien sûr, quelques familles juives se cachaient à Oradour comme partout en Limousin mais il n'y avait pas d'armes, ni de résistance organisée. La surprise avait été totale.

- La surprise ? questionna Camille. Etes-vous bien sûr de ce que vous affirmez mon Commandant ? Certains savaient que les Allemands viendraient à Oradour. Ils s'en sont même vantés dans les boutiques du village au milieu de la matinée. Ils étaient à la réunion de la Milice qui s'est tenue à Limoges, à l'Hôtel Lutétia, en présence du Général Lammerding… Certains savaient et pourtant ils n'y ont pas cru. Il faut que vous sachiez qu'ils n'ont pas quitté la bourgade et qu'ils ont péri sous les balles des S.S… Oradour n'a pas fini de faire couler d'encre. On parlera encore de cette affaire Gerlach. Il est bien regrettable mon capitaine que vous n'ayez pas fait exécuter ce fanfaron nazi et qu'on lui ait donné l'occasion de s'enfuir… Demain, on entendra le mensonge et l'outrage et vous aurez beau clamer la vérité, il en restera toujours quelque chose… Je sais qu'une femme a réussi à s'échapper de l'église en flammes…

- Oui, c'est Madame Rouffanche dit le capitaine René. Elle s'est laissée choir sur des buissons à l'arrière de l'église. Une sentinelle allemande l'a aperçue et comme elle ne bougeait plus, le soldat n'a pas tiré. C'est grâce à cela qu'elle a pu être retrouvée plus tard, blessée mais hors de danger. La voix de Madame Rouffanche sera précieuse demain.

- Je le crois mon Capitaine, reprit Camille. D'autres ont réussi à fuir du village en flammes. Certains ont déjà rejoint nos compagnies et choisi de combattre l'ennemi. Quel courage ! Ils sont admirables ces hommes qui ont échappé aux griffes hitlériennes et qui désormais veulent venger leurs frères et leurs sœurs. Oui, admirables ! Précieux aussi pour témoigner demain... Voyez-vous mes amis : l'heure de la Libération va bientôt sonner mais ne croyez pas qu'il vous faut relâcher votre devoir de vigilance. Plus nous avançons sur les chemins de la Liberté, plus ils sont escarpés et envahis de pièges. Vos pires ennemis ce ne sont pas les soldats allemands : ce sont les fascistes ! Oui, les fascistes et le fascisme n'a pas de frontière. C'est bien là le danger ! Le fascisme, c'est la guerre ! Comme le proclamait Jaurès... Vos pires ennemis ? Ce sont les miliciens et les collaborateurs qui, demain, guideront encore les troupes allemandes peut-être jusqu'à vous... Prenez garde mes camarades, j'aimerais que tous les compagnons qui ont déjà partagé tant de moments de bonheur mais aussi de peine puissent voir notre France libérée. Je crains que certains n'y parviennent…

Camille ne pensait pas tenir au P.C. de Bedoueireix des propos prémonitoires. Pourtant, les 7 et 8 août 44, ce même village et la ferme du Moulin Neuf où se cachait le Capitaine René étaient attaqués par les troupes allemandes déchaînées. L'Etat-Major Régional qui devait se réunir à la mairie de Cieux pour établir le processus final de la libération de Limoges échappait de peu à l'arrestation. Au prix d'une course effrénée à travers champs, prés et taillis, les Francs-Tireurs reprenaient la tactique de la guérilla et s'éparpillaient pour disparaître. Seulement voilà, le Capitaine Lenoir était tombé sous les tirs des nazis et Gaby, Kops et les autres n'avaient dû leur survie qu'à cette dose de « baraka » qui épargne parfois les combattants de la Liberté.

* * *

Inlassablement, Camille répercutait aux Etats-Majors des Forces Françaises de l'Intérieur les ordres de Charles Tillon : « s'unir, s'armer et combattre »… Désormais le chemin était tracé et Camille pouvait s'arrêter un instant au village des Cailloux Blancs. Elle n'avait d'ailleurs pas à s'écarter de sa route qui l'amènerait tout à l'heure en Creuse. Saint-Pierre-la Montagne était sur cette itinéraire. Jusqu'alors le pays de son enfance avait été épargné par les Boches ; les bottes hitlériennes n'avaient point osé venir jusqu'ici sur ces chemins caillouteux et escarpés. Ils s'étaient contentés de passer aux alentours. De là-haut, les villageois avaient observé les allées et venues de cette armée d'Occupation qui semblait hésiter à s'engager sur les pentes abruptes et sombres des monts d'Ambazac. Ici, on se sentait en sécurité sans trop vraiment savoir pourquoi. Ces hautes terres avaient naturellement résisté aux envahisseurs. Partout la France était occupée, saignée, assassinée. A Saint-Pierre-la-Montagne et dans tous ces hameaux comme celui des Cailloux Blancs, les soudards d'Outre-Rhin n'avaient point posé le pied. Ils s'étaient bornés à survoler les lieux avec leurs petits avions espions qui traçaient parfois des ronds floconneux sur fond de ciel bleu. Les petits nuages ondulants flottaient là-haut au-dessus des bois de Grammont ou par-delà les vallées de la Jonchère mais jamais vraiment au-dessus du village qui avait vu naître Camille et sa sœur. Aux Cailloux Blancs, on avait continué à travailler la terre et à soigner les bêtes. Les jours s'étaient écoulés immuables. Louis Baillot avait seulement enfoncé un peu plus sa casquette par-dessus ses yeux broussailleux. Son visage souriant d'homme de la terre s'était un peu refermé. Il avait fallu dans ces derniers mois accepter le sort de tout un chacun. La mère affaiblie par ces longs mois de guerre avait cessé de vivre. Un soir, Félicie s'était couchée un peu plus tôt que d'habitude, elle se sentait lasse. Une traînée bleue avait noirci son bras gauche qu'elle frictionnait doucement en allant à pas lents vers sa chambre. Elle s'était couchée après avoir bu la tisane de camomille comme tous les soirs. Elle s'était peut-être endormie. En tout cas, elle n'avait point appelé. Le lendemain matin, comme sa fille ne la voyait pas sortir du lit à son habitude, elle était allée voir : la pauvre vieille était là comme endormie. Elle était raide et froide, pas un souffle ne sortait de sa bouche. Félicie avait quitté cette terre sans crier en gardant au fond de son cœur ses souffrances, en emportant aussi l'image de ses deux petites-filles qu'elle adorait. Voilà pourquoi Louis Baillot avait enfoncé un peu plus sa casquette pour cacher son regard embué par le chagrin. Il ne savait pas encore qu'il avait perdu Yvonne. L'homme était de la trempe de ceux qui pouvaient supporter ces coups du sort mais comment annoncerait-il à sa chère épouse la nouvelle que ne manquerait pas de lui apprendre Camille ? Camille connaissait son père : c'était à lui qu'elle avait souvent confié ses chagrins et ses problèmes ; elle savait qu'elle pouvait lui dire ce que Jacques Duclos lui avait annoncé en prenant le café en présence de Gilberte. Yvonne était portée disparue. Une mère, une fille…La guerre n'avait pas frappé aux portes des Cailloux Blancs mais elle avait heurté celle de Louis Baillot. La guerre avait pris une mère, une fille… Où s'arrêterait-elle ? L'homme de la terre serra les poings et les enfonça au plus profond des poches de son pantalon de velours qu'il portait encore en ces premières journées de juillet 44. Les poings serrés, la tête courbée vers la sole et pourtant les yeux de Louis Baillot croisèrent ceux de sa fille. Le père et la fille se regardèrent un long moment en silence, ils se comprenaient. Camille allait repartir sur les chemins du devoir et Louis partirait aussi. Oui, il venait de prendre sa décision, il prendrait la tête du Corps Franc des Légaux de Saint-Pierre-la-Montagne. Désormais le Maquis allait armer ses hommes et leur distribuer quelques mitraillettes et grenades. Ils auraient à surveiller les campagnes et, le cas échéant, à faire feu sur l'ennemi égaré. Oui, si des Boches venaient d'aventure à passer par là après avoir assassiné, à la Croix des Martyrs de Droux, le Lieutenant Lacoste, après avoir fusillé le petit Lavergne sur la place de Bujaleuf ; après avoir crucifié le malheureux agent de liaison de Rancon… Les légaux de Louis Baillot seraient peut-être le dernier rempart de la Liberté. Et voilà que celui qui allait sur ses cinquante ans allait « reprendre les armes » avec ses amis paysans, ouvriers, artisans et commerçants pour entamer l'ultime combat. Le menuisier, le maçon, l'épicier, le boulanger, le mineur et le paysan… l'instituteur, le docteur et le curé… Ils allaient se lever en masse en ce mois de juillet 44 à Saint-Pierre comme partout en France. Ils allaient reprendre le combat et en finir avec l'oppresseur. Les poings se serreraient, ils grimaceraient et fronceraient les sourcils, les poitrines se gonfleraient et les chants de la Liberté éclateraient ça et là dans les guérets et les taillis. Ils allaient en finir… Ils allaient se faire honneur et

Camille serait fière de ce père, de cet homme révolté qui n'avait pas encore quitté sa ferme et avait été si proche des siens mais qui voulait enfin prendre sa part à la Libération. Camille serait fière de ce père comme de tous les pères qui, reprenant le flambeau de leurs fils et de leurs filles, les remplaceraient dans la grande bataille qui s'engageait maintenant.

* * *

Camille aurait aimé rester à la ferme des Cailloux Blancs. Elle avait eu juste le temps de passer au cimetière et de déposer sur la tombe de Grand-mère quelques fleurs qu'elle avait cueillies sur les bords du chemin. Ce chemin qui était hier celui de son école… Des fleurs sauvages mais si naturelles, si authentiques et parfumées ! Camille s'était agenouillée à même l'allée. Elle avait posé ses mains bien à plat sur la terre fine. Elle avait eu envie de l'embrasser. Des larmes avaient coulé de ses yeux clairs et étaient venues s'imbiber doucement par-dessus le corps de l'aïeule. Un instant, Camille avait revu la grand-mère : deux bras noueux, des petites mains frissonnantes tendues vers elle. Elle avait surtout ressenti le sourire et le regard si doux de celle qui avait guidé ses premiers pas et ceux de sa sœur ! Mon Dieu ! Voilà qu'elle repensait à Yvonne disparue ! Qui donc avait pu emporter ce corps, le briser, le pulvériser ? Si seulement Yvonne avait été là, couchée près de la grand-mère ; Camille aurait pu la fêter aussi en son âme et conscience mais voilà, la petite sœur avait disparu. A cet instant, sous le chaud soleil du mois de juillet 44 qui dardait ses rayons au-dessus du clocher de Saint-Pierre-la-Montagne, Camille fit un serment : elle promit à Félicie de retrouver Yvonne et de connaître la vérité. Seulement voilà, l'agent secret de l'Internationale qui avait affronté des montagnes de difficultés ne savait pas qu'il lui faudrait grimper le long d'un mur si haut et si glissant qu'elle n'arriverait peut-être jamais à savoir… Camille avait juré à Félicie, endormie à jamais sous cette terre brûlée par le soleil, d'aller jusqu'au bout…

* * *

En quittant le petit cimetière entouré par son mur de pierre et en refermant soigneusement le portail de bois vermoulu, Camille se dépêcha de reprendre sa bicyclette. Elle venait de recevoir un bien étrange message… Elle était invitée à rejoindre le Sous-Préfet de Bellac, Monsieur Jean-Marie Fabre. Monsieur Fabre était en poste depuis plusieurs mois dans la capitale de la Basse Marche et était confronté à une situation particulièrement explosive. Dans les casernes de la ville ou de Magnac-Laval sa voisine, d'importantes forces allemandes étaient cantonnées. La Milice était omniprésente et les collaborateurs ne manquaient point de zèle. Les forces de la Résistance étaient tout aussi importantes. Il y avait d'abord plusieurs détachements de l'Armée Secrète sous les ordres du Lieutenant-Colonel Dumas, chef incontesté des réseaux gaullistes du Nord de la Haute-Vienne. L'organisation des Francs-Tireurs s'était répandue dans les Bois du Roi en provenance directe de la forêt de Rochechouart où le Colonel Bernard avait formé plusieurs compagnies chargées d'investir la ville de Bellac et surtout de surveiller la Nationale 147 de Limoges à Poitiers. Les chefs F.T.P. avaient fréquemment changé dans la dernière période. Désormais, le secteur Nord de la Haute-Vienne était placé sous les ordres du Commandant Georges et de ses adjoints Olive, Roland, Demiel… tous des hommes aguerris et engagés dans cette lutte pour la Liberté !

Après la rencontre au château de Brie avec le Colonel Bernard, Camille n'avait pas cru devoir pousser jusqu'à Bellac pour s'entretenir avec des camarades qu'elle savait sûrs mais voilà que le Sous-Préfet Fabre désirait la voir. Qu'avait-il de si important à lui annoncer ? N'était-ce pas un piège ? La situation devenait explosive. On n'en était pas encore aux journées orageuses de la fin juillet et d'août 44 mais il convenait tout de même de redoubler de précautions. Le Sous-Préfet Fabre était le représentant du gouvernement de Vichy sur cet arrondissement particulièrement signalé pour la présence de nombreux détachements de maquisards. Ne voulait-il pas faire tomber, dans sa Sous-Préfecture, Camille et la livrer aux nazis ?

Ce fut donc avec une grande prudence que Camille franchit le pont de pierre sur le Vincou, vira sur la droite pour longer les tanneries de la cité bellachonne. Elle savait que dans ces maisons ouvrières de nombreux camarades se trouvaient et qu'elle pourrait éventuellement s'y cacher. A trois cents mètres du pont, comme prévu, un « envoyé » du Sous-Préfet l'attendait. L'homme était en civil : chemise bleue à col ouvert, petit gilet noir. Malgré le soleil qui était au zénith, il avait la tête nue et semblait lui sourire. Lorsque Camille mit pied à terre à sa hauteur, il se contenta de sortir du gousset sa montre en argent et déclara :

- Il est moins le quart ! Nous sommes attendus…

C'était le mot de passe. Camille le suivit tenant son vélo à la main et marchant allègrement. Ils pénétrèrent dans la cour de la Sous-Préfecture. Les gardes mobiles qui se tenaient en faction au portail d'honneur présentèrent les armes. Camille les salua. Sur le perron d'en face, Jean-Marie Fabre l'attendait. Elle gravit rapidement les marches, une main solide et chaleureuse saisit la sienne.

- Entrez Mademoiselle ! Vous êtes ici chez vous…

- Chez moi ? Pas exactement, Monsieur le Sous-Préfet. Chez moi ? C'est à quelques kilomètres d'ici… J'en viens justement. Mais je ne crois pas que vous m'avez fait venir jusqu'à vous pour parler de chez moi. Dites moi…

- Vous êtes bien Camille ? La représentante du Conseil National de la Résistance, la chef incontestée des compagnies de Francs-Tireurs qui, depuis des mois, harcèlent les forces d'Occupation… Camille que toutes les forces de police et de gendarmerie de France recherchent…

- Oui Monsieur Fabre. Je suis Camille et je suis l'agent secret à qui vous voulez parler. Je vous écoute…

- Mademoiselle, je dois tout d'abord vous exprimer mes félicitations personnelles pour les compagnies F.T.P. que vous dirigez. Elles sont exemplaires. C'est à elles et à elles seules que va ma sympathie. Comme vous le savez, il n'y a pas que des F.T.P. dans la Résistance ; il y a aussi ceux de l'A.S… Ah ! Ceux-là…

- … Que voulez-vous dire Monsieur Fabre ? demanda Camille. Les gars de l'A.S. sont comme les Francs-Tireurs que nous avons créés : des combattants…

- … Des combattants ? coupa le Sous-Préfet. Il conviendrait de dire qu'ils sont plutôt des opportunistes… Ils ont reçu des armes… Ils les ont camouflées… Ils attendent que vos compagnies libèrent les villes et chassent les Allemands pour y pénétrer en vainqueurs. Il ne se passe pas de jour à Bellac sans que je ne reçoive des demandes pressantes de la part du Lieutenant-Colonel Dumas pour lui remettre les clefs de la Sous-Préfecture et lui livrer l'armement et les camions des forces de police et de gendarmerie qui sont encore sous mes ordres. Je puis vous assurer, Mademoiselle, que je ne répondrai pas à ces pressions et que c'est aux F.T.P. que je veux livrer le matériel disponible et tout l'armement car je sais qu'ils en feront bon usage pour chasser définitivement l'occupant de chez nous. Vos amis ont cruellement besoin d'armes. Le S.O.E. et maintenant l'O.S.S. américain écartent les parachutages de vos unités qui se montrent cependant les plus percutantes au contact de la Wehrmacht. Je veux être très clair, Mademoiselle : je ferai tout pour livrer Bellac à vos hommes et je faciliterai leurs opérations d'investissement. Il ne peut y avoir de face cachée : j'ai servi Vichy et je pensais à mon pays. Désormais, le maréchal et son gouvernement ont trahi la cause nationale. Ils pillent le pays et vous le défendez ! J'ai choisi mon camp… Avertissez vos hommes : ils pourront venir jusqu'à moi et les portes s'ouvriront… Il faudra faire vite car les nombreuses unités allemandes qui remontent vers le Nord vont traverser notre région.

- Monsieur Fabre, vous êtes un homme d'honneur et je vous félicite ! Je…

- … Si vous le permettez Mademoiselle, je voudrais encore vous présenter une demande. Vos unités ont, dans l'ensemble, la tenue d'une armée régulière en campagne. Cependant des éléments étrangers ont pénétré vos rangs à l'insu de vos commandants. Vous devez être vigilante

Mademoiselle ! Au Maquis, il n'y a point de place pour les voleurs et les tueurs. Soyez exigeante auprès de votre Etat-Major. L'honneur de la France est en cause… Demain, je serai certainement accusé de collaboration par ceux qui auront pris leurs désirs pour des réalités et auront beaucoup rêvé. Je partirai… A mon tour, je glisserai dans l'ombre mais j'aurai pour moi ma conscience. Une fois encore, je crois servir mon pays en vous livrant le bien le plus précieux dont vous avez présentement besoin : des camions, des mousquetons, des grenades, des munitions…

- Monsieur Fabre, je vous remercie. Vous êtes de la trempe de ceux qui ont choisi la France plutôt que l'asservissement. J'espère que Bellac se souviendra…

Camille quittait la Sous-Préfecture de la Basse Marche sans difficulté comme elle y était venue. Elle ne s'attarda pas dans cette ville, elle dépêcha seulement un messager auprès des détachements du « Bois du Roi ». Bientôt les hommes de ces compagnies monteraient là-haut à la Sous-Préfecture…

La guerre continuait.

* * *

Camille devait maintenant se rendre au château de Rocherolles pour rencontrer le Commandant Berton des compagnies de Francs-Tireurs du Sud de la Creuse. Là-bas, elle savait qu'elle retrouverait le Colonel Rivière, chef régional de la R.5. et le Commandant Martin, chef départemental de la Creuse... Il lui faudrait surmonter encore tant d'obstacles pour libérer le centre de la France et ensuite accomplir son serment...

Comme à son habitude, Camille pénétra en Creuse par la localité de Saint-Goussaud. A la cure du village, l'abbé était un ami. Depuis longtemps il aidait et renseignait les maquisards de cette contrée particulièrement propice à la guérilla. Camille n'était pas croyante ni pratiquante mais à chaque fois qu'elle passait par Saint-Goussaud, elle s'arrêtait quelques instants dans la petite église du village pour aller s'incliner devant la statue de Saint Roch et surtout admirer les centaines d'épingles que les paysans des environs avaient enfoncées dans le bois vermoulu du bœuf qui accompagnait le saint protecteur du bétail. C'était bien là, chez une jeune femme instruite dans la dialectique marxiste, une démarche presque incongrue. Cet attachement aux croyances et aux superstitions ancestrales marquait profondément Camille. Malgré ses études à l'Ecole de l'Internationale et ses longues années de lutte antifasciste, elle n'avait rien renié de ses racines. Il y avait là un curieux mélange de mysticisme et de rationalisme. La « vierge rouge » s'agenouillait devant le Saint et demeurait silencieuse. Camille n'était jamais allée à l'église pour écouter le catéchisme du curé. Elle n'avait appris par cœur aucune prière mais elle restait là immobile et silencieuse. Respectueuse…

Après Saint-Goussaud, Camille se dirigea vers Bénévent l'Abbaye. Là encore, les compagnies F.T.P. étaient nombreuses et particulièrement actives. Camille était chez elle ! Elle avait hâte de rencontrer le Commandant Berton. L'homme était un ami fidèle. En réalité, le Commandant Berton était venu de si loin. Il avait dû fuir sa Transylvanie natale et quitter ses chères montagnes des Carpates quelque part entre la Hongrie et la Roumanie pour venir en France gagner sa vie. Simon était Juif et ses parents n'étaient autres que boulangers. Pour éviter le chômage, il avait fondé un petit atelier de joaillerie et rejoint les rangs du Parti dès 1925… Vingt ans déjà qu'il avait oublié sa religion et donné son adhésion à la IIIe Internationale. Vingt ans de combats incessants pour des jours meilleurs. Il avait été adhérent à la C.G.T.U. et sportif accompli il avait participé aux activités de la Fédération Sportive et Gymnique du Travail. Il avait aussi applaudi à la victoire du Front populaire, aux premiers congés payés, à la journée de huit heures… A l'heure où le fascisme de Franco aidé par Hitler et Mussolini cherchait à étrangler la jeune république espagnole, il avait rejoint les brigades internationales au sein de l'illustre compagnie « Henri Barbusse »… Il avait mené la bagarre en Andalousie et fait l'Ecole des Brigades Internationales. Sous les murs de Saragosse, il avait participé à la grande bataille contre l'armée fasciste de

Franco, repoussant à maintes reprises les assauts des barbares. Seulement voilà, Simon Berton avait été grièvement blessé à la jambe. Ses camarades l'avaient transporté sur un brancard, il avait fallu le rapatrier en France. A peine guéri, il avait été mobilisé dans les Chasseurs alpins et connu la « Drôle de Guerre » puis la Débâcle. Alors il avait quitté la région parisienne pour la Creuse. Près de Lavaveix-les-Mines, il s'était installé. Quand les jeunes mineurs patriotes avaient eu connaissance de son glorieux passé, ils étaient venus spontanément le chercher pour lui demander de rejoindre le Maquis et d'être leur chef. Ainsi étaient nés les bataillons du Sud de la Creuse qui se battaient tant bien que mal contre un ennemi cruel et puissant. Dans le bois d'en face, un détachement de l'Armée Secrète réceptionnait des armes et les enterrait encore. Le Commandant Berton enrageait. Chaque jour, il refusait l'entrée de son maquis à des dizaines d'hommes faute de pouvoir les armer. Jusqu'alors il n'avait pas reçu d'aide et d'instructions de l'Etat-Major supérieur. Seulement voilà au château de Rocherolles, qu'il avait investi, Camille lui rendait visite pour lui confier le commandement du Sud de la Creuse : de Bourganeuf à Guéret en passant par Aubusson. Il allait pouvoir mener ses hommes sur les chemins glorieux de la Liberté et pour mieux officialiser l'événement, Camille avait demandé au Colonel Rivière d'être présent avec Martin, le chef de la Creuse. Désormais, il y aurait du grain à moudre… Il y aurait bientôt aussi du sang et des larmes ! La Creuse n'avait pas été épargnée dans ce mois de juin 44. Ces vaillants maquisards avaient avec l'aide de la garde, investi Guéret dès le 7 juin 44 ; trois cents hommes à peine armés étaient venus à bout d'une garnison en fuite mais de Clermont-Ferrand puis par Bourganeuf et Aubusson, des colonnes ennemies avaient repris la première Préfecture de France libérée. Le Major Kämpfe avait quitté la Nationale 20 peu après Pierre-Buffière et son régiment de S.S. allait semer la mort tout au long de son cheminement creusois. Aubusson serait particulièrement frappée. Le 8 juin 44, des individus mal intentionnés parcoururent la capitale de la tapisserie et prétendirent qu'il fallait élever une barricade sur la route de Clermont un peu en retrait de la Séglière. Les jeunes mal armés et surtout peu entraînés au combat furent pris sous le feu nourri de la colonne de la Das Reich. Plusieurs tombèrent, d'autres furent blessés ou emmenés prisonniers… La barbarie nazie allait encore se déchaîner à Combeauvert sur la commune de Janaillat : plus d'une trentaine de jeunes perdirent la vie en ce jour d'été 44 du 9 juin. Kämpfe allait être capturé par le Lieutenant Canou… La Das Reich repartait sur Limoges et le front de Normandie, d'autres divisions meurtrières traver-seraient la Creuse et sèmeraient la mort…

Au château de Rocherolles, le Colonel Rivière et Camille expliquèrent que désormais les unités allemandes étaient en marche vers le Nord de la France pour tenter de barrer la route aux Alliés. Le devoir de la

Résistance était d'empêcher ou tout au moins de ralentir au maximum la progression des unités nazies par la destruction des viaducs, des tunnels sur les voies ferrées, des ponts sur les routes. Il y avait lieu d'abattre les arbres qui jusqu'alors ombrageaient les chaussées… C'était un travail harassant et fort pénible qui devait être réalisé la nuit au passe-partout… Le Commandant Berton s'engagea sur ces chemins difficiles mais il ne savait pas encore que remontant des vallées de la Truyère après les combats du Mont Mouchet la division Jesser allait atteindre le Nord de la Corrèze et pénétrer en Creuse par La Courtine. Désormais il n'y aurait pas que les hommes de la garnison du camp à surveiller, il y aurait cette terrible division Jesser qui allait saigner la Creuse au plus profond d'elle-même. A la carrière de Clairavaux les jeunes maquisards tombèrent, d'autres furent capturés et conduits jusqu'au camp de Bourg-Lastic pour y être fusillés. A Bourganeuf, les hitlériens recherchaient les leurs et découvrirent le P.C. des F.F.I. Sauve qui peut ! Au lendemain de ce 14 juillet, les soldats de l'Armée de l'Ombre avaient défilé au Monument aux Morts d'Aubusson. L'Etat-Major F.F.I. serait démantelé. Camille attendait le Lieutenant-Colonel Kléber qui, le 12 juillet 44, avait quitté la Corrèze pour prendre le commandement militaire de la Creuse. Le chef illustre des maquisards du Lot, libérateur de Tulle, n'arriverait point. Mal renseigné et peut-être mal aiguillé, Jean-Jacques Chapou tombait dans une embuscade ennemie et mourait sous les balles des nazis. C'était une perte immense pour la Creuse, pour le Limousin…

Camille avait échappé de justesse à cette embuscade. Les responsables F.F.I. avaient dû s'éparpiller sur les chemins de la Haute-Vienne. Un autre grand résistant creusois allait tomber à l'instant où il franchissait sur un « sautadour » une haie, Eugène France recevait une balle dans la nuque et s'effondrait laissant échapper « le trésor » du Maquis de sa main droite... Qui était le tueur ? Qui fut le voleur ? Désormais, Camille devrait se méfier encore davantage. A l'intérieur des forces du Maquis, des ennemis invisibles s'étaient introduits. Les commandants Julot et Charlot… des truands ! Des bandits… Il faudrait toute la perspicacité de « Raoul » pour éliminer ces gredins qui ne cherchaient qu'à salir les forces vives de la France. Eugène France, le Colonel Kléber… deux belles figures inoubliables de la Résistance. Ce fut en pensant à elles que Camille rejoignait le P.C. de La Villa. Nous étions le 17 juillet 44. Quelques jours auparavant, plusieurs dizaines de forteresses volantes avaient largué sur le Limousin et le Centre de la France des parachutages gigantesques. Ah ! Ce 14 juillet 44, dans le ciel bleu de l'été, les grands parachutes avaient laissé choir doucement des centaines de containers. Il y avait maintenant des armes pour tous et même les légaux en auraient… Il était temps car les Allemands n'avaient point dit leur dernier mot.

Traversant le bourg de Saint-Paul-d'Eyjeaux sans s'occuper du camp libéré quelques semaines auparavant par le Lieutenant Pierre, les troupes allemandes se dirigeaient vers Linards. Dans cette localité, elles ne s'attardèrent point sur la place de l'église, elles bifurquèrent et prirent la direction de la Corrèze. Bientôt elles furent à la Croisille-sur-Briance. Par Peyrat-le-Château, Saint-Amand-le-Petit, Eymoutiers, Domps, d'autres unités ennemies prenaient le chemin du Mont Gargan. Au château de La Villa, le Colonel Guingouin réunissait son Etat-Major. Il n'y avait pas de choix : les maquisards allaient devoir affronter les colonnes allemandes pour éviter l'encerclement, pour empêcher la saisie des armes et l'investissement de l'hôpital de campagne du Grand Bouchet. Les troupes de choc de la première brigade de Marche limousine se battraient en armée régulière. Dans le petit cimetière de Saint-Gilles-les-Forêts, Georges Guingouin avait installé ses meilleurs artilleurs. Cachés derrière les tombes et les murets, aux fusils-mitrailleurs, ils attendaient les Boches qui ne manqueraient pas de surgir à la cime du Mont Gargan, tout autour de la vieille chapelle. Alors, il resterait à Raymond, à Pierre, à Tino à jouer de la gâchette. Il resterait aussi à ceux que le « Grand » avait mis en batteries aux avant-postes de la Forêt Haute à mourir sur place plutôt que de reculer… Dans le grand soleil d'été de cette chaude journée de juillet 44, ils allaient tomber sous les balles hitlériennes… Ils n'avaient pas encore vingt ans ! Ils avaient conscience qu'ils avaient rendez-vous avec la mort. Ils ne dirent mot : ils étaient d'accord ! Pas un seul ne s'enfuit ! Le sacrifice de leurs jeunes vies serait payé chèrement par l'ennemi. Les maquisards de Guingouin savaient se battre. Plus de trois cent cinquante barbares allaient périr dans ce que l'on appellera plus tard la bataille du Mont Gargan. Seulement voilà, lorsque les camions ennemis prendront enfin le 18 juillet la descente vers Sussac et Châteauneuf, leurs occupants rescapés auront la tête basse. Jamais plus ils ne reviendront conquérir les pentes fleuries de bruyère ! Auparavant, l'aviation allemande avait dès le 12 juillet 44 bombardé Sussac, détruit l'usine de filature et la grange de Madame Ribiéras. Des bombes sur Sussac à l'heure où Camille passait par-là…

* * *

A La Villa, Camille avait croisé le jeune René Vialle qui tentait de retrouver son chef Suret-Canale et qui eut tout juste le temps de passer le village de Surdoux avant l'arrivée des Allemands. René Vialle rejoignait sa Corrèze natale et les maquisards de La Roche Canillac qui allaient eux aussi subir les assauts des G.M.R. et des colonnes ennemies. Après que l'avion espion ait survolé en la remontant la sauvage vallée du Doustre, Camille glissa un message à René pour le Colonel Murat qui se trouvait alors à Servières le Château pour engager la bataille de la libération de la Corrèze. Nous étions à un moment crucial de la lutte. Partout, les hordes nazies se déchaînaient contre les « terroristes » qu'elles s'acharnaient à saisir, à détruire sans y parvenir. Il eut fallu que Camille ait des ailes pour être en Creuse, en Haute-Vienne, en Corrèze, en Dordogne ou encore en Charente. Heureusement elle avait su former des hommes capables de décider et d'agir et voilà qu'on l'appelait à l'Ouest maintenant.

Depuis quelques temps, les Allemands tentaient de faire passer des locomotives en direction d'Angoulême ou de Périgueux pour qu'elles rejoignent La Rochelle et le Mur de l'Atlantique. L'ennemi avait un besoin urgent de ces machines à vapeur pour tracter ses convois militaires et les wagons où il avait entassé des butins colossaux. Des marchandises, des œuvres d'art, des lingots d'or et des sacs de billets de banque... Les Allemands étaient pressés d'amener tout ce trésor dans leur nid d'aigle. Ils savaient bien qu'ici les jours étaient comptés et qu'il leur faudrait quitter cette « belle France » où ils avaient profité largement de tant de richesses et de douceurs. Les guerriers barbares étaient devenus des pillards et les locomotives étaient grandement recherchées. Cela Camille le savait et elle avait donné ses instructions au Commandant Soleil des bataillons de la Dordogne et au Colonel Bernard du Maquis de Pressac. Elle leur avait demandé d'intercepter, par tous les moyens, ces machines, de les détruire si nécessaire pour empêcher les Boches de s'en servir.

Justement en ce 17 juillet 44, les unités de Bernard avaient repéré sur la petite voie ferrée secondaire qui allait de Bussière-Galant à Saint-Junien un convoi extraordinaire : un train blindé circulait ici, avançait, reculait, paraissait hésiter. L'ordre fut donné aux compagnies F.T.P. de s'emparer de ce convoi allemand pour éclaircir ce mystère. Seulement voilà, du côté de Saint-Auvent, de La Nouzille, il n'y avait pas que les Francs-Tireurs de Bernard qui s'intéressaient à ce trafic suspect. Il y avait une unité de l'A.S. qui voulait faire un exploit. Après le 14 juillet 44, les compagnies de l'Armée Secrète sentaient leurs ailes grandir... Quelques maquisards inexpérimentés eurent alors l'idée de déboulonner les rails d'une traverse... Au beau milieu de la forêt de Rochechouart, le train blindé avançait. Au point de sabotage, les rails s'écartèrent, le convoi fut stoppé. Seulement voilà, les jeunes ingénus avaient oublié qu'une machine à vapeur pouvait repartir en marche arrière et le tour fut joué. Le train allemand bascula vers Oradour-sur-Vayres. On imagine facilement l'angoisse des habitants de la localité qui portait le même nom que la cité martyre lorsqu'ils virent descendre les soldats allemands du train blindé stationné désormais en leur gare. La peur s'installa d'autant que les jeunes maquisards de l'A.S. avaient escorté de loin le convoi et tiré quelques coups de fusil en l'air. Qu'allaient faire les Allemands ?

Camille se dépêcha d'arriver sur les lieux et rejoignit Bernard. Le chef du Maquis de Pressac n'était pas homme à se laisser impressionner par une escouade de soldats de la Wehrmacht qui s'étaient enfermés au château d'Oradour. Il donna l'ordre à ses hommes d'encercler les lieux. Seulement voilà un tireur allemand haut perché surveillait le théâtre des opérations et lâcha plusieurs rafales de son fusil-mitrailleur : des maquisards tombèrent. Il fallut déloger le tueur. Un groupe s'en chargea... Dans la maison du notaire, les Boches passèrent la nuit. Au petit matin, les hommes de Bernard donnèrent l'assaut et à l'aide de fusées incendiaires mirent le feu au château. Les Allemands ne sortirent point, ils avaient quitté les lieux durant la nuit profitant du brouillard épais qui s'était répandu sur toute la campagne. L'ennemi avait surtout profité de complicité fort suspecte qui lui avait permis de s'échapper et gagner Limoges. La bataille d'Oradour-sur-Vayres avait fait la preuve de la supériorité des unités combattantes de la Résistance mais aussi et encore de la triste collaboration de Français avilis aux idées nazies.

La bataille du Rail allait cependant s'avérer payante pour la Résistance. Dans les jours qui suivirent les maquisards de la Dordogne, prévenus on ne sait trop comment par le Préfet Callard, devaient intercepter en rase campagne un train postal chargé de sacs contenant près de trois milliards de Francs de l'époque : un énorme butin que le Préfet du maquis Maxime Roux partagea en trois sous les trombes de pluie et de grêle d'un orage mémorable qui frappa le Périgord dans la nuit du 26 au

27 juillet 44. Les milliards que les Allemands projetaient de voler à la France furent camouflés par Maxime sous les bottes de paille des granges ou dans les maisons des instituteurs que l'ancien Inspecteur d'Académie connaissait. Seulement voilà, les milliards se volatilisèrent bien vite pour ne jamais réapparaître, à moins qu'ils aient atterri dans certaines caisses noires qui permirent aux politiciens de l'après-guerre de fonder des journaux de campagne et d'être élus parlementaires... L'U.D.S.R ?... Les Radicaux socialistes ?... Une seule certitude dans ce mystérieux casse de la Banque de France : Camille et ses amis ne touchèrent pas un sou. On avait bien cherché à les compromettre en prétendant verser des primes à la Résistance mais Camille déjoua le piège. Le Sous-Préfet de Bellac Jean-Marie Fabre lui avait éclairé le chemin : au maquis, il ne devait y avoir ni voleur, ni menteur ! Enfin...

* * *

En cette fin juillet 44, Camille sentait que la victoire finale était à portée de la main. Elle mesurait aussi l'intensité des batailles que ses maquisards allaient devoir livrer à l'ennemi blessé et vengeur. De plus en plus d'unités allemandes remontaient vers leur pays. Pressés d'arriver, les Boches ne s'écartaient guère des grands axes routiers. Les Nationales étaient quotidiennement empruntées par les troupes d'Occupation qui refluaient vers l'Est appelées à combattre les assauts répétés de l'Armée Rouge qui avançait désormais vers Berlin. Les maquisards allaient, une fois encore, tenter de barrer la route à l'ennemi, l'obliger à combattre et lui infliger des pertes sérieuses.

L'ennemi ? Ce ne serait pas seulement l'occupant allemand qui se débandait désormais. L'ennemi serait aussi parmi nous. Il y aurait d'abord les anciens militaires de l'armée de la débâcle qui avaient soigneusement rangé leurs costumes naphtalisés dans les armoires silencieuses. Bientôt, dans les semaines qui suivraient, ces sous-officiers ou officiers de carrière sortiraient de leurs planques pour commander aux Francs-Tireurs, organiser la chasse aux collaborateurs… Camille savait que ses hommes devraient se montrer vigilants. Le seraient-ils suffisamment ?

L'ennemi, ce serait aussi au sein du Parti qu'il faudrait le traquer. Ils étaient des camarades qui n'avaient point pris part au combat libérateur et qui s'étaient contentés d'attendre. Eux aussi… demain, ils surgiraient au détour d'un chemin, dans une salle de réunion… Ces phraseurs parleraient haut et fort : ils se chargeraient de définir la ligne… Ils montreraient aussi du doigt les Patriotes et Résistants… Ils les accuseraient pour mieux se dissimuler !

L'ennemi, c'était aussi la provocation outrancière… Bientôt certains filous allaient proposer des primes à la Résistance… Les vrais maquisards refuseraient cet argent sale. Seulement voilà, quelques-uns accepteraient… La tache d'huile… On cherchait à salir un idéal de pureté. Réussirait-on dans cette honteuse entreprise outrancière ? L'ennemi, ce serait l'enthousiasme exubérant de la Libération qui approchait. Comment mesurer vraiment après tant d'années d'Occupation, qu'il n'y aurait plus que trois semaines à attendre et que ceux qui venaient de combattre avec acharnement la Résistance allaient se rendre ? Comment imaginer que les pelotons de gendarmerie, les compagnies de G.M.R. et les troupes régulières de la Wehrmacht allaient cesser d'interpeller une population désarmée du jour au lendemain ? Seules les forces du nazisme : les cohortes de la Milice, les hordes de S.S. poursuivraient encore le combat absurde et sanguinaire.

Camille était parfaitement au courant de la situation militaire de la France. Elle savait de la voix même de Charles Tillon que les troupes alliées appuyées par les divisions de blindés, repoussaient peu à peu les forces de la Wehrmacht vers l'Est. La marche sur Paris était engagée. Paris avait hâte de redevenir la capitale de la Liberté et les compagnons du Colonel Rol-Tanguy se croisaient dans les entrelacs du sous-sol pour tisser la toile qui emprisonnerait à jamais l'oppression hitlérienne. La grève insurrectionnelle se préparait. A Paris, comme à Limoges, à Angoulême, à Bordeaux et dans toutes ces capitales régionales d'une France qui se reprenait à respirer. Les populations soumises se révoltaient… Le danger était aussi là et Camille avait donné ses instructions aux forces du Maquis. Il fallait à tout prix éviter les débordements, la haine et la colère qui sont mauvaises conseillères. Il fallait une entrée dans les villes à la hauteur de ce que le combat de la Résistance avait été. La dignité ! Les Francs-Tireurs, les « hors-la-loi » et les « terroristes » comme on les appelait, devaient se faire honneur et garder la mesure. Ce ne serait pas facile…

L'ennemi, c'était aussi la folie qui pouvait s'emparer des meilleures têtes de la Résistance. La folie, ce serait de croire que tout était permis, ce serait d'agir au plus pressé et de venger ceux que l'on avait perdu… La folie meurtrière… En aucun cas, les maquisards devaient succomber à cette terrifiante mutation qui ferait d'eux des voleurs et des tueurs. En aucun cas !

* * *

Une tâche immense attendait Camille : la région qu'elle dirigeait comportait une dizaine de départements. Il lui eut été impossible d'être partout à la fois. Pourtant les incendies s'allumaient comme une traînée de poudre au centre de la France. L'Indre, la Creuse, la Corrèze, le Puy-de-Dôme, le Cantal, le Lot, la Dordogne, la Haute-Vienne, la Charente et même les Deux-Sèvres et le Tarn obéissaient aux ordres de Camille. La vigilance était de rigueur. A l'heure où les hitlériens allaient relâcher leur étau, les gangsters et les criminels s'apprêtaient à les remplacer. Au sein même des maquis jaillissaient des organisations d'aventuriers qui profitaient de l'occasion pour entraîner des jeunes inexpérimentés sur les chemins du crime. En Creuse, les frères Julot et Charlot se découvraient des talents de commandants, s'éparpillaient et prétendaient rançonner les braves gens, les innocents et même les authentiques résistants. Les deux loubards se disaient détenteurs d'un ordre de mission du « grand châtaignier » à qui ils prétendaient rendre des comptes... En réalité, ce personnage légendaire n'existait point et les poches des voleurs se gonflaient de billets de banque et de monnaies sonnantes et trébuchantes. Voilà qu'à Chamberet, Charlot levait l'impôt du maquis et obligeait ses victimes à lui remettre les clefs de leurs économies ! Son frère Julot prenait le chemin de Dun-le-Palestel et allait semer la terreur dans les gorges de Crozant au pays de George Sand avant de pénétrer dans l'Indre pour poursuivre sa sale besogne.

Quand elle eut connaissance de ces sombres affaires où la cupidité remplaçait le courage, Camille chargea les organisations spéciales de la Résistance d'arrêter les coupables et de les expédier... en enfer. Il était temps ! La terreur s'était répandue sur les contrées visitées par les deux gangsters qui volaient pour leur propre compte. Le corps de Charlot fut criblé de balles et déposé juste devant le domicile de Buisson qu'il avait supprimé quelques jours auparavant... Le frère s'échappa et fut sans nul doute à l'origine d'une tragédie qui secoua, au lendemain de la guerre, les forêts profondes de la

Sologne. Mis et Thiennot, deux jeunes maquisards, allaient être arrêtés, traduits devant les tribunaux et condamnés aux travaux forcés… Mis et Thiennot étaient innocents. Leur seul tort avait été de braconner quelque peu sur les terres du sucrier Lebaudy. La police se vengea sur eux et la justice ne voulut rien savoir.

En Dordogne, une autre affaire éclata : le partage des milliards de la Résistance… Camille avait été tenue informée dès le départ de cette opération crapuleuse : véritable piège tendu aux organisations du maquis périgourdin par le Préfet Callard, en compromission avec l'ancien Inspecteur d'Académie, Maxime Roux ! Le Préfet avait fait savoir à certains responsables de la Résistance qu'un train spécial chargé de sacs contenant l'or et l'argent de la Banque de France en Aquitaine allait cheminer sur les voies ferrées de la Dordogne. Le train quitterait Bordeaux dans la nuit du 25 au 26 juillet 44. Le convoi circulerait tant bien que mal en raison des bombardements alliés et des « attaques » imprévisibles du maquis. Toutefois au soir du 26 juillet, il devrait se trouver quelque part en Périgord. Des compagnies de l'Armée Secrète, de l'O.R.A. et des M.U.R. attaqueraient le convoi, l'obligeraient à stopper en rase campagne et chargeraient les sacs dans des camions. Près de trois milliards de Francs en coupures de cinq mille Francs seraient ainsi raflés à la barbe des Allemands et des gardes mobiles. Ce « trésor » serait alors caché dans une grange isolée du Périgord vert. Chaque organisation de la Résistance recevrait une part du butin. Ce serait Maxime Roux qui ferait le partage et cacherait le reste chez des instituteurs périgourdins qu'il connaissait bien. Un sac par-ci, un sac par-là et le tour serait joué ! Seulement voilà, la journée du 26 juillet 44 avait été particulièrement chaude et en fin de soirée, un terrible orage éclata au-dessus de la Dordogne. Des coups de tonnerre fracassaient le silence de cette soirée torride, de gigantesques éclairs zébraient le ciel mordoré, le vent se leva, la tempête souffla, des trombes de pluie s'abattirent sur le sol sec et assoiffé. La grêle se mêla aux gouttes d'eau, un véritable déluge ! Une tornade… Ce fut dans ces conditions de l'extrême que les groupements de maquisards s'emparèrent du train. Les soldats et les gardes, qui étaient à bord, se rendirent aussitôt frappés par avance d'épouvante. Il fut facile de transvaser les sacs postaux emplis de billets. Heureusement la toile de jute était de première main et la monnaie papier ne craignait point la pluie. Cependant, au cœur de la nuit, les sacs empilés au beau milieu d'un champ constituaient un bel amoncellement et ne pouvaient tout de même pas rester là jusqu'au petit matin. Maxime Roux fit déployer des bâches et des toiles de parachutes et recouvrir le précieux trésor que le maquis de la Dordogne venait de prendre à Vichy et aux Boches. Si l'orage avait momentanément écarté le danger de représailles ennemies, il cessa brusquement sur le coup des trois heures du matin. L'aube blanchissait sur fond de ciel bleu. Bientôt le soleil apparaîtrait à l'Est, sècherait les flaques d'eau et les sacs détrempés mais les Boches pourraient bien remonter de Périgueux et descendre de Saint-Yrieix pour reprendre le trésor perdu. L'Inspecteur d'Académie n'avait pas les pieds dans le même soulier, il donna ses ordres, on lui obéit. En moins d'une heure, les sacs disparurent. On raconta même à Camille qu'un certain Léonie était venu des portes de Limoges parcourant plus de quatre-vingts kilomètres à bicyclette pour récupérer et emmener, fixés sur le porte-bagages, un ou deux sacs de billets de cinq mille Francs. Camille sut bien plus tard que l'argent avait servi utilement à créer un journal patriotique… Elle sut aussi que certains individus qui n'avaient rien à voir avec la Résistance se servirent copieusement. Ils avaient pour la plupart collaboré avec les Boches et prétendirent appartenir à un minuscule parti dit de l'Union Démocratique Socialiste et Républicaine. L'argent du train postal fut employé alors à payer les frais des campagnes électorales futures qui tendirent toutes à faire battre les représentants des authentiques maquisards. Enfin, certains hommes s'acoquinèrent avec les ennemis d'hier et allèrent même jusqu'à distribuer quelques miettes pour faire taire ou mentir Caillou et Pat ! Camille ne put jamais savoir par contre si le célèbre « Doublemètre » avait cette nuit là du 26 juillet 44 serré la main de Maxime Roux pour le remercier de lui avoir donné une ou deux camionnettes des précieux sacs. Elle ne sut pas davantage si le faux colonel Berger avait humé l'air du plateau où les sacs avaient été entassés pour être distribués. Les voleurs n'étaient pas tous au rendez-vous de l'orage du Périgord vert. Seulement Camille put affirmer plus tard que pas un sou n'était tombé dans la poche de ses camarades. Elle en était très fière…

* * *

Pendant que certains se préoccupaient de ranger les billets du train postal dévalisé, Camille et ses Francs-Tireurs se préparaient à affronter les derniers assauts d'une armée aux abois qui n'en était pas moins dangereuse. Après les combats du Mont Gargan et les bombardements de Sussac, les Allemands entreprirent les « opérations de nettoyage » contre les « terroristes ». Maintenant ils étaient dans les monts d'Ambazac, ils attaquaient le maquis de l'Armée Secrète du Commandant Huard. Imprudence ? Dénonciation… Comme au moulin du Pont Lasveyras, comme à Roussine en Creuse, les jeunes de l'A.S. attendaient… Pris en tenailles à Grammont, ils subirent de lourdes pertes et faillirent bien entraîner dans la déroute les compagnies F.T.P. de Saint-Sylvestre et de Saint-Sulpice-Laurière. Heureusement, la goutte de mercure se glissa sous le couvert des taillis de la petite montagne pour disparaître et renaître à quelques kilomètres de là. Seulement voilà, des jeunes étaient tombés, innocentes victimes sous le grand soleil de l'été 44. C'était trois jours après la bataille de Chabanais.

En Charente, les compagnies des Maquis Foch et Bernard frappaient durement l'occupant qui cherchait à tout prix à s'échapper et à passer en force par Chabanais et Confolens. En ce 31 juillet 44 la Vienne, qui était au plus bas de ses eaux, ne constituait pas un obstacle infranchissable pour les soudards de la Wehrmacht. A Chabanais, le Colonel Bernard avait fait miner le pont de pierre… L'ennemi en force cherchait à s'enfuir. Depuis longtemps déjà Bernard, Ramon et ses hommes lui tenaient une guérilla inlassable. Pour la première fois, le Maquis de Pressac acceptait la confrontation brutale et terrifiante. Les bataillons de Francs-Tireurs avaient pris position au Champ de Foire dominant la vallée. Aux fusils-mitrailleurs des intrépides compagnons de l'Armée des Ombres ne tremblaient pas. Déjà à Excideuil les hitlériens avaient fait parler la poudre. Bernard leur barrait la route de la survie. La population de Chabanais s'était enfuie, craignant de subir de terribles représailles et le sort tragique que l'ennemi avait réservé à Oradour-sur-Glane. Femmes, enfants, hommes valides et vieillards avaient quitté leurs maisons pour aller se cacher au plus profond des sous-bois. Chacun tremblait et frissonnait au bruit de la fusillade et des tirs répétés des armes automatiques qui cisaillaient le silence de cette journée torride. Les Francs-Tireurs résistèrent avec l'énergie farouche des combattants de la Liberté. Ils furent admirables ceux qui tombèrent au champ d'honneur pour retarder l'ennemi dans sa progression répondant ainsi aux volontés mêmes du Général Eisenhower, Commandant en chef des forces alliées de l'Ouest. Sous la puissance du tir des ennemis, les maquisards cédèrent quelque peu et il fallut l'admirable engagement du Colonel Bernard en personne pour reformer son carré de combattants et descendre du Champ de Foire jusque sur les bords de la Vienne. L'ennemi avait chargé sur les camions ses morts et ses blessés. Avant de quitter Chabanais, au lance-flammes et par l'artifice de bombes incendiaires il avait mis le feu à un quartier de la ville. Du feu, du sang ! En ce 1er août 44, l'occupant avait marqué à jamais la cité des bords de la Vienne. Seulement voilà, il avait aussi compté ses morts, il ne reviendrait jamais ici.

Camille avait observé le comportement des bataillons engagés ce jour-là et à l'issue du combat, elle s'était adressée au Colonel Bernard en lui disant toute son admiration et sa tendre affection. Ils étaient jeunes ces héros anonymes qui tombèrent pour défendre la terre de Charente ! Ils étaient jeunes et courageux ! Pourquoi donc le Colonel Chabanne avait-il refusé d'entendre l'appel de Bernard, préférant se tourner vers l'Ouest plutôt que de barrer la route aux forces ennemies qui remontaient sur le front de Normandie ?

Au soir de la bataille de Chabanais, au village de Pressignac, Camille s'interrogeait encore sur cette douloureuse opposition qui partageait toujours la France en deux camps. La France avait su se rassembler autour du drapeau des Francs-Tireurs pour abattre le fascisme et les nazis mais la France saurait-elle demain s'unir pour relever le pays ? S'unir, combattre et travailler... Déjà Camille pensait aux batailles futures : celles de l'administration d'un pays saigné à blanc, celles de la reprise d'activité de nos usines... Il serait long le chemin à parcourir pour accomplir les grandes réalisations promises par le Conseil National de la Résistance. En Charente, certains préparaient déjà leur entrée à la préfecture d'Angoulême où les Allemands paradaient encore. Ce soir-là à Pressignac, Camille demanda au Colonel Bernard de se tenir prêt pour prendre position aux portes de Limoges. Désormais, ce serait le mot d'ordre qui serait donné à toutes les Forces Françaises de l'Intérieur placées en Haute-Vienne sous les ordres du Colonel Guingouin.

A cet instant où elle savourait avec Ramon, Bernard et les chefs du Maquis Foch la victoire de Chabanais, Camille ne savait pas encore que ses amis de l'Etat-Major Régional des monts de Blond allaient subir l'attaque des ennemis. Le lundi 7 août et le mardi 8, les colonnes allemandes se lanceraient sur les routes étroites et sinueuses de Cieux, Chamboret, Saint-Jouvent, Nantiat pour tenter une fois encore d'intercepter les « terroristes » qui n'avaient cessé de les harceler et d'abattre les arbres sur la Nationale 147 les obligeant aux longs contournements et aux cruelles rencontres... Camille ne savait pas que le Commandant François, le Capitaine René, l'Etat-Major de Bédoueireix et du Moulin Neuf seraient éparpillés et ne pourraient rejoindre à temps la réunion interrégionale qui déciderait de la prise de Limoges. Désormais, les Francs-Tireurs étaient en position aux portes de la ville. A Feytiat, au Mas Gauthier, au vieux Boisseuil, à la brasserie Maspataud, sur les hauteurs des Bayles, au pont de l'Aurence, dans les bois de la Bastide… Bientôt, les G.M.R. et les policiers français quitteraient Limoges dans la nuit orageuse du 21 au 22 août 44. Le Général Gleiniger accepterait la reddition. A l'heure où les hommes de Guingouin remonteraient l'avenue du Pont Neuf, les S.S. s'échapperaient par le Nord emmenant avec eux pour l'exécuter bientôt le chef de la garnison allemande. Le 22 août 44, Limoges serait libérée. Et le colonel Guingouin ouvrirait en personne les portes de la prison. Il y aurait bien quelques îlots de résistance, des tirs sporadiques mais la troupe allemande à pied rejoindrait le camp d'internement de Saint-Paul. L'occupant remplaçait désormais les patriotes enfermés et Camille pouvait serrer la main du Docteur Chadourne, Président du Comité de Libération de la cité de la porcelaine. En quelques semaines, l'espoir avait changé de camp ! La joie éclatait sur tous les visages. Des fleurs, des larmes, du champagne et les flonflons de l'accordéon… Chaque quartier voulait organiser son bal populaire. On oubliait les miliciens et les collaborateurs d'hier… Ils avaient eu le temps de se glisser dans l'ombre de la nuit ! Un jour, peut-être, on les retrouverait... Seulement, ils ne seraient pas là où Camille et ses camarades les attendraient...

* * *

La moisson était belle. Après Limoges, Angoulême allait tomber entre les mains du Colonel Bernard aidé par les bataillons de la Dordogne du Commandant « Soleil » qui réussirent les premiers à pénétrer dans la ville et à ouvrir les coffres de la Banque de France pour remettre, aux responsables de la Résistance, l'argent oublié par les Boches... Après Angoulême, il restait encore tant à faire : Bergerac, Libourne, Bordeaux, La Rochelle, Saint-Nazaire, des mois et des mois de combats et les durs jours d'hiver de janvier et février 45 où les bataillons de la Résistance devenus régiments F.F.I. cherchaient vainement à s'habiller, à se nourrir et à s'armer pour empêcher l'ennemi de sortir des poches du mur et barrer le chemin à ceux qui voulaient encore le ravitailler. Après quoi, il faudrait organiser l'occupation de l'Allemagne et un jour rentrer au foyer...

Camille avait couru de Limoges à Brive-la-Gaillarde, à Tulle, à Ussel et à Guéret encore... Partout, l'agent secret de l'Internationale avait pris contact avec les organisations désormais légales de la Résistance qui désiraient ardemment prendre leur part à l'administration du pays. Partout, elle avait rencontré des obstacles.

A Angoulême : c'était un certain De Likovski qui prétendait être l'envoyé du Général de Gaulle. Ce « monsieur » voulait empêcher les Communistes de s'emparer de la ville. Heureusement, à Limoges, elle avait été reçue par le nouveau Préfet : Jean Chaintron, un camarade celui-là... Ils étaient rares les Préfets communistes même si le Parti de Camille avait pris une part déterminante dans la lutte ! Voilà que le parti des fusillés était accusé d'affairisme !... Camille était amère. Depuis 1939, elle n'avait eu de cesse d'aller et venir pour insuffler la flamme de la Résistance. Elle n'avait même pas eu le temps de penser à elle. A elle et à sa sœur Yvonne ! Où était-elle la petite sœur ? Disparue... Assassinée ou fusillée par les nazis ? Incroyable ! Elle avait à peine vingt ans. Comme Camille, Yvonne s'était engagée sur les chemins de la Liberté mais elle n'avait pas eu le temps d'apprendre et de cueillir les fleurs qui s'étaient brusquement fanées... Camille s'était jurée de rechercher la vérité. Elle n'imaginait pas que le chemin serait encore plus long que celui qu'elle venait d'emprunter, plus long, plus dangereux, plus embrouillé...

Et après…

L'orage s'était attardé sur les hauteurs de la Montagne Noire… Il avait pris naissance au milieu de l'après-midi pour éclater en fin de soirée. Il était venu des rives lointaines de la Méditerranée et de l'Océan Atlantique. En réalité, il y avait bien eu un extraordinaire concours de circonstances pour que les nuées d'Aquitaine rencontrent celles du Roussillon. Cela avait produit un fracas tonitruant au-dessus des monts de Lacaune et en suivant les pentes du pays des Eaux vives. La forêt de la Loubatière avait frissonné cette première nuit d'automne 44.

A l'endroit même où le Commandant Pierre avait pris le maquis pour constituer les Corps Francs du Tarn, s'étaient retrouvés les chefs illustres de la Résistance que Camille avait convoqués. Ils étaient venus des rivages lointains du Marais Poitevin, des vignobles de la Charente, des collines corréziennes, des vallées de la Dordogne… Ils étaient tous là rassemblés, au garde-à-vous et attentifs à ce qu'allait dire Camille… Ils étaient tous là à l'exception d'un seul : celui qui avait libéré Limoges et qui avait préféré rester sur les rives de la Vienne se tenant ainsi déjà à l'écart des autres… Ils étaient tous là et bien plus encore avec Camille et ceux qui avaient été les pionniers de la lutte héroïque pour libérer le pays. Il y avait parmi eux Alphonse Denis en compagnie de Paul Balmigère, Pierre Villon et Jean Chaintron, Marcel Lemoine et Edmond Proust…

Ce soir-là, sous le grondement des coups de tonnerre qui se brisaient au-dessus de leurs têtes, les chefs écoutèrent le message de Camille :

« Chers amis, mes camarades,

Durant quatre années, vous avez été les aiguillons de la Résistance au centre de la France. Vous avez tenu bon : lorsqu'un camarade tombait vous l'avez remplacé ! Partout les Francs-Tireurs ont été à l'offensive et ont su garder l'initiative des combats répétés contre les forces hitlériennes et la barbarie nazie.

Aujourd'hui un vaste territoire de notre pays est libre ! C'est grâce à vous et à vous seuls ! Nous avons pris notre destin dans nos mains et nous n'avons pas attendu que d'autres viennent arracher notre victoire. Seulement voilà la lutte n'est point finie. Les hitlériens se battent encore avec l'énergie du désespoir d'un fauve acculé dans sa tanière. Les coups de griffes seront encore sanglants et cruels. Les F.T.P. doivent entrer dans les armées régulières de la France nouvelle : vos hommes doivent rejoindre les régiments F.F.I. qui sont en train de se constituer sous l'impulsion des chefs de la R.5. Les difficultés ne seront pas tant de se faire enrôler que d'être respecté ! Je sais, mes camarades, les efforts que vous devrez déployer pour écarter les bâtons que l'on ne va pas tarder à mettre dans vos pas. Les embûches seront nombreuses et vous découvrirez vite de nouveaux chefs sortis des armoires naphtalisées de l'Etat français. Il est des généraux, des colonels et bien d'autres encore qui veulent empêcher les héros de la lutte libératrice de prendre la place qu'ils méritent.

Demain, on vous accusera. Demain, on vous montrera du doigt. Demain, on vous dénoncera... Vous avez spontanément rejoint les rangs des Francs-Tireurs et combattu la tête haute et le cœur généreux et, demain, des malfrats, des politiciens véreux s'érigeront en juges pour vous clouer au pilori de l'Histoire.

Je sais tout cela et je sais encore que les Américains qui prétendent nous libérer voudraient occuper notre pays à leur tour. Après Hitler, Eisenhower... La lutte est loin d'être finie même si, à l'Est, l'Armée Rouge frappe sans relâche... Avant que le IIIe Reich s'effondre, il y aura bien des batailles, bien des morts... Au fond de notre cœur et dans notre tête, nous aurons bien besoin de rêver un peu à cet idéal démocratique que nous a promis le Conseil National de la Résistance. Oui, mes camarades, nous aurons besoin de cette flamme inépuisable pour soutenir vos efforts. L'essentiel est que nous avons choisi d'aller sur les chemins de la Liberté et que nous n'avons rien à nous reprocher. Nous avons quitté nos champs, nos usines, nos bureaux pour entrer dans l'Armée des Ombres et chasser les loups de chez nous. A l'heure où d'autres missions m'attendent, sachez mes camarades que je suis fière d'avoir été l'ombre rouge qui vous a accompagnés tout au long de ces années périlleuses et pourtant si exaltantes.

L'ombre rouge… Certains nous appelaient des louves… Nous n'étions que des jeunes filles au cœur juvénile et à l'esprit libre. Nous avons guidé vos pas. Mes camarades et moi, nous allons disparaître. Disparaître pour renaître… Bon courage mes amis et n'oubliez pas : soyez fidèles à jamais à l'Internationale qui a su si bien unir les peuples pour la victoire finale contre le fascisme et la barbarie ! »

A l'heure où Camille achevait son discours, l'orage paraissait s'atténuer et glisser doucement sur la vallée du Tarn. La pluie allait tomber à verse une bonne partie de la nuit. Demain, à l'aube, la forêt de la Loubatière paraîtrait si différente et comme ragaillardie. Seulement voilà, elle aurait pris les premières couleurs automnales, les verts feuillage se teinteraient d'or, de pourpre et de rouille. La grande roue de l'Histoire continuerait à tourner. Personne ne pourrait l'arrêter. L'ombre rouge avait disparu. Camille s'était fondue dans l'immense forêt. Elle était partie à la recherche de sa petite sœur…

SOMMAIRE

Achevé d'imprimer sur les presses
de l'Imprimerie du Corrézien
19460 Naves
Imprimé en France - Avril 2010
N° impression : 2341
Dépôt légal : 2e trimestre 2010